W0296310

Alexandra Christo

Elian und Lira

Das wilde Herz der See

Alexandra Christo

ELIAN UND LIRA

DAS WILDE HERZ DER SEE

Roman

Aus dem Englischen von
Petra Koob-Pawis

dtv

Ausführliche Informationen über
unsere Autoren und Bücher
www.dtv.de

Für die geliebten Menschen,
denen es nicht vergönnt war,
dies mitzuerleben.

MIX
Papier aus verantwortungsvollen Quellen
FSC® C014496

Deutsche Erstausgabe
2018 dtv Verlagsgesellschaft mbH & Co. KG, München
© 2018 Alexandra Christo
Titel der amerikanischen Originalausgabe: ›To Kill a Kingdom‹,
2018 erschienen bei A Feiwel and Friends Book,
an imprint of Macmillan Publishing Group, LLC
175 Fifth Avenue, New York, NY 10010
© der deutschsprachigen Ausgabe:
2018 dtv Verlagsgesellschaft mbH & Co. KG, München
Umschlaggestaltung: Carolin Liepins
unter Verwendung eines Fotos von Shutterstock / Selenit
Lektorat: Michaela Kolodziejcok
Gesetzt aus der Ocean Serif und Ocean Sans
Satz: Druckerei C.H.Beck, Nördlingen
Druck und Bindung: GGP Media GmbH, Pößneck
Gedruckt auf säurefreiem, chlorfrei gebleichtem Papier
Printed in Germany · ISBN 978-3-423-76220-5

EINS

Ich habe ein Herz für jedes Jahr meines Lebens.

Siebzehn liegen im Sand meines Schlafzimmers vergraben. Immer wieder wühle ich im Untergrund, um nachzusehen, ob sie noch da sind. Blutig und in der Tiefe verborgen. Ich zähle sie, um sicherzugehen, dass keines über Nacht gestohlen wurde. Die Sorge ist nicht unbegründet. Herzen bedeuten Macht, und wenn es etwas gibt, was mein Volk mehr schätzt als das Meer, dann ist es Macht.

Ich habe so einiges gehört: Geschichten von gestohlenen Herzen und harpunierten Frauen, die für ihren Verrat bestraft und zuhauf auf dem Grund des Ozeans zurückgelassen wurden. Dort litten sie furchtbare Qualen, bis ihr Blut am Ende zu Salzkristallen erstarrte und sie sich im Meerschaum auflösten. Das sind die Frauen, die uns unsere menschliche Beute wegnehmen wollen. Nixen, mehr Fisch als Fleisch, mit einem Oberkörper, der zu den üppigen Schuppen ihrer Flossen passt.

Nixen sind ganz anders als Sirenen. Ihre Haut ist blau und anstelle von Haaren haben sie Tentakel. Ihre kieferlosen Münder sind so groß wie kleine Boote, sodass sie einen Hai in einem Stück verschlingen können. Ihre Arme und tiefblauen Rücken sind von Zackenflossen überwuchert. Sie sind Fisch und Mensch zugleich, wenn auch ohne die Schönheit des einen wie des anderen.

Wie alle Monster sind sie durchaus fähig zu töten, aber im Gegensatz zu den Sirenen, die verführen und morden, erliegen die Meernixen der Faszination der Menschen. Sie rauben wertlosen Tand und folgen den Schiffen in der Hoffnung, dass Schätze über Bord fallen. Manchmal retten sie sogar Seeleuten das Leben und erfreuen sich daran. Das allein ist ihnen Lohn genug. Wenn sie die Herzen stehlen, die wir hüten, geht es ihnen dabei nicht um Macht. Sie glauben, sie müssten sich nur möglichst viele Menschenherzen einverleiben, um irgendwann selbst zu einem Menschen zu werden.

Ich hasse Nixen.

Meine Haare winden sich schlangengleich über meinen Rücken. Sie sind rot wie mein linkes Auge – doch nur mein linkes, denn das rechte Auge jeder echten Sirene hat die Farbe des Meeres, in dem sie geboren wurde. In meinem Fall ist es das große Meer von Diávolos. Sein Wasser hat die Farbe von Äpfeln und Smaragden. In diesem Ozean liegt das Königreich Keto.

Alle Sirenen sind berühmt für ihre Schönheit, doch das Haus Keto zeichnet sich durch eine ganz besondere Anmut aus. Unsere Wimpern bestehen aus Eisbergsplittern und das Blut der Seeleute verleiht unseren Lippen ihr einzigartiges Rot. Es ist beinahe verwunderlich, dass wir noch unseren Gesang brauchen, um Herzen zu stehlen.

»Wen hast du gewählt, Cousine?«, fragt Kahlia mich in Psáriin.

Sie sitzt auf dem Felsen neben mir und beobachtet das Schiff in der Ferne. Ihre Schuppen glänzen rotbraun und ihre blonden Haare reichen bis knapp über ihre Brüste, die von einem Band aus geflochtenem Seetang bedeckt sind.

»Mach dich nicht lächerlich«, erwidere ich. »Du weißt genau, wen.«

Gemächlich segelt das Schiff durch die ruhigen Gewässer von Adékaros, einem der vielen Menschenreiche, denen ich, meinem Schwur folgend, einen Prinzen rauben werde. Das Schiff ist kleiner als die meisten, und seine Holzplanken sind purpurn, was der Landesfarbe entspricht. Die Menschen sind alle so erpicht darauf, ihre Schätze zur Schau zu stellen, und genau das macht sie zur leichten Beute für Kreaturen wie Kahlia und mich. Wir können ein königliches Schiff schon von Weitem erkennen.

Diesmal ist es das einzige in der Flotte, das bemalt ist und von dessen Mast eine Tigerflagge weht. Auf diesem Schiff reist der Prinz von Adékaros. Eine leichter Fang für alle, denen der Sinn nach Jagd steht.

Die Sonne brennt auf meinen Rücken. Ihre Hitze legt sich über meinen Nacken und macht, dass meine Haare auf der nassen Haut kleben bleiben. Ich sehne mich nach dem eisigen Meer, dessen scharfe Kälte wie köstliche Messerstiche in meine Glieder fährt.

»Was für eine Schande«, seufzt Kahlia. »Er sieht aus wie ein Engel. So ein hübsches Gesicht.«

»Sein Herz ist noch viel hübscher.«

Kahlia lächelt boshaft. »Es ist schon eine Ewigkeit her, seit du zum letzten Mal getötet hast, Lira«, sagt sie scherzhaft. »Hast du denn gar keine Angst, aus der Übung zu sein?«

»Ein Jahr kann man schwerlich als Ewigkeit bezeichnen.«

»Kommt darauf an, wer zählt.«

Ich seufze. »Dann verrate mir, wer es ist, damit ich ihn umbringen und dieses Gespräch beenden kann.«

Kahlias Lächeln ist grausig. So grinst sie nur, wenn ich ganz besonders abscheulich bin. Denn das schätzen Sirenen untereinander am allermeisten. Je boshafter und grausamer wir sind, desto besser. Freundschaft und Familienbande sollen uns so fremd bleiben wie das Land dem Meer, das bringt man uns von klein auf bei. Unsere Treue gehört allein der Meereskönigin.

»Du bist heute ein bisschen herzlos, nicht wahr?«

»Wie könnte ich herzlos sein?«, entgegne ich. »Unter meinem Bett sind siebzehn vergraben.«

Kahlia schüttelt das Wasser aus ihren Haaren. »So viele Prinzen haben deine Lippen schon gekostet.«

Sie sagt es wie etwas, auf das man stolz sein kann. Kahlia ist noch jung und hat erst zwei Herzen geraubt. Keines davon war königlich, denn das ist allein mein Vorrecht, mein ureigenstes Privileg. Kahlias Bewunderung hat zum Teil damit zu tun. Sie fragt sich, ob die Lippen eines Prinzen anders schmecken als die eines gewöhnlichen Menschen. Aber ich kann ihr auf diese Frage keine Antwort geben, denn ich kenne nur den Geschmack von Prinzen.

Seit unsere Göttin Keto von den Menschen ermordet wurde, ist es bei uns Brauch, jedes Jahr im Monat unserer Geburt ein Herz zu stehlen. Damit feiern wir das Geschenk des Lebens, das Keto uns gegeben hat, und nehmen Rache an den Menschen für ihren gewaltsamen Tod. Als ich noch zu jung zum Jagen war, hat meine Mutter diese Pflicht für mich übernommen, so wie es Tradition bei uns ist. Sie hat mir stets einen Prinzen gebracht. Manche waren nicht älter als ich selbst. Andere waren alt und zerfurcht oder nachgeborene Kinder, die nie den Thron bestiegen hätten. Der König von Armonía hatte einst sechs Söhne und in meinen ersten Lebensjahren hat meine Mutter mir einen nach dem anderen zum Geburtstag geschenkt.

Als ich schließlich alt genug war, um selbst hinauszuziehen, kam es mir nie in den Sinn, auf königliches Blut zu verzichten und wie meine Artgenossen einfache Seeleute zu wählen. Man kann mir wahrhaftig nicht nachsagen, dass ich die Traditionen meiner Mutter nicht in Ehren halte.

»Hast du deine Muschel dabei?«, frage ich meine Cousine.

Kahlia streicht ihre Haare zurück und zeigt mir die orange Muschel, die sie sich um den Hals gebunden hat. Auch ich trage eine Muschel wie sie, allerdings ist meine von einem tiefen Blutrot. Sie sehen unscheinbar aus, aber mit ihnen können wir uns auf einfache Art verständigen. Wenn wir sie an unser Ohr halten, hören wir das Rauschen des Ozeans und die Gesänge aus dem Unterwasserpalast von Keto, den wir unser Zuhause nennen. Falls wir getrennt werden, kann Kahlia sich mithilfe der Muschel in der See von Diávolos orientieren. Wir sind sehr weit weg von unserem Königreich und haben fast eine Woche gebraucht, um hierherzuschwimmen. Kahlia ist erst vierzehn und bleibt am liebsten in der Nähe des Palasts, aber ich hielt es für an der Zeit, das zu ändern. Und da ich die Prinzessin bin, sind meine Launen für alle Gesetz.

»Wir werden uns schon nicht verlieren«, sagt Kahlia.

Bei allen meinen anderen Cousinen wäre es mir gleich, wenn sie sich in einem fremden Ozean verirren würden. Sie sind eine langweilige Sippe ohne Ehrgeiz und Vorstellungskraft. Nach dem Tod meiner Tante sind aus ihnen ehrfürchtige Dienerinnen meiner Mutter geworden. Was töricht ist, denn man soll die Meereskönigin nicht verehren. Man soll sie fürchten.

»Denk daran, dir nur einen Einzigen herauszupicken«, sage ich zu Kahlia. »Konzentriere dich ganz auf ihn.«

Kahlia nickt. »Welchen soll ich nehmen?«, fragt sie. »Wird sein Blut zu mir singen?«

»Die Einzigen, die singen, sind wir«, erwidere ich. »Unser Gesang wird alle verzaubern, und wenn du einen aussuchst, wird er sich so rettungslos in dich verlieben, dass er noch im Ertrinken deine Schönheit preist.«

»Für gewöhnlich bricht der Zauber im Sterben«, entgegnet Kahlia.

»Weil du für alle singst. In ihrem tiefsten Inneren wissen sie, dass dein Herz keinem von ihnen gehören wird. Du musst dich nach ihnen genauso sehr sehnen wie sie sich nach dir.«

»Aber sie sind grässlich«, wendet Kahlia ein. Sie klingt nicht ganz so überzeugt, wie sie mich glauben machen will. »Wer könnte allen Ernstes von uns erwarten, sie zu begehren?«

»Du hast es hier ja nicht mit einfachen Matrosen zu tun, sondern mit Königsangehörigen. Königtum bedeutet Macht. Und Macht ist *immer* begehrenswert.«

»Königsangehörige?«, wiederholt Kahlia atemlos. »Ich dachte …«

Sie beendet den Satz nicht. Sie dachte, ich würde alle Prinzen für mich beanspruchen und sie mit niemandem teilen. Und das stimmt sogar. Aber wo Prinzen sind, da sind auch Könige und Königinnen, und für die hatte ich noch nie etwas übrig. Regenten werden allzu leicht vom Thron gestoßen. Prinzen hingegen sind wie ein verheißungsvolles Versprechen. Sie sind die nächste Generation, die einmal die Macht in ihren Händen halten wird. Indem ich sie vernichte, vernichte ich die Zukunft – so, wie es meine Mutter mich gelehrt hat.

Ich ergreife Kahlias Hand. »Du kannst die Königin haben. Die Vergangenheit interessiert mich nicht.«

Kahlias Augen glänzen. Das rechte schimmert im vertrauten Saphirgrün der See von Diávolos, aber das linke – dessen Pupille so hellgelb ist, dass sie sich kaum vom Weiß des Augapfels abhebt – funkelt in seltener Freude. Wenn sie zu ihrem fünfzehnten Geburtstag ein königliches Herz raubt, wird sie das Wohlwollen meiner ewig zornigen Mutter erringen.

»Und du nimmst den Prinzen«, sagt Kahlia. »Den mit dem hübschen Gesicht.«

»Sein Gesicht ist nicht wichtig.« Ich lasse ihre Hand los. »Ich will nur sein Herz.«

»So viele Herzen«, säuselt sie sanft. »Bald wirst du keinen Platz mehr finden, um sie alle zu vergraben.«

Ich fahre mir mit der Zunge über die Lippen. »Kann sein«, sage ich. »Aber eine Prinzessin braucht nun mal einen Prinzen.«

ZWEI

Die Bordwand fühlt sich rau unter meinen langen Fingern an. Das Holz splittert und die Farbe ist rissig und blättert ab. Das Schiff durchpflügt das Wasser in einem abgehackten Rhythmus wie die Klinge eines stumpfen Messers, die drückt und stößt, bis sie schließlich schneidet. Überall hängt Unrat, der Gestank lässt mich die Nase rümpfen.

Es ist das Schiff eines verarmten Prinzen.

Die Königlichen sind nicht alle gleich. Manche tragen kostbare Gewänder und unglaublich große Juwelen, deren Gewicht den Träger doppelt so schnell auf den Meeresboden sinken lässt. Andere sind einfach gekleidet, mit nur einem oder zwei Ringen am Finger und einer Bronzekrone, die mit Gold übermalt ist. Aber das ist mir egal. Ein Prinz ist ein Prinz.

Kahlia und ich schwimmen Seite an Seite neben dem Schiff her, das die Wellen zerteilt. Wir können mühelos mithalten. Das Warten ist quälend, während wir auf unsere Beute lauern. Es dauert eine Weile, bis der Prinz endlich an Deck kommt und seinen Blick aufs Meer richtet. Er kann uns nicht sehen. Wir sind viel zu nah und schwimmen viel zu schnell. Kahlia sieht mich fragend an. Das Lächeln, mit dem ich ihren Blick erwidere, ist so unmissverständlich wie ein Nicken.

Wir tauchen aus der Gischt auf und öffnen unsere Lippen.

In vollkommenem Gleichklang singen wir in der Sprache von Midas. Sie ist unter den Menschen am gebräuchlichsten und jede Sirene kennt sie. Dabei kommt es auf die Worte gar nicht an. Es ist die Musik, die verzaubert. Unsere Stimmen dringen bis in den Himmel hinauf und kehren mit dem Wind zu uns zurück. Sie schwellen an wie der Gesang eines Chors, und während die eindringliche Melodie steigt und fällt, schmeichelt sie sich in die Herzen der Mannschaft, bis das Schiff immer langsamer wird und schließlich anhält.

»Hörst du das, Mutter?«, fragt der Prinz. Seine Stimme ist hell und verträumt.

Die Königin steht neben ihm an Deck. »Nein, ich –«

Ihre Stimme stockt, als die weiche Melodie nun auch sie in Bann schlägt. Der Gesang ist wie ein Befehl, alle Menschen auf dem Schiff halten inne und verharren, nur ihre Blicke huschen über das Wasser. Ich schaue den Prinzen an und singe sanft. Es dauert nicht lange und sein Blick trifft meinen.

»Bei den Göttern«, stößt er hervor. »Du bist es.«

Er lächelt und aus seinem linken Auge rinnt eine einzelne Träne.

Ich höre auf zu singen und summe nur noch leise.

»Du Liebe meines Lebens«, seufzt der Prinz. »Endlich habe ich dich gefunden.«

Er hält sich an den Webleinen fest und lehnt sich vor. Die Brust gegen die Reling gepresst, streckt er die Hand nach mir aus. Er trägt ein cremefarbenes Hemd. Die Schnüre an seiner Brust sind lose und die zerrissenen Ärmel sind an manchen Stellen von Motten zerfressen. Seine Krone ist aus dünnem Blattgold, sie wirkt zerbrechlich, als könnte sie bei jeder Bewegung zerspringen. Der junge Prinz sieht trostlos und arm aus.

Aber dann ist da noch sein Gesicht.

Weich und rund mit einer Haut wie poliertes Holz und Augen, die nur einen Hauch dunkler sind. Seine Haare kräuseln sich zu einem wunderschönen Durcheinander von Locken. Kahlia hat recht; er sieht aus wie ein Engel. Sein Herz wird eine wertvolle Trophäe sein.

»Du bist so wunderschön«, sagt die Königin und starrt Kahlia bewundernd an. »Ich weiß nicht, wie ich jemals Augen für jemand anderen als dich haben konnte.«

Kahlias Lächeln ist aufrichtig, als sie den Arm ausstreckt und der Königin winkt.

Ich wende mich wieder dem Prinzen zu, der verzweifelt versucht, meine Hand zu ergreifen. »Meine Geliebte«, fleht er. »Komm zu mir!«

Ich schüttle den Kopf und summe weiter. Das Heulen des Windes ist die Begleitmusik für mein Lied.

»Dann komme ich zu dir!«, ruft der Prinz. Als hätte er je eine Wahl gehabt.

Mit einem verzückten Lächeln stürzt er sich ins Meer. Keine Sekunde später spritzt das Wasser erneut auf, als die Königin sich meiner Cousine auf Gedeih und Verderb ausliefert. Das Platschen, mit dem sie in die Wellen eintauchen, reißt die Schiffsmannschaft aus ihrer Erstarrung. Lautes Geschrei bricht los. Alle an Deck beugen sich über die Reling, fünfzig Seeleute, die sich an Taue und Planken klammern und entsetzt das grausige Schauspiel im Meer mit ansehen. Keiner von ihnen wagt es, von Bord zu springen, um die Königsfamilie zu retten. Ich rieche ihre Furcht, in die sich Verwirrung mischt, weil unser Gesang plötzlich verstummt ist.

Ich schaue meinem Prinzen in die Augen und streiche über seine zarte Haut. Eine Hand an seine Wange, die andere auf seine magere Schulter gelegt, küsse ich ihn sanft. Meine Lippen berühren die seinen und im selben Moment ziehe ich ihn unter Wasser.

Als wir tief genug sind, ist der Kuss vorbei. Mein Lied ist lange verklungen, aber der Prinz ist immer noch in Liebe gefangen. Sogar als das Wasser in seine Lunge dringt und sein Mund sich im verzweifelten Ringen nach Luft öffnet, ist er so betört, dass er den Blick nicht von mir abwenden kann.

Noch im Ertrinken streicht er über seine Lippen.

Kahlias Königin aber schlägt wie wild um sich. Sie greift an ihre Kehle und stößt meine Cousine weg. Wütend packt Kahlia sie am Knöchel und hält sie fest. Mit verzerrtem Gesicht versucht die Königin sich loszureißen. Vergeblich. Der Griff einer Sirene ist unerbittlich.

Ich streichle meinen sterbenden Prinzen. Mein Geburtstag ist erst in zwei Wochen. Unser Ausflug war ein Geschenk für Kahlia. Ihr fünfzehntes Herz sollte ein königliches sein. Eigentlich darf ich nicht zwei Wochen zu früh auf Jagd gehen, ich breche damit die oberste Regel. Und doch haucht gerade ein Prinz vor meinen Augen sein Leben aus. Braune Haut, meeresblaue Lippen. Haare, die ihn umfließen wie schwarzer Seetang. Etwas an seiner Reinheit erinnert mich an meine allererste Jagd. An den kleinen Jungen, den meine Mutter dazu benutzt hat, mich zu dem Ungeheuer zu machen, das ich nun bin.

So ein hübsches Gesicht, denke ich.

Ich fahre mit dem Daumen über die Lippen des armen Prinzen und genieße den Anblick seines friedvollen Gesichts. Dann stoße ich einen durchdringenden Schrei aus. Es ist ein Laut, der Knochen splittern lässt und die Haut aufreißt. Ein Laut, der meine Mutter mit Stolz erfüllen würde.

In einer einzigen Bewegung stoße ich meine Faust durch die Brust des Prinzen und reiße sein Herz heraus.

DREI

Im Grunde genommen bin ich ein Mörder. Aber in meinen Augen ist das eine meiner besseren Eigenschaften.

Ich halte meinen Dolch ins Mondlicht und bewundere den Glanz des Blutes, bevor es vom Stahl aufgesogen wird und verschwindet. Die Waffe ist an meinem siebzehnten Geburtstag für mich geschmiedet worden. Für den Prinzen von Midas schicke es sich nicht, rostige Klingen am Gürtel zu tragen, hatte der König gesagt. Seither habe ich einen magischen Dolch, der das Blut der Opfer so rasch verschluckt, dass mir kaum Zeit bleibt, es zu bewundern. Was anscheinend schicklicher ist. Allerdings auch etwas theatralisch.

Ich betrachte das tote Ding an Deck.

Die Saad ist ein mächtiges Schiff, doppelt so lang wie ein normales. Es könnte eine Mannschaft von achtzig Matrosen vertragen, aber es sind nur vierzig an Bord, weil es mir bei meinen Leuten vor allem auf Treue ankommt. Alte schwarze Laternen schmücken das Heck und das Bugspriet ist lang und spitz wie eine Klinge. Die Saad ist viel mehr als nur ein Schiff. Sie ist eine Waffe. Das Holz ist mitternachtsblau gestrichen. Die Segel schimmern elfenbeinfarben wie die Haut der Königin und das Deck glänzt bronzen wie die Haut des Königs.

Auf diesem Deck liegt jetzt der blutige Leichnam einer Sirene.

»Müsste sie nicht schmelzen?«

Die Frage kommt von Kolton Torik, meinem ersten Maat. Torik ist Anfang vierzig, hat einen makellos weißen Schnurrbart und ist gut vier Zoll größer als ich. Seine Arme haben den Umfang meiner Beine, er ist ein wahres Kraftpaket. An warmen Sommertagen wie diesem trägt er auf Kniehöhe abgeschnittene Hosen und ein weißes Hemd unter einer schwarzen Weste, die von einer roten Schärpe zusammengehalten wird.

»Mir wird ganz mulmig, wenn ich es ansehe«, sagt Torik. »Obenrum könnte man es glatt für einen Menschen halten.«

»Der Anblick gefällt dir, was?«

Torik läuft rot an und wendet den Blick von den nackten Brüsten der Sirene ab.

Ich weiß natürlich, was er meint, aber irgendwo in den Weiten des Meeres ist mir das Gefühl der Bestürzung abhandengekommen. Ich kann weder die Flossen noch die blutroten Lippen ausblenden und auch nicht die Augen, die zwei unterschiedliche Farben haben. Männer wie Torik – gute Männer – sehen, was diese Kreaturen sein könnten: Frauen und Mädchen, Mütter und Töchter. Aber ich sehe nur, was sie sind: Scheusale und Ungeheuer, Bestien und Teufelinnen.

Ich bin kein guter Mann. Schon lange nicht mehr.

Vor unseren Augen beginnt die Haut der Sirene zu schmelzen. Ihre Haare verwandeln sich in grünen Seetang und ihre Schuppen zerfließen. Ihr Blut wird schäumend zu Gischt. Eine Minute später ist auch davon nichts mehr übrig.

Ich bin froh darüber. Wenn eine Sirene stirbt, wird sie wieder Teil des Meeres. Dadurch bleibt uns erspart, Leichen zu verbrennen oder verwesende Körper über Bord werfen zu müssen. Ich bin vielleicht kein guter Mensch, aber so abgebrüht bin ich nun auch nicht, dass es mir auf diese Art nicht lieber wäre.

»Was jetzt, Cap?«, fragt Kye, mein Steuermann, und steckt sein Schwert zurück in die Scheide. Dann stellt er sich neben Madrid, meine zweite Maatin. Wie üblich ist Kye ganz in Schwarz gekleidet, in zusammengeflicktem Leder und mit Handschuhen, die seine Fingerspitzen frei lassen. Sein hellbraunes Haar ist an den Schläfen abrasiert und in der Mitte zu einem hohen Kamm frisiert wie bei den meisten Männern aus Omorfiá, wo gutes Aussehen wichtiger ist als alles andere – in Kyes Fall moralische Grundsätze mit eingeschlossen. Zum Glück für ihn – und womöglich für uns alle – weiß Madrid, wie man Leuten Anstand einbläut. Für eine geübte Mörderin hat sie bemerkenswert strenge Moralprinzipien. Die Beziehung zwischen den beiden hat Kye immer davor bewahrt, endgültig auf die schiefe Bahn zu geraten.

Grinsend schaue ich Kye von der Seite an. Ich mag es, wenn er mich *Cap* nennt. Captain. Alles ist besser als *mein Gebieter. Mein Prinz. Eure Königliche Hoheit Sir Elian Midas.* Keiner der vielen Ehrentitel, die mir katzbuckelnde Untertanen zwischen endlosen Verbeugungen in die Ohren säuseln, passt auch nur annähernd so gut zu mir wie *Cap*. Denn im Grunde bin ich mehr Pirat als Prinz.

Seit meinem fünfzehnten Geburtstag ist das so, und in den letzten vier Jahren ist mir der Ozean vertrauter geworden als alles andere. In Midas sehnt sich mein Körper ständig nach Schlaf. Dort muss ich allen den Prinzen vorspielen, und das erschöpft mich. Die Gespräche mit den Höflingen, die mich als einen der Ihren betrachten, sind so ermüdend, dass mir die Augen zufallen. An Bord der Saad hingegen schlafe ich nur selten. Hier verfliegt jede Müdigkeit. Auf dem Schiff rauscht mein Blut und rast mein Puls, als würden Blitze durch meine Adern jagen. Ich bin immer hellwach und in fieberhafter Aufregung. Während der Rest meiner Mannschaft schläft, liege ich an Deck und zähle die Sterne.

Ich erkenne Formen in ihnen und spinne Geschichten daraus. Sie handeln von all den Orten, an denen ich schon war oder irgendwann sein werde. Von Meeren und Ozeanen, die ich entdecken will. Von Männern, die ich anheuern werde. Von Teufeln, die ich besiegen muss. Der Nervenkitzel hört nie auf, auch wenn im Meer der Tod lauert. Wenn der vertraute Gesang meine Seele berührt und mich für einen

Augenblick an die Liebe glauben lässt, macht der Reiz dieser Gefahr mich nur umso gieriger.

Als Elian Midas, Kronprinz und Thronerbe des Reichs, bin ich ein echter Langweiler. Meine Gespräche drehen sich um Staatsangelegenheiten und Besitztümer und um die Fragen, an welchen Bällen ich teilnehme, welche Dame das hübscheste Kleid trägt und ob eine unter ihnen ist, für die ich mich erwärmen könnte. Jedes Mal, wenn ich im Hafen von Midas anlege und in diese Rolle schlüpfen muss, kommt es mir wie pure Zeitverschwendung vor. Ein Monat, eine Woche, ein Tag – unwiederbringlich verloren. Eine verpasste Gelegenheit. Ein Leben, das ich nicht retten konnte. Ein weiterer Königssohn, den ich den Fängen jener Sirene überlassen habe, die man *Fluch der Prinzen* nennt.

Aber als Elian, Captain der Saad, bin ich ein anderer Mensch. Wenn das Schiff vor einer Insel anlegt, die ich mir als nächsten Halt ausgesucht habe, und meine Mannschaft bei mir ist, kann ich so sein, wie ich bin. Ich kann trinken, bis mir schwindlig wird, und mit Frauen scherzen, deren Haut von unzähligen Berührungen glüht. Frauen, die nach Rosen und Gerste duften und die losprusten, wenn sie hören, dass ich ein Prinz bin, und mir lachend sagen, dass ich trotzdem meine Zeche bezahlen muss.

»Cap?«, fragt Kye noch mal. »Und was jetzt?«

Ich springe die Stufen zum Vorderdeck hinauf, ziehe das goldene Teleskop aus meiner Gürtelschlaufe und drücke es an mein mit Kohle schwarz umrandetes Auge. Unter dem Bugspriet erstreckt sich der Ozean. Meile um Meile bis in die Unendlichkeit. Wohin man auch schaut, nichts als klares Wasser. Ich fahre mir über die Lippen, denn ich lechze nach mehr.

In meinen Adern fließt königliches Blut, aber die Sehnsucht nach dem Abenteuer ist stärker. Für den Prinzen von Midas, hatte mein Vater gesagt, schicke es sich nicht, rostige Klingen am Gürtel zu tragen oder auf das offene Meer hinauszusegeln und monatelang wegzubleiben. Es zieme sich nicht, mit neunzehn Jahren immer noch keine passende Frau gefunden zu haben oder Dreispitze zu tragen und locker geschnürte Lumpen statt goldgewirkter Gewänder.

Es gehöre sich nicht, als Pirat auf Sirenenjagd zu gehen, statt als Prinz meine Pflichten zu erfüllen.

Seufzend drehe ich mich zum Bug. Auch hier erstreckt sich der weite Ozean, aber in der Ferne, für das Auge nicht sichtbar, liegt das Land. Die Insel Midas. Die Heimat.

Ich lasse den Blick über meine Mannschaft gleiten. Vierzig Matrosen und Krieger, die meine Mission ehrenwert und mutig finden. Sie denken anders über mich als die Höflinge, die in mir einen jungen Prinzen sehen, dem die Abenteuerlust ausgetrieben werden muss. Die Männer und Frauen auf dem Schiff sehen in mir einen Anführer, dem sie ihre uneingeschränkte Treue geschworen haben.

»Also gut, ihr wilder Haufen von Sirenentötern«, rufe ich ihnen zu. »Lasst unsere Dame nach Backbord segeln.«

Die Mannschaft jubelt. Ich werde dafür sorgen, dass sie in Midas so viel essen und trinken können, wie sie wollen. Sie sollen volle Bäuche und herrlich seidene Bettlaken haben – mehr Luxus, als sie es von der Saad oder den Hafenwirtshäusern kennen, in denen wir auf Landgang übernachten.

»Meine Familie wird wissen wollen, wie es uns ergangen ist«, sage ich zu ihnen. »Wir segeln nach Hause.«

Stampfendes Fußgetrappel folgt meinen Worten. Die Ankündigung löst Begeisterungsstürme aus. Ich bemühe mich, ein fröhliches Gesicht zu machen. Ich werde meine Gefühle nicht zeigen. Denn so kennen meine Leute mich: nie beunruhigt, nie erzürnt, nie verzagt. Immer Herr meines Lebens und meines Schicksals.

Das Schiff schwenkt hart nach Steuerbord und schlägt einen weiten Bogen, während meine Matrosen geschäftig übers Deck eilen und es kaum erwarten können, nach Midas zurückzukehren. Nicht alle von ihnen sind dort geboren. Einige stammen aus benachbarten Königreichen wie Armonía oder Adékaros – Länder, derer sie überdrüssig geworden oder in denen nach dem Tod ihrer Prinzen Unruhen ausgebrochen sind. Sie kommen von überallher und sind nirgendwo zu Hause. Aber sie nennen Midas ihre Heimat, weil es auch meine ist. Doch das ist eine Lüge – für sie genauso wie für mich. Meine Mannschaft ist meine Familie, und obwohl ich es nie laut aussprechen würde – und es vielleicht auch gar nicht aussprechen muss –, ist die Saad mein wahres Zuhause.

Die Insel, die wir ansteuern, ist nur ein Zwischenhalt.

VIER

In Midas glitzert das Meer golden. Zumindest hat man diesen Eindruck. Tatsächlich ist das Wasser genauso blau wie in jedem anderen Meer. Aber Licht bringt Erscheinungen hervor. Unerklärliche Dinge. Licht kann lügen.

Das Schloss erhebt sich hoch über der Insel. Es ist die größte aller Pyramiden und aus purem Gold gemacht. Jeder Stein, jeder Ziegel fängt das Sonnenlicht ein und gibt es tausendfach zurück. Am Horizont reihen sich hohe Statuen, und die Häuser der Unterstadt haben alle die gleiche Farbe. Straßen und Pflastersteine schimmern gelb. Wenn die Sonnenstrahlen aufs Wasser treffen und reflektiert werden, erstrahlt das Meer in einem unvergleichlichen Glanz. Nur in den dunkelsten Stunden der Nacht kommt das wahre Blau der Midasanischen See zum Vorschein.

Als Prinz von Midas müsste ich Gold in meinem Blut haben. Jedes Land der hundert Königreiche hat seine eigenen Mythen und Geschichten, die sich um ihr Königshaus ranken: Die Herrscherfamilie von Págos wurde von den Göttern aus Schnee und Eis gemeißelt. Haare wie Milch und Lippen so blau wie der Himmel sind ihr Geschenk, das von Generation zu Generation weitergegeben wird. Die Fürsten von Eidýllio stammen vom Gott der Liebe ab; jeder, den sie berühren, findet einen Seelenverwandten für sich. Und die Monarchen von Midas sind aus reinem Gold geschmiedet.

Der Legende nach blutet meine Familie kostbare Reichtümer. Mein Blut ist schon oft geflossen. Schon mehr als einmal haben sich die Klauen einer Sirene in meine Arme gebohrt. Ich habe mehr Blut vergossen als jeder andere Prinz und ich kann versichern, dass es nie golden war.

Meine Mannschaft weiß das. Denn meine Getreuen sind auch diejenigen, die meine Wunden säubern und mich wieder zusammenflicken. Trotzdem spinnen sie die Legende weiter – sie lachen und nicken vielsagend, sobald die Rede auf goldenes Blut kommt. Niemals würden sie das Geheimnis meiner Gewöhnlichkeit preisgeben.

»Natürlich«, sagt Madrid zu jedem, der sie fragt. »Der Captain besteht aus den reinsten Sonnenstrahlen. Ihn bluten zu sehen ist, als würde man den Göttern in die Augen blicken.«

Kye beugt sich dann vor und senkt seine Stimme wie jemand, der alle meine Geheimisse kennt: »Nachdem er mit einer Frau zusammen war, weint sie eine Woche lang Tränen aus flüssigem Metall. Zum einen, weil sie sich so schrecklich nach seiner Berührung sehnt, zum anderen, weil sie sich damit ihren Stolz zurückkaufen kann.«

»Ja«, stimmt Torik stets zu. »Außerdem scheißt er Regenbögen.«

Ich bleibe noch eine Weile auf dem Vorderdeck der Saad, die im Hafen von Midas vor Anker gegangen ist. Nach so vielen Wochen auf See beunruhigt mich der Gedanke, wieder festen Boden unter den Füßen zu haben. So ist es immer. Noch unwohler fühle ich mich bei der Vorstellung, dass ich mein wahres Ich auf der Saad zurücklassen muss, wenn ich mich auf den Weg zur Pyramide und zu meiner Familie mache. Ich bin fast ein Jahr lang unterwegs gewesen, aber obwohl ich sie vermisst habe, kommt mir die Zeit viel zu kurz vor.

Kye steht neben mir. Der Rest der Mannschaft ist schon an Land gegangen, aber er weicht mir nicht von der Seite, solange ich ihn nicht dazu auffordere. Er ist mein Steuermann, bester Freund und Leibwächter. Letzteres würde er jedoch nie zugeben, obwohl mein Vater ihm ein wahres Vermögen dafür bezahlt hat. Schon damals kannte Kye mich lange genug, um sich davor zu hüten, mich retten zu wollen, und zugleich war er lange genug mein Freund, um es dennoch immer wieder aufs Neue zu tun.

Was ihn nicht daran hinderte, das Geld von meinem Vater anzunehmen. So, wie er sich oft Dinge nimmt, nur weil er es kann. Das liegt daran, dass er der Sohn eines Diplomaten ist. Wenn Kye seinen Vater schon enttäuscht, indem er sich meiner Sirenenjagd anschließt, statt sein Leben in den Dienst der Politik zu stellen, dann will er wenigstens keine halben Sachen machen. Er widmet sich seiner Aufgabe mit Leib und Seele. Schließlich hat sein Vater die Drohung, ihn zu enterben, längst wahr gemacht.

Um mich herum schimmert alles. Gebäude und Straßen, ja sogar der Hafen. Zur Feier meiner Rückkehr schweben am Himmel Hunderte von kleinen goldenen Laternen. Der Berater meines Vaters stammt aus dem Land der Wahrsager und Propheten, daher weiß er im Voraus, wann ich komme. Bei meiner Ankunft tanzen immer flackernde Lichter am Himmel und funkeln mit den Sternen um die Wette.

Ich nehme den vertrauten Duft meiner Heimat in mich auf. Midas riecht nach Früchten. Nach Butterbirnen und gelbfleischigen Pfirsichen mit der cremigen Beschaffenheit von Honig und der Likörsüße von Aprikosen. Und dazwischen mischt sich der flüchtige Geruch von Süßholz und Kautabak, der von der Saad kommt und von mir.

»Elian.« Kye legt den Arm um meine Schultern. »Wenn wir heute Abend noch etwas zu essen haben wollen, sollten wir los. Du weißt genau, dass die Gierhälse alles wegfuttern, wenn sie können.«

Mein Lachen klingt eher wie ein Seufzen.

Ich nehme meinen Hut ab. Meine Schiffskleidung habe ich bereits gegen die einzigen respektablen Kleider eingetauscht, die ich an Bord habe. Ein cremefarbenes Hemd mit Knöpfen statt Schnüren, dazu eine mitternachtsblaue Hose mit goldenem Gürtel. Nicht unbedingt angemessen für einen Prinzen, aber auch keine Piratenkluft. Ich habe sogar den Wappenring meiner Familie von der dünnen Halskette genommen und über meinen Daumen gestreift.

»Also gut.« Ich hänge den Hut über das Steuerruder. »Bringen wir es hinter uns.«

»Es wird schon nicht so schlimm werden.« Kye stellt seinen Kragen hoch. »Vielleicht findest du ja noch Gefallen an den Verbeugungen. Womöglich gibst du die Seefahrt auf und lässt uns alle im goldenen Land stranden.« Er zerzaust mein Haar. »Wäre gar nicht mal so übel«, sagt er. »Ich mag Gold ganz gern.«

»Ein wahrer Pirat.« Ich versetze ihm spielerisch einen Stoß. »Aber das kannst du dir schön aus dem Kopf schlagen. Wir gehen zum Palast, überstehen den Ball, den sie zu meinen Ehren veranstalten werden, und bevor die Woche um ist, stechen wir wieder in See.«

»Ein Ball?« Kyes Augenbrauen schießen in die Höhe. »Welche Ehre, mein Gebieter.« Die Hand auf den Bauch gelegt, verbeugt er sich tief.

Ich versetze ihm noch einen Stoß, diesmal etwas fester. »Bei allen Göttern«, seufze ich. »Lass das.«

Er verbeugt sich wieder, prustet aber fast los. »Ganz wie Ihr wünscht, Hoheit.«

Meine Familie erwartet mich im Thronsaal. Er ist mit schwebenden Kugeln aus Gold geschmückt. Fahnen mit dem Wappen von Midas zieren die Wände. Auf einem großen Tisch türmen sich Juwelen und Geschenke. Gaben des Volks für den heimgekehrten Prinzen.

Nachdem ich Kye in den Speisesaal geschickt habe, bleibe ich an der Tür stehen und betrachte meine Familie. Ich bin noch nicht so weit, ihnen entgegenzutreten.

»Nicht, dass ich es ihm nicht gönnen würde«, sagt meine Schwester.

Amara ist sechzehn. Ihre Augen haben die Farbe von grünem Molokhia und ihre Haare sind so schwarz wie meine, aber mit Gold und Edelsteinen durchflochten.

»Allerdings bezweifle ich, dass er es haben möchte.« Amara hält ein goldenes Armband in Form eines Blatts hoch, um es dem König und der Königin zu zeigen. »Mal ehrlich«, sagt sie. »Könnt ihr euch vorstellen, dass Elian so etwas trägt? Ich tue ihm nur einen Gefallen.«

»Nennt man Diebstahl neuerdings Gefallen?«, fragt die Königin. Als sie sich zu ihrem Mann umdreht, schwingen die schmalen Zöpfchen an ihren Schläfen hin und her. »Sollen wir sie nach Kléftes zu all den anderen Dieben schicken?«

»Das würde ich im Traum nicht wagen«, erwidert der König. »Wie ich meine kleine Dämonin kenne, stiehlt sie den Wappenring und Kléftes sieht dies als Kriegserklärung an.«

»Unsinn«, sage ich und betrete den Raum. »Sie wäre klug genug, sich gleich die Königskrone zu schnappen.«

»Elian!«

Amara eilt auf mich zu und wirft sich mir um den Hals. Ich reiße sie von den Füßen, als ich ihre stürmische Umarmung erwidere. Ich freue mich genauso sehr über unser Wiedersehen wie sie.

»Da bist du ja endlich!«, ruft sie, als ich sie wieder abgesetzt habe.

Mit gespielter Empörung blicke ich sie an. »Kaum bin ich fünf Minuten da, schon willst du mich ausrauben.«

Amara knufft mich in den Bauch. »Nur ein kleines bisschen.«

Mein Vater erhebt sich vom Thron. Seine bronzene Haut lässt seine strahlend weißen Zähne noch heller blitzen. »Mein Sohn.«

Er nimmt mich in die Arme und klopft mir auf den Rücken. Meine Mutter tritt zu uns heran. Sie ist zierlich und reicht meinem Vater gerade mal bis an die Schulter. Ihre Gesichtszüge sind zart und anmutig, ihr Haar ist kinnlang geschnitten. Sie hat die grünen Augen einer Katze, die sie noch durch schwarze, lang gezogene Lidstriche betont.

Der König ist in jeder Hinsicht das Gegenteil von ihr. Er ist groß und muskulös. Sein Kinnbart ist mit Perlen verziert. Das Braun seiner Augen passt zu seiner Haut und sein Kiefer ist kantig. Die Symbole von Midas, die sein Gesicht schmücken, zeichnen ihn als Krieger aus.

Meine Mutter lächelt. »Wir dachten schon, du hättest uns vielleicht vergessen.«

»Wenn, dann nur kurz.« Ich küsse ihre Wange. »Als wir im Hafen angelegt haben, seid ihr mir wieder eingefallen. Ich habe die Pyramide gesehen und gedacht: *Oh, dort lebt meine Familie. Ich erinnere mich an ihre Gesichter. Hoffentlich schenken sie mir ein Armband als Willkommensgruß.*« Ich grinse Amara an und sie knufft mich.

»Hast du schon etwas gegessen?«, fragt mich meine Mutter. »Im Bankettsaal gibt es ein Festmahl. Ich glaube, deine Freunde haben sich bereits dort versammelt.«

Mein Vater knurrt. »Zweifellos vertilgen sie alles außer dem Besteck.«

»Wenn du wolltest, dass sie das Besteck essen, hättest du es aus Käse schnitzen lassen sollen.«

»Also wirklich, Elian.« Meine Mutter gibt mir einen Klaps auf die Schulter, dann streicht sie mir das Haar aus der Stirn. »Du siehst müde aus«, sagt sie.

Ich nehme ihre Hand und küsse sie. »Mir geht es gut. So sieht man aus, wenn man seine Nächte auf einem Schiff verbringt.«

Ich bin mir ganz sicher, dass die Müdigkeit mich erst befallen hat, als ich die Saad verlassen und den Fuß auf das goldbemalte Pflaster von Midas gesetzt habe. Nur ein Schritt, und schon ist alles Leben aus mir entwichen.

»Du solltest mehr als ein paar Nächte im Jahr in deinem eigenen Bett schlafen«, sagt mein Vater.

»Radames«, unterbricht ihn meine Mutter tadelnd. »Fang nicht wieder davon an!«

»Ich unterhalte mich nur mit meinem Sohn! Da draußen gibt es nichts als den Ozean.«

»Und Sirenen«, entgegne ich.

»Ha!« Sein Lachen klingt wie ein Bellen. »Und es ist allein deine Aufgabe, sie aufzuspüren, nicht wahr? Wenn du nicht aufpasst, ergeht es uns bald wie Adékaros.«

»Was soll das heißen?«, frage ich stirnrunzelnd.

»Am Ende wird deine Schwester den Thron besteigen müssen.«

»Dann gibt es ja keinen Grund zur Sorge.« Ich lege den Arm um Amara. »Sie gibt sicherlich eine bessere Königin ab als ich.«

Amara unterdrückt ein Lachen.

»Sie ist sechzehn«, weist mich mein Vater zurecht. »Ein Kind sollte sein Leben genießen dürfen und nicht gezwungen sein, sich um ein ganzes Königreich zu kümmern.«

»Aha.« Ich verschränke die Arme vor der Brust. »Sie darf das, aber ich nicht?«

»Du bist der Ältere.«

»Ach ja?« Ich gebe mich kurz nachdenklich. »Dabei strahle ich doch so viel Jugendlichkeit aus.«

Mein Vater öffnet den Mund, um etwas zu erwidern, aber meine Mutter legt ihm beschwichtigend die Hand auf die Schulter. »Radames«, sagt sie. »Ich denke, Elian braucht dringend etwas Schlaf. Morgen findet der Ball statt. Er hat einen anstrengenden Tag vor sich und sieht sehr erschöpft aus.«

Ich ringe mir ein gequältes Lächeln ab und verbeuge mich kurz. »Ganz wie Ihr meint«, sage ich und wende mich zum Gehen.

Mein Vater hat nie verstanden, wie wichtig es ist, was ich tue. Bei jeder Rückkehr gebe ich mich der Hoffnung hin, dass er ein einziges Mal seine Liebe zu mir über die Liebe zu seinem Königreich stellt. Aber wenn er um meine Sicherheit fürchtet, dann geht es ihm vor allem um die Krone. Er hat zu viele Jahre damit verbracht, das Volk auf mich als den zukünftigen Herrscher einzustimmen, und ist nicht gewillt, daran etwas zu ändern.

»Elian!«, ruft Amara hinter mir her.

Ich achte nicht auf sie, sondern verlasse mit großen, schnellen Schritten den Saal. Zorn wallt in mir hoch. Ich könnte meinen Vater nur stolz machen, indem ich alles aufgebe, was mir wichtig ist.

»Elian«, sagt meine Schwester entschlossen. »Eine Prinzessin darf nicht rennen. Und wenn doch, dann werde ich es verbieten lassen, falls ich je Königin werde.«

Widerwillig bleibe ich stehen und drehe mich zu ihr um. Sie seufzt erleichtert und lehnt sich gegen die Wand. Sie hat ihre Schuhe ausgezogen und ist jetzt noch kleiner, als ich sie in Erinnerung hatte. Ich muss unwillkürlich lächeln. Sie macht ein finsteres Gesicht und versetzt mir einen Schlag gegen den Arm. Ich zucke zusammen und strecke die Hände nach ihr aus.

»Du machst ihn wütend«, sagt sie und nimmt meinen Arm.

»Aber erst, nachdem er *mich* wütend gemacht hat.«

»Mit deinem Eifer für Wortgefechte wirst du auf dem diplomatischen Parkett sicher eine gute Figur abgeben.«

Ich schüttle den Kopf. »Nicht, wenn du den Thron besteigst.«

»Dann kriege ich wenigstens das Armband.« Sie sieht mir ins Gesicht. »Wie war die Reise? Wie viele Sirenen hat der große Pirat denn erlegt?«

Sie sagt es mit einem schiefen Lächeln, denn sie weiß genau, dass ich nichts von meiner Zeit auf der Saad erzähle. Ich lasse meine Schwester an vielem teilhaben, aber niemals daran. Ich möchte, dass Amara mich als Held sieht und nicht als jemand, der tötet. Mörder sind viel zu oft Schurken.

»Fast keine«, antworte ich. »Ich war bis oben hin voll mit Rum, daher habe ich kaum einen Gedanken an sie verschwendet.«

»Du bist wirklich ein Lügner«, sagt Amara. »Und mit *wirklich* meine ich *wirklich schlecht*.«

Wir sind vor ihren Gemächern angelangt und bleiben stehen. »Und du bist wirklich neugierig«, erwidere ich. »Das kenne ich gar nicht von dir.«

Amara geht über meine Bemerkung hinweg. »Willst du nicht noch in den Bankettsaal zu deinen Freunden?«, fragt sie.

Ich schüttle den Kopf. Die Palastwachen werden dafür sorgen, dass meine Seeleute bequeme Betten für die Nacht haben, und ich bin viel zu müde, um noch länger ein Lächeln aufzusetzen.

»Ich gehe schlafen«, sage ich zu ihr. »Ganz wie die Königin es befohlen hat.«

Amara nickt, dann stellt sie sich auf die Zehenspitzen und drückt mir einen Kuss auf die Wange. »Bis morgen«, sagt sie. »Über deine Heldentaten kann ich einfach Kye befragen. Ich glaube nicht, dass er als

Diplomatensohn eine Prinzessin belügen würde.« Mit einem frechen Grinsen dreht sie sich um und verschwindet durch die Tür.

Ich bleibe noch einen Augenblick stehen.

Die Vorstellung, dass meine Schwester mit meiner Mannschaft Geschichten austauscht, gefällt mir nicht, aber zumindest kann ich mir bei Kye sicher sein, dass seine Schilderungen nicht allzu blutrünstig ausfallen. Er hat sehr viel Fantasie, aber er ist nicht dumm. Er weiß genau, dass ich mich nicht so benehme, wie ein Prinz es tun sollte, denn er benimmt sich auch nicht wie ein Diplomatensohn. Das ist mein größtes Geheimnis. Man kennt mich als Sirenenjäger und die Leute bei Hof reden mit Wohlwollen und einem Anflug von Belustigung über mich: *Ach, Prinz Elian versucht uns alle zu retten*. Wenn sie wüssten! Die schrecklichen, unerträglichen Schreie der Sirenen. Die Leichen der Frauen an Deck, bevor sie zu Gischt zerfließen. Wenn sie das einmal mit eigenen Augen sehen würden, stünde ich nicht länger in ihrer Gunst. Ich wäre nicht mehr ihr Prinz, aber sooft ich mich auch danach sehne, über meine Erlebnisse zu sprechen, bin ich doch klug genug, mein Geheimnis für mich zu behalten.

FÜNF

Der Palast von Keto liegt inmitten der See von Diávolos. Dort leben seit jeher unsere Königinnen. Die Menschen haben für jeden Fleck der Erde einen König oder eine Königin. Aber der Ozean kennt nur eine Herrscherin. Nur eine Königin. Das ist meine Mutter. Eines Tages werde ich es sein.

Eines Tages in nicht allzu ferner Zukunft. Nicht dass meine Mutter zu alt zum Regieren wäre. Das Leben einer Sirene kann hundert Jahre dauern. Wir altern jedoch nur um wenige Jahrzehnte. Das führt dazu, dass Töchter bald wie ihre Mütter aussehen und Mütter wie Schwestern, sodass man kaum sagen kann, wie alt eine Sirene ist. Das ist ein weiterer Grund, warum es bei uns Brauch ist, Herzen zu sammeln. Das Alter einer Sirene ist nicht an ihrem Gesicht abzulesen, sondern zeigt sich daran, wie viele Leben sie schon geraubt hat.

Es ist das erste Mal, dass ich gegen diese Tradition verstoßen habe, und meine Mutter ist außer sich vor Zorn. Sie hat sich drohend vor mir aufgebaut, ganz die herrschsüchtige Tyrannin. Sie macht nicht den Eindruck, als müsste sie in ein paar Jahren abdanken.

Es ist Tradition, dass die Meereskönigin ihre Krone ablegt, sobald sie sechzig Herzen hat. Ich weiß genau, wie viele meine Mutter in ihrem Tresor unter den Palastgärten aufbewahrt. Früher ließ sie jedes Jahr stolz die Zahl ihrer wachsenden Sammlung verkünden. Doch nach dem fünfzigsten Herz verzichtete sie darauf. Sie zählte nicht mehr oder hörte zumindest auf, darüber zu sprechen. Aber ich habe im Stillen weitergemacht. Jedes Jahr habe ich die Herzen meiner Mutter gezählt wie meine eigenen. Daher weiß ich, dass die Krone in drei Jahren mir gehören wird.

»Wie viele hast du jetzt, Lira?«, fragt die Meereskönigin und blickt drohend auf mich herab.

Wiederstrebend neige ich den Kopf. Kahlia ist dicht hinter mir. Ich muss sie nicht sehen, um zu wissen, dass sie es mir gleichtut.

»Achtzehn«, antworte ich.

»Achtzehn«, wiederholt die Königin nachdenklich. »Wie seltsam, dass du achtzehn Herzen hast, obwohl dein Geburtstag erst in zwei Wochen ist.«

»Ich weiß, aber –«

»Lass mich dir sagen, was *ich* weiß.« Die Königin nimmt auf ihrem Knochenthron Platz. »Ich weiß, dass du deine Cousine begleiten solltest, wenn sie ihr fünfzehntes Herz raubt, aber anscheinend war das zu viel verlangt.«

»Eigentlich nicht«, sage ich. »Ich habe sie ja begleitet.«

»Und bei der Gelegenheit hast du dir ein kleines Andenken mitgenommen.«

Sie schlingt ihre Tentakel um meine Taille und zieht mich zu sich heran. Ich spüre, wie meine Rippen unter ihrem eisernen Griff knirschen.

Jede Königin ist früher eine Sirene gewesen. Aber die Magie der Krone beraubt sie ihrer Flossen und verleiht ihr stattdessen mächtige Tentakel, die so stark sind wie ganze Armeen. Ihr Leib nimmt die Gestalt eines Tintenfischs an, und aus dieser Verwandlung bezieht sie ihre unbeugsamen, majestätischen Kräfte, mit denen sie die Meere ihrem Willen unterwerfen kann. Sie ist Meereskönigin und Meereshexe in einem.

Ich habe meine Mutter nicht gekannt, als sie noch eine Sirene war, aber ich kann mir nicht vorstellen, dass sie je wie alle anderen ausgesehen hat. Ihr Oberkörper ist von uralten roten Symbolen und Zeichen bedeckt, die sich bis über ihre herrlichen Wangenknochen erstrecken. Das Schwarz und Scharlachrot ihrer Tentakel fließen ineinander wie Blut, das sich mit Tinte vermischt, und ihre Augen sind längst zu roten Kristallsteinen geworden.

Ihre Krone ist ein prunkvoller Kopfschmuck, der über ihrer Stirn in spitze Hörner mündet und sich über ihren Rücken fortsetzt wie lange Gliedmaßen, die hinter ihr im Wasser treiben.

»Dafür werde ich an meinem Geburtstag nicht jagen«, versichere ich ihr atemlos.

»Oh doch, das wirst du.« Die Königin streicht über ihren schwarzen Dreizack. Auf der mittleren Zacke schimmert ein Kristall, so blutrot wie ihre Augen. »Der heutige Tag ist nicht passiert. Denn du würdest mir nie den Gehorsam verweigern oder mich in sonst irgendeiner Weise hintergehen. Nicht wahr, Lira?«

Sie quetscht meine Rippen noch etwas fester.

»Natürlich nicht, Mutter.«

»Und du?« Die Königin fixiert Kahlia, während ich mich bemühe, möglichst gelassen zu wirken. Wenn meine Mutter die Sorge in meinen Augen sähe, wäre das nur eine weitere Schwäche, die sie ausnutzen kann.

Kahlia schwimmt zu ihr. Sie hat ihr Haar mit einem Band aus Seetang zurückgebunden. Unter ihren Fingernägeln klebt immer noch die Haut der adékarosinischen Königin. Meine Cousine beugt den Kopf in einer ehrerbietigen Geste. Aber ich weiß es besser. Kahlia kann der Meereskönigin nicht in die Augen blicken, denn wenn sie es täte, würde meine Mutter sofort erkennen, was sie von ihr hält.

»Ich dachte, sie wollte ihn nur töten«, sagt Kahlia. »Ich wusste nicht, dass sie auch auf sein Herz aus war.«

Das ist eine Lüge und ich bin froh darüber.

»Was bist du nur für ein einfältiges Ding, dass du deine eigene Cousine nicht kennst.« Meine Mutter mustert sie mit gierigem Blick. »Ich weiß nicht, ob ich mir eine Strafe ausdenken kann, die grässlich genug ist, um deiner unglaublichen Dummheit gerecht zu werden.«

Ich kralle die Hand in den Tentakel, der meine Taille umschlingt. »Wie auch immer ihre Strafe aussieht«, sage ich. »Ich nehme sie auf mich.«

Das starre Lächeln meiner Mutter bekommt einen Riss und ich weiß, dass ihr all die Gründe durch den Kopf gehen, warum dies mich zu einer unwürdigen Tochter macht. Aber ich kann nicht anders. In einem Meer von Sirenen, die nur auf sich selbst schauen, ist es für mich fast schon zur Selbstverständlichkeit geworden, Kahlia zu beschützen. Seit dem Tag, an dem wir beide mit ansehen mussten, wie ihre Mutter starb. Im Lauf der Jahre hat meine Mutter alles darangesetzt, aus Kahlia und mir vollendete Nachfolgerinnen von Keto zu schaffen. Sie hat uns wie Juwelen geschliffen, bis wir so geformt waren, dass sie Gefallen an uns fand. In Kahlia spiegelt sich meine eigene Kindheit, die ich am liebsten vergessen würde.

Kahlia ist wie ich. Vielleicht ähnelt sie mir sogar etwas zu sehr. Für die Meereskönigin ist das Grund genug, sie zu hassen, und das erweckt wiederum in mir den Wunsch, auf sie aufzupassen. Ich bin immer an ihrer Seite und verteidige sie gegen die Grausamkeiten meiner Mutter. Meine Cousine zu schützen ist keine bewusste Entscheidung mehr, sondern fast schon zu einem Reflex geworden.

»Wie fürsorglich von dir«, sagt die Meereskönigin mit einem verächtlichen Lächeln. »Liegt es an den vielen Herzen, die du gestohlen hast? Hat ihre Menschlichkeit etwa auf dich abgefärbt?«

»Mutter – «

»So eine unverbrüchliche Treue zu jemand anderem als deiner Königin«, seufzt sie. »Ich frage mich, ob du dich auch den Menschen gegenüber so verhältst. Sag mir, Lira, weinst du um ihre gebrochenen Herzen?«

Sie lockert ihren Griff und stößt mich angewidert von sich. Ich hasse, wie ich mich verändere, sobald sie in der Nähe ist: ein blasses Abbild meiner selbst, unwürdig, die Krone zu erben. In ihren Augen bin ich eine Versagerin. Egal wie viele Prinzen ich erjage, im Töten werde ich ihr nie ebenbürtig sein.

Ich bin nicht kalt genug für den Ozean, der mir das Leben geschenkt hat.

»Nun gib es schon her, damit wir es hinter uns bringen können«, fordert mich die Königin ungeduldig auf.

»Gib es her?«, wiederhole ich stirnrunzelnd.

Die Königin streckt die Hand aus. »Ich habe nicht den ganzen Tag Zeit.«

Ich brauche einen Moment, um zu begreifen, dass sie vom Herz des Prinzen spricht.

»Aber …« Ich schüttle den Kopf. »Es gehört *mir.*«

Ich höre mich an wie ein störrisches Kind.

Die Lippen der Meereskönigin kräuseln sich. »Du wirst es mir geben«, sagt sie. »Und zwar sofort.«

Als ich ihren Gesichtsausdruck sehe, drehe ich mich um und schwimme wortlos zu meinem Schlafgemach. Dort liegt das Prinzenherz neben siebzehn weiteren begraben. Behutsam durchwühle ich die frische Schicht von Meereskies und hole das Herz hervor. Es ist sand- und blutverkrustet und fühlt sich immer noch warm an. Ich halte mich nicht damit auf, über den Schmerz nachzudenken, den mir dieser Verlust bereiten wird, sondern kehre zu meiner Mutter zurück und biete es ihr dar.

Die Meereskönigin streckt einen Tentakel aus und greift sich das Herz. Eine Weile lang hält sie meinen Blick fest, nimmt jede meiner Gefühlsregungen wahr. Sie kostet den Moment aus. Dann drückt sie zu.

Das Herz explodiert in einer grässlichen Fontäne aus Blut und Fleisch. Kleine Teilchen treiben wie Ozeanstaub im Wasser. Einige lösen sich auf. Andere sinken schwebend wie Federn auf den Meeresgrund.

Ein scharfes Stechen durchzuckt meine Brust, in der ein wilder Strudel tobt, als die Magie des Herzens mich verlässt. Die Schockwellen sind so stark, dass die Fächer meiner Flosse sich in einer Muschel verfangen und aufreißen. Mein Blut strömt ins Wasser und vermischt sich mit dem des Prinzen.

Sirenenblut ist ganz anders als Menschenblut. Zum einen ist es kalt. Zum anderen brennt es. Menschenblut fließt und tropft und sammelt sich zu Pfützen, das Blut einer Sirene wirft Blasen und brodelt und lässt Haut zerschmelzen.

Ich sinke auf den Meeresgrund und kralle die Hände so tief in den Sand, dass meine Finger auf Fels stoßen und ein Fingernagel absplittert. Ich ringe nach Atem, schlucke Wasser und huste es würgend wieder aus. Ich habe das Gefühl zu ertrinken. Bei dem Gedanken muss ich fast lachen.

Wenn eine Sirene ein Menschenherz raubt, entsteht eine ganz besondere Verbindung. Es ist ein uralter Zauber, der nicht leicht zu brechen ist. Wenn wir uns Herzen nehmen, geht ihre Macht auf uns über und wir verleiben uns die Jugend und Lebenskraft ein. Als mir das Herz des adékarosinischen Prinzen entrissen wird, fließt seine Macht ins Meer und löst sich vor meinen Augen in nichts auf.

Zitternd erhebe ich mich. Meine Glieder sind schwer wie Eisen und meine Flosse pocht. Der wunderschöne rote Seetang, den ich um meine Brüste geschlungen habe, hat sich gelockert und ist nach unten gerutscht. Kahlia wendet sich ab, damit meine Mutter ihren Schmerz nicht sieht.

»Wunderbar«, sagt die Königin. »Und nun kommt die Strafe.«

Jetzt muss ich doch lachen. Meine Kehle ist rau. Ich fühle mich schwächer als jemals zuvor.

»War das noch nicht die Strafe?«, keuche ich. »Du hast mir gewaltsam einen Teil meiner Macht entrissen.«

»Oh doch, es war sogar eine sehr passende Strafe«, erwidert die Meereskönigin. »Ich hätte mir keine bessere Lektion für dich einfallen lassen können.«

»Was willst du dann noch?«

Sie lächelt und entblößt ihre elfenbeinernen Fangzähne. »Es fehlt noch Kahlias Strafe«, antwortet sie. »Die du ja unbedingt übernehmen willst.«

Meine Brust wird ganz eng. Ich erkenne das Angst einflößende Glitzern in den Augen meiner Mutter, denn ich habe diesen Blick von ihr geerbt. Ich hasse es, diesen Blick bei ihr zu sehen, denn ich weiß, was er bedeutet.

»Es wird mir schon das Richtige für dich einfallen.« Die Königin fährt mit der Zunge über ihre Zähne. »Ich werde dir eine wertvolle Lehre von der Macht der Geduld erteilen.«

Ich unterdrücke ein spöttisches Grinsen, denn ich weiß, dass ich es bitter bereuen würde. »Spann mich nicht auf die Folter.«

Die Meereskönigin sieht mich vielsagend an. »Du hast Schmerz immer genossen«, sagt sie.

Aus dem Mund meiner Mutter ist das fast ein Lob, daher zwinge ich mich zu einem klebrig süßen Lächeln und sage: »Schmerz tut nicht immer weh.«

Die Meereskönigin sieht mich herablassend an. »Tatsächlich?« Ihre Augenbrauen schießen in die Höhe und mein Hochmut gerät ins Wanken. »Wenn das so ist, muss ich dir wohl die Gelegenheit geben, so viel Schmerz auf dich zu nehmen, wie es dir beliebt, wenn du an deinem Geburtstag dein nächstes Herz stiehlst.«

Ich schaue sie argwöhnisch an. »Ich verstehe nicht.«

»Nur diesmal«, fährt die Königin fort, »wirst du statt der Prinzen, die du so gekonnt in die Falle lockst, eine andere Beute erjagen.« Sie klingt unbarmherziger, als ich es je könnte. »Dein achtzehntes Herz wird das eines Matrosen sein. Und wie jedes Jahr wirst du zur Feier deiner Geburt vor dem ganzen Königreich deine Trophäe präsentieren.«

Ich starre meine Mutter an und beiße mir so fest auf die Zunge, dass meine Zähne sich fast berühren.

Sie will mich nicht bestrafen, sie will mich demütigen. Sie will dem Volk, dessen Furcht und Treue ich mir erworben habe, vor Augen führen, dass ich nichts Besonderes bin. Eine Sirene wie jede andere. Dass ich es nicht würdig bin, die Krone zu tragen.

Mein ganzes Leben lang habe ich versucht, so zu sein, wie meine Mutter es will – nämlich die Schlimmste von allen. Ich habe alles unternommen, um zu beweisen, dass ich den Dreizack verdiene. Ich wurde zum Fluch der Prinzen – ein Titel, unter dem mich die ganze Welt kennt. Um unser Königreich und meiner Mutter willen bin ich erbarmungslos geworden. Und diese Erbarmungslosigkeit hat jeder Meereskreatur gezeigt, dass ich eine Herrscherin sein kann. Jetzt will mir meine Mutter genau dies wegnehmen. Nicht nur meinen Namen, sondern auch das Vertrauen der Meere in mich. Wenn ich nicht mehr der Fluch der Prinzen bin, dann bin ich nichts. Nur eine Prinzessin, die eine Krone erbt, statt sie zu verdienen.

SECHS

»Ich kann mich nicht erinnern, wann ich dich das letzte Mal so gesehen habe.«

»Wie denn?«

»So zurechtgemacht.«

»Zurechtgemacht?«, wiederhole ich und streiche meinen Kragen glatt.

»So gut aussehend«, sagt Madrid.

Ich ziehe eine Augenbraue hoch. »Sehe ich denn sonst etwa nicht gut aus?«

»Normalerweise bist du nicht so sauber«, antwortet sie. »Und deine Haare sind auch nicht so …«

»Zurechtgemacht?«

Madrid krempelt ihre Ärmel hoch. »Wie die eines Prinzen.«

Ich ziehe eine Grimasse und blicke in den Spiegel. Meine Haare sind glatt zurückgekämmt und ich bin von Kopf bis Fuß so sauber geschrubbt, dass alle Spuren des Ozeans verschwunden sind. Ich trage ein elegantes weißes Hemd mit hochgeknöpftem Kragen und darüber eine tiefgoldene Jacke, die sich auf meiner Haut wie Seide anfühlt. Was wohl daran liegt, dass sie aus Seide ist. Der Ring mit dem Familienwappen schneidet in meinen Daumen ein und von all dem Gold, das ich heute trage, funkelt dieses Schmuckstück am hellsten.

»Du siehst aus wie immer«, sage ich zu Madrid. »Nur die Schlammspritzer fehlen.« Sie streckt mir die Zunge heraus und bindet ihr mitternachtsdunkles Haar mit einem Tuch zurück, sodass man die Tätowierung der Kléftesi an ihrer Schläfe sehen kann. Es ist das Brandzeichen der Kinder, die auf Sklavenschiffen fortgebracht wurden, um sich als Auftragsmörder zu verdingen. Als ich Madrid zum ersten Mal begegnet bin, hatte sie sich gerade mit einer geladenen Pistole ihre Freiheit erkauft.

Kye und Torik warten an der Tür. Torik mit seinen ausgefransten Hosen und Kye mit den prägnanten Wangenknochen und einem Lächeln, dem alle auf den Leim gehen. Ihre Gesichter mögen sauber sein, aber sonst sind sie so wie immer. Sie sind unfähig, sich zu verbiegen, und darum beneide ich sie.

»Kommt mit«, sagt Kye und verschränkt seine Finger mit denen von Madrid. Für dieses Zeichen der Zuneigung erntet er von ihr einen finsteren Blick – die beiden verstehen sich besser aufs Kämpfen als aufs Lieben –, und Madrid macht sich von ihm los, um sich mit der Hand durchs Haar zu fahren.

»Du fühlst dich im Wirtshaus viel wohler als hier«, sagt Madrid.

Sie hat recht. Der Rest meiner Mannschaft ist bereits auf dem Weg zur Goldenen Gans – die Taschen voller Gold, um sich zu betrinken, bis die Sonne aufgeht. Nur meine drei engsten Vertrauten sind bei mir geblieben.

»Es ist ein Ball zu meinen Ehren«, sage ich zu ihnen. »Und es wäre nicht sehr ehrenwert, wenn ich mich dort nicht blicken lasse.«

»Vielleicht würde es keinem auffallen.« Madrids zurückgebundenes Haar schwingt hin und her, während sie das sagt.

»Das muntert mich nicht gerade auf.«

Kye knufft sie und sie stößt ihn heftiger als nötig zurück. »Lass das!«, faucht sie ihn an.

»Nur wenn du ihn nicht noch weiter aufstachelst«, erwidert Kye.

»Lass den Prinzen dieses eine Mal Prinz sein. Ich brauche dringend etwas zu trinken. Außerdem habe ich das Gefühl, diesen makellosen Raum zu beschmutzen, nur indem ich hier herumstehe.«

Ich nicke. »Ja, ich komme mir auch schon ganz bedürftig vor, wenn ich dich ansehe.«

Kye schnappt sich ein golddurchwirktes Kissen vom nächstbesten Sofa und schleudert es auf mich, zielt dabei aber so erbärmlich schlecht, dass es neben meinen Füßen landet. Ich verpasse dem Kissen einen Tritt und bemühe mich, einen strafenden Blick aufzusetzen.

»Ich will nur hoffen, dass du im Messerwerfen besser bist.«

»Bisher hat sich noch keine Sirene beschwert«, erwidert er. »Ist es wirklich in Ordnung, wenn wir gehen?«

Ich betrachte den Prinzen, der mir aus dem Spiegel entgegenblickt. Perfekt und glatt und fast ohne jedes Funkeln in den Augen. Als wäre ich unberührbar und mir dessen nur allzu bewusst. Madrid hat recht, ich sehe aus wie ein Prinz. Mit anderen Worten: Ich sehe aus wie ein Lackaffe.

Ich streiche noch einmal über meinen Kragen. »Ja, es ist in Ordnung.«

Der Ballsaal glänzt wie eine Sonne. Überall glitzert und funkelt es. Wenn ich zu lange auf eine Stelle blicke, fängt mein Kopf an wild zu pochen.

»Wie lange werdet Ihr an Land bleiben?«

Nadir Pasha, einer unserer höchsten Würdenträger, schwenkt einen Goldkelch mit Branntwein. Im Vergleich zu den anderen Pashas – Würdenträger aus Politik und Militär –, mit denen ich heute Abend müßige Konversation betrieben habe, ist er nicht ganz so öde. Daher hebe ich ihn mir bei den Gesprächsrunden bei Hof immer bis zum Schluss auf. Nichts liegt ihm ferner, als über Staatsangelegenheiten zu sprechen – erst recht nicht, wenn die Branntweingläser so gut gefüllt sind wie hier.

»Nur ein paar Tage«, antworte ich.

»Immer auf der Suche nach Abenteuer!«, ruft Nadir aus und genehmigt sich einen großen Schluck. »Was für ein Vergnügen es doch ist, jung zu sein!«

Halina, seine Frau, streicht ihr smaragdgrünes Kleid glatt. »In der Tat.«

»Womit ich nicht behaupten will, dass du oder ich uns noch daran erinnern könnten«, seufzt Pasha.

»Es fällt schwer, das zu glauben.« Ich führe Halinas Hand an meine Lippen. »Ihr strahlt heller als jede goldbestickte Tapisserie.«

Mein Kompliment ist fadenscheinig und leicht zu durchschauen, aber dennoch knickst Halina vor mir. »Vielen Dank, Mylord.«

»Es ist bewundernswert, wie ernst Ihr Eure Pflichten nehmt«, sagt Nadir. »Man erzählt sich, dass Ihr unglaublich viele Sprachen beherrscht. Das wird bei zukünftigen Verhandlungen mit benachbarten Königreichen zweifellos von Vorteil sein. Wie viele Sprachen sind es inzwischen?«

»Fünfzehn«, antworte ich. »In meinen jungen Jahren habe ich mir vorgenommen, alle Sprachen der hundert Königreiche zu erlernen. Ich fürchte, ich bin grandios gescheitert.«

»Wozu soll das auch gut sein?«, wundert sich Halina. »Es gibt kaum jemanden, der nicht Midasan spricht. Wir sind die Mitte der Welt, Hoheit. Wenn sich jemand nicht die Mühe macht, unsere Sprache zu erlernen, lohnt es sich auch nicht, mit ihm zu reden.«

»Sehr richtig«, stimmt Nadir schroff zu. »Aber eigentlich habe ich eine andere Sprache gemeint, Hoheit. Die Sprache der *anderen*, die verbotene Sprache.« Er senkt seine Stimme und beugt sich so weit vor, dass sein Schnurrbart mein Ohr kitzelt. »Psáriin.«

Die Sprache des Meeres.

»Nadir!«, zischt Halina erschrocken und versetzt ihrem Mann einen Schlag gegen die Schulter. »Wie kannst du so etwas sagen?« Sie wendet sich an mich. »Verzeiht, wenn wir Euch beleidigt haben, Herr«, sagt sie. »Mein Mann wollte nicht andeuten, dass Ihr Eure Zunge mit einer solchen Sprache besudelt. Er hat mehr Branntwein genossen, als ihm guttut. Die Gläser fassen mehr, als man meint.«

Ich nicke, ohne im Geringsten beleidigt zu sein. Im Grunde ist es eine Sprache wie jede andere. Kein Mensch hat sie je beherrscht, aber vor mir hat auch noch nie ein Mensch sein Leben der Sirenenjagd gewidmet. Es ist nicht ganz abwegig, dass ich mir diese Sprache aneignen würde, auch wenn sie in Midas verboten ist. Aber dazu müsste ich eine Sirene lange genug am Leben lassen, und das habe ich nicht vor. Natürlich habe ich mit der Zeit ein paar Begriffe aufgeschnappt. *Aríth* bedeutet Nein, das habe ich rasch gelernt. Aber es gibt noch so viele weitere. *Dolofónos. Cho ron.* Ich kann nur vermuten, was sie bedeuten. Beleidigungen, Flüche, flehentliche Bitten. Vielleicht ist es ganz gut, dass ich das nicht weiß.

»Keine Sorge«, antworte ich Halina. »Man hat mir schon Schlimmeres vorgeworfen.«

Sie blickt etwas verlegen drein. »Nun ja«, haucht sie atemlos. »Die Leute reden.«

»Nicht nur über Euch«, mischt sich Nadir mit einem vernehmlichen Seufzer ein. »Eher über das, was Ihr tut. Alle wissen Euren verdienstvollen Einsatz zu schätzen, gerade angesichts der jüngsten Ereignisse. Ich bin sicher, unser König ist stolz darauf, wie Ihr unser Reich und unsere Verbündeten verteidigt.«

Bei der Vorstellung, dass mein Vater auch nur einen Anflug von Stolz verspüren könnte, weil sein Sohn auf Jagd nach Sirenen geht, runzle ich unwillkürlich die Stirn. »Welche jüngsten Ereignisse?«, frage ich.

Halina schnappt nach Luft, obwohl sie nicht sonderlich überrascht wirkt. »Habt Ihr nicht gehört, was in Adékaros passiert ist?«

Eine schreckliche Ahnung erfasst mich. Erst gestern hat mein Vater von Adékaros gesprochen und davon, dass Midas das gleiche Schicksal ereilen könnte, wenn ich mich nicht vorsehe.

Ich schlucke schwer und versuche, eine gleichmütige Miene aufzusetzen. »Ach, ich höre so viele Geschichten.«

»Es geht um Prinz Cristian«, raunt Halina verschwörerisch. »Er ist tot. Und die Königin ebenfalls.«

»Ermordet«, stellt Nadir klar. »Die Mannschaft konnte nur hilflos zusehen, als ihr Schiff von Sirenen heimgesucht wurde. Es war das Lied, versteht Ihr? Das ganze Königreich ist in Aufruhr.«

Der Raum scheint sich plötzlich zu verdunkeln. Das Gold, die Musik, die Gesichter von Nadir Pasha und Halina – über alles legt sich ein Schleier. Für einen Moment wage ich nicht zu atmen, geschweige denn zu sprechen.

Mit der Königin hatte ich nie viel zu tun, aber wann immer die Saad in die Nähe von Adékaros kam, konnten wir bedenkenlos im Hafen anlegen und wurden von Prinz Cristian mit offenen Armen empfangen. Er sorgte dafür, dass die Mannschaft genug zu essen bekam, und setzte sich zu uns an den Wirtshaustisch, um unseren Geschichten zu lauschen. Bei unserer Abreise überreichte er uns immer ein Abschiedsgeschenk. Das kommt häufig vor – vielerorts erhalten wir Gaben, für die wir meist keine Verwendung haben –, aber bei Cristian war das etwas anderes. In Adékaros sind die Ernten knapp und sein Land ist abhängig von Lieferungen aus anderen Königreichen. Für ihn war jedes Geschenk ein echtes Opfer.

»Man sagt, es sei der Fluch der Prinzen gewesen.« Halina schüttelt mitleidig den Kopf.

Ich balle meine Hände zu Fäusten. »Wer behauptet das?«

»Die Mannschaft erzählt, ihr Haar habe rot wie Höllenfeuer geleuchtet«, erklärt Nadir. »Wer sonst sollte es gewesen sein?«

Ich hätte ihm gern widersprochen, aber damit würde ich mich nur selbst belügen. Der Fluch der Prinzen ist das schlimmste Ungeheuer, von dem ich je gehört habe. Sie ist die einzige Sirene, die ich nicht zur Strecke bringen konnte, obwohl ich schon so lange Jagd auf sie mache. Ich habe die Meere unermüdlich durchkreuzt und Ausschau nach den flammenden Haaren gehalten, von denen so viele Geschichten erzählen. Aber ich habe sie noch nie zu Gesicht bekommen.

Fast bin ich versucht zu glauben, dass sie nur ein Mythos ist. Nur eine Legende, um Königssöhnen Angst einzujagen, damit sie lieber zu Hause bleiben. Aber jedes Mal, wenn ich zu diesem Schluss komme, stirbt wieder ein Prinz. Das ist ein weiterer Grund, warum ich nicht in

Midas bleiben und der König werden kann, den mein Vater sich wünscht. Ich kann nicht aufhören. Nicht, solange sie noch am Leben ist.

»Wie hätten sie es auch ahnen sollen?«, fährt Halina fort. »Es war der falsche Monat.«

Sie hat recht. Der Fluch der Prinzen schlägt stets im selben Monat des Jahres zu. Wenn sie Cristian jetzt ermordet hat, dann war es zwei Wochen zu früh. Hat sie ihre Gewohnheiten geändert? Soll sich von nun an kein Prinz jemals wieder auf dem Meer sicher fühlen können?

Meine Lippen zucken. »Das Böse hält sich an keinen Kalender«, sage ich, auch wenn diese böse Kreatur bisher genau das getan hat.

Neben mir räuspert sich jemand. Ich blicke zur Seite und sehe meine Schwester. Ich weiß nicht, wie lange sie schon da steht, aber ihr auffällig liebenswürdiges Lächeln lässt mich vermuten, dass sie den Großteil unserer Unterhaltung mitgehört hat.

»Bruder«, sagt sie und greift nach meinem Arm. »Tanz mit mir.«

Ich nicke, dankbar für die Verschnaufpause von dem höflichen Geplapper, von dem Pasha und seine Frau gar nicht genug bekommen können. In mir erweckt es den Wunsch, alles andere als höflich zu sein.

»Hast du keine Verehrer, die um deine Aufmerksamkeit buhlen?«, frage ich Amara.

»Keinen, bei dem ich nicht meine Zeit vergeuden würde«, antwortet sie. »Keinen, der die Zustimmung unseres reizenden Vaters hätte.«

»Das sind doch die besten.«

»Versuch du mal, ihm das zu erklären, wenn über dem Kopf des jungen Mannes schon das Henkersbeil schwebt.«

»Das würde ich nur allzu gerne«, erwidere ich schnaubend. »Und sei es auch nur, um das Leben eines bedauernswerten Jungen zu retten.«

Ich verbeuge mich kurz vor Nadir und Halina, dann lasse ich mich von meiner Schwester auf die Tanzfläche führen.

SIEBEN

Auch wenn der Name das Gegenteil vermuten lässt, gehört die Goldene Gans zu den wenigen Orten in Midas, die nicht zur goldenen Pyramide passen. Die Wände sind graubraun und die Getränke ebenso. Die Gäste haben ungeschliffene Manieren und die meisten Nächte enden mit Glassplittern unter den Stiefeln und Blutspritzern auf bierfeuchten Tischen.

Es ist einer meiner Lieblingsplätze.

Die Besitzerin heißt Sakura, einfach nur Sakura. Einen Nachnamen scheint sie nicht zu haben, zumindest kennt ihn keiner. Sie ist hübsch und mollig. Ihre weißblonden, kurz geschnittenen Haare enden über den Ohren und ihre schmalen, schräg stehenden Augen haben die gleiche Farbe wie die Wände. Ihr roter Lippenstift ist so dunkel, dass er ihre Geheimnisse verdeckt, und ihre Haut ist blasser als alles, was ich je gesehen habe. Es wird allgemein vermutet, dass sie aus Págos kommt, wo es viel Schnee, aber kaum Sonnenschein gibt. Ein Land, in dem es so kalt ist, dass dort nur die Einheimischen überleben können. Man sagt, die Págesi würden nur deshalb so selten auswandern, weil für sie jedes andere Königreich unerträglich heiß sei. Ich kann mich nicht an eine Zeit erinnern, in der Sakura nicht die Wirtin der Goldenen Gans gewesen wäre. Soweit ich weiß, war sie schon immer da – zumindest seit ich zum ersten Mal das Wirtshaus betreten habe. Sie ist ebenso schön wie grausam, deshalb wollen nicht einmal Diebe und Gauner es sich mit ihr verscherzen.

Zum Glück kann Sakura mich gut leiden. Wenn ich in Midas bin, mache ich immer einen Abstecher in die Goldene Gans, das weiß jeder, und selbst die abgefeimtesten Halunken suchen gerne die Gesellschaft eines Prinzen, sei es, um ihm die Hand zu schütteln oder um ihn beim Kartenspiel über den Tisch zu ziehen. Daher begrüßt mich Sakura stets mit einem Lächeln, bei dem ihre geraden, milchig weißen Zähne aufblitzen, und spendiert mir Getränke zum Dank, weil ich so viele Gäste anlocke. Das Gasthaus ist auch der Ort, an dem meine Mannschaft und ich oft bis weit in die Nacht hinein bleiben, um nach der Sperrstunde noch geheime Unterredungen mit Leuten zu führen, die ich nicht in den Palast bitten kann.

Sakuras Entgegenkommen hat zum Teil damit zu tun, dass sie gerne in meine Geheimnisse eingeweiht ist, doch das macht mir nichts aus. Sakura weiß so einiges über mich, aber ich weiß noch viel mehr über sie. Und weitaus Schlimmeres. Selbst wenn sie ihr Wissen über mich an den Meistbietenden verkauft, ich werde ihre wertvollsten Geheimnisse für mich bewahren – und auf den Augenblick warten, bis der Preis es wert ist.

Heute Abend sitzen meine engsten Vertrauten um einen schiefen Tisch in der Mitte des Schankraums und sehen zu, wie der seltsame Mann vor uns an seinen Manschettenknöpfen herumfummelt.

»Die Geschichten lügen nicht«, sagt er.

»*Geschichte* ist ein anderes Wort für *Lüge*«, erwidert Madrid. »Eine Geschichte ist lediglich ein Haufen Lügen von Tratschmäulern, die zu viel Zeit haben. Stimmt's, Captain?«

Mit einem Schulterzucken ziehe ich meine Taschenuhr hervor und werfe einen Blick darauf. Sie ist das einzige Geschenk meines Vaters, das nicht golden oder neu oder zumindest eines Prinzen würdig ist. Sie ist schwarz und sehr schlicht, ohne Schnörkel oder funkelnde Edelsteine. Auf der Innenseite des Deckels befindet sich ein Kompass.

Als mein Vater sie mir überreichte, wusste ich sofort, dass die Uhr kein Erbstück ist, denn alle Familienschätze sind aus einem besonderen Gold, das nie seinen Glanz verliert. Auf meine Frage, woher die Uhr stamme, antwortete mein Vater lediglich, sie würde mir dabei helfen, meinen Weg zu finden. Und genau das tut sie auch. Der Kompass hat nicht wie üblich vier Markierungen, sondern nur zwei, denn er zeigt keine Himmelsrichtungen an. Norden steht für die Wahrheit und Süden für die Lüge, alles dazwischen ist nicht eindeutig.

Mit diesem Kompass kann man Lügner von solchen, die der Wahrheit treu bleiben, unterscheiden.

»Meine Quelle ist verlässlich«, versichert uns der Mann.

Er ist einer der vielen, die vor der Sperrstunde mit angeblichen Hinweisen zu mir kamen, wie ich den Fluch der Prinzen aufspüren könne. Gleich nach dem Ball hatte ich verkünden lassen, dass ich nicht eher ruhen würde, bis ich diese mächtige Sirene zur Strecke gebracht hätte. Für Hinweise, die mich diesem Ziel näher bringen, hatte ich eine Belohnung ausgesetzt. Aber meistens bekam ich nur nutzloses Zeug zu hören: Beschreibungen ihrer flammenden Haare, ihrer Augen oder der Meere, in denen sie sich häufig aufhält. Einige behaupteten zu wissen, wo sich das Unterwasserreich Keto befindet, wurden jedoch von meinem Kompass rasch entlarvt. Dabei weiß ich längst, wo dieses Königreich liegt: in der See von Diávolos. Ich weiß nur nicht, wo dieses Meer zu finden ist. Und das scheint auch sonst niemand zu wissen.

Aber dieser Mann hatte mein Interesse geweckt – und zwar so sehr, dass Sakura um Mitternacht den Zapfhahn zudrehte, alle Gäste nach Hause schickte und auf mein Nicken hin die Tür verriegelte. Zurück blieben nur ich und meine Mannschaft sowie der seltsame Fremde. Sakura verschwand indes im Hinterzimmer.

»Mein Prinz«, sagt der Mann jetzt zu mir. »So wahr ich hier stehe, dieser Kristall existiert, das versichere ich Euch.«

Ich mustere den Fremden. Der Mann unterscheidet sich von den üblichen Gästen der Goldenen Gans, denn er ist auf eine allzu betonte Art kultiviert. Er trägt eine Jacke aus schwarzem Samt und hat seine Haare zu einem kurzen Pferdeschwanz zusammengebunden. Der Glanz seiner polierten Schuhe bildet einen starken Kontrast zu den schmutzigen Bodendielen. Aber er ist sehr dünn – die schwere Jacke scheint seine schmalen Schultern förmlich niederzudrücken – und seine dunkle Haut ist rot und fleckig von der Sonne wie die meiner Matrosen am Ende eines anstrengenden und viel zu langen Tages an Deck.

Als er ungeduldig mit den Fingern auf dem Tisch trommelt, bleibt er mit seinen abgekauten Nägeln in den Ritzen der Holzplatte hängen.

»Sprich weiter.«

Torik wirft die Arme hoch. »Willst du dir wirklich diese Ammenmärchen anhören?«

Kye zieht ein kleines Messer aus dem Gürtel. »Wenn es Märchen sind«, sagt er und fährt mit dem Daumen über die Klinge, »dann kann er sich auf was gefasst machen.«

Ich drehe mich zu Kye. »Steck das weg!«

»Es ist nur zu unserer Sicherheit.«

»Deshalb sollst du es ja wegstecken und nicht wegwerfen.«

Grinsend schiebt Kye das Messer wieder in den Gürtel.

Ich proste dem Fremden zu. »Erzähl mir mehr darüber.«

»Der Kristall von Keto wird der ganzen Welt Frieden und Gerechtigkeit bringen.«

Ein Lächeln umspielt meine Mundwinkel. »Ach ja?«

»Er wird uns alle vom Feuer erlösen.«

Ich lecke die letzten Tropfen Flüssigkeit von meinen Lippen. »Und wie soll das gehen?«, frage ich ihn. »Halten wir den Kristall fest und schicken einen Wunsch zu den Sternen hinauf? Oder legen wir ihn unter unsere Kissen als Gabe für die Glücksfee?«

Kye gießt Schnaps in ein kleines Glas. »Wir tauchen ihn in Wachs, zünden ihn an und versengen die Flammen des Krieges gleich mit dazu«, sagt er und schiebt das Glas zu Madrid hinüber.

Sie lacht und führt das Glas an ihre Lippen. »Wir küssen ihn, dann verwandelt er sich vielleicht in einen Prinzen, der nicht solchen Unsinn faselt«, erwidert sie.

»Oder wir werfen ihn in den Haufen Scheiße, aus dem er gemacht ist.« Die Bemerkung kommt von Torik, der dabei keine Miene verzieht, was mich noch mehr zum Lachen bringt, bis am Ende die ganze Mannschaft johlt und lautstark auf den Tisch klopft.

Plötzlich sagt eine todernste Stimme: »Der Kristall tötet die Meereskönigin.«

Mein Lachen verstummt.

Ich blicke den Fremden scharf an, ziehe den Dolch aus meiner Gürtelschlaufe und spüre dabei, wie sehr die Waffe nach Blut lechzt. Ganz langsam führe ich den Dolch an die Kehle des Mannes. »Sag das noch mal.«

Er schluckt, als die Klingenspitze gegen seine Halsschlagader drückt. Eigentlich müsste er jetzt Angst haben. Und tatsächlich, er blinzelt nervös. Seine Hände zittern, als er sein Glas hebt. Aber als er spricht, ist seine Stimme ruhig und unerschrocken. So, als wäre er es gewohnt, ein Messer an der Kehle zu spüren.

»Der Kristall ist erschaffen worden, um die Meereskönigin zu vernichten und Gerechtigkeit in unsere Welt zu bringen«, fährt er fort.

»Erschaffen von wem?«, frage ich ihn.

»Von den Gründerfamilien«, antwortet er. »Sie waren die größten Magier ihrer Zeit. Gemeinsam haben sie die Welt unter sich aufgeteilt und ihre eigenen Reiche abgesteckt, damit nie wieder ein Krieg um Grenzen ausbricht und endlich Frieden herrscht.«

»Ja«, erwidere ich ungeduldig. »Wir alle haben die Geschichte von den Gründerfamilien gehört. Jedes Kind der hundert Königreiche kennt das Märchen.« Mit einem Seufzer stecke ich meinen Dolch in den Gürtel zurück. »Sogar diese Halunken hier.«

»Es ist kein Märchen!« Der Mann schlägt mit der Faust auf den Tisch. »Aber die Geschichten erzählen nur die halbe Wahrheit, denn die Gründerfamilien schufen zwar auf dem Land Frieden, aber in der Tiefe der Meere wogte der Kampf weiter. Dort herrschte eine Göttin, deren Bosheit das Meer vergiftete. Sie gebar Kinder und diese Kinder waren Teufel. Monströse Kreaturen, die allein mit ihrer Stimme den Tod bringen konnten.«

»Sirenen.«

Der Mann nickt. »Sie konnten sich verwandeln und an Land wie auch unter Wasser leben. Nach dem Willen der Göttin Keto verbreiteten sie Schrecken unter den Menschen, bis schließlich hundert Magier ihre Kräfte vereinten und den Meeren und Ozeanen den Krieg erklärten. Es folgte ein Jahrzehnt des Todes, bevor es ihnen gelang, Keto zu vernichten und die von ihr erschaffenen Ungeheuer zu schwächen. Aus den sterblichen Überresten der Göttin schufen sie ein besonderes Kleinod, das die Macht hat, die Sirenen ein für alle Mal zu besiegen.«

»Wenn das wirklich stimmt«, frage ich den Mann, »warum hat man dieses Kleinod dann nie benutzt?«

»Weil auch die Sirenen einen Stein aus den Überresten ihrer Göttin geschaffen haben. Er verlieh der neuen Königin Macht über das Meeresvolk und sie versprach, es fortan im Zaum zu halten. Als Zeichen ihres guten Willens nahm sie den Sirenen sogar die Fähigkeit, sich an Land fortzubewegen. Dadurch waren sie keine große Bedrohung mehr für die Gründerfamilien. Das bewahrte die Sirenen vor der Ausrottung. Die Gründerfamilien ließen Milde walten und schlossen einen Vertrag. Das Land gehörte den Menschen und die Meere den Teufeln. Sobald einer die Grenzen des anderen überschritt, war er zur Jagd freigegeben. Der Kristall wurde an einem geheimen Ort verborgen – für den Fall, dass die hundert Königreiche die Vereinbarung eines Tages nicht mehr einhalten könnten.«

Um mich herum brechen alle in schallendes Gelächter aus, aber als ich einen Blick auf den Kompass werfe, rauscht mein Blut plötzlich so laut, dass ich das Gejohle kaum höre.

Norden.

Der Pfeil bewegt sich nicht vom Fleck. Fassungslos schüttle ich den Kompass, aber der Zeiger wackelt nicht. Ich klopfe mit dem Gerät gegen den Tisch. Der Pfeil bleibt, wo er ist.

Norden.

Die Wahrheit.

Meine Leute machen sich einen Spaß daraus, den Mann zu verspotten. Sie zerreißen seine Geschichte in der Luft und beschimpfen ihn, weil er es gewagt hat, ihrem Captain ein Märchen aufzutischen. Meine Vernunft sagt mir, dass sie recht haben. Dass es nur ein Ammenmärchen ist und nichts als Zeitverschwendung. Dass ich auf meine Mannschaft und nicht auf verrückte Hirngespinste hören sollte. Aber der Kompass hat sich noch nie geirrt und ein Gefühl ganz tief in mir drin sagt mir, dass er sich auch diesmal nicht irrt. Dass sich mir soeben ein Weg eröffnet hat, wie ich die Bestie besiegen kann.

»Wo ist der Stein?«, frage ich den Mann.

Meine Stimme übertönt das Gelächter meiner Leute, die mich jetzt anstarren, als hätte ich endgültig den Verstand verloren.

Der Mann nimmt einen großen Schluck und hält meinem Blick lächelnd stand. »Was ist mit der versprochenen Belohnung?«

Mit hochgezogener Augenbraue blicke ich Kye an, woraufhin dieser in stummem Einvernehmen sein Messer in die Tischplatte rammt. Der Mann zuckt zusammen und starrt entsetzt auf die Klinge, deren Spitze sich genau zwischen seinem Daumen und seinem Zeigefinger in das Holz gebohrt hat. Sein Gesichtsausdruck spiegelt jetzt echte Angst wider.

»Du wirst deine Belohnung bekommen«, sagt Kye zu ihm. »Auf die eine oder andere Art.«

»Der Kristall befindet sich an dem einzigen Ort, den die Meereskönigin niemals erreichen kann«, stößt der Mann rasch hervor. »So weit weg vom Meer wie nur möglich. Am höchsten Punkt der Welt.«

Mein Herz rutscht nach unten. Der höchste Punkt der Welt. Viel zu kalt, um sich dorthin zu wagen und lebend wieder zurückzukehren.

»Auf dem Wolkenberg von Págos«, fügt der Mann hinzu.

Seine Worte lassen jede Hoffnung schwinden.

ACHT

Eine Woche, mehr bleibt mir nicht. In sieben Tagen werde ich achtzehn, dann wird meine Mutter mich zwingen, das Herz eines Matrosen zu rauben. Eine bessere Sirene als ich würde die Strafe auf sich nehmen und froh sein, dass die Meereskönigin es damit bewenden lässt.

Aber nicht ich.

Es ist töricht, überhaupt daran zu denken, der Meereskönigin erneut den Gehorsam zu verweigern. Aber ich lasse mir nicht gern vorschreiben, wen ich töten soll. Als wäre ich ein tollwütiger Hund, den meine Mutter ganz nach Belieben auf ihre Opfer hetzt. Doch genau das bin ich für sie. Mittlerweile bin ich es gewohnt, grausam zu sein, und habe fast vergessen, dass es von Anfang an nie eine Wahl, sondern stets ein Befehl war. Töte die Menschen! Hilf den Krieg zu beenden, den sie angezettelt haben, als sie Keto ermordeten! *Sei eine echte Sirene!*

Einen Moment lang lasse ich die Frage zu, ob ich auch ein Ungeheuer wäre, wenn meine Mutter und ihre Vorgängerinnen sich für Frieden statt für Krieg entschieden hätten. Wenn sie Ketos Tod zum Anlass genommen hätten, das Morden zu beenden und den Hass zu begraben. Uns wird eingetrichtert, nichts infrage zu stellen und uns nie als etwas anderes zu sehen als das, was wir sind. Und vielleicht ist es auch klüger so, denn die Strafe für die Weigerung zu töten würde jede Vorstellungskraft sprengen.

Ich flechte meine Haare zu einem seitlichen Zopf. Ich bin an die Grenzen meiner heimatlichen See geschwommen, so weit weg von meiner Mutter, wie es nur geht, ohne das Königreich zu verlassen. Wer weiß, wozu meine Wut mich treiben würde, wenn ich ihr jetzt gegenüberstünde. Ich mag mir nicht vorstellen, wozu ich dann fähig wäre.

Ich lege mich auf den Meeresgrund und versetze der Qualle neben mir einen Stups. Ihre Tentakel streifen meinen Bauch und ich spüre einen wunderbaren, heftigen Schmerz. Die Art von Schmerz, die betäubt und beruhigt und den Kopf frei macht – eine köstliche Erleichterung. Als der Schmerz verebbt, tue ich es noch einmal. Diesmal halte ich das Meeresgeschöpf fest und lasse zu, dass seine Tentakel langsam über meine Haut gleiten. Blitze durchzucken meine Eingeweide und jagen durch mein betäubtes Herz. Es brennt und sticht und ich bin wie berauscht.

Die ganze Welt besteht nur aus Qualen und ein paar seltenen Augenblicken dazwischen.

»Hübsche Prinzessin, so allein«, flüstert eine Stimme auf Psáriin. »Suchst die Pein und das Gebein.«

»Nur das Herz, die Gebeine nicht«, fährt eine andere Stimme fort. »Sieh hinein, sieh den Funken Licht.«

Ich lege die Qualle weg und setze mich auf, um die beiden Kreaturen näher anzuschauen. Sie sind tiefblau und haben glitschige Flossen und aalförmige Körper. Schwarze Kiemen ziehen sich an ihren Armen entlang bis zu den Ellbogen. Große, kräftige Bauchmuskeln wölben sich unter der knochigen Brust. Wenn sie den Mund öffnen, um zu sprechen, klappen ihre Kiefer auf wie Fischmäuler.

Nixen.

»Hübsche Prinzessin«, sagt die erste.

Rostiges Metall steckt in ihrem Leib. Es stammt zweifellos von Piratenschiffen und ist entweder Beute oder wurde ihr zum Geschenk gemacht, weil sie einen verletzten Seemann gerettet hat. Sie hat die Metallstücke durch ihre Haut gebohrt. Broschen und Dolche und auf Draht gefädelte Münzen schmücken ihren Körper wie Geschmeide.

»Sie will frei sein.«

»Frei von der Königin.«

»Will ihr Herz befreien.«

»Will ein Herz herausreißen.«

»Das Herz der Königin.«

Ich blicke die beiden naserümpfend an. »Verschwindet von hier und folgt einem Menschenschiff, bis ihr am Ende der Erde in den Abgrund fallt.«

Die Nixe mit dem metallgespickten Leib schüttelt ihre Tentakelhaare; ein Schleimklumpen rollt auf ihren Aalschwanz herab. »Falle von der Erde«, sagt sie.

»Falle in Ungnade.«

»Wie denn, wenn man nie Gnade hatte?«

Sie lachen zischend. »Geh«, singen sie im Chor. »Geh und hol dir das Herz.«

»Was redet ihr da?«, frage ich ungeduldig. »Welches Herz meint ihr?«

»Gewinne das Herz der Königin.«

»Gewinne das Herz mit einem anderen Herzen.«

»Ein Herz zu deinem Geburtstag.«

»Ein Herz, das dem achtzehnten würdig ist.«

Ihre umständliche Art geht mir auf die Nerven. Nixen sind grässliche Wesen. Ihr Verstand ist ein Mysterium und ihre Münder sprechen in Rätseln. Widerstrebend sage ich: »Die Meereskönigin hat mir befohlen, zu meinem achtzehnten Geburtstag das Herz eines Seemanns zu rauben, das wisst ihr genau.«

Sie neigen die Köpfe, was vermutlich ein Nicken sein soll. Nixen sind Spioninnen durch und durch, sie lauschen in jeden Winkel des Ozeans. Das macht sie so gefährlich. Sie saugen Geheimnisse in sich auf, verschlingen sie ebenso mühelos, wie sie mit aufgeklappten Kiefern Schiffe verschlingen.

»Verzieht euch!«, fordere ich sie auf. »Ihr gehört nicht hierher.«

»Das ist der Rand des Reichs.«

»Und der Rand ist unser Reich.«

»Denk lieber an dein Herz.«

»Ein Herz aus Gold ist der Königin jede Unze wert.«

Die Nixe mit dem Metallschmuck zieht eine Brosche aus ihrer Schwanzflosse und wirft sie mir zu. Es ist das einzige Stück, das nicht verrostet ist.

»Die Königin«, sage ich langsam und drehe die Brosche in meinen Händen, »macht sich nichts aus Gold.«

»Es sei denn, es ist das Herz eines Landes.«

»Das Herz eines Prinzen.«

»Eines Prinzen aus Gold.«

»Leuchtend wie die Sonne.«

»Doch ohne deren Wonne.«

»Nicht für unsereins.«

»Nicht für irgendeins.«

Ich bin kurz davor, meine Geduld zu verlieren, als mir plötzlich klar wird, was die Worte bedeuten. Verblüfft öffne ich den Mund und lasse mich in den Sand sinken. Die Brosche ist aus Midas, dem goldenen Land, das von einem König mit goldenem Blut regiert wird. Einem König, dessen Thronnachfolger ein Piratenprinz sein wird. Ein Wanderer der Meere. Ein Sirenenmörder.

Ich starre die Nixen an, deren schwarze Augen keine Lider haben und wie endlos tiefe Höhlen sind. Man kann diesen Kreaturen nicht trauen, das weiß ich. Aber die erschreckende Klugheit ihrer Worte verfehlt ihre Wirkung nicht. Was auch immer ihre tieferen Beweggründe sein mögen, wenn ich Erfolg habe, wird das alles keine Rolle mehr spielen.

»Der Prinz von Midas mordet unsereins«, überlege ich laut. »Wenn mein achtzehntes Herz das seinige ist, kann ich die Gunst der Königin zurückgewinnen.«

»Ein Herz, das einer Prinzessin würdig ist.«

»Ein Herz, mit dem man die Vergebung der Königin erlangt.«

Ich betrachte die funkelnde Brosche. Einen solchen Goldschimmer habe ich noch nie gesehen. Meine Mutter will mir das Herz eines Prinzen versagen, aber das Herz *dieses* Prinzen würde unseren Zwist beenden. Ich könnte mein Erbe antreten und die Königin müsste nicht mehr befürchten, dass der Sirenenmörder weiter Jagd auf uns macht. Wenn der Plan gelingt, bekommen wir beide, was wir wollen. Wir können endlich Frieden schließen.

Ich werfe die Brosche zurück zu der Nixe. »Das werde ich nicht vergessen«, verspreche ich ihr. »Wenn ich Königin bin.«

Ich blicke die beiden ein letztes Mal an und sehe, wie sich ihre Lippen zu einem Lächeln kräuseln. Dann mache ich mich auf die Jagd nach dem Gold.

NEUN

Vier Tage habe ich damit verbracht, die Schlossbibliothek zu durchstöbern, und gefunden habe ich rein gar nichts. Zahllose Beschreibungen schildern das tödliche Eis des Wolkenbergs und berichten – auf sehr anschauliche Weise – von Opfern, die den Aufstieg nicht überlebt haben. Nicht gerade ein vielversprechender Auftakt. Einziger Hoffnungsschimmer ist die königliche Familie von Págos, sie scheint aus noch kälterem Eis zu sein als die restlichen Bewohner des Landes. In Págos erklimmen die Mitglieder des Herrscherhauses den Berg, um ihre Abstammung unter Beweis zu stellen, so ist es Tradition. Nirgends findet sich ein Hinweis darauf, dass auch nur ein einziges Mitglied der Königsfamilie jemals versagt hätte. Aber da ich kein pägesischer Prinz bin, hilft mir das auch nicht weiter.

Irgendetwas muss ich übersehen haben. Verflucht seien die Legenden. Es fällt mir schwer zu glauben, dass allein die Abstammung darüber entscheidet, ob man der eisigen Kälte trotzen kann oder nicht. Niemand weiß besser als ich, welches Blendwerk die Märchen unserer Familien sind. Wenn all die Behauptungen wahr wären, könnte ich mein Blut verkaufen, um hinter das Geheimnis des Wolkenbergs zu kommen.

Ich bin mir ziemlich sicher, dass die Págesi aus Fleisch und Knochen sind und nicht aus Frost und Eis. Es muss also eine andere Erklärung dafür geben, wie es ihnen gelingt, den Gipfel zu besteigen und lebend wieder zurückzukehren. Wenn ich auch nur die geringste Chance haben will, Cristians Tod zu rächen, muss ich die Antwort auf diese Frage finden. Nur so kann ich den Fluch der Prinzen und die Meereskönigin töten. Ohne deren Magie ist ihr Volk ungeschützt. Vielleicht verlieren die Sirenen ja sogar ihre Kräfte. Wenn die Meereskönigin tatsächlich einen Kristall besitzt wie jenen, der auf dem Wolkenberg verborgen ist, dann wird der Verlust dieses Steins die Sirenen ihrer Macht berauben. Zumindest würde es sie schwächen, sodass sie einem Angriff nicht mehr viel entgegenzusetzen hätten. Und egal, wie lange es dauern würde, irgendwann könnten wir die Teufel bis ans Ende der Welt jagen, wo sie keinen Schaden mehr anrichten.

Ich klappe das Buch zu. Eine Brise lässt mich erschauern. Egal, ob die Fenster geöffnet sind oder nicht, in der Bibliothek ist es immer kalt. Bei einem Raum wie diesem kann einen tatsächlich der Schauder packen. Er erstreckt sich über eine Länge von fünfzig Fuß und ist mit hohen weißen Regalen ausgestattet, die bis zur gewölbten Decke hinaufreichen. Der Boden ist aus weißem Marmor und die Decke besteht aus reinem Kristall. Es ist einer der wenigen Orte in Midas ohne jede Spur von Gold. Hier gibt es nur reinstes Weiß, von den lackierten Stühlen bis zu den dicken Kissen und den Leitern, mit denen man zu den obersten Regalen gelangt. Einzig die Bücher bringen Farbe in den Raum – durch das Leder, das Gewebe, das Pergament, und durch das Wissen, das sie enthalten. Ich nenne ihn gerne den Metaphernsaal, denn anders lässt sich dieses Schwelgen in Weiß nicht erklären. Jeder Mensch ist eine leere Leinwand, die darauf wartet, mit den Farben neuer Entdeckungen gefüllt zu werden.

Mein Vater hat einen unübersehbaren Hang zum Theatralischen.

Ich hatte gehofft, in den Folianten etwas zu finden, was mir weiterhilft. Der Mann in der Goldenen Gans war sich seiner Sache so sicher gewesen und mein Kompass hatte keinen Zweifel daran gelassen, dass seine Geschichte stimmt. Ich bin überzeugt davon, dass der Kristall von Keto irgendwo versteckt ist, aber die Welt da draußen scheint nichts davon zu wissen. Bücher über Bücher, uralte Texte, und nirgendwo auch nur die leiseste Andeutung. Wie kann etwas existieren, ohne dass es irgendwo bezeugt ist?

Märchen. Ich jage verdammten Märchen nach.

»Ich dachte mir schon, dass ich dich hier finden würde.«

Ich hebe den Kopf und blicke den König an. »Wenn deine Berater jeden meiner Schritte im Schloss von Spionen überwachen lassen, brauchst du dich nicht zu wundern, warum ich nicht öfter nach Hause komme.«

Mein Vater legt sanft seine Hand auf meinen Hinterkopf. »Du vergisst, dass du mein Sohn bist«, sagt er. Als könnte ich das jemals vergessen. »Ich brauche keine Seher, die mir sagen, was du im Schilde führst.«

Er setzt sich auf den Stuhl neben mich und betrachtet die aufgeschlagenen Bücher auf dem Tisch. Wenn ich in diesem Palast fehl am Platz bin, dann gilt das umgekehrt für meinen Vater hier in der makellos weißen Bibliothek, wo er mit seiner goldenen Kleidung und den tiefen, dunklen Augen fremdartig wirkt.

Mit einem Seufzer lehnt der König sich genauso auf seinem Stuhl zurück wie ich. »Du bist immer auf der Suche nach etwas.«

»Es gibt immer etwas zu finden.«

»Wenn du nicht aufpasst, dann findest du nichts als Gefahr.«

»Vielleicht ist sie ja das, wonach ich suche.«

Mein Vater beugt sich vor und nimmt ein Buch in die Hand. Es ist kunstvoll in blaues Leder gebunden und der Titel ist in hellgrauer Schrift eingraviert. Auf der feinen Staubschicht des Einbands sind Fingerabdrücke, die ich beim Aufklappen hinterlassen habe.

»Die Legenden von Págos und andere Erzählungen von der Stadt aus Eis«, liest mein Vater laut vor. Er tippt auf den Einband. »Jetzt willst du dich also auch noch zu Tode frieren?«

»Ich habe nur Nachforschungen angestellt.«

Er legt das Buch etwas zu energisch auf den Tisch zurück. »Worüber denn?«

Ich zucke die Schultern, denn ich möchte meinem Vater nicht noch mehr Anlass geben, mich in Midas festzuhalten. Wenn ich ihm sage, dass ich auf der Jagd nach einem mythischen Kristall in den Bergen bin, wo mir von einer Sekunde auf die nächste der letzte Atemzug drohen kann, wird er mich nicht gehen lassen. Er wird alles daransetzen, dass sein Thronerbe in Midas bleibt.

»Es ist nichts«, lüge ich. »Sorge dich nicht.«

Mein Vater lässt sich meine Worte durch den Kopf gehen. Seine dunkelbraunen Lippen sind zu einer dünnen Linie zusammengepresst. »Es ist die Aufgabe des Königs, sich zu sorgen, wenn der Thronerbe so waghalsig ist.«

Ich verdrehe die Augen und sage: »Wie gut, dass du zwei Thronerben hast.«

»Es ist auch die Aufgabe eines Vaters, sich zu sorgen, wenn sein Sohn nicht gerne zu Hause ist.«

Ich zögere. Mag sein, dass ich nicht immer einer Meinung mit meinem Vater bin, aber er soll sich nicht die Schuld daran geben, dass es mich in die Ferne zieht. Wenn die Belange des Königreichs nicht seine oberste Pflicht wären, würde ich ihn mit auf die Reise nehmen. Ich würde sie alle mitnehmen. Meinen Vater, meine Mutter, meine Schwester, ja sogar den königlichen Berater, vorausgesetzt, er behielte seine göttlichen Eingebungen für sich. Ich würde sie wie Gepäck aufs Schiff verfrachten und ihnen die Welt zeigen, damit das Abenteuer ihre Augen zum Funkeln brächte. Aber das ist unmöglich. Also ertrage ich die Sehnsucht nach ihnen, die sehr viel leichter auszuhalten ist als die Sehnsucht nach dem Meer.

»Geht es um Cristian?«, fragt er mich.

»Nein.«

»Lügen sind keine Antwort.«

»Aber sie klingen viel besser als die Wahrheit.«

Mein Vater legt seine große Hand auf meine Schulter. »Ich möchte, dass du hierbleibst«, sagt er. »Du bist so lange auf See gewesen, dass du vergessen hast, wer du eigentlich bist.«

Ich müsste ihm gestehen, dass mir das Land mein Wesen raubt und die See es mir zurückgibt, aber dies jetzt laut auszusprechen, würde ihn und auch mich nur verletzen.

»Ich habe eine Aufgabe zu erledigen«, erwidere ich. »Wenn sie getan ist, komme ich nach Hause.«

Die Lüge schmeckt scheußlich. Mein Vater, König von Midas und auch König der Lügen, scheint das zu wissen, denn er lächelt so traurig, dass meine Beine nachgeben würden, wenn ich nicht bereits säße.

»Ein Prinz darf von Mythen und Legenden umrankt sein«, erklärt er mir. »Aber er kann nicht in ihnen leben. Er muss in der echten Welt leben und dort den Stoff für die Erzählungen liefern.« Er sieht mich ernst an. »Du solltest weniger auf Märchen hören, Elian, sonst wirst du am Ende selbst nichts weiter sein als ein Märchen.«

Als er weg ist, überlege ich, ob das schrecklich wäre oder schön. Wäre es denn so schlimm, Teil einer Geschichte zu werden, die man Kindern beim Einschlafen zuraunt? Ein Lied, das sie einander beim Spielen vorsingen. Ein weiteres Kapitel der midasanischen Legenden: goldenes Blut und ein Prinz, der über die Meere segelt auf der Suche nach einem Ungeheuer, das die ganze Welt bedroht.

Da kommt mir eine zündende Idee.

Ich setze mich aufrecht hin. Mein Vater hat mir geraten, nicht in Märchenwelten zu leben, aber vielleicht muss ich genau das tun. Was der Fremde in der Goldenen Gans erzählt hat, kann man nicht zwischen die Seiten von Lehrbüchern und Biografien pressen. Es ist eine Geschichte.

Entschlossen springe ich auf und eile zu den Regalen mit den Kinderbüchern.

ZEHN

Wohin man auch schaut, überall glitzert und funkelt es. Die Hausdächer aus Schilf sind mit Goldfäden durchwirkt und die reich verzierten Laternen leuchten heller als die Lichter darin. Die Nachmittagssonne lässt sogar die Wasseroberfläche milchig gelb schimmern und die Luft fühlt sich an wie milder Balsam auf der Haut.

Es ist alles zu viel. Zu hell. Zu heiß. Zu üppig.

Kein Wunder, dass die Bewohner dieses Königreichs von den Sirenen verschont geblieben sind. Mein Volk fürchtet sich nicht vor ihrem mordlustigen Prinzen. Wir können nur das grelle Licht nicht ertragen. Und auch nicht die Hitze, die die Kühle des Ozeans durchdringt und alles aufwärmt.

Das ist kein Ort für Sirenen. Es ist ein Ort für Nixen.

Ich warte neben dem Schiff des Prinzen. Anfangs war ich nicht sicher, ob es hier sein würde – die tödliche Jagd hat den Prinzen in ebenso viele Königreiche geführt wie mich –, und wenn ja, ob ich es überhaupt erkennen würde. Ich muss mich auf den Widerhall schauriger Geschichten verlassen. Dinge, die ich von den wenigen Sirenen aufgeschnappt habe, die das Schiff des Prinzen gesehen und die Begegnung überlebt haben. Aber als ich es im Hafen von Midas erblickte, wusste ich es.

Es sieht nicht ganz so aus, wie es die Geschichten beschreiben, aber genau wie die Erzählungen hat auch das Schiff etwas Düsteres. Die anderen Schiffe im Hafen sind bauchig wie Kugeln, aber dieses läuft vorne spitz zu wie ein Dolch und ist größer als alle anderen. Sein Rumpf ist wie der Nachthimmel und sein Deck dunkel wie meine Seele. Es ist ein würdiges Schiff, um damit den Tod zu bringen.

Ich bewundere es immer noch aus den Tiefen des Wassers, als plötzlich ein Schatten erscheint. Ein Mann tritt an die Reling und blickt aufs Meer hinaus. Selbst unter Wasser hätte ich seine Schritte eigentlich hören müssen, und doch ist er plötzlich da. Er hält sich mit einer Hand an den Tauen fest und atmet langsam und tief. Ich blinzle, denn der goldene Schleier, der über allem liegt, blendet meine Augen. Es ist gefährlich, sich aus dem Wasser zu wagen, wenn die Sonne noch so hoch steht, aber ich kann nicht anders – ich muss ihn mir aus der Nähe anschauen. Langsam gleite ich an die Oberfläche und lehne mich mit dem Rücken an die Schiffswand.

Als ich das königliche Wappen von Midas an seinem Daumen funkeln sehe, schnappe ich lautlos nach Luft.

Der Prinz von Midas trägt seine königliche Kleidung auf eine nachlässige Art. Seine Ärmel sind bis zu den Ellbogen hochgerollt und er hat die Knöpfe seines Kragens geöffnet, damit der Wind sein Herz erreicht. Er sieht nicht sehr viel älter aus als ich, doch seine Augen sind hart und von Wind und Wetter gezeichnet. Es sind Augen, die ihre Unschuld verloren haben – grüner als Seetang und ständig auf der Suche. Er sieht das Meer als Beute an. Sogar wenn es verlassen daliegt, betrachtet er es mit einer Mischung aus Argwohn und Staunen.

»Ich habe dich vermisst«, sagt er zu seinem Schiff. »Jede Wette, dass es dir genauso geht. Wir werden ihn gemeinsam finden.

Und wenn wir ihn haben, dann bringen wir jedes verdammte Monster in diesem Ozean zur Strecke.«

Ich beiße mir mit den Fangzähnen auf die Lippe. Was, glaubt er, ist mächtig genug, um mich zu vernichten? Seine blutrünstigen Hirngespinste lassen mich schmunzeln. Dieser Prinz ist heimtückisch und ohne die Unschuld all der anderen. Er ist kein unerfahrener, ängstlicher Thronfolger, sondern wild und kriegerisch. Sein Herz wird ein unvergesslicher Anblick sein. Ich öffne den Mund, um mein Lied anzustimmen. Aber bevor ich auch nur Luft holen kann, werde ich unter Wasser gezerrt.

Ich sehe eine Nixe vor mir. Sie ist farbenprächtig, Tupfer in Pink, Grün und Gelb überziehen ihre Haut wie bunte Spritzer. Ihre Flosse schlängelt und rollt sich und über ihrem Bauch und ihren Armen wölben sich die knochigen Rippen eines Seepferdpanzers.

»Er gehört mir!«, sagt sie auf Psáriin.

Ihr Kiefer ist lang gezogen wie eine Schnauze; wenn sie die Zähne fletscht, verzerrt er sich zu einem breiten Schlund. Sie deutet auf den Prinzen über Wasser und schlägt sich an die Brust.

»Du hast hier keine Rechte«, weise ich sie zurecht.

Die Nixe schüttelt den Kopf. Sie hat keine Haare, aber ihre Kopfhaut ist bunt wie ein Kaleidoskop und bei jeder Bewegung versprüht sie Farben wie Licht über die Wellen. »Der Schatz«, sagt sie.

Wenn ich je auch nur einen Funken Geduld hatte, dann ist er spätestens jetzt verflogen. »Wovon redest du?«

»Midas gehört uns«, kreischt die Nixe. »Wir beobachten und sammeln und schnappen uns die Schätze, wenn sie ins Wasser fallen. Auch er ist ein Schatz aus Gold und du darfst ihn dir nicht nehmen.«

»Was ich mir nehme, bestimme ich immer noch selbst.«

Die Nixe schüttelt den Kopf. »Er gehört dir nicht!«, zischt sie. Dann stürzt sie sich auf mich.

Sie krallt sich in meine Haare, gräbt ihre Klauen in meine Schulter und schüttelt mich. Sie schreit und beißt. Schlägt ihre Zähne in meinen Arm und versucht ihn zu zerfleischen.

Unbeeindruckt von ihrem Angriff packe ich ihren Kopf und ramme ihn gegen meinen. Sie taumelt zurück, ihre lidlosen Augen weit aufgerissen. Für einen Moment treibt sie wie benommen im Wasser. Dann stößt sie einen schrillen Schrei aus und geht erneut auf mich los.

Wir prallen aufeinander. Ich benutze meine außergewöhnlichen Kräfte, um sie an die Wasseroberfläche zu ziehen. Sie keucht, denn Luft ist wie Gift für ihre Kiemen. Lachend sehe ich zu, wie die Nixe mit einer Hand ihre Kehle umklammert, während sie mit der anderen nach mir schlägt. Es ist ein armseliger Versuch.

»Du bist es!«

Überrascht blicke ich auf. Der Prinz von Midas starrt auf uns herab, voller Entsetzen und Ehrfurcht. Sein linker Mundwinkel zieht sich ganz leicht nach oben.

»Wen haben wir denn da?«, flüstert er. »Mein Ungeheuer ist zu mir gekommen.«

Ich mustere ihn ebenso neugierig wie er mich. Sein zerzaustes schwarzes Haar umspielt seine hohen Wangenknochen. Ein paar Strähnen fallen über seine Stirn, als er sich vorbeugt, um einen besseren Blick zu haben. Staunend betrachte ich das tiefe Grübchen auf seiner linken Wange und entdecke das verwunderte Blitzen in seinen Augen. Ich lasse mich ablenken und die Nixe nutzt diesen Moment. Sie wirft sich kraftvoll nach vorn und wir beide krachen gegen die Holzplanken, dass das ganze Schiff ächzt. Bevor ich weiß, was geschieht, verliert der Prinz das Gleichgewicht und fällt neben uns ins Wasser.

Die Nixe zieht mich in die Tiefe, aber als sie den Prinzen sieht, weicht sie ehrfürchtig zurück. Wie ein Stein sinkt er auf den Grund des seichten Gewässers, stößt sich aber sofort ab, um wieder nach oben zu tauchen.

»Mein Schatz«, sagt die Nixe. Sie packt die Hand des Prinzen und hält ihn unter Wasser fest. »Ist dein Herz aus Gold? Ein Schatz, ein Schatz aus Gold!«

Ich lache zischend. »Er spricht kein Psáriin, du Närrin!«

Die Nixe dreht den Kopf um hundertachtzig Grad und starrt mich an. Sie stößt einen fürchterlichen Schrei aus und dreht ihren Kopf noch weiter, bis sie wieder zum Prinzen schaut. »Ich sammle Schätze«, sagt sie. »Schätze und Herzen, doch ich verschlinge nur eines von beiden. Jetzt werde ich beides essen und zu dem werden, was er ist.«

Der Prinz leistet Gegenwehr, aber die Nixe lässt nicht locker, obwohl er sie tritt und wild um sich schlägt. Halb entrückt streicht sie über sein Hemd und zerfetzt mit ihren Klauen den Stoff. Sein Blut quillt hervor. Dann reißt sie ihren Kiefer zu einem gigantischen Maul auf.

Die Bewegungen des Prinzen erschlaffen und seine Augen flattern. Er wird ertrinken. Die Nixe will sein Herz für sich haben. Sie will es sich einverleiben, in der Hoffnung, dass sie dadurch zu dem wird, was er ist. Dass ihre Flossen sich in Beine verwandeln. Dass aus dem Fisch etwas Besseres wird. Sie will mir das eine nehmen, das ich brauche, um die Gunst meiner Mutter zurückzugewinnen.

Ich bin außer mir vor Wut. Ohne lange nachzudenken, bohre ich meine Fingernägel in den Kopf der Nixe. Vor Schreck lässt sie den Prinzen los und er treibt zurück an die Oberfläche. Ich verstärke meinen Griff. Die Nixe windet sich und zerkratzt meine Hände, aber ihre Kraft ist der einer Sirene nicht ebenbürtig. Schon gar nicht meiner. Und erst recht nicht, wenn ich auf Jagd bin.

Meine Finger graben sich tiefer und verschwinden unter der Regenbogenhaut. Ich spüre ihren Schädelknochen. Die Nixe wird reglos, aber ich höre nicht auf. Ich stoße fester zu und reiße mit aller Kraft.

Ihr Kopf sinkt auf den Meeresgrund.

Kurz spiele ich mit dem Gedanken, ihn meiner Mutter als Trophäe mitzubringen. Ihn auf eine Stange aufzuspießen und vor dem Palast von Keto auszustellen als Warnung an alle Nixen, die glauben, eine Sirene herausfordern zu können. Aber die Meereskönigin würde das nicht gutheißen. Nixen mögen zwar niedere Geschöpfe sein, aber sie sind auch ihre Untertanen.

Mit einem letzten verächtlichen Blick auf den Leichnam wende ich mich ab und schwimme zur Wasseroberfläche, um nach dem Prinzen zu sehen.

Ich muss nicht lange suchen. Er hockt auf allen vieren auf einem schmalen Sandstreifen am Hafen und hustet so heftig, dass sein ganzer Körper bebt. Keuchend spuckt er einen Schwall Wasser aus und sinkt zu Boden. Ich schwimme so nahe wie möglich ans Ufer und ziehe mich hoch, bis nur noch meine Schwanzflosse vom Meer umspült wird.

Dann packe ich den Prinzen am Knöchel und zerre ihn zu mir, sodass wir auf gleicher Höhe sind.

Er bewegt sich nicht, als ich an seiner Schulter rüttle, deshalb rolle ich ihn auf den Rücken. Sandkörner haften an seinen goldenen Wangen. Seine nassen Lippen sind leicht geöffnet. Er sieht schon halb tot aus.

Sein Hemd klebt an seiner Haut. Aus den Wunden, die die Nixe mit ihren Klauen geschlagen hat, sickert Blut. Seine Brust hebt und senkt sich kaum noch, und wäre da nicht sein leiser Herzschlag, würde ich ihn für eine wunderschöne Leiche halten.

Ich lege ihm eine Hand aufs Gesicht und fahre mit dem Fingernagel über seine Haut, vom Augenwinkel bis zur Wange. Zurück bleibt eine dünne rote Linie aus Blut, aber er rührt sich immer noch nicht. Sein Wangenknochen ist so scharf, dass ich mich daran schneiden könnte.

Langsam greife ich unter sein Hemd und lege meine Hand auf seine Brust. Sein Herz pocht wie verzweifelt. Ich schmiege meinen Kopf an seinen Oberkörper und lausche lächelnd dem Trommelschlag. Der Prinz riecht nach Meer, das Salz ist unverkennbar, aber dazwischen mischt sich der feine Duft von Anis. Er riecht wie die schwarze Süßigkeit der Angler. Wie das zuckersüße Öl, mit dem sie ihre Beute ködern.

Ich ertappe mich dabei, dass ich mir wünsche, er würde aufwachen, damit ich noch einmal in seine seetanggrünen Augen blicken kann, bevor ich ihm das Herz herausreiße und es meiner Mutter schenke. Ich hebe den Kopf und lasse meine Hand einen Augenblick über seinem Herzen schweben. Meine Nägel berühren seine Haut und ich bin bereit, meine Faust in seine Brust zu stoßen.

»Eure Hoheit!«

Ruckartig hebe ich den Kopf. Ein Trupp der Palastwache eilt über die Hafenmauer herbei. Ich wende mich wieder dem Prinzen zu, dessen Augen sich langsam öffnen. Sein Kopf rollt zur Seite, dann wird sein Blick klar und richtet sich auf mich. Seine Augen werden schmal, als er die Farbe meines Haars sieht, das genauso rot ist wie eine meiner beiden Pupillen. Er wirkt nicht verängstigt, obwohl meine Nägel sich in seine Brust bohren. Er scheint nicht einmal den Tod zu fürchten, der ihn jeden Moment ereilen wird. Stattdessen sieht er entschlossen aus. Und seltsam zufrieden.

Ich habe keine Zeit, darüber nachzudenken, was das bedeuten könnte. Die Wachen kommen immer näher. Sie rufen nach ihrem Prinzen, zücken ihre Schwerter und legen ihre Gewehre an. Alle Waffen sind auf mich gerichtet. Ein letztes Mal blicke ich auf die Brust des Prinzen und das Herz, das beinahe mir gehört hätte. Dann stoße ich mich ab, gleite blitzschnell ins Wasser und lasse ihn am Ufer zurück.

ELF

Meine Träume sind voller Blut, das nicht meines ist. Es ist nie meines, denn in meinen Träumen bin ich ebenso unsterblich, wie ich im wirklichen Leben zu sein scheine. Ich bin aus Narben und Erinnerungen gemacht und weder die einen noch die anderen haben großen Einfluss auf mein Leben.

Der Angriff liegt nun schon zwei Tage zurück und noch immer verfolgt mich das Gesicht der Sirene bis in meine Nächte. Besser gesagt die schemenhaften Züge, die mir im Gedächtnis haften geblieben sind. Sobald ich an einen bestimmten Moment zurückdenken will, sehe ich sofort ihre verschiedenfarbigen Augen vor mir. Das eine ist wie die Sonne in der Abenddämmerung, das andere wie das Meer, das ich so liebe.

Der Fluch der Prinzen.

Als ich am Hafenufer wieder zu mir kam, war ich ziemlich entkräftet, aber nicht so sehr, dass ich mich nicht hätte wehren können. Ich hätte nach dem Messer an meinem Gürtel greifen können, um es ihr Blut trinken zu lassen. Ich hätte ihr ins Gesicht schlagen und sie festhalten können, bis die Palastwachen da gewesen wären. Ich hätte sie töten können. Aber ich habe es nicht getan, denn sie ist ein Wunder. Eine Kreatur, die mir immer wieder entwischt ist, nur um dann plötzlich wie aus dem Nichts hier aufzutauchen. Die mir ihr Gesicht gezeigt hat, das kaum je ein Mann sehen durfte, ohne dafür mit seinem Tod zu bezahlen.

Mein Monster hat mich gefunden und jetzt werde *ich* es finden.

»Das ist ein Skandal!«

Mit hochrotem Gesicht platzt der König in meine Gemächer. Hinter ihm kommt meine Mutter hereingeschwebt. Sie trägt eine grüne Kalasiris und wirkt ziemlich gereizt. Bei meinem Anblick runzelt sie die Stirn.

»Keiner kann mir Genaueres sagen«, beschwert sich mein Vater. »Wozu haben wir denn Meereswächter, wenn sie nicht in der Lage sind, das verdammte Meer zu überwachen?«

»Schatz.« Meine Mutter legt sanft ihre Hand auf seine Schulter. »Sie halten nach Schiffen *auf* dem Wasser Ausschau. Ich kann mich nicht daran erinnern, dass wir ihnen den Auftrag gegeben hätten, zu tauchen und *unter* Wasser Sirenen zu suchen.«

»Das versteht sich doch von selbst!«, erwidert mein Vater erbost. »Ich erwarte vollen Einsatz von diesen Männern. Vor allem, wenn es um ihren zukünftigen König geht. Sie hätten wissen müssen, dass diese Meereshexe ihn aufspüren würde.«

»Radames«, sagt meine Mutter tadelnd. »Deinem Sohn wäre Besorgnis gewiss lieber als Zorn.«

Mein Vater wendet sich mir zu, als würde er erst jetzt meine Anwesenheit bemerken – und das, obwohl er zu mir in mein Zimmer gekommen ist. Er bemerkt die Schweißperlen auf meiner Stirn und seine Gesichtszüge werden weich. »Geht es dir besser?«, fragt er mich. »Soll ich einen Arzt kommen lassen?«

»Es geht mir gut«, antworte ich, aber meine heisere Stimme entlarvt meine Lüge.

»So siehst du aber nicht aus.«

Ich mache eine abwehrende Handbewegung, denn ich hasse es, mich wie ein kleiner Junge zu fühlen, dessen Vater die Ungeheuer für ihn verjagen muss. »Vor dem Frühstück sieht niemand besonders gut aus«, erwidere ich leichthin. »Jede Wette, ich kann trotzdem alle Hofdamen um den Finger wickeln.«

Meine Mutter wirft mir einen entrüsteten Blick zu.

»Ich werde sie alle entlassen«, fährt mein Vater ungerührt fort und knüpft damit nahtlos an seinen ursprünglichen Gedankengang an. »Jeden dieser armseligen Tröpfe, die sich Meereswächter schimpfen.«

Ich lehne mich gegen das Kopfteil meines Betts. »Ich finde, du übertreibst.«

»Ich übertreibe? Es hätte nicht viel gefehlt und du wärst am helllichtem Tag in unserem eigenen Land ermordet worden.«

Schwankend erhebe ich mich. Ich bin noch etwas unsicher auf den Beinen, finde aber rasch mein Gleichgewicht wieder, sodass niemand meine Schwäche bemerkt. »Ich kann den Wächtern keinen Vorwurf machen, dass sie die Sirene nicht entdeckt haben«, sage ich und hebe mein Hemd vom Boden auf. »Dazu braucht es ein geübtes Auge.«

Das ist die Wahrheit, was meinen Vater allerdings nur wenig kümmert. Anscheinend ist ihm nicht einmal klar, dass die Meereswächter nur nach feindlichen Schiffen über Wasser Ausschau halten und nicht unter Wasser Teufel und Dämonen jagen. Die einzigen Frauen und Männer auf der Welt, die verrückt genug sind, so etwas zu wagen, sind allesamt auf der Saad zu Hause.

»Du meinst wohl, Augen wie deine?«, schnaubt mein Vater. »Dann lass uns ein paar von den Halunken anheuern, mit denen du deine Zeit verbringst.«

Meine Mutter ist begeistert von seinem Vorschlag. »Das ist eine wunderbare Idee!«

»Nein, ist es nicht«, poltert mein Vater. »Ich habe es nicht ernst gemeint, Isa.«

»Und doch ist es der erste vernünftige Satz, den ich seit Tagen von dir gehört habe.«

Ich grinse die beiden an und gehe zu meinem Vater, um ihm beschwichtigend die Hand auf die Schulter zu legen. Die Empörung weicht aus seinem Blick und macht einem Ausdruck Platz, der sehr viel mit Resignation zu tun hat. Es gibt nur eine Lösung, das weiß er ebenso gut wie ich, und dafür muss ich wieder in See stechen. Vermutlich rührt ein Großteil seines Zorns daher, dass ihm dies nur allzu bewusst ist. Er hat mir Midas immer als Rückzugsort angepriesen, als sicheren Hafen vor den Teufeln, die ich auf See jage. Als Zuflucht, die mir jederzeit offensteht. Doch nun hat der Angriff ihn Lügen gestraft.

»Sorge dich nicht«, sage ich zu ihm. »Die Sirene wird es bitter bereuen, das kannst du mir glauben.«

Erst als ich die Worte laut ausspreche, wird mir bewusst, wie ernst ich sie meine. Mein Zuhause ist besudelt worden, ich selbst habe die Gefahr, die mein Leben auf See bestimmt, hierhergebracht. Das ist falsch, denn Sirenen gehören ins Meer. Bisher haben meine beiden Ichs – der Prinz und der Jäger – ein getrenntes Dasein geführt. Ich bin wütend, dass meine beiden Leben nicht deshalb miteinander verschmolzen sind, weil ich endlich den Mut aufgebracht habe, das Versteckspiel zu beenden und meinen Eltern zu sagen, dass ich nie vorgehabt habe, König zu werden. Dass ich mir, sooft ich nach Hause zurückkehre, stets wie ein Betrüger vorkomme. Dass ich jedes Wort, jede Tat sorgfältig durchdenke, um nur ja nichts Falsches zu sagen oder zu tun. Um immer allen Erwartungen gerecht zu werden. Nein, meine beiden Ichs wurden gewaltsam vereint, weil der Fluch der Prinzen mich dazu gezwungen hat. Diese Kreatur hat etwas in Gang gesetzt, das ich selbst hätte in Gang setzen müssen, wenn ich nur mutig genug gewesen wäre.

Dafür hasse ich sie.

Später am Tag versammelt sich meine Mannschaft auf dem Deck der Saad um mich. Vierzig Männer und Frauen, die mit wütenden Gesichtern auf den Kratzer unter meinem Auge starren. Es ist die einzige Verletzung, die sie sehen können. Unter meinem Hemd verbergen sich noch viele weitere. Die Wunden, die ihre Klauen hinterlassen haben genau dort, wo das Herz ist. Blutige Spuren, die die Sirene in meine Brust gegraben hat.

»Ich habe euch in der Vergangenheit schon oft gefährliche Befehle erteilt«, sage ich zu meiner Mannschaft. »Und ihr habt sie ohne Murren ausgeführt. Na ja« – ich schaue mit einem schiefen Lächeln in die Runde –, »die meisten von euch.«

Einige grinsen in Kyes Richtung, woraufhin dieser stolz salutiert.

»Aber diesmal ist es anders.« Ich atme tief durch. »Ich brauche einen kleinen Trupp Freiwilliger. Ich nehme jeden, den ich kriegen kann, aber ihr wisst selbst, dass einige von euch unverzichtbar sind.« Ich sehe meinen Bootsmann fragend an und er nickt in stummem Einverständnis.

Der Rest der Mannschaft begegnet meinem Blick mit der gleichen entschlossenen Loyalität. Es heißt, man könne sich seine Familie nicht aussuchen, aber genau das habe ich bei meiner Mannschaft getan. Jeden Einzelnen von ihnen habe ich sorgfältig ausgewählt, und diejenigen, die ich nicht selbst an Bord geholt habe, sind von sich aus zu mir gekommen. Wir haben einander gefunden, die ganze bunte Truppe.

»Ich werde keinen von euch an seinen Treueschwur binden. Eure Ehre steht nicht infrage und ich werde niemanden gering schätzen, der sich jetzt nicht meldet. Falls wir Erfolg haben, wird jeder von euch wieder mit offenen Armen aufgenommen werden, wenn wir das nächste Mal in See stechen. Ich möchte, dass ihr das wisst.«

»Genug geredet!«, ruft Kye. »Komm zur Sache, damit ich weiß, ob ich meine langen Unterhosen einpacken soll.«

Neben ihm verdreht Madrid die Augen. »Und vergiss dein Handtäschchen nicht.«

Mein Mund will sich zu einem Lachen verziehen, aber ich unterdrücke es und spreche weiter. »Vor ein paar Tagen kam ein Mann zu mir und erzählte mir von einem besonderen Kristallstein, der die Macht hat, die Meereskönigin zu töten.«

»Wie soll das gehen?«, will einer der Männer wissen.

»Das ist unmöglich«, lässt sich eine andere Stimme vernehmen.

»Jemand hat mir einmal gesagt, dass es unmöglich ist, mit einer Mannschaft aus Halunken und Außenseitern die Meere zu durchkreuzen und Jagd auf die gefährlichsten Monster der Welt zu machen«, antworte ich. »Er war sich sicher, dass wir keine Woche überleben würden.«

»Keine Ahnung, wie es euch geht«, sagt Kye. »Aber mein Herz schlägt immer noch.«

Ich schenke ihm ein Lächeln.

»Alle glauben, dass die Meereskönigin nicht durch eine von Menschenhand geschmiedete Waffe besiegt werden kann«, fahre ich fort. »Aber dieser Stein wurde nicht von Menschen gemacht. Die Gründerfamilien haben ihn mit ihrer reinsten Magie erschaffen. Mit seiner Hilfe können wir die Meereskönigin töten und verhindern, dass sie ihren Dreizack an den Fluch der Prinzen weitergibt. Damit können wir ihrem ganzen Volk ein für alle Mal die Macht rauben.«

Madrid bahnt sich mit ihren Ellbogen zwischen den Männern hindurch einen Weg nach vorn. Kye folgt ihr, aber sie beachtet ihn gar nicht, denn ihr Blick ist fest auf mich gerichtet. »Schön und gut, Cap«, sagt sie. »Aber sollten wir uns nicht lieber um den Fluch der Prinzen kümmern?«

»Wir haben die Sirene noch nie aufspüren können, sonst hätten wir sie schon längst in Gischt verwandelt. Wenn es uns gelingt, ihre Mutter zu töten, dann wird sie sich uns zeigen. Die Magie der Königin verleiht den Sirenen ihre besondere Gabe. Indem wir die Herrscherin vernichten, schwächen wir sie alle. Auch den Fluch der Prinzen. Dann werden die Meere wieder uns gehören.«

»Und wie finden wir die Königin?«, fragt Kye. »Ich folge dir bis ans Ende der Welt, aber ihr Königreich liegt mitten in einem geheimen Meer. Niemand weiß, wie man dort hinkommt.«

»Wir müssen ihr Königreich nicht finden. Und auch die See von Diávolos nicht. Es reicht, wenn wir nach Págos segeln.«

»Págos«, wiederholt Madrid mit einem Stirnrunzeln. »Das kann doch nicht dein Ernst sein.«

»Dort befindet sich der Kristall«, antworte ich ihr. »Wenn wir den erst haben, wird die Meereskönigin von selbst zu uns kommen.«

»Wir reisen also einfach in das Königreich aus Eis und bitten das Schneevolk um den Stein?«, fragt jemand nach.

Ich zögere. »Nicht ganz. Der Kristall ist nicht irgendwo in Págos, sondern am allerhöchsten Punkt.«

»Auf dem Wolkenberg«, stellt Kye für den Rest der Mannschaft klar. »Unser Captain will, dass wir den kältesten Berg der Welt besteigen. Den Berg, an dem bisher noch jeder zu Tode gekommen ist, der ihn erklimmen wollte.«

Madrid lacht höhnisch, als ein Raunen durch die Mannschaft geht. »Und das alles nur«, sagt sie, »um einen sagenhaften Kristall zu holen, der vielleicht, aber auch nur vielleicht die furchteinflößendste Kreatur der Welt anlockt.«

Ich starre die beiden an. Der Gegenwind, den ich von ihnen in seltener Einmütigkeit bekomme, gefällt mir nicht. Genauso wenig wie der Zweifel, der sich in ihre Stimmen gemischt hat. Es ist das erste Mal, dass sie eine meiner Entscheidungen infrage stellen, und das ist kein Gefühl, an das ich mich gewöhnen möchte.

»So könnte man es ausdrücken«, erwidere ich.

Stille tritt ein. Ich setze einen standhaften Blick auf und rühre mich nicht vom Fleck. Wie einer, dem man vertrauen kann. So als wüsste ich verdammt noch mal genau, was ich tue. So als würde ich sie nicht in den fast sicheren Tod führen.

»Tja.« Madrid dreht sich zu Kye um. »Das hört sich nach jeder Menge Spaß an.«

»Da könntest du recht haben«, sagt er gespielt nachdenklich, als wäre es ihm noch nie in den Sinn gekommen, dass er sich womöglich in Gefahr begibt, wenn er sich mir anschließt. Er wendet sich mir zu. »Also gut, du kannst auf uns zählen.«

»Wenn du schon so nett fragst, dann nehme ich mir die Zeit und komme mit!«, ruft eine Stimme aus den Reihen.

»Wer könnte zu so einem verlockenden Angebot schon Nein sagen, Cap?«

»Wenn ihr alle so scharf darauf seid, dann bin ich auch dabei.«

Von allen Seiten kommt Rufen und Nicken. Meine Leute legen ihr Leben mit einem Lächeln in meine Hände. Als wäre das alles für sie nur ein Spiel. Jede neue Hand, die sich in die Höhe streckt, wird begrüßt vom Johlen derer, die sich bereits gemeldet haben. Sie jubeln über die tödliche Gefahr und darüber, dass sie ihr alle gemeinsam ins Auge blicken. Sie sind verrückt und wunderbar.

Ich bin Ergebenheit gewohnt. Wenn die Mitglieder des Hofs mich anblicken, sehe ich die gedankenlose Treue von Untertanen, die es nicht besser wissen. Diese Haltung ist für sie so selbstverständlich wie die bizarre Ordnung der Dinge, die sie nie anzweifeln würden. Aber wenn meine Mannschaft mich in diesem Moment anblickt, erkenne ich in ihren Augen eine Treue, die ich mir verdient habe. Sie vertrauen mir ihr Schicksal an, wo auch immer ich sie hinführen mag.

Jetzt gibt es für mich nur noch eines zu tun, bevor wir in See stechen und Kurs auf das Land aus Eis nehmen.

ZWÖLF

Die Goldene Gans ist das einzig Beständige in Midas. Während ich auf See bin, scheint sich das Land in einem fort zu verändern – in kleinen Schritten, die mir bei der Heimkehr wie große Sprünge vorkommen –, doch die Goldene Gans bleibt immer gleich. Dort hat man keine goldenen Blumen gepflanzt, weil es gerade modern ist, so wie vor den anderen Häusern. Man hat auch keine Sandsäulen errichtet oder Windspiele aufgehängt oder das Dach umgebaut, damit es aussieht wie eine Pyramide. Die Goldene Gans ist von unberührter Zeitlosigkeit. Wenn ich von meinen Reisen zurückkehre und feststelle, was sich in der Zwischenzeit geändert hat, dann betrifft das nie die Goldene Gans. Nie Sakura.

Es ist noch früh am Tag, die Sonne schimmert milchig orange. Ich will die Spelunke aufsuchen, solange die Bewohner von Midas noch tief und fest schlafen. Es wäre unklug, die Wirtin aus dem Land des Eises um einen Gefallen zu bitten, während Horden von Betrunkenen zuhören.

Ein Splitter bohrt sich in meinen Fingerknöchel, als ich an die massive Holztür klopfe. Ich ziehe die Hand rasch zurück, als im selben Moment die Tür aufgeht. Vor mir steht Sakura. Sie wirkt nicht sonderlich überrascht, mich zu sehen.

»Ich wusste, dass Ihr es seid«, begrüßt sie mich und späht an mir vorbei. »Wo ist die Tätowierte?«

»Madrid trifft Vorbereitungen auf dem Schiff«, antworte ich. »Wir stechen noch heute in See.«

»Schade.« Sakura wirft das Spültuch, das sie in der Hand hält, über ihre Schulter. »Sie ist viel hübscher als Ihr.«

Ich widerspreche ihr nicht. »Darf ich reinkommen?«

»Ein Prinz kann an der Türschwelle um einen Gefallen bitten, so wie alle anderen auch.«

»An der Türschwelle gibt es aber keinen Whiskey.«

Sakuras dunkelrote Lippen verziehen sich zu einem schiefen Lächeln. Sie breitet die Arme aus und bedeutet mir einzutreten. »Ich hoffe, Eure Taschen sind gut gefüllt.«

Ohne Sakura aus den Augen zu lassen, trete ich über die Türschwelle. Es ist nicht so, als würde ich ihr Heimtücke zutrauen – dass sie mich in ihrem Wirtshaus ermordet, zum Beispiel. Dafür ist unsere Bekanntschaft viel zu profitabel für die Wirtin. Aber Sakura hat etwas an sich, das mich immer wieder irritiert, und nicht nur mich. Es gibt nicht sehr viele Menschen, die eine Kneipe wie die Goldene Gans führen können, wo die Gäste mit Feuereifer Sünden auf sich laden, als würden sie Juwelen sammeln. Streit und Schlägereien sind an der Tagesordnung, an manchen Abenden fließt mehr Blut als Whiskey. Aber ein Wort von Sakura genügt, und sofort geben die Männer und Frauen Ruhe. Dann streichen sie ihre Kragen glatt, spucken auf den schmutzigen Fußboden und trinken weiter, als wäre nichts passiert. Sakura ist die wohl furchteinflößendste Frau in Midas. Einer Frau wie ihr drehe ich nur ungern den Rücken zu.

Sakura geht hinter den Tresen und gießt eine bernsteingelbe Flüssigkeit in ein Glas. Ich setze mich ihr gegenüber an die Theke. Sie führt das Glas an den Mund und nippt daran. Ihr roter Lippenstift hinterlässt einen Abdruck auf dem Glasrand. Etwas Besseres hätte mir gar nicht passieren können.

Sakura schiebt das Glas über den Tresen zu mir. »Zufrieden?«, fragt sie und meint damit, dass das Getränk nicht vergiftet ist. Ich durchkreuze die Meere auf der Jagd nach Monstern, die mir im wahrsten Sinne des Wortes das Herz herausreißen könnten, aber leichtsinnig bin ich deshalb noch lange nicht. An Land esse und trinke ich nichts, wovon nicht zuvor jemand anderer gekostet hat. Meistens erfüllt Torik diese Pflicht, denn er hat sich, kaum dass ich ihn in meine Mannschaft aufgenommen habe, freiwillig als Vorkoster gemeldet, da ihm, wie er eisern behauptet, angeblich nicht einmal das tödlichste Gift etwas anhaben kann. Angesichts seiner beeindruckenden Statur bin ich geneigt, ihm zu glauben.

Kye hingegen hat die Aufgabe von sich gewiesen. *Wenn ich sterbe, während ich dein Leben rette*, hatte er erklärt, *wer soll dich dann beschützen?*

Grinsend betrachte ich Sakuras Lippenstiftspuren, ehe ich das Glas so drehe, dass ich nicht an derselben Stelle trinke wie sie.

Sakura kommt sofort zur Sache. »Schluss mit dem Geplänkel. Stellt endlich Eure Frage.«

»Du weißt also, warum ich hier bin?«

»Ganz Midas spricht von Eurer Sirene.« Sie lehnt sich gegen den Barschrank. »Hier passiert kaum etwas, wovon ich nicht weiß.«

Ihre Augen sind zu Schlitzen verengt und ihr Blick ist so durchdringend wie nie. Er verrät mir, dass es nur wenige Geheimnisse von mir gibt, die Sakura nicht kennt. Ein Prinz darf Diskretion einfordern, ein Pirat nicht. Ich weiß, dass meine Gespräche häufig von Fremden belauscht und an den Meistbietenden verkauft werden. Eine Zeit lang hat auch Sakura zu den Verkäufern gehört und Auskünfte gegen Gold weitergegeben, wenn die Gelegenheit sich bot. Und natürlich hat sie den Mann belauscht, der mich mitten in der Nacht aufgesucht hat, um mir Geschichten von ihrer Heimat und einem wertvollen Schatz zu erzählen.

»Ich möchte, dass du mitkommst.«

Sakura lacht, was so gar nicht zu ihrem ernsten Gesicht passt. »Ist das ein Befehl des Prinzen?«

»Es ist eine Bitte.«

»Dann schlage ich sie ab.«

»Dein Lippenstift ist verschmiert, weißt du das?«, sage ich und wische über das Glas.

Sakura blickt auf den dunkelroten Abdruck am Glasrand und drückt unwillkürlich die Finger an ihre Lippen. Als ihre Fingerspitzen frei von Farbe sind, verfinstert sich ihre Miene. Jetzt sehe ich mit eigenen Augen das, was ich schon immer vermutet habe. Vor mir steht eine Frau mit schneeweißem Gesicht und Lippen, die blauer sind als die Augen einer Sirene.

Es ist ein Blau, wie es nur die Mitglieder der Königsfamilie haben.

Die Menschen von Págos sind anders als alle übrigen Völker der hundert Königreiche, aber die Herrscherfamilie ist eine ganz besondere Sippe – aus einem großen Eisblock geschnitzt, mit viel blasserer Haut und viel weißeren Haaren und mit Lippen so blau wie das königliche Siegel.

»Ihr wusstest es schon länger«, stellt Sakura fest.

»Aus diesem Grund habe ich dir so viel Freiheiten erlaubt«, erwidere ich. »Ich wollte dein Geheimnis bis zu dem Augenblick bewahren, an dem ich es mir zunutze machen kann.« Ich hebe mein Glas und proste ihr zu. »Lang lebe Prinzessin Yukiko von Págos.«

Sakura verzieht keine Miene, als ich ihren richtigen Namen laut ausspreche. Sie sieht mich nur ausdruckslos an, als würde sie ihn nach all der Zeit selbst kaum mehr kennen.

»Wer weiß es sonst noch?«, fragt sie.

»*Bisher* habe ich es niemandem erzählt«, antworte ich und betone das erste Wort vielleicht etwas zu sehr. »Ich frage mich allerdings, wieso das für dich von Bedeutung ist. Dein Bruder hat vor über einem Jahrzehnt die Krone übernommen. Es ist nicht so, als hättest du Ansprüche auf den Thron. Du kannst nach Belieben tun und lassen, was du willst. Niemand würde einen Anschlag auf ein Mitglied des Königshauses verüben, das über keinerlei Macht verfügt.«

Sakura sieht mich geradeheraus an. »Das braucht Ihr mir nicht erst zu sagen.«

»Wozu dann die Geheimniskrämerei?«, frage ich sie. »Mir ist nichts von einer vermissten Prinzessin zu Ohren gekommen, also gehe ich davon aus, dass deine Familie Bescheid weiß.«

»Ich bin keine Ausreißerin«, stellt Sakura klar.

»Was bist du dann?«

»Das, was Ihr nie sein werdet«, sagt sie spöttisch. »Ich bin frei.«

Ich stelle mein Glas etwas zu hart auf dem Tresen ab. »Wie schön für dich.«

Sakura hat gut reden. Sie hat vier ältere Brüder, die in der Thronfolge vor ihr kommen, auf ihr lasten also nicht jene Pflichten, an die mein Vater mich nur allzu gern erinnert.

»Nachdem Kazue den Thron bestiegen hat, habe ich das Land verlassen«, erklärt Sakura. »Unsere drei Brüder stehen ihm als Berater zur Seite, da braucht er nicht auch noch mich. Ich war damals fünfundzwanzig Jahre alt und hatte keine Lust auf ein Leben bei Hof ohne die geringste Aussicht, selbst einmal herrschen zu können. Das sagte ich meinen Brüdern auch. Ich teilte ihnen mit, dass ich mehr als nur Schnee und Eis sehen wollte. Ich sehnte mich danach, Farben zu sehen.« Sie blickt mir in die Augen. »Ich wollte Gold sehen.«

Ich schnaube. »Und jetzt?«

»Jetzt habe ich diesen scheußlichen Farbton satt.«

Ich lache. »Manchmal geht es mir ähnlich. Trotzdem gibt es keine schönere Stadt in den hundert Königreichen.«

»Das könnt Ihr besser beurteilen als ich«, erwidert Sakura.

»Wieso bist du dann immer noch hier?«

»Eine neue Heimat findet man nicht so leicht.«

Wie recht sie doch hat! Wohin meine Reisen mich auch führen, nirgendwo fühle ich mich zu Hause. Nicht einmal in Midas, das so wunderschön ist und in dem die Menschen leben, die ich liebe. Ich fühle mich hier zwar sicher, aber nicht dazugehörig. Der einzige Ort, den ich aus tiefstem Herzen mein Zuhause nennen kann, ist die Saad. Ein Zuhause, das ständig in Bewegung und kaum je zweimal am selben Ort ist. Vielleicht liebe ich die Saad so sehr, weil sie nirgendwo einen festen

Platz hat, nicht einmal in Midas, wo sie einst gebaut wurde. Sie gehört nirgendwo- und überallhin.

Ich schwenke die Reste meines Whiskeys im Glas und blicke Sakura an. »Also wäre es von Vorteil, wenn du weiterhin unerkannt bleiben könntest. Eine págesische Einwanderin zu sein, ist das eine – aber von royaler Abstammung zu sein und doch kein Königreich zu haben, ist etwas ganz anderes. Wie würden die Leute sich dir gegenüber verhalten, wenn sie das wüssten?«

»Kleiner Prinz.« Sakura verschränkt die Arme vor der Brust. »Wollt Ihr mich erpressen?«

»Niemals«, versichere ich ihr, obwohl meine Stimme das Gegenteil verrät. »Ich denke nur, dass es sehr ungemütlich für dich werden könnte, wenn dein Geheimnis ans Licht käme. Erst recht, wenn ich mir überlege, welche Gäste so bei dir ein und aus gehen.«

»Meine Gäste«, erwidert Sakura, »würden einen Vorteil daraus ziehen wollen. Es bliebe mir wohl nichts anderes übrig, als sie zu töten. Wahrscheinlich würde ich die Hälfte meiner Kundschaft umbringen müssen.«

»Das wäre schlecht fürs Geschäft.«

»Euch hat es auch nie geschadet, ein Mörder zu sein.«

Ich gehe nicht auf ihre letzte Bemerkung ein. Meine gespielte Gleichgültigkeit scheint Sakura seltsamerweise zufriedenzustellen. Sie lächelt überaus reizend, obwohl eindeutig klar ist, dass sie sich lustig macht. Dies ist einer der Momente, in denen ich bedauere, dass sie doppelt so alt ist wie ich. Sie ist wirklich atemberaubend, wenn sie boshaft ist, denn hinter ihrer kühlen Gelassenheit verbirgt sich ungezügelte Wildheit.

»Komm mit mir nach Págos«, fordere ich sie auf.

»Nein.« Sakura wendet sich ab.

»Heißt das *nein*, du kommst nicht mit?«

»Es heißt *nein*, das war nicht die eigentliche Frage.«

Ich stehe auf. »Hilf mir, den Kristall von Keto zu finden.«

Sakura dreht sich zu mir um. »Aha.« Auf ihrem Gesicht ist nicht die

Spur eines Lächelns zu sehen. »Eine Págesi soll Euch helfen, den Wolkenberg zu besteigen und den Schatz aus dem Märchen zu finden?«

»Ich kann ja wohl schlecht in Págos einfallen, um den gefährlichsten Berg zu erklimmen, ohne die leiseste Ahnung zu haben, worauf ich mich einlasse. Würden deine Brüder mir überhaupt Zutritt gewähren? Wenn du mich begleitest, könntest du mir sagen, wie ich vorgehen soll. Du könntest mir die richtige Route zeigen. Den König überzeugen, mir freies Geleit zu geben.«

»Weil ich Expertin im Bergklettern bin.« Sakuras Stimme trieft vor Sarkasmus.

»Du musstest an deinem sechzehnten Geburtstag den Gipfel erklimmen«, sage ich und versuche, meine Ungeduld zu zügeln. »So wie jedes andere Mitglied der pägesischen Königsfamilie auch. Du könntest mir sehr wohl helfen.«

»Weil ich so warmherzig bin.«

»Ich frage nur –«

»Ihr *bettelt*«, unterbricht sie mich. »Um etwas, das Ihr nicht bekommen werdet. Niemand außer meiner Familie kann den Aufstieg überleben. Nur wir haben es im Blut.«

Ich lasse meine Faust auf den Tisch krachen. »So steht es vielleicht in den Märchenbüchern, aber ich weiß es besser. Es muss eine andere Möglichkeit geben. Einen unbekannten Weg. Ein Geheimnis, das nur in deiner Familie weitergegeben wird. Wenn du mich schon nicht begleiten willst, dann sag mir wenigstens, wie ich auf den Berg hinaufkomme.«

»Das würde Euch nichts nützen.«

»Was soll das heißen?«

Sie sieht mich mit funkelnden Augen an. »Falls es diesen Kristall tatsächlich gibt, befindet er sich in der verschlossenen Kuppel des Eispalasts.«

»In der verschlossenen Kuppel«, wiederhole ich verblüfft. »Hast du dir das gerade ausgedacht?«

»Auch wir kennen die Geschichten aus den Kinderbüchern«, sagt sie.

»Seit Generationen hat meine Familie immer wieder versucht, in die Kuppel zu gelangen, aber es gibt nur einen einzigen Eingang und der ist magisch verriegelt. Dafür haben wohl die Gründerfamilien gesorgt. Sich gewaltsam Zutritt zu verschaffen, ist jedenfalls unmöglich. Man braucht einen Schlüssel. Ein Amulett, das früher einmal im Besitz unserer Familie gewesen ist. Es ist ein blauer Diamant an einer Kette. Ohne dieses Amulett könnt Ihr so viele Berge besteigen, wie Ihr wollt, Ihr werdet trotzdem nicht finden, wonach Ihr sucht.«

»Das lass nur meine Sorge sein«, erwidere ich. »Verborgene Schätze aufzuspüren, ist meine Spezialität.«

»Und was ist mit dem Ritual, ohne das man nicht an den Kristall gelangt?«, fragt Sakura. »Wisst Ihr auch darüber Bescheid?«

»Noch nicht.«

»Das liegt daran, dass niemand es Euch sagen kann. Wie wollt Ihr das uralte Ritual vollziehen, wenn Ihr noch nicht einmal wisst, worum es dabei geht?«

Tatsächlich hatte ich insgeheim gehofft, Sakura könnte mir Genaueres sagen und meine Wissenslücken füllen.

»Die Antwort liefert uns vielleicht das Amulett«, sage ich, in der Hoffnung, dass es stimmt. »Es könnte zum Beispiel eine Inschrift haben, deren Bedeutung zu enträtseln ist. Falls nicht, finde ich eine andere Lösung.«

Sakura lacht. »Angenommen, Ihr habt recht«, sagt sie. »Angenommen, das Sagenhafte ist so leicht zu haben. Und unauffindbare Amulette und uralte Rituale ebenso. Angenommen, es ginge lediglich darum, an Landkarten oder Wegbeschreibungen zu kommen. Was lässt Euch glauben, ich würde mein Wissen mit Euch teilen?«

»Ich könnte deine wahre Herkunft aufdecken.« Die Worte hinterlassen einen fahlen Geschmack auf meinen Lippen, denn meine Antwort ist kleinlich und albern.

»Das ist unter Eurer Würde«, sagt Sakura. »Versucht es noch mal.«

Ich überlege. Sakura hat nicht rundweg abgelehnt, mir zu helfen. Sie hat mir die Gelegenheit gegeben, ihr ein Angebot zu machen, das sie nicht ablehnen kann. Jeder hat einen Preis, sogar eine untergetauchte pägesische Prinzessin. Ich muss nur herausfinden, womit ich sie herumkriegen kann. Geld ist ihr nicht wichtig genug. Bei der Vorstellung, sie damit bezahlen zu wollen, ziehe ich eine Grimasse. Sie könnte es als Beleidigung auffassen – immerhin ist sie von königlichem Geblüt – oder mich als unreifen Jungspund ansehen und nicht mehr als den Captain, als den sie mich kennt. Ich muss ihr etwas in Aussicht stellen, das ihr niemand sonst bietet. Ich muss ihr eine einmalige Chance geben, die sie sich unmöglich entgehen lassen kann.

Wieder fällt mir auf, wie ähnlich Sakura und ich uns sind. Zwei Königskinder, die ihrem Land zu entfliehen versuchen. Allerdings hat Sakura Págos nicht verlassen, weil ihr das Leben als Prinzessin missfiel, sondern weil sie bedeutungslos geworden war, nachdem ihr Bruder den Thron bestiegen hatte.

Ich hatte keine Lust auf ein Leben bei Hof ohne die geringste Aussicht, selbst einmal herrschen zu können.

Bei dem Gedanken verspüre ich ein flaues Gefühl im Magen. In ihrem Herzen ist Sakura eine Königin. Leider fehlt ihr dazu ein Reich. Plötzlich wird mir klar, was meine Schatzsuche mich kosten wird.

»Ich kann dich zur Königin machen.«

Sakura zieht ihre weißen Augenbrauen hoch. »Ihr droht doch nicht etwa damit, meine Brüder zu töten?«, fragt sie. »Pägesische Adlige führen keinen Krieg um die Krone.«

»Ganz im Gegenteil«, sage ich und versuche, mir meine Anspannung nicht anmerken zu lassen. »Ich lege dir ein anderes Reich zu Füßen.«

Sakuras Gesicht spiegelt wider, wie sie langsam die Bedeutung meiner Worte begreift. Zögernd fragt sie: »Und welches sollte das sein, Eure Hoheit?«

Es bedeutet nichts Geringeres als das Ende des Lebens, das ich so sehr liebe. Das Ende des Lebens auf der Saad. Auf den Meeren und in der Welt, die ich schon so oft bereist habe und noch tausendmal bereisen möchte. Ich werde das Dasein eines Königs führen, so wie mein Vater es immer für mich vorgesehen hat, mit einer schneegeborenen

Gemahlin an meiner Seite. Ein Bündnis zwischen Eis und Gold. Etwas, das sich mein Vater nicht einmal in seinen kühnsten Träumen vorgestellt hat. Das muss es doch allemal wert sein, ein Opfer zu bringen, oder? Warum sollte ich noch die Ozeane durchkreuzen, wenn erst alle Meeresmonster vernichtet sind? Vielleicht könnte ich mich sogar damit anfreunden, Midas zu regieren, wenn die Welt nicht mehr in Gefahr ist.

Aber noch während ich mir einzureden versuche, wie gut mein Plan ist, muss ich mir eingestehen, dass ich mich selbst belüge. Ich bin nur dem Namen nach ein Prinz. Selbst wenn es mir gelingen sollte, die Sirenen zu besiegen und auf dem Meer Frieden zu schaffen, wollte ich nie etwas anderes, als auf der Saad bei meiner Mannschaft zu bleiben – falls sie mir dann immer noch treu Gefolgschaft leistet. Immer unterwegs, auch dann noch, wenn die Jagd zu Ende ist. Alles andere würde mich unglücklich machen. Innezuhalten, an einem Ort zu verharren, auf Dauer hierzubleiben – das ist es, was mich unglücklich macht. Im Herzen bin ich so wild wie das Meer, das mich zu dem werden ließ, der ich bin.

Ich atme tief durch. Wenn es sein muss, werde ich eben unglücklich.

»Dieses Königreich«, beantworte ich Sakuras Frage. »Wenn es eine Landkarte gibt, die den geheimen Weg zum Berggipfel zeigt, sodass meine Mannschaft und ich uns nicht zu Tode frieren, dann ist das ein fairer Tausch.«

Ich reiche Sakura die Hand. Der Prinzessin von Págos.

»Wenn du mir diese Landkarte beschaffst, mache ich dich zu meiner Königin.«

DREIZEHN

Ich habe einen Fehler gemacht. Wie in so vielen Geschichten hat alles mit einem Prinzen angefangen. Ich habe seinen Herzschlag unter meinen Fingern gespürt. Seither konnte ich an nichts anderes mehr denken. Ich habe unter Wasser darauf gewartet, dass er zurückkommt. Es vergingen Tage, bis er endlich erschien, doch anders als bei unserer ersten Begegnung schützte ihn nun eine Eskorte.

Mitten im Hafen für ihn singen zu wollen, war schon riskant genug gewesen, da ich jederzeit damit hatte rechnen müssen, dass Soldaten der königlichen Garde dem jungen Jäger zu Hilfe kämen. Noch schwieriger aber war es jetzt mit seiner Mannschaft in der Nähe. Die Männer und Frauen folgten ihrem Prinzen auf Schritt und Tritt und sogen geradezu jedes Wort, das er an sie richtete, in sich auf. Sie brachten ihm eine Loyalität entgegen, die man nicht kaufen kann. Jeder von ihnen würde ihm, ohne zu zögern, ins Meer hinterherspringen und das eigene Leben für ihn opfern – als ob ich mich auf diesen Tauschhandel jemals einlassen würde.

Statt anzugreifen, beschränkte ich mich also darauf, sie zu beobachten und zu belauschen. Sie erzählten von Steinen, die die

Macht hatten, Welten zu zerstören. In ihren Erzählungen ging es um das zweite Auge von Keto. Vom ersten Tag ihrer Regentschaft an hatte meine Mutter versucht, diesen legendären Kristall aufzuspüren. Die Menschen sprachen davon, ins Eisreich zu reisen und dort nach dem Stein zu suchen. Eine solche Gelegenheit würde sich mir kein zweites Mal bieten. Wenn ich ihnen ins Schneemeer folgte, wo das Wasser so kalt ist, dass kein Mensch darin überleben kann, würde die Mannschaft dem Prinzen nicht zu Hilfe eilen können, sondern müsste tatenlos mit ansehen, wie er stirbt.

Ich hatte einen Plan. Mein Fehler war, anzunehmen, meine Mutter hätte keinen.

Während ich den Prinzen beobachtete, beobachtete meine Mutter mich. Und als ich den Hafen von Midas verließ, um nach etwas Essbarem zu suchen, machte sie sich bemerkbar.

Der Gestank von Leichen schlägt mir entgegen. Eine Kadaverspur aus toten Haien und Oktopussen, die im Wasser treiben, weist mir den Weg. Ich schwimme zwischen den Tierleibern hindurch, die ich bei jeder anderen Gelegenheit mit Vergnügen verspeist hätte.

»Es erstaunt mich, dass du gekommen bist«, begrüßt mich die Meereskönigin.

Meine Mutter sieht majestätisch aus, wie sie umringt von Leichnamen im Wasser schwebt. Überreste der Fischleiber kleben an ihrer mit Symbolen überzogenen Haut und ihre Tentakel schwingen bedrohlich hin und her.

»Ich kann es erklären«, sage ich mit zusammengebissenen Zähnen.

»Sicher hast du dir viele hübsche Erklärungen in deinem kleinen Köpfchen zurechtgelegt«, sagt die Königin. »Aber das interessiert mich nicht.«

»Mutter.« Meine Hände ballen sich zu Fäusten. »Ich habe das Königreich aus einem guten Grund verlassen.«

Das Bild eines goldenen Prinzen geistert durch meinen Kopf. Wenn ich am Hafenstrand nicht gezaudert und den süßen Duft seiner Haut so genossen hätte, müsste ich mir jetzt keine Erklärungen ausdenken. Ich könnte ihr sein Herz präsentieren und die Meereskönigin milde stimmen.

»Du hast einen Menschen gerettet.« Ihre Stimme ist so dunkel wie die Nacht.

Ich schüttle den Kopf. »Das stimmt nicht.«

Ihre Tentakel schlagen auf den Meeresgrund. Eine große Woge aus Sand schwappt über mich hinweg und schleudert mich zu Boden. Ich unterdrücke ein Husten, als kleine Kieselsteine in meine Kehle dringen.

»Du beleidigst mich mit deinen Lügen«, herrscht sie mich an. »Du hast einen Menschen gerettet – und zwar nicht nur irgendeinen, sondern ausgerechnet den Mann, der uns abschlachtet. Wolltest du mir damit wieder einmal zeigen, dass dein ganzer Lebenssinn darin besteht, mir den Gehorsam zu verweigern?«, fragt sie. Mit einem angewiderten Knurren fügt sie hinzu: »Vielleicht bist du auch einfach nur schwach. Ein dummes kleines Mädchen, das sich von einem Prinzen betören lässt. Sag mir, lag es an seinem Lächeln? Hat es dein Herz erweckt und die Liebe in dir entfacht, als wärst du nichts weiter als eine gewöhnliche Nixe?«

Meine Gedanken rasen. Ich bin so verwirrt, dass ich für einen kurzen Moment sogar meine Wut vergesse. Liebe ist ein Wort, das man im Meer nicht sehr oft hört. Es kommt in meinem Lied vor und es lag auf den Lippen der Prinzen, die ich getötet habe. Aus dem Mund meiner Mutter habe ich es noch nie vernommen. Ich bin nicht einmal sicher, ob ich wirklich weiß, was es bedeutet. Für mich war es bisher nur ein Wort, das die Menschen schätzen, auch wenn ich nicht genau weiß, warum. In Psáriin gibt es keine Entsprechung dafür. Und doch beschuldigt mich meine Mutter, dieses Gefühl zu kennen. Ist es das, was ich Kahlia gegenüber empfinde? Der Drang, sie zu beschützen, egal was passiert? Falls ja, ist der Vorwurf umso unverständlicher, denn mein größter Wunsch ist es, den Prinzen zu töten. Auch wenn ich nicht viel von der Liebe weiß, bin ich mir doch sicher: So ist sie nicht.

»Du irrst dich«, sage ich zu meiner Mutter.

Angewidert verzieht sie ihren Mund. »Du hast für ihn eine Nixe getötet.«

»Sie wollte sein Herz verschlingen!«

Ihre Augen verengen sich zu Schlitzen. »Und was«, fragt sie, »wäre daran so schlimm gewesen? Dann hätte sie sein abscheuliches Herz eben in einem Stück hinuntergewürgt.«

»Er gehört mir«, erwidere ich. »Er sollte ein Geschenk für dich sein! Ein Tribut zu meinem achtzehnten Geburtstag.«

Die Königin lässt sich meine Worte einen Augenblick durch den Kopf gehen. »Du wolltest dir zu deinem Geburtstag einen Prinzen holen?«

»Ja. Aber Mutter –«

Ihr Blick verdunkelt sich. Dann schnellt einer ihrer Tentakel vor und reißt mich vom Meeresboden hoch. »Du unverschämtes Ding!«

Ihre Fangarme schlingen sich um meinen Hals und drücken zu, bis der Ozean vor meinen Augen verschwimmt. Ich spüre Todesangst.

»Mutter!«, flehe ich sie an.

Als sie das hört, drückt sie nur noch fester zu. Wenn sie will, kann sie mir das Genick brechen. Sie kann mir den Kopf abreißen, so wie ich es bei der Nixe getan habe. Vielleicht reißt sie mir auch das Herz heraus.

Stattdessen schleudert sie mich zurück auf den Meeresgrund. Ich umklammere meine Kehle, berühre die schmerzende Stelle am Hals, zucke aber sofort zurück, denn schon bei der leisesten Berührung knacken meine Knochen. Die Königin schwebt über mir wie ein hoher, düsterer Schatten. Das Wasser um uns herum verdunkelt sich, es färbt sich grau und dann schwarz, als würde der Zorn der Herrscherin den Ozean verfinstern.

»Du bist es nicht wert, meine Thronfolgerin zu sein«, fährt meine Mutter mich an.

Als ich den Mund öffne, um zu antworten, schmecke ich Säure. Das Meersalz ist von brennender Magie durchsetzt, die meine Kehle verätzt. Der Schmerz ist so stark, dass ich kaum atmen kann.

»Du bist es nicht wert, das Leben, das dir geschenkt wurde, fortzuführen.«

»Bitte nicht!«, bettele ich.

Es ist nur ein Flüstern, eine gehauchte Bitte. Ein Knistern, das vorgibt, ein Laut zu sein, so wie damals bei meiner Tante Crestell kurz vor ihrem Tod.

»Du denkst, du bist der Fluch der Prinzen.« Die Königin lacht dröhnend. »In Wahrheit bist du die Retterin des Prinzen.«

Sie hebt ihren Dreizack, der aus den Gebeinen der Göttin Keto geschnitzt ist. Gebeine so dunkel wie die Nacht. Gebeine voller Magie. Der blutrote Kristall in der Mitte scheint nur auf ihre Befehle zu warten.

»Dann wollen wir mal sehen«, sagt sie boshaft, »ob noch Hoffnung für dich besteht.«

Sie stößt den Dreizack auf den Meeresboden. Wie aus dem Nichts befällt mich ein Schmerz, der alles übertrifft, was man sich vorstellen kann. Meine Knochen brechen entzwei und finden sich neu zusammen. Blut schießt aus meinem Mund und meinen Ohren und sickert durch meine Haut hindurch. Quillt aus meinen Kiemen. Meine Flosse zerbirst, schlitzt mich in der Mitte entzwei, bricht mich in zwei Teile. Die Schuppen, die wie Sterne gefunkelt haben, platzen auf. In meiner Brust ist ein Pochen, wie ich es noch nie verspürt habe. Es fühlt sich an, als würden tausend Fäuste darin hämmern.

Ich presse die Hand in meine Brust, bohre die Nägel hinein,

versuche das, was in mir tobt, herauszureißen. Das Ding freizusetzen, das in mir gefangen ist und so verzweifelt klopft, um herausgelassen zu werden.

Plötzlich höre ich den Ruf meiner Mutter: »Wenn du wirklich der mächtige Fluch der Prinzen bist, kannst du das Herz des Prinzen auch ohne deine Stimme rauben. Dann brauchst du keinen Gesang.«

Ich kämpfe darum, mein Bewusstsein nicht zu verlieren, aber der Ozean erstickt mich. Salz und Blut wallen durch meine Kehle, bis ich nur noch keuchen und wild um mich schlagen kann. Aber ich gebe nicht auf. Ich weiß nicht, was passieren wird, wenn ich meine Augen schließe. Ich weiß nicht, ob ich sie dann jemals wieder öffnen werde.

»Wenn du je wieder zurückkehren willst«, zischt die Königin, »dann bring mir sein Herz noch vor der Sonnenwende.«

Ich versuche, einen klaren Gedanken zu fassen, aber die Worte meiner Mutter hallen von allen Seiten wider. Es sind Geräusche, die ich nicht zuordnen kann. Die ich nicht verstehen und deren Sinn ich nicht ertragen kann. Ich bin in Stücke gerissen, doch das scheint ihr immer noch nicht zu reichen.

Meine Lider fallen langsam zu. Hinter meinen Augäpfeln lauert eine Schwärze, düster wie das Meer. Das Wasser wirbelt in meinen Ohren, bis alles taub wird. Mit einem letzten Blick auf die schemenhaften Umrisse meiner Königin schließe ich die Augen und ergebe mich der Dunkelheit.

VIERZEHN

Die Pyramide versinkt hinter dem Horizont. Gold wetteifert mit Gold, während die Sonne immer höher klettert. Wir segeln los und lassen die funkelnde Stadt hinter uns, bis wir nur noch von Blau umgeben sind. Meine Augen müssen sich erst wieder an die unerschöpflichen Farbnuancen des Meeres gewöhnen. Anfangs sind die Blautöne noch etwas gedeckt und das Weiß der Wolken ist mit Bronze gesprenkelt, denn meine Augen erinnern sich noch an das Schimmern von Midas. Bald jedoch bricht die Welt sich Bahn, lebendig und unbeugsam. Das Korallenrot der Fische, das Blumenblau des Himmels.

Ich lasse alles hinter mir. Die Pyramide und meine Familie und die Vereinbarung, die ich mit Sakura getroffen habe. Vor mir: die weite Welt, die nur darauf wartet, erobert zu werden.

Ich umklammere das Pergament in meiner Hand. Die Landkarte, die einen Geheimpfad zum mächtigen Wolkenberg zeigt, den nur die Mitglieder des pägesischen Königshauses kennen. Damit gelangen sie sicher zum Gipfel und erweisen sich so als würdige Anführer ihres Volkes. Für dieses Pergament habe ich meine Zukunft verpfändet. Jetzt brauche ich nur noch das Amulett von Págos. Zum Glück weiß ich genau, wo ich es suchen muss.

Meiner Familie habe ich von meinem Eheversprechen nichts erzählt. Das hebe ich mir für meine Rückkehr auf, falls ich nicht vorher ums Leben komme. Es meiner Mannschaft zu sagen, war nervenaufreibend genug. Ich musste nicht nur Häme und Spott ertragen, sondern auch Madrids Wutausbruch darüber, dass ich mich freiwillig auf einen solchen Handel eingelassen habe. Fast ihr halbes Leben lang ist sie von einem Schiff zum nächsten verkauft worden – kein Wunder also, dass sie geradezu besessen von Freiheit ist.

Die einzige Aufmunterung, die ich anzubieten hatte – auch wenn es seltsam ist, dass ausgerechnet ich derjenige bin, der die anderen trösten muss –, ist meine feste Absicht, es nie so weit kommen zu lassen. Was nicht heißt, dass ich mein Wort brechen will. Diese Art von Mann bin ich nicht. Und Sakura ist nicht die Art von Frau, die einen solchen Verrat hinnehmen würde. Aber es gibt einen Ausweg. Eine andere Abmachung, die uns beiden das garantiert, was wir wollen. Dazu brauche ich allerdings eine weitere Mitspielerin.

Ich stehe auf dem Achterdeck und lasse den Blick über die Saad schweifen. Die Sonne ist verschwunden, nur der Mond und die flackernden Schiffslaternen spenden noch etwas Licht. Meine Rumpfmannschaft – ein passender Name für die Schar von Freiwilligen – ist unter Deck. Die meisten schlafen bereits. Oder sie tauschen Witze aus und erzählen sich schlüpfrige Geschichten. Die paar, die sich noch an Deck aufhalten, sind ungewöhnlich still und zurückhaltend.

Wir segeln Richtung Eidýllio – einer der wenigen Zwischenstopps auf unserem Weg nach Págos und zugleich die entscheidende Station für das Gelingen meines Plans. Dort hoffe ich einen Ersatz für mich zu finden – den einzigen Menschen außer mir, mit dem Sakura eine Heirat in Betracht ziehen würde.

Torik ist ebenfalls noch an Deck. Er spielt Karten mit Madrid, die behauptet, immer die Beste zu sein, egal wie knifflig die Spiele sind, die mein erster Maat sich für sie ausdenkt. Die beiden sind leise; außer den tiefen Atemzügen, wenn Torik an seiner Zigarre zieht, ist nichts zu hören. Mein Bootsmann hat sich zu Toriks Füßen niedergelassen. Ab und zu verschwindet er unter Deck, um kurz darauf zurückzukehren und weiter die Löcher in seinen Strümpfen zu stopfen.

Die Nacht bringt bei allen eine andere Seite hervor. Die Saad ist ihr Zuhause, sie sind hier sicher und müssen nicht ständig auf der Hut sein. Für sie birgt das Meer keine tödliche Gefahr, auch wenn dort Sirenen und Haie und tückische Biester lauern, die jeden von ihnen in Sekundenschnelle verschlingen könnten. Die wahre Gefahr sind die Menschen. Sie sind unberechenbar. Verräter und Lügner. Aber auf der Saad ist diese Welt ganz weit weg.

»Das ist also die Landkarte, die uns zum Kristall führen soll?«, fragt Kye.

Ich zucke die Achseln. »Vielleicht führt sie uns auch in den Tod.«

Er legt seine Hand auf meine Schulter. »Hab Vertrauen in dich«, sagt er. »Du hast uns noch nie in die Irre geführt.«

»Weshalb niemand darauf gefasst sein wird, wenn ich es tue.«

Kye sieht mich abschätzig an. Wir sind ungefähr gleich alt, aber er schafft es, dass ich mich jünger fühle. Als wäre ich ein Grünschnabel und nicht der Captain, der ich gern sein möchte.

»Mit dem Risiko ist das so eine Sache«, meint Kye. »Man kann nie genau sagen, ob etwas den Einsatz wert ist. Das weiß man erst im Nachhinein.«

»Du wirst ja richtig weise auf deine alten Tage«, erwidere ich. »Hoffen wir, dass du recht hast und die Landkarte uns tatsächlich vor dem Kältetod bewahrt. Ich mag meine Finger und Zehen und würde sie nur ungern verlieren.«

»Ich kann immer noch nicht fassen, dass du deine Zukunft für ein Stück Pergament verschachert hast«, sagt Kye. Er hat die Hand am Messergriff, als würde allein schon der Gedanke an Sakura ihn in Angriffslaune versetzen.

»Hast du mir nicht gerade erklärt, dass ein Risiko manchmal gerechtfertigt ist?«

»Nicht, wenn es zu einer unseligen Ehe führt, noch dazu mit einer *Prinzessin*.«

Das letzte Wort spuckt er aus, als wäre es schmutzig. Der Gedanke, ich könnte das Mitglied eines Königshauses heiraten, scheint für ihn unerträglich zu sein.

»Da hast du recht«, stimme ich ihm zu. »Deshalb werde ich Sakura ein verlockenderes Angebot machen, so unwahrscheinlich das auch klingen mag. Genau aus diesem Grund segeln wir nach Eidýllio. Also zerbrich dir nicht unnötig den Kopf über mein düsteres Schicksal. Ich habe einen Plan. Du kannst also ruhig etwas mehr Vertrauen in mich setzen.«

»Leider enden deine Pläne immer mit neuen Narben auf der Haut.«

»Die Damenwelt liebt das.«

»Nicht wenn es Bisswunden sind.«

»Die Königin von Eidýllio wird uns wohl kaum wie eine Kannibalin verschlingen«, entgegne ich grinsend.

»Zwischen ihr und uns liegt ein langer Weg«, erwidert Kye. »Und reichlich Gelegenheiten, unterwegs aufgefressen zu werden.«

Trotz aller Bedenken scheint Kye sich von meinen vagen Andeutungen nicht abschrecken zu lassen. Vage Antworten und ausweichende, manchmal schnippische Bemerkungen stören ihn nicht. Die Ungewissheit macht für ihn erst den Reiz unserer Jagd aus. Auch mir hat dieser Nervenkitzel gefallen. Je weniger ich wusste, desto mehr gab es zu entdecken. Aber diesmal genügen mir die spärlichen Hinweise aus dem Kinderbuch nicht, das in meiner Kajüte in der Schreibtischschublade liegt.

In dem Buch ist die Rede vom höchsten Gipfel des Wolkenbergs – einem Ort, der kaum weiter vom Meer entfernt sein könnte – und vom Palast, den die Meeresgöttin Keto mit ihrem letzten zu Eis erstarrten Atem erschaffen hat. Es ist ein weihevoller Ort, den nur die Mitglieder der pägesischen Königsfamilie betreten dürfen, wenn sie sich auf heiliger Pilgerschaft befinden. Im Gebet versunken sitzen sie da und verehren ihre Götter, die sie aus Eis geschnitzt und ihnen Leben verliehen haben. Sechzehn Tage lang verharren sie so. Im innersten Heiligtum dieses Palasts befindet sich der sagenumwobene Kristall. Angeblich.

Unsere Suche gründet sich ausschließlich auf Gerüchte und Hörensagen. Die Tatsache, dass das Amulett verschwunden ist, hat allerdings auch einen Vorteil: Sakura und ihre Familie haben die verschlossene Kuppel noch nie betreten. Denn wenn der Kristall im Besitz des Königshauses wäre, könnte ich meinen Plan vermutlich begraben. Man stelle sich das Gespräch mit dem pägesischen König vor: *Würdet Ihr meinen Piraten und mir freundlicherweise den mächtigsten magischen Gegenstand der Welt für ein paar Tage ausleihen? Sobald ich meine Erzfeindin getötet habe, bringe ich ihn wieder zurück, versprochen.*

Wenn ich den Kristall erst gefunden habe, bin ich einen großen Schritt weiter. Sakuras Andeutungen von einer verschlossenen Kuppel und einem Schlüssel in Form eines Amuletts machen die Sache nicht einfacher. Falls es mir nicht gelingt, den Diamantanhänger aufzutreiben, habe ich zu hoch gepokert. Dass Sakuras Familie seit Generationen vergeblich danach sucht, muss nichts heißen. Sie sind nicht ich.

»Lust auf ein Spiel?« Madrid blickt zu mir hoch. »Torik ist ein erbärmlicher Verlierer.«

»Und du bist eine gerissene Betrügerin«, erwidert Torik. »Sie hat Asse im Ärmel versteckt.«

»Ich brauche keine Asse im Ärmel, mir reichen ein paar Tricks und Talent.«

»Da hörst du es!«, ruft Torik empört und zeigt auf Madrid. »Sie gibt zu, dass sie trickst.«

Der Bootsmann blickt die beiden an und sagt: »Ich wüsste nicht, wann sie geschummelt hätte.« Dann sticht er die Nadel in ein Paar bunt geflickte Strümpfe.

»Ha.« Torik packt ihn am Ohr, wenn auch nicht allzu fest. »Woher willst du das wissen? Du warst doch mit Stricken beschäftigt.«

»Ich stricke nicht, ich *stopfe*«, erwidert der Bootsmann. »Wenn dir das nicht passt, werfe ich dich und die ganze Bagage über Bord.«

»Frechheit«, grunzt Torik und fügt zu mir gewandt hinzu: »Ich kriege hier eine Frechheit nach der anderen vor den Bug geknallt.«

»Was Frechheiten angeht, gibst du auch so einiges von dir«, sage ich zu ihm.

»Ich gebe mein Herz und meine Seele«, protestiert Torik.

»Oh, tut mir leid«, erwidere ich. »Ich dachte, du hättest weder das eine noch das andere.«

Kye neben mir gluckst amüsiert. »Deshalb verliert er ständig«, sagt er. »Kein Herz und keine Fantasie.«

»Pass bloß auf, dass ich mir nicht zusammenfantasiere, wie du über Bord fällst«, knurrt Torik. »Was meinst du, Cap? Brauchen wir wirklich einen zusätzlichen Sirenenjäger auf dieser Fahrt?«

»Kye kocht auch für uns«, gibt Madrid zu bedenken und sammelt die Karten wieder ein.

Torik schüttelt den Kopf. »Wir können die Netze auswerfen und Fische zum Abendessen fangen. Um sie ordentlich zu braten, brauchen wir dein hübsches Kerlchen nicht.«

Madrid macht sich nicht die Mühe zu antworten. Gerade als ich für sie einspringen will, erweckt etwas in der Ferne meine Aufmerksamkeit. Ein seltsamer Umriss mitten im Meer. Eine Gestalt, die auf dem Wasser schwimmt. Ich blinzle und ziehe mein goldenes Fernrohr aus der Gürtelschlaufe.

»Nordwest«, sage ich zu Kye. Mein Freund holt sein kleines Fernglas aus dem Gürtel. »Siehst du das?«

»Ein Mann.«

Ich schüttle den Kopf. »Ganz im Gegenteil.« Ich presse das Fernrohr an mein schwarz umrandetes Auge. »Es ist ein Mädchen.«

»Was macht ein Mädchen mitten in diesem verdammten Ozean?«, fragt Torik und tritt zu uns.

Auf dem Hauptdeck schiebt Madrid die Spielkarten zurück in die Schachtel und erklärt trocken: »Vielleicht fängt sie Fisch fürs Abendessen.«

Torik wirft ihr einen Blick zu. »In diesen Gewässern gibt es Haie.«

»Mit Reis schmecken sie hervorragend.«

Ich verdrehe die Augen.

Zum Glück scheint das Mädchen nicht zu ertrinken, sondern treibt auf der Wasseroberfläche. Seltsam, dass sie sich so gar nicht rührt. Sie ist einfach da, mitten im Meer, außer ihr ist weit und breit nichts und niemand zu sehen. Ich atme tief durch. Im selben Moment dreht sich das Mädchen Richtung Schiff. So unwahrscheinlich es auch klingen mag, aber ich könnte schwören, dass sie mich direkt ansieht. Durch mich hindurchsieht.

»Was zum Teufel tut sie dort?«

Ich drehe mich zu Kye um. »Nichts«, antworte ich. »Sie ist einfach nur da.«

Aber als ich wieder aufs Wasser hinausblicke, ist sie weg. Alles ist totenstill.

»Kye!«, rufe ich und eile zur Reling. »Volle Kraft voraus, klar zum Wenden. Hol den Rettungsring. Weck die Mannschaft auf, alle sollen einsatzbereit sein.«

»Nicht so waghalsig, Captain!«, warnt mich Torik.

»Vielleicht ist es ein Hinterhalt«, stimmt Madrid ihm zu.

Ich achte nicht auf die beiden, aber Kye legt seine behandschuhte Hand auf meine Schulter und hält mich zurück. »Elian, Vorsicht. Da unten könnten Sirenen lauern.«

»Ich lasse niemanden sterben, nur weil irgendwelche verfluchten Sirenen im Wasser sein könnten«, sage ich entschlossen.

Kye strafft die Schultern. »Lass mich an deiner Stelle gehen.«

Madrid zögert einen Moment, dann holt sie, wenn auch etwas langsamer als gewöhnlich, ihre Waffe hervor.

Ich lege meine Hand auf die von Kye. Es geht ihm nicht darum, ein ertrinkendes Mädchen zu retten. Seine Geste hat nichts mit Heldenmut zu tun, sondern mit Treue mir gegenüber. Er will mich schützen, sonst nichts. Aber eines will ich ganz sicher nicht: beschützt werden. Ich habe mein Leben oft genug riskiert und weiß, dass es unter einem glücklichen Stern steht.

»Lasst mich nicht absaufen«, sage ich.

Dann springe ich.

Das Wasser fühlt sich an wie spitze Nägel. Unzählige Eisensplitter bohren sich unbarmherzig in meine Haut, bis mir die Luft wegbleibt und meine Brust eng wird. Nicht auszudenken, wie im Vergleich hierzu die Gewässer von Págos sein werden. Das Land und der Berg sprengen schon jetzt meine Vorstellungskraft und ich frage mich, wie ich es bloß schaffen soll, bei der Klettertour nicht sämtliche Finger einzubüßen.

Ich schwimme in die Tiefe und versuche, mich zu orientieren.

Unter der Wasseroberfläche ist es dunkel. Je weiter ich vordringe, desto unwahrscheinlicher erscheint es mir, dass ich je wieder den Weg nach oben finden werde. Aber sogar tief unter Wasser höre ich aus der Ferne das Grollen der Saad. Ich spüre, wie mein Schiff durch die Wellen pflügt und sie zerteilt, um auf gleicher Höhe mit mir zu bleiben. Und dann sehe ich sie.

Mit geschlossenen Augen und ausgebreiteten Armen sinkt sie in die Tiefe. Ein nacktes Mädchen, dessen lange Haare bis zu den Ellbogen reichen.

Ich schwimme ihr nach, immer tiefer, immer näher an sie heran. Es kommt mir wie eine Ewigkeit vor. Fast fürchte ich schon, sie könnte bis zum Meeresboden sinken, bevor ich sie erreiche. Doch dann gelingt es mir, sie mit beiden Händen an der Taille zu umfassen. Ich zucke unwillkürlich zusammen, denn sie ist kalt. Kälter als der Ozean.

Und sie ist unglaublich schwer. Wie ein Stein. Wie ein totes Gewicht. Sie rührt sich nicht, obwohl ich sie so grob hochzerre, dass ich dabei fast ihre Rippen zerquetsche. Selbst wenn ich zu spät gekommen bin, will ich sie nicht den Haien und Monstern überlassen. Die Vorstellung ist einfach zu grausig.

Als ich schließlich wieder auftauche, schnappe ich gierig nach Luft.

Die Saad ist ganz in der Nähe. Es dauert nur Sekunden, bis der Rettungsring neben mir ins Wasser klatscht. Ich stülpe ihn über das Mädchen und schlinge das Seil um ihr schlaffes Handgelenk, damit die Mannschaft sie an Bord holen kann.

Es ist immer ein merkwürdiger Anblick, wenn ein lebloser Körper aufs Schiff gehievt wird. Vor dem dunklen Schiffsholz der Saad wirkt die Unbekannte besonders blass. Einer ihrer Arme ist an das Rettungsseil gebunden, der andere hängt kraftlos herab. Zuletzt holt meine Mannschaft auch mich an Bord. Für langes Atemholen bleibt keine Zeit. Ich spucke einen Schwall Salzwasser aus und knie mich neben die Fremde. Mit schierer Willenskraft versuche ich, ihr irgendeine Regung zu entlocken. Es ist viel zu früh. Viel zu früh auf unserer Reise, um schon ein erstes Opfer zu beklagen. Ich rede mir gerne ein, an den Tod gewöhnt zu sein, allerdings habe ich noch nie eine tote Frau gesehen. Zumindest keine, die nicht halb Mensch, halb Monster war.

Ich betrachte das bewusstlose Mädchen und überlege, woher sie wohl kommt. Am Horizont ist kein Land und auf dem Wasser kein Schiff zu sehen. Es ist, als wäre sie aus dem Nichts erschienen. Als hätte das Meer sie geboren.

Ich knöpfe mein tropfnasses Hemd auf und breite es wie eine Decke über ihren nackten Körper. Plötzlich läuft ein Schauder durch ihre Glieder und sie schnappt nach Luft. Als sie die Augen aufschlägt, sind sie so blau wie Sakuras Lippen.

Das Mädchen rollt sich auf den Bauch und hustet den ganzen Ozean heraus. Sie keucht und würgt, bis kein Tropfen Salzwasser mehr in ihr ist. Als sie sich schließlich umdreht, fallen mir als Erstes ihre Sommersprossen auf. Sie sehen aus wie kleine Sterne, die Konstellationen bilden. Konstellationen wie jene, die ich nachts am Himmel benenne, während meine Mannschaft schläft. Die Strähnen, die an ihren Wangen kleben, leuchten in einem tiefen, satten Rot. Dunkel, fast schon braun. Sie sieht sehr jung aus – vielleicht sogar jünger als ich. Als sie die Hand nach mir ausstreckt und mich zu sich zieht, lasse ich sie seltsamerweise gewähren.

Sie beißt sich auf die Lippe, sehr fest sogar. Ihre Lippen sind rissig und so erschreckend fahl wie ihre Haut. Sie hat etwas Wildes an sich. Da ist dieser rätselhafte Blick ihrer Ozeanaugen. Und dann diese Art, wie sie mit der Hand über den Hemdkragen streicht. Etwas an ihr ist vertraut und hypnotisch zugleich. Sie flüstert leise. Ein kurzes, kehliges Wort, eigenartig rau. Ich kann es keiner Sprache zuordnen, aber was immer es auch bedeutet, es macht mich schwindlig. Ich beuge mich zu ihr und berühre sie am Handgelenk.

»Ich verstehe dich nicht.«

Schwankend setzt sie sich auf und umfasst den Kragen noch etwas fester. Dann wiederholt sie das Wort, diesmal lauter: »Gouroúni.« Sie spuckt es aus, schleudert es mir entgegen wie eine Waffe. Ihr Gesicht ist plötzlich verzerrt. Sie ist wie verwandelt, das unschuldige Mädchen ist verschwunden und etwas Grausames, ja fast Mörderisches ist an seine Stelle getreten. Ich weiche zurück, bin jedoch nicht schnell genug. Das Mädchen holt aus und versetzt mir mit zitternder Hand einen Schlag ins Gesicht. So fest, dass ich taumle.

»Cap!« Torik greift nach mir, um mich zu stützen.

Ich wehre ihn ab und starre unverwandt das Mädchen an. Sie grinst. Über ihre Lippen, die blasser als blass sind, huscht ein geisterhaftes Lächeln der Genugtuung. Dann fangen ihre Lider an zu flattern und ihr Kopf sinkt kraftlos aufs Deck.

Ich streiche über mein Kinn. »Kye«, sage ich, ohne das Ozeanmädchen auch nur eine Sekunde aus den Augen zu lassen. »Hol das Seil.«

FÜNFZEHN

Als ich aufwache, bin ich an eine Reling gefesselt.

Um mein Handgelenk ist ein goldenes Seil geschlungen, das mit einer Schlaufe am Holzgeländer des Oberdecks befestigt ist. Ich habe den bitteren Geschmack von Galle im Mund und mir ist kalt – eine völlig neue Erfahrung für jemanden, der sich ein Leben lang in eiskaltem Wasser wohlgefühlt hat. Doch jetzt betäubt die Kälte mich und malt blaue Flecken auf meine Haut. Ich sehne mich nach Wärme, jeder noch so zarte Sonnenstrahl auf meinem Gesicht versetzt mich in Entzücken.

Wie stumpf meine Zähne plötzlich sind, merke ich erst, als ich auf meine Lippe beiße. Ich blicke an mir herunter und sehe ein Paar nackte Beine. Grässlich fahle Dinger, überkreuzt in einer eigenartig ungelenken Haltung und mit blauen Blutergüssen übersät. Ich habe sogar Füße. Die Zehen sind von der Kälte rosa angelaufen.

Die Schwanzflosse ist verschwunden. Meine eigene Mutter hat mich zu einem grausamen Schicksal verdammt. Ich möchte nur noch sterben.

»Gut, du bist also wach.«

Ich drehe den Kopf zur Seite. Ein Mann starrt mich an. Ein Mann, der zugleich Prinz ist und dessen Herz ich schon so gut wie in meinen Händen gehalten habe. Er sieht mich neugierig an. Seine schwarzen Haare sind an den Spitzen noch feucht, das Wasser tropft auf seine trockene Kleidung.

An seiner Seite steht ein wahrer Hüne, seine Haut ist beinahe so dunkel wie das Schiff. Er hat die Hand an den Griff eines langen Schwerts gelegt, das in seiner Hüftschärpe steckt. Und da sind noch zwei weitere Begleiter des Prinzen: ein braunhäutiges Mädchen mit Tätowierungen, die sich über ihre Arme bis hinauf zu den Schläfen ziehen. Sie trägt auffallend große goldene Ohrringe und mustert mich misstrauisch. Und ein Junge, der sich beschützend an ihre Seite gestellt hat. Seine Zähne sind entschlossen zusammengepresst und er tätschelt das Messer an seinem Gürtel.

Vom Unterdeck starren mich viele weitere Augen an. Dort ist die ganze Mannschaft versammelt.

Ich habe in alle diese Gesichter geblickt, Sekunden, bevor es um mich herum dunkel geworden ist. Hat der Prinz mich vor dem Ertrinken gerettet? Der Gedanke macht mich wütend. Ich öffne den Mund, um ihm zu sagen, dass er kein Recht hatte, mich anzufassen, und dass er mich im Ozean hätte ertrinken lassen sollen – dort, wo meine Heimat ist. Und sei es auch nur, um meine Mutter zu ärgern. Das hätte sie verdient. Mit meinem Tod hätte ich ihr eine letzte Lektion erteilt.

Stattdessen sage ich in meinem allerbesten Midasan: »Du kannst gut schwimmen.«

»Du nicht«, erwidert er.

Er wirkt amüsiert und scheint sich nicht im Geringsten vor der tödlichen Kreatur, der er gegenübersteht, zu fürchten. Entweder ist er ein Dummkopf oder er weiß nicht, wer ich bin. Womöglich beides. Beklommen frage ich mich, wie sehr der Bannspruch meiner Mutter mich verändert haben muss, wenn der Prinz mich nicht wiedererkennt.

Ich beobachte die Besatzung. Alle schauen den Prinzen an. Sie warten auf seine Befehle und auf sein Urteil. Sie wollen hören, was er mit mir vorhat. Ich spüre ihre Unruhe, weil sie sich fragen, wer die geheimnisvolle Unbekannte ist. Sie mögen Fremde sogar noch weniger als ich. Ein kurzer Blick in ihre grimmigen Gesichter verrät mir, dass sie mich, ohne mit der Wimper zu zucken, über Bord werfen würden, wenn ihr Captain es befiehlt.

Ich wende mich wieder dem Prinzen zu und suche nach den richtigen Worten auf Midasan. Die wenigen Begriffe, die meine Zunge je probiert hat, sind mir immer schwergefallen. Die Sprache lässt Vokale verschmelzen, sie fließen langsam ineinander über und klingen genauso, wie sie schmecken – nach Wärme und Gold. Meine Stimme hört sich anders an, wenn ich Midasan spreche. Der Akzent tritt viel zu stark hervor, und statt die Laute zu rollen, stoße ich sie mit einem harten Zischen aus.

Zögernd frage ich: »Bindest du Frauen immer an dein Schiff?«

»Nur die hübschen.«

Das tätowierte Mädchen verdreht die Augen und murmelt: »Ein echter Märchenprinz.«

Der Prinz lacht. Bei dem Geräusch lecke ich mir unwillkürlich die Lippen. Meine Mutter will seinen Tod. Aber sie möchte, dass ich ihn in Menschengestalt umbringe, um zu beweisen, dass ich eine würdige Nachfolgerin bin. Ich muss also näher an ihn herankommen.

»Binde mich los!«, befehle ich ihm.

»Solltest du mir nicht danken, statt mich herumzukommandieren?«, antwortet er. »Immerhin habe ich dich gerettet und dir sogar etwas zum Anziehen gegeben.«

Er hat recht. Ein langes schwarzes Hemd kratzt an meiner Haut, der feuchte Stoff klebt an meinem Menschenkörper.

»Wo kommst du her?«, will der Prinz wissen.

»Hat dich jemand über Bord geworfen, als du dich gerade ausgezogen hast?«, fragt das Mädchen.

»Vielleicht hat man sie über Bord geworfen, *weil* sie sich ausgezogen hat«, meint der Junge mit dem Messer.

Seine Bemerkung wird von den anderen mit Lachen quittiert.

»Nimm es uns nicht übel«, sagt der Prinz. »Es passiert nicht alle Tage, dass wir ein nacktes Mädchen mitten im Meer aufsammeln. Erst recht nicht, wenn weit und breit kein Schiff in Sicht ist. Und schon gar nicht ein Mädchen, das mich schlägt, nachdem ich es gerettet habe.«

»Du hast es verdient.«

»Ich habe dir geholfen.«

»Genau.«

Der Prinz denkt kurz über meine Antwort nach und zieht dann einen kleinen runden Gegenstand aus der Tasche. Das Ding scheint eine Art Kompass zu sein. Er behält es genau im Auge, als er weiterspricht und mir betont beiläufig die nächste Frage stellt.

»Ich kann deinen Akzent nicht richtig einordnen«, sagt er. »Wo kommst du her?«

Meine Brust wird plötzlich eng. Rasch wende ich den Blick ab, denn der seltsame Gegenstand löst ein beklemmendes Gefühl in mir aus. Das Ding scheint mich geradezu anzustarren.

»Binde mich los«, wiederhole ich.

»Wie heißt du?«, fragt der Prinz.

»Binde mich los!«

»Ich merke schon, du sprichst nicht sehr gut Midasan.« Er schüttelt den Kopf. »Erst wenn du mir deinen Namen nennst.«

Er blickt vom Kompass auf und sieht mich prüfend an, während ich versuche, mir einen Namen einfallen zu lassen. Aber es ist zwecklos, denn ich kenne keine Menschennamen, die ich ihm nennen kann. Ich habe mich nie lange genug mit meinen Opfern abgegeben, um auf ihre Namen zu achten. Anders als die Nixen, die nichts lieber tun, als Menschen auszuspionieren, hatte ich nie den Wunsch, mehr über meine Beute zu erfahren.

»Lira.« Ich spucke den Namen förmlich aus.

Der Prinz wirft einen Blick auf den Kompass und lächelt. »Lira«, wiederholt er und steckt das kleine runde Ding wieder weg. Aus seinem Mund klingt mein Name wie eine Melodie. Anders als bei mir, wo er sich scharf wie eine Waffe angehört hat. »Ich heiße Elian«, sagt er, obwohl ich ihn gar nicht gefragt habe. Ein Prinz ist ein Prinz und sein Name ist so bedeutungslos wie sein Leben.

Mit meiner freien Hand stütze ich mich an der Reling ab und ziehe mich hoch. Meine Beine fangen an zu zittern, dann knicken sie unter mir weg. Ich stürze zu Boden. Vor Schmerz stoße ich ein lautes Zischen aus. Elian zögert einen Moment und mustert mich argwöhnisch, ehe er mir die Hand hinhält. Ich ergreife sie, denn ich kann es nicht ertragen, dass er über mir steht. Sein Griff ist stark, er zieht mich hoch, obwohl meine Beine immer noch wackelig sind. Als sie wieder nachgeben, packt er blitzschnell meinen Ellbogen, um mich zu stützen.

»Das ist nur der Schreck.« Er greift nach seinem Dolch und zerschneidet das Seil, mit dem ich an die Reling gefesselt bin. »Das gibt sich bald wieder. Hol erst mal tief Luft.«

»Ich wäre standfester, wenn ich nicht diese Schiffsplanken unter den Füßen hätte.«

Elian zieht eine Augenbraue hoch. »Bewusstlos warst du viel reizender.«

Ich kneife die Augen zusammen und stütze mich mit der Hand an seiner Brust ab, um mein Gleichgewicht wiederzufinden. Unter meinen Fingern spüre ich seinen langsamen Herzschlag und das versetzt mich nach Midas zurück. Ich war so kurz davor gewesen, sein Herz zu rauben.

Elian versteift sich. Langsam löst er meine Hand von seiner Brust und legt sie zurück auf die Reling. Er greift in seine Hosentasche und holt ein kleines Halsband hervor. Es schimmert blau, glitzert wie Wasser in der Sonne. Verwandelte Flüssigkeit, zu weich, um Eis zu sein, zu fest für Ozeanwasser. Auf Elians goldener Haut funkelt es noch heller. Als er die Hand öffnet, kommt ein Schmuckanhänger zum Vorschein. Kurvig geschwungen und scharf gezackt, mit blutroten Sprenkeln. Meine Lippen öffnen sich und ich greife an meinen Hals, wo meine Muschel hängen sollte. Aber da ist nichts.

Zornig werfe ich mich auf Elian und kralle nach ihm. Aber meine Beine versagen mir erneut den Dienst, sodass ich beinah wieder hinstürze.

»Nicht so stürmisch, junge Dame.« Elian greift nach meinem Ellbogen, um mich festzuhalten.

Ich reiße mich los und fletsche die Zähne. »Gib es mir sofort zurück!«, fauche ich.

Er legt den Kopf schief. »Warum sollte ich?«

»Weil es mir gehört!«

»Tatsächlich?« Er streicht mit dem Daumen über den scharfen Rand der Muschel. »Wenn mich nicht alles täuscht, ist das ein Halsband für Ungeheuer, und das bist du nicht. Zumindest siehst du nicht so aus.«

Ich balle meine Hände zu Fäusten. »Gib es mir!«

Die Sprache von Midas fühlt sich falsch auf meiner Zunge an und macht mich wütend. Die weichen Klänge können meine Empörung nicht wiedergeben. Am liebsten würde ich ihm meine eigene Sprache wie scharfe Messer entgegenschleudern. Ihn mit meinem Psáriin, wo jedes Wort Wunden schlagen kann, förmlich aufspießen.

»Wie viel ist es wert?«, fragt Elian.

Ich funkle ihn erbost an. »Wie meinst du das?«

»Auf dem Meer gibt es nichts umsonst«, erklärt er. »Was ist das Halsband wert?«

»Dein Leben.«

Er lacht und der große Mann neben ihm gluckst belustigt. Ich weiß nicht genau, was daran so lustig sein soll, aber bevor ich fragen kann, sagt Elian: »Ich bezweifle, dass mein Leben für dich irgendeinen Wert hat.«

Wenn er wüsste, wie sehr er sich da täuscht.

»Dann eben mein Leben«, sage ich.

Und das meine ich auch so, denn das Halsband ist der Schlüssel für meine Rückkehr nach Hause. Vor allem aber ist es die einzige Möglichkeit, um Hilfe zu holen. Solange ich in Menschengestalt feststecke, kann die Muschel mich nicht in unser Königreich zurückbringen, aber zumindest kann ich damit Kahlia herbeirufen.

»Dein Leben«, wiederholt Elian. Er macht ein paar Schritte auf mich zu. »Pass auf, was du da sagst. Ein üblerer Kerl als ich würde dich beim Wort nehmen.«

Ich stoße ihn weg. »Ach, und du bist kein übler Kerl?«

»Das will ich doch hoffen.«

Er hält die Muschel ins Sonnenlicht. Blut gegen Himmel. Ich sehe die Neugier in seinen Augen. Bestimmt fragt er sich, was eine Schiffbrüchige mit diesem Tand anfangen will. Ich bin mir nicht sicher, ob er weiß, welchem Zweck die Muschel dient, oder ob er sie einfach nur am Hals seiner Opfer gesehen hat.

»Bitte«, sage ich. Elian blickt mich überrascht an.

Dieses Wort ist mir noch nie über die Lippen gekommen, egal in welcher Sprache, und auch wenn Elian das unmöglich wissen kann, scheint ihn meine Antwort zu verwirren. Die Fassade hat einen Riss bekommen. Ich bin ein halb nacktes Mädchen, das er gefesselt hat, und er ist ein Menschenprinz. Von königlicher Abstammung, dazu bestimmt, ein großes Reich zu führen. Galante Ritterlichkeit liegt ihm im Blut, ich muss ihn nur daran erinnern.

»Willst du, dass ich dich anflehe?«, frage ich ihn. Ich sehe, wie Elian die Zähne zusammenbeißt.

»Sag mir nur, woher du das Halsband hast, dann bekommst du es wieder.«

Er klingt aufrichtig, aber ich weiß es besser. Piraten sind von Berufs wegen Lügner und Königssprösslingen wird das Lügen in die Wiege gelegt. Niemand weiß das besser als ich.

»Meine Mutter hat es mir gegeben«, antworte ich.

»Ein Geschenk«, sagt Elian nachdenklich. »Bestimmt wurde es von Generation zu Generation weitergereicht. Ist es schon lange im Besitz deiner Familie? Weißt du, was es kann und wie man es benutzt?«

Ich knirsche mit den Zähnen. Er wird mich so lange mit Fragen löchern, bis er mir irgendwann die Wahrheit entlockt hat. An jedem anderen Tag hätte ich ihm bereitwillig Antwort gegeben, aber auf diesem Schiff, ohne meinen betörenden Gesang, bin ich ihm wehrlos ausgeliefert. Die Muschel ist meine letzte Hoffnung, doch er will sie mir nicht zurückgeben.

Ohne lange zu überlegen, werfe ich mich auf ihn. Ich bin flink, selbst in meiner Menschengestalt. Meine Finger schließen sich blitzschnell um seine Faust. Aber Elian kommt mir zuvor und hält mir seinen Dolch an den Hals.

»Also wirklich.« Er drückt die Klinge gegen meine Kehle und ich verspüre einen stechenden Schmerz. »Das war nicht sehr schlau.«

Erbittert kralle ich meine Finger um seine Faust. Ich werde nicht loslassen. Der Schnitt an meinem Hals brennt, aber ich kenne schlimmere Schmerzen – solche, die ich selbst erlitten, und solche, die ich anderen zugefügt habe. Kalt erwidert er meinen feindseligen Blick. Elian hat nichts mit den zarten, süßen Prinzen gemein, die ich gejagt habe und deren Herzen unter meinem Bett vergraben sind. Er ist genauso kriegerisch wie ich.

»Captain!« Vom Unterdeck kommt ein Mann herbeigeeilt. Seine Augen sind vor Aufregung weit aufgerissen. »Wir haben eine geortet!«

Elians Blick fliegt zu dem jungen Mann mit dem Messer. »Kye«, sagt er. Nur ein Name, nur ein Wort – und schon nickt der Angesprochene und springt mit einem großen Satz über die Treppe hinweg unter Deck.

Der Prinz nimmt den Dolch von meiner Kehle und steckt ihn

zurück in die Scheide. »Jeder an seinen Posten!«, brüllt er. Dann schlingt er meine Muschel um seinen Hals und rennt zum Bug des Schiffs.

»Was hast du vor?«, frage ich.

Elian dreht sich zu mir um. Seine Augen blitzen abenteuerlustig. »Heute ist dein Glückstag, Lira«, sagt er. »Du wirst zum ersten Mal einer Sirene begegnen.«

SECHZEHN

Ich schaue zu, wie die Menschen übers Schiff rennen, an Tauen ziehen und Worte oder Namen brüllen, die ich nicht verstehe. Im Tumult gerät Kye, der junge Mann mit dem Messer, ins Stolpern und schneidet sich dabei in die eigene Hand. Das tätowierte Mädchen reißt sich blitzschnell das Piratentuch vom Kopf und wirft es ihm zu, ehe sie zum Steuerruder läuft und es nach links dreht. Die Kursänderung kommt so unvermittelt, dass ich mich nicht mehr auf den Beinen halten kann und hinfalle.

Ich schreie verärgert auf und suche mit den Augen das Deck nach dem Mann ab, der mich aus dem Wasser gefischt hat. Prinz Elian steht über die Reling gebeugt, um eine Hand ein Tau geschlungen, in der anderen hält er den geheimnisvollen Kompass.

»Kurs halten!«, befiehlt er seiner Mannschaft. »Haltet sie auf Kurs!«

Leise murmelt er etwas vor sich hin, natürlich in Midasan. Worte, die ich nur undeutlich höre und schon gar nicht verstehe. Mit einem zufriedenen Lächeln blickt er auf den Kompass und ruft: »Torik, jetzt!«

Der große Mann streckt den Kopf über die Brüstung des Oberdecks und blafft die Mannschaft an. Seine dröhnende Stimme fährt mir in die Knochen. Plötzlich ist auch noch ein schriller Pfeifton zu hören. Ich halte mir die Ohren zu. Das Geräusch bohrt sich wie eine Klinge in meinen Schädel, dass mir fast die Trommelfelle platzen. Den Menschen um mich herum macht der durchdringende Lärm offenbar nichts aus. Rasch nehme ich meine Hände weg und versuche, so zu tun, als sei alles in Ordnung.

»Ich gehe rein«, ruft Elian über die Schulter. Er wirft der Tätowierten seinen Kompass zu. »Madrid, auf mein Zeichen lässt du das Netz hinunter.«

Sie nickt, während er bereits eine Art Schlauch aus seinem Gürtel zieht und in seinen Mund steckt. Und schon ist Elian verschwunden. Fast geräuschlos taucht er ins Wasser ein. Das geht so leise vor sich, dass ich schwankend zur Reling eile, um nachzuschauen, ob er wirklich ins Meer gesprungen ist. Er ist es. Die Wellenkreise sind der Beweis, dass er tatsächlich abgetaucht ist.

»Was macht er da?«, frage ich Madrid.

»Seine Arbeit«, antwortet sie.

»Was heißt das?«

Sie zieht eine kleine Armbrust aus ihrem Gürtel und legt einen Pfeil an. »Er spielt den Köder.«

»Aber er ist ein Prinz«, sage ich. »Er kann kein Köder sein.«

»Ja, er ist ein Prinz«, erwidert sie. »Er allein entscheidet, wer der Köder ist.«

Kye reicht Madrid einen Köcher mit Pfeilen und mustert mich argwöhnisch. »Wenn du so besorgt um ihn bist, können wir ja stattdessen dich über Bord werfen.«

Ich ignoriere beides, die Bemerkung und den feindseligen Blick. »Ihm wird bald die Luft ausgehen«, prophezeie ich.

»Er hat fünf Minuten«, erklärt mir Madrid. »Aber nur weil er den Luftschlauch benutzt. Der Captain hat den raffinierten kleinen Apparat vor einiger Zeit in Efévresi entdeckt.«

Efévresi. Das Land der Erfindungen. Eines der wenigen Königreiche, von denen ich mich ferngehalten habe, wegen der eigenartigen Maschinen, die an der Küste im Wasser patrouillieren. Dort gibt es Netze, die aus Blitzen gemacht sind, und Apparaturen, die schneller schwimmen als Nixen. Die Schiffe sehen nicht nur aus wie Tiere, sie sind auch intelligent und verfügen über ein großes Wissen.

»Wenn der Captain wieder da ist, wirst du etwas Wundervolles erleben«, sagt Kye.

»Monster«, erwidert Madrid, »sind nicht wundervoll.«

»Nein, aber ihnen beim Sterben zuzuschauen ist es.« Kye wirft mir einen unmissverständlichen Blick zu. »Dann siehst du gleich, wie es unseren Feinden ergeht.«

Madrid schnaubt. »Halte lieber Ausschau nach dem Signal des Captains.«

»Sein Befehl war an dich gerichtet.«

Sie lächelt. »Aber ich bin die Ranghöhere von uns beiden, mein Lieber.«

Kye kratzt sich mit dem Mittelfinger im Gesicht, was anscheinend keine sehr schmeichelhafte Geste ist, denn Madrids Kinnlade klappt herunter. Madrid holt aus, um nach ihm zu schlagen, aber Kye duckt sich blitzschnell weg. Er hält ihre ausgestreckte Hand fest und zieht Madrid an sich. Als sie protestieren will, drückt er seine Lippen auf ihren Mund und stibitzt einen Kuss von ihr. Wie ein Dieb, der einen Augenblick raubt. Ich warte darauf, dass Madrid ihn mit ihrer Armbrust erschießt – ich würde es jedenfalls tun –, aber als er sich von ihr löst, knufft sie ihn nur und lächelt frech.

Ich wende mich ab und suche Halt an einem Querholz. Die Sonne brennt auf mich herab und der Wind säuselt sanft in mein Ohr. Langsam verhallt der schrille Ton zu einem gedämpften Echo und dann ist es still. Eine seltsame Ruhe ist eingetreten. Unter Wasser geht es nie so friedlich zu, der Ozean ist voller Geräusche. Er kreischt, klatscht, ächzt. Das Meer ist immer in Bewegung, es verändert sich und macht Verwandlungen durch, es ist nie still, nie dasselbe. An Land und auf diesem Schiff ist alles viel zu beständig.

»Achte nicht auf Kye«, sagt Madrid und stellt sich neben mich. »Er ist immer so.«

»Was meinst du mit *so*?«

»So albern«, sagt Madrid und Kye ruft sie zu: »Wenn dieses Echolot noch einmal losgeht, verschwindest du unter Deck und verpasst dem Bootsmann eine Kostprobe mit deinem Messer.«

»Das Echolot?«, frage ich.

»Daher kommt der schrille Ton«, erklärt sie mir. »Uns macht das Geräusch nicht viel aus, aber die Sirenen drehen durch, wenn sie es hören. Der Ton zerrt so furchtbar an ihren Nerven, dass sie völlig außer Gefecht gesetzt sind.«

Kye hat sein Messer gezückt und macht seine Fingernägel sauber. »Es hindert sie daran, ihr Liedchen zu singen, damit wir alle ertrinken«, fügt er hinzu.

Ich beiße die Zähne zusammen. Mit schmutzigen technischen Tricks in den Krieg zu ziehen, ist typisch für die Menschen. Ich habe noch nie gehört, dass Sirenen ihrer Kräfte beraubt werden können, aber das schreckliche Geräusch, das meinen Schädel beinahe zerreißt, beweist mir, dass es stimmt. Ich frage mich, wie qualvoll es wäre, in meiner Sirenengestalt diesem Lärm ausgesetzt zu sein, und ob er vielleicht der Magie meiner Mutter ähnelt.

»Du wirst uns für einen armseligen Haufen halten«, sagt Madrid. »Tatsächlich ist unsere Mannschaft viel größer. Aber für diese Mission wollte der Captain ausdrücklich eine kleine Crew auf dem Schiff haben. Wieder einer seiner verrückten Einfälle.«

Ich blicke sie überrascht an. »Ich habe nicht nach der Mannschaft gefragt.«

Lachend streicht Madrid eine Locke aus ihrem Gesicht. Ohne das Piratentuch sind ihre Haare sehr widerspenstig. »Ich dachte mir, du könntest die eine oder andere Frage haben«, sagt sie. »Es passiert nicht sehr oft, dass man aufwacht und sich plötzlich auf dem berühmten Sirenenschiff in Gesellschaft des goldenen Prinzen wiederfindet. Bestimmt hast du ebenso viel Gutes wie Schlechtes von uns gehört. Ich versichere dir, nur die Hälfte davon ist wahr.«

Die letzten Worte sagt sie schmunzelnd. Sie lächelt mich an, als wären wir alte Verbündete. Als würde sie sich aus irgendeinem Grund in meiner Gegenwart wohlfühlen.

»Du kannst nicht auf dem Schiff sein, ohne unsere Gepflogenheiten zu kennen«, stellt sie fest.

Kye schnaubt verächtlich. »Ich glaube nicht, dass der Cap es gerne sähe, wenn Fremde unsere Gepflogenheiten kennen.«

»Was, wenn sie ein Mitglied der Mannschaft wird?«

»Wenn man lediglich ein Hemd des Captains tragen müsste, um zur Besatzung zu gehören, wäre die Hälfte der Mädchen aus Eidýllio auf diesem Schiff.«

»Das ist gut«, sagt Madrid. »Wir brauchen mehr weibliches Blut an Bord.«

»Ich finde, die Sirenen vergießen schon genug Blut auf diesem Deck.«

»Das ist nicht Blut, sondern Gischt, und die zählt nicht«, sagt Madrid schnippisch.

Kyes geringschätziger Blick, mit dem er mich eben noch angesehen hat, verwandelt sich in ein schelmisches Grinsen, als er zu ihr sagt: »Du machst dir die Regeln gerne so, wie du sie haben willst, nicht wahr, mein Schatz?«

Madrid zuckt nur mit den Schultern und dreht sich, die tätowierten Arme wie Flügel ausgebreitet, zu mir um. »Willkommen auf der Saad, Lira.«

Genau in diesem Moment taucht Elian aus dem Wasser auf.

Es ist eine Wohltat, das Echolot nicht mehr hören zu müssen. Es klingt zwar immer noch in meinen Ohren, aber der Schmerz ist weg. Kye grinst, als er Elian sieht, der gierig nach Luft schnappt.

Auf dem Schiff bricht Hektik aus. Plötzlich peitscht das Wasser auf und ein Netz durchbricht die Wellen. Darin befindet sich eine fauchende, um sich schlagende Kreatur. Hätte sich ihre Schwanzflosse nicht im Netz verfangen, wäre sie schon längst auf den Prinzen losgegangen, um sich sein Herz zu holen.

Elian hockt mit ihr zusammen im Netz, beobachtet sie aber aus sicherer Entfernung, den gezückten Dolch in der Hand. Sie wäre schon längst mit ihren Klauen auf ihn losgegangen, wenn das Netz nicht so breit wäre. Zwischen ihnen sind mindestens drei Fuß Abstand. Trotzdem ist Elian auf der Hut.

»Wenn ihr vielleicht kurz Zeit hättet«, ruft er aus dem Wasser zu uns herauf, »dann würde ich gerne an Bord kommen.«

»Los, bewegt euch!«, brüllt Torik die Mannschaft an. »Ich will das verdammte Netz an Deck haben – und das schon vor fünf Minuten.«

Kye eilt zu ihm und zerrt an dem Tau, mit dem das Netz aus dem Wasser gezogen wird. Er lehnt sich weit zurück, um das Netz einzuholen, und ist schon nach wenigen Augenblicken außer Atem. Die Sirene kreischt so laut und giftig, dass ich ihre in Psáriin hervorgestoßenen Worte kaum verstehen kann. Sie blutet, obwohl auf den ersten Blick keine Wunde zu erkennen ist. Sie ist über und über mit Rot besudelt, als hätte man sie mit Farbe übergossen. Während das Netz in die Höhe schwebt, schlägt sie weiter um sich. Jetzt setzt zu allem Übel auch noch das schrille Pfeifen wieder ein. Ich balle meine Hände an den Seiten, um mir nicht die Ohren zuzuhalten. Die Sirene ist völlig außer sich. Sie schlägt die Hände vors Gesicht und gräbt die Fingernägel in ihre Wangen, als wollte sie das Geräusch aus ihrem Kopf reißen. Meine Zehen, die ich immer noch als etwas Fremdes empfinde, krallen sich in die Schiffsplanken, denn die Schreie der Sirene sind grausig wie der Tod.

Kye zerrt noch etwas stärker am Tau. Seine Arme sind schweißnass. Als das Netz sich schließlich auf Höhe des Decks befindet, reicht er das Tau an einen Seemann weiter und eilt an die Seite des Prinzen. Dann geht alles blitzschnell – das Netz ist rasch entwirrt und Elian ist frei.

Kye und Madrid packen ihn an den Ellbogen, um ihn außer Reichweite der Sirene zu bringen. Erst da bemerke ich die Wunden an seinen Armen. Kye reißt ein Stück Stoff aus seinem Ärmel und ergreift Elians Hand. Sie hat tiefe, dunkle Löcher, wie wenn sie durchbohrt worden wäre. Das Blut ist schwarzrot und kein bisschen golden, wie man mich glauben machen wollte. Der Anblick lässt mich stutzen.

»Hast du den Verstand verloren?«, brüllt Kye, während er mit dem Stoffstreifen eine Bandage anlegt. »Ich kann nicht fassen, dass du ins Netz gestiegen bist.«

»Es ging nicht anders.« Elian schüttelt die Hand, als könnte er die Wunden einfach abstreifen. »Anders hätte ich sie nicht hineinlocken können.«

»Es hätte eine Arterie treffen können«, sagt Madrid. »Wenn du unbedingt verbluten willst, brauchen wir erst gar nicht unsere Zeit damit zu vergeuden, dich zusammenzuflicken.«

Bei so viel Aufmüpfigkeit muss Elian grinsen. Für ihn ist alles nur ein Spiel. Loyalität äußert sich in Spott und Ergebenheit zeigt sich als Kameraderie statt Angst. Dieser Prinz ist ein Rätsel in Gestalt eines Anführers, für den Treulosigkeit so unvorstellbar ist, dass er nur darüber lachen kann. Ich verstehe sein Verhalten einfach nicht.

»Falls du vorhaben solltest, diese Tollkühnheit zu wiederholen«, sagt Kye, »müssen wir uns bessere Netze kaufen.«

Staunend betrachte ich das Netz. Es ist ein dichtes Gewebe aus Draht und Glas. Die hineingeknüpften Splitter bilden zusammen mit dem Draht einen hervorragenden Käfig, der schrecklich und großartig zugleich ist.

Aus diesem raffinierten Käfig dringt das schauerliche Heulen der gefangenen Sirene.

»Sie ist schlau«, sagt Elian und stellt sich neben mich. »Normalerweise bringt das Geräusch die Sirenen so durcheinander, dass ich nur warten muss, bis sie von sich aus ins Netz springen. Aber die hier nicht. Sie ist erst hinein, als ich vorangeschwommen bin.«

Die Crew schart sich um das Netz. Alle haben die Waffen gezückt.

»Sie wollte schlauer sein als du«, sage ich, aber Elian grinst nur.

»Sie kann so schlau sein, wie sie will, ich bin trotzdem schneller.«

Seine Überheblichkeit ärgert mich und ich wende mich der Gefangenen zu. Ich bin neugierig auf die Sirene, die dumm genug gewesen ist, in seine Falle zu tappen. Als ich ihr Gesicht sehe, überkommt mich ein seltsames Gefühl.

Ich kenne sie.

Eine glatte kohlschwarze Flosse, die auf dem Deck hin und her schnalzt. Kalte schwarze Haare, die über die Wangen fallen. Spitz zulaufende Krallen. Die Sirene fletscht die Zähne und schlägt mit der Schwanzflosse gegen den Draht. Der Pfeifton ist ganz schwach zu hören, und statt zu singen, wie ich es von ihr erwartet hätte, wimmert die Sirene leise. Als ich näher an sie herangehe, verengen sich ihre Augen. Das eine ist braun, das andere eine Mischung aus Meeresblau und Blutrot. Eine lange Narbe zieht sich von dem roten Auge bis zu ihrem Mund.

Maeve.

»Vorsicht!«, sagt Elian. Seine Hand schwebt über meinem Arm. »Sie sind äußerst gefährlich.«

Ich drehe mich zu ihm, aber er ist ganz auf die Sirene konzentriert; seine seegrasgrünen Augen sind noch schärfer als ihre Krallen.

»Aidiastikó gouroúni«, knurrt Maeve.

Widerliches Schwein.

Ihre Worte sind ein Echo meiner eigenen, als Elian mich vor dem Ertrinken gerettet hat.

»Ganz ruhig.« Ich verziehe das Gesicht, als mir klar wird, dass ich sie auf Midasan angesprochen habe.

Als unsere Blicke sich treffen, erkenne ich in ihren Augen den Hass, der uns schon immer verbunden hat. Was beinahe zum Lachen ist. Selbst hier, wo wir uns als Fremde begegnen, ist unsere Feindseligkeit so tief, dass sie jede Vorstellungskraft sprengt.

Maeve spuckt auf das Deck. »Dreckige Menschenhure«, zischt sie in Psáriin. Als ich mich auf sie stürzen will, packt Elian mich an der Taille und hält mich zurück. Ich versetze ihm einen groben Tritt, denn ich will nur eines: diesem Biest an die Kehle gehen. Sirene hin oder her, ich werde diese Beleidigung nicht hinnehmen.

»Halt!« Elians Stimme wird von meinen Haaren gedämpft, als er ganz nah an meinem Ohr spricht. »Wenn du dich unbedingt umbringen willst, macht es einer von uns, dann ist es wenigstens eine saubere Angelegenheit.«

»Lass sie los«, sagt Kye lachend. »Ich bin sehr gespannt, wie das endet.«

Ich winde mich in Elians Griff und zerkratze seine Arme wie ein Tier, das ich ja bin. »Nach diesen unverschämten Worten«, stoße ich hervor, »kann es nur damit enden, dass ihr herausgerissenes Herz auf dem Deck liegt.«

Maeve kichert gehässig und zieht mit ihrem Finger einen Kreis auf ihrer Handfläche. Als ich die Augen aufreiße, fassungslos über diese Frechheit, lacht sie noch lauter. Es ist das Symbol für die niedersten Geschöpfe der Welt. Für die Nixen, deren Flossen als Strafe im Sand aufgespießt sind und die auf dem Meeresgrund elendig zugrunde gehen. Für Menschen, die unwürdig sind, auch nur in die Nähe einer Sirene zu gelangen. Dass sie diese Geste gegen jemanden von königlichem Geblüt richtet, muss mit dem Tod bestraft werden.

»Töte sie!«, kreische ich wutentbrannt. »Áschimi lígo skýla.«

»Menschlicher Abschaum!«, tobt Maeve zurück.

Elians Atem streicht heiß über meinen Hals. Er hat Mühe, mich festzuhalten. »Was hast du gesagt?«

»Dreckiges kleines Miststück«, übersetze ich auf Midasan. »Tha sas skotóso ton eaftó mou.«

Ich werde dich eigenhändig töten.

Elian lockert seinen Griff um meine Taille. Ich versuche, mich aus der Umklammerung zu befreien, aber er packt mich nur umso fester an den Schultern. Dann dreht er mich zu sich um und stößt mich gegen die Tür zum Unterdeck. Als er sich über mich beugt, streift sein Atem mein Gesicht. Der Duft schwarzer Süßigkeit steigt mir in die Nase.

Ich stoße ihn weg, um an ihm vorbeizukommen, aber Elian ist einfach zu schnell. Er versperrt mir den Weg und drückt mich gegen das polierte Holz. Lässig stützt er sich mit der Hand neben meinem Kopf ab und kesselt mich ein.

»Du sprichst Psáriin.«

Seine Stimme klingt rau und seine Augen sind dunkel wie das Blut, das aus seinen Wunden sickert. Die Mannschaft hat ein wachsames Auge auf Maeve, dennoch riskiert der eine oder andere einen Blick in unsere Richtung. In meinem Zorn habe ich mich vergessen und die Kontrolle über mich verloren. Oder ich habe mich wieder erinnert, wer ich bin. Ich habe in meiner eigenen Sprache Drohungen ausgestoßen, als wäre es das Natürlichste auf der Welt. Was es in der Welt der Menschen aber nie sein wird.

Elian ist nahe genug, dass ich seinen Herzschlag hören kann. Wenn ich stillhalten würde, könnte ich spüren, wie sein Blut zwischen uns pulsiert. Ich blicke auf seine Brust. Seine Hemdschnüre haben sich gelockert, die Kratzer auf der Haut über seinem Herzen sind deutlich zu erkennen. Mein Abschiedsgeschenk an ihn.

»Lira«, sagt er, »ich hoffe, du hast eine verdammt gute Erklärung parat.«

Während ich fieberhaft nach einer Antwort suche, sehe ich aus dem Augenwinkel, wie Maeve bei der Erwähnung meines Namens erstarrt und mich aus zusammengekniffenen Augen ansieht. Als sie sich vorbeugt, bohren sich die Glassplitter des Fangnetzes in ihre Arme.

Ich zische und Maeve weicht zurück.

»Prink pissa!«, sagt sie.

Prinzessin.

Maeve schüttelt den Kopf. Sie war bereit, von der Hand der Piraten zu sterben, aber erst jetzt, als sie sich unerwartet ihrer Prinzessin gegenübersieht, zeigt ihr Gesicht zum ersten Mal Anzeichen von Furcht.

»Du verstehst ihre Sprache«, stellt Elian fest.

»Ich verstehe vieles.«

Entschlossen stoße ich ihn weg. Mit einer knappen Geste gibt er seiner Mannschaft zu verstehen, dass sie mich zu der Gefangenen lassen soll.

»Parakaló«, kreischt Maeve, als ich mich ihr nähere. »Parakaló!«

»Was hat sie zu dir gesagt?«, will Madrid wissen.

Sie richtet ihre Waffe auf Maeve, woraufhin alle ihrem Beispiel folgen. Die Menschen verstecken sich hinter Schwertern und Pistolen, weil ihnen die eigene Stärke fehlt, um sich zu behaupten. Madrids Waffe unterscheidet sich von allen anderen. Anscheinend hat sie ihre Armbrust gegen eine noch tödlichere Waffe eingetauscht. Der Apparat aus goldpoliertem Metall hat auf den ersten Blick die Form eines Gewehrs, allerdings ist unter dem Lauf ein langer schwarzer Speer angebracht, dessen Spitze silbern glänzt. Obwohl sie die raffinierte Waffe in der Hand hält, wirkt Madrid nicht so, als wäre sie erpicht darauf, sie zu benutzen. Anscheinend will sie ihre Hände nicht mit Blut besudeln.

Ich blicke zu Maeve und sehe die Angst in ihren Augen. Wir haben uns noch nie gut vertragen und irgendwann sind wir zu Feindinnen geworden. Genau genommen hat Maeve begonnen, mich als Feindin anzusehen, und ich habe mich geschmeichelt gefühlt.

Ich mustere ihr verletztes Auge. Es ist blutunterlaufen und vernarbt. Erst vor Kurzem habe ich sie mit einem stumpfen Korallenstück geblendet. Seither kann sie nur noch mit einem Auge blinzeln, das rechte bleibt immer offen. Wenn ich zurückdenke, kann ich gar nicht mehr so genau sagen, was der Anlass war. Vielleicht hat Maeve eine Bemerkung gemacht. Vielleicht hat sie etwas getan, was mir so missfallen hat, dass ich sie bestrafen musste. Im Grunde genommen spielt es keine Rolle, ich wollte ihr wehtun, das ist alles. Ob mit oder ohne Grund, ich wollte ihre Schreie hören.

So ist das Meer. Brutal und unbarmherzig. Grausam und ohne Gnade. Es hat eine Zeit gegeben, da war es mein sehnlichster Wunsch, Maeve zu töten, nur wagte ich es nicht, da ich den Zorn meiner Mutter fürchtete. Jetzt ist die Gelegenheit da. Vielleicht werde nicht ich selbst ihren Tod herbeiführen, sondern ich werde zusehen, wie ein anderer es tut. Der Feind meines Feindes.

»Verrate uns endlich, was sie gesagt hat«, fordert Kye mich auf.

»Sie sagt nichts«, antworte ich, ohne Maeve aus den Augen zu lassen. »Sie bettelt.«

»Sie bettelt.«

Elian ist neben mich getreten. Seine Miene ist verschlossen, als er meine Worte wiederholt. Er umklammert seinen Dolch mit der verletzten Hand, und als sein Blut auf die Klinge tropft, verschwindet es. Metall labt sich an Metall. Der Zauber, der hier wirkt, ist wie ein Donnergrollen. Es ist das Wispern einer Waffe, die zu noch mehr Blutvergießen auffordert. Der Dolch ist vollgesogen mit Magie und scheint seine eigene Melodie anstimmen zu wollen, aber Elian unterwirft sich nicht seinem Refrain. Er zögert. Es ist lange her, seit ich Zweifel in den Augen eines Mörders gesehen habe. Und doch blickt Elian jetzt auf Maeve hinab, als würde ihr Flehen alles auf den Kopf stellen. Als würde das, was zuvor richtig erschien, falsch sein. Und schmutzig.

»Sie bettelt?«, fragt er nach. »Bist du dir sicher?«

»Parakaló«, wiederhole ich. »Das heißt *bitte.*«

SIEBZEHN

Ich habe noch nie jemanden getötet, der um sein Leben gefleht hat.

Natürlich weiß ich, dass die Sirene, die auf meinem Deck kauert, ein Monster ist. Sie wimmert, aber dieser Laut beweist nur, wie heimtückisch sie ist. Ihr Geheule ist eine seltsame Mischung, halb Zischen, halb kehliges Jammern. Ich frage mich, wieso sie plötzlich so große Angst hat. Als sie im Netz aus Draht und Splittern festsaß, hat sie nicht mit der Wimper gezuckt. Aus Stolz heraus möchte ich glauben, mein einschüchternder Ruf sei der Grund. Aber mein klügeres Ich sagt mir, dass es nichts gibt, worauf ich stolz sein kann.

Ich blicke zu Lira. Ihr schmutzig graues Haar klebt an ihren Schultern, während sie einfach nur dasteht und sich mit dem Auf und Ab des Schiffs mitbewegt. Trotz ihrer zierlichen Gestalt schafft sie es, bedrohlich zu wirken. Als wäre ihr Körper eine Waffe. Nicht einmal der Anblick der Sirene, deren Haut an vielen Stellen zerfetzt ist, scheint sie zu ängstigen. Sie hat nichts mehr von dem geisterhaften Mädchen, das ich aus dem Meer gezogen habe. Der unerklärliche Bann, der mich dazu gebracht hat, sie zu retten, ist gebrochen und ich erkenne, dass sie kein hilfloses Fräulein ist. Sie ist etwas ganz anderes, und das erregt meine Neugier stärker, als gut für mich ist.

Ihre Worte schweben noch zwischen uns. In den meisten Königreichen ist Psáriin verboten, auch in meinem. Ich muss wissen, wieso sie diese Sprache beherrscht, von wem sie sie erlernt hat und warum sie einen Schmuck der Sirenen wie eine Trophäe um den Hals trägt. Und ich habe vor, das alles herauszufinden.

»Wirst du sie töten?«, fragt Lira mich.

Sie bemüht sich nicht mehr um einen schmeichelnden Tonfall, als sie in meine Sprache wechselt. Ich weiß zwar nicht, aus welchem Königreich sie kommt, aber mit meinem ist es auf keinen Fall freundschaftlich verbunden.

»Ja.«

»Wird es schnell gehen?«

»Ja.«

»Schade«, schnaubt sie.

Die Sirene fängt an zu wimmern und dann überschüttet sie uns mit einem Wortschwall in Psáriin. Die Laute kommen kurz und guttural hervor und so schnell, dass ich nicht mehr unterscheiden kann, wo ein Wort aufhört und das nächste anfängt.

Zwei jedoch stechen hervor. *Prink pissa.*

Was auch immer das bedeutet, die Sirene spricht mit Angst und Verehrung in der Stimme. Eine Mischung, die mir nur selten unterkommt. Zumindest nicht in meinem Königreich. Jene, die mich verehren, kennen mich nicht gut genug, um mich zu fürchten. Und jene, die mich fürchten, kennen mich viel zu gut, um so töricht zu sein und mich zu vergöttern.

»Dein Dolch«, sagt Lira.

Meine Hand schließt sich fester um die Waffe. Noch immer sickert Blut aus meiner Wunde, aber die Klinge saugt es sofort auf. Mein Dolch vergeudet keinen Tropfen.

»Er besitzt eine seltsame Magie.«

Ich blicke sie vielsagend an. »Ausgerechnet du willst mir erzählen, was seltsam ist?«

Lira gibt keine Antwort und Kye drängt sich in die Stille zwischen uns. »Cap«, sagt er und tritt einen Schritt nach vorn. »Sei vorsichtig. Man kann ihr nicht trauen.«

Zuerst münze ich seine Warnung auf das Ungeheuer, das auf dem Deck liegt, aber gerade, als ich ihm sagen will, dass ich kein Dummkopf bin, sehe ich, auf wen sein Blick gerichtet ist. Er meint Lira, nicht die Sirene.

Wenn es etwas gibt, das Kye schon immer gefehlt hat, dann ist es Taktgefühl. Lira scheint das allerdings nichts auszumachen, denn sie blickt nicht einmal in seine Richtung. Sein Vorwurf tropft an ihr ab wie Meerwasser.

»Darum kümmere ich mich noch«, sage ich zu Kye. »Wenn ich bereit dazu bin.«

»Dann sieh zu, dass du es möglichst schnell bist.«

Ich tippe mit der Dolchspitze gegen meine Finger und mache einen Schritt nach vorn, als Kye mich plötzlich am Arm packt. Mein Blick gleitet nach unten zu seiner Hand, die an meinem Hemd zerrt. Kyes größte Stärke ist seine Wachsamkeit. Je sorgloser ich bin, desto misstrauischer ist er. Er mag keine Überraschungen und jede Bedrohung kommt für ihn einem Anschlag auf mein Leben gleich. Und jede Warnung einem Versprechen. Solange er sich Sorgen macht, brauche ich es nicht zu tun. Außerdem hat mich das Leben auf dem Meer gelehrt, das zu erkennen, was andere nicht sehen, und mit dem zu rechnen, was andere nicht erwarten. Es käme mir nie in den Sinn, einer Fremden auf meinem Schiff zu trauen. Aber manchmal ist es klüger, seinem Instinkt zu folgen, als jedem Zweifel nachzugeben.

»Hast du nicht gehört, was ich gesagt habe?«, fragt Kye.

Betont langsam nehme ich Kyes Hand von meinem Arm. »Glaub mir, mit meinem Gehör ist alles in Ordnung.«

»Dann fehlt es dir an Verstand«, sagt Lira und streicht sich eine Strähne aus dem Gesicht.

»Wie kommst du darauf?«, frage ich.

»Wenn du welchen hättest, wäre sie längst tot.« Lira deutet auf die Sirene. »Du könntest ihr kaltes Herz schon in den Händen halten.«

Kye zieht eine Augenbraue hoch. »Verdammt«, sagt er. »So langsam frage ich mich, von welchem Schiff man sie ins Meer geworfen hat.«

Neben ihm verlagert Madrid ihr Gewicht von einem Fuß auf den anderen, die Waffe unverändert im Anschlag. Ich spüre mehr, als dass ich es sehe, wie angespannt sie ist. Madrid verabscheut es zu töten, egal ob es sich um Monster oder Menschen handelt. In Kléftes hat sie so oft gemordet, dass es für ein ganzes Leben reicht. Es ist eine seltsame Wendung des Schicksals, dass sie seither höhere moralische Maßstäbe und mehr Skrupel hat als je zuvor. Wobei weder das eine noch das andere an einem Ort wie der Saad angebracht ist. Aber sie ist die beste Schützin, die ich habe, und wenn ich mich über ihre Prinzipien hinwegsetze, dann nur, weil es meine Chance, am Leben zu bleiben, erhöht.

»Die Sirenen sind diejenigen, die Herzen rauben«, sagt Madrid zu Lira. »Nicht wir.«

Der Dolch blitzt in meiner Hand. »Ich habe schon viele Herzen geraubt«, widerspreche ich ihr.

Ich trete näher an die Sirene heran, vorsichtig, damit die Netzsplitter meine Stiefel nicht aufschlitzen. Ich muss an Cristian denken, der im Meer ertrunken ist, mit einem Kuss auf den Lippen, der nur eine Lüge war. Womöglich ist genau diese Sirene schuld an seinem Tod. Den Gerüchten zufolge, die sich in Windeseile im ganzen Königreich verbreitet haben, ist der Fluch der Prinzen nicht allein auf Raubzug gegangen. Cristians Mörderin könnte also hier auf diesem Schiff sein.

Die Sirene sagt etwas zu Lira. Vielleicht bettelt sie wieder um Gnade. Ich frage mich, ob auch Cristian gebettelt hat oder ob er so sehr unter dem Bann der Sirene stand, dass er freiwillig in den Tod gegangen ist.

»Haltet sie fest, damit sie sich nicht vom Fleck rührt«, sage ich.

Als Antwort darauf feuert Madrid einen Speer ab. Er bohrt sich genau in die Mitte der Schwanzflosse und spießt die Sirene auf das Schiff. Ich muss nicht zu Madrid hinübersehen, um zu wissen, wie grimmig und resigniert sie jetzt blickt. Sie ist eine gute Schützin, aber sie ist ein noch viel besserer Mensch.

Ich schiebe das Fangnetz mit dem Fuß beiseite und gehe neben meiner Gefangenen in die Knie. Dieser Teil meiner Arbeit ruft bei mir stets das Gefühl hervor, unmenschlich zu sein. Als würde ich mit der Art, wie ich sie töte, eine moralische Grenze überschreiten.

»Ich habe eine Frage an dich«, sage ich zu ihr. »Und ich wäre dir sehr verbunden, wenn du auf Midasan antworten könntest.«

»Poté den tha.«

Die Sirene windet sich, aber die Harpune hat sie ans Deck genagelt. Die Spitze der Waffe ist in Silber getaucht, ein Element, das für diese Meeresungeheuer tödlich ist. Das schleichende Gift gerinnt an der Eintrittswunde, sodass kein Blut auf mein Schiff fließen kann und das Sirenenherz – oder was auch immer sie an der betreffenden Stelle hat – nach einer Weile aufhört zu schlagen.

»Das ist nicht Midasan.« Ich klappe meinen Kompass auf und überprüfe die Zeiger, die sich nicht von der Stelle bewegen. »Was weißt du über den Kristall von Keto?«

Die Lippen der Sirene öffnen sich, aber sie blickt nicht mich, sondern Lira an und schüttelt den Kopf. »Egó den tha sas prodósei.«

»Lira«, sage ich. »Wärst du so freundlich, zu übersetzen?«

»Freundlichkeit hat mir noch niemand nachgesagt.«

Ihre Stimme dringt deutlich an mein Ohr, sie ist mir näher, als mir lieb ist. Ich weiche kaum merklich zur Seite, als ich Liras Schatten neben mir sehe. Sie ist nicht nur schnell, sondern auch unglaublich leise, sodass sie es sogar schafft, sich an jemanden wie mich anzuschleichen. So beunruhigend der Gedanke auch ist, ich schiebe ihn weg, um nicht ins Grübeln zu geraten. Es ist gefährlich, sich ablenken zu lassen, wenn ein Monster in der Nähe ist.

Lira kauert sich schweigend neben mich. Als ihr Blick auf den Speer fällt, der die Flosse durchbohrt hat, werden ihre sturmblauen Augen schmal. Sie scheint unschlüssig zu sein. Vielleicht überlegt sie, ob sie angesichts von so viel Brutalität entsetzt sein müsste und ob sie ihre Abscheu verbergen soll oder nicht. An ihrer Miene lässt sich jedenfalls nicht ablesen, ob sie Abscheu empfindet. Eine Maske aufzusetzen ist nicht schwer. Auch meine Augen verraten nur wenig. Das Rumoren in meinen Eingeweiden, ausgelöst von den Schreien der Sirene, versuche ich, so gut es geht, zu unterdrücken, wie so vieles andere auch. Ein Captain kann sich keine Schuldgefühle leisten.

Diesmal hält Lira sich gut auf den Beinen, als sie aufsteht und die sterbende Kreatur mustert. »Vielleicht solltest du ihr das gesunde Auge herausreißen«, schlägt sie vor.

Ein Lächeln huscht über ihre blassen Lippen, als sie sieht, wie ich zusammenzucke. Ich bin mir nicht sicher, ob sie sich über die Angst der Sirene oder über meinen Gesichtsausdruck amüsiert, und ob sie das nur gesagt hat, um meine Reaktion zu sehen.

»Wie könnte ich ihr dein gewinnendes Lächeln vorenthalten?«, erwidere ich.

Lira zieht eine Augenbraue hoch. »Sie ist deine Feindin. Willst du sie denn nicht leiden sehen?«

Sie starrt mich an, als ob ich den Verstand verloren hätte. Meine Mannschaft sieht mich des Öfteren so an, allerdings nie, weil ich mich weigere, andere zu foltern. Man kann ja viel von den Sirenenjägern auf der Saad behaupten, aber ganz sicher nicht, dass wir an diesem Leben Vergnügen haben. An der Weite des Meeres schon, aber nicht am Tod. Er ist ein notwendiges Übel, um die Welt sicherer zu machen. So unehrenhaft das Töten auch sein mag, dient es dennoch einem Zweck. Falls ich je anfangen sollte, es zu genießen, wäre ich zu dem geworden, vor dem ich die Welt bewahren will.

»Soldaten haben keine Freude am Krieg«, antworte ich.

Lira schürzt ihre Lippen, kommt aber nicht mehr dazu, etwas zu sagen, denn ich werde aus dem Nichts heraus auf den Rücken geschleudert. Mein Kopf kracht auf die Planken und ein furchtbarer Schmerz schießt durch meine Schläfen.

Die Sirene hat sich auf mich geworfen.

Sie kratzt und beißt und stößt ein schauerliches Geheul aus. Ich versuche, ihren Attacken auszuweichen, aber sie setzt alles daran, mich zu zerfleischen. Ihre Flosse ist blutverschmiert und in der Mitte aufgeschlitzt. Die Sirene hat sich losgerissen, anders konnte sie sich nicht befreien.

»Wie soll ich auf sie zielen?«, ruft jemand. »Ich habe Angst, ihn zu treffen.«

»Ich auch!«

»Madrid«, brüllt Kye. »Madrid, schieß endlich!«

»Ich kann nicht«, ruft sie und lässt die Waffe fallen. »Das verdammte Ding klemmt schon wieder.«

Ich versuche, mich freizukämpfen. Das Gesicht meiner Angreiferin besteht nur aus Fangzähnen, Hass und sonst nichts. Sie ist wie besessen davon, etwas aus mir herauszureißen. Egal ob Herz oder andere Körperteile, Hauptsache, ein Fetzen Fleisch.

Ihr Gewicht drückt mich nieder und zerquetscht meine Rippen. Ich spüre ein Knacken in meinem Brustkorb – und dann kriege ich kaum noch Luft. Um mich herum ist Geschrei. Alle brüllen so laut, dass ich kaum ein Wort verstehe. Die Stimmen vereinen sich zu einem betäubenden Lärm. Meine Arme brennen vor Schmerz. Die Sirene ist unglaublich stark. Viel stärker als ich.

So unvermittelt, wie der Angriff kam, so plötzlich ist das Gewicht auf mir wieder weg und ich kann frei atmen.

Kye hat die Teufelin an den Schultern gepackt und sie von mir heruntergezerrt. Sie schlittert quer übers Deck und kracht mit voller Wucht gegen die Kabinenwand. Einige von der Crew können gerade noch rechtzeitig zur Seite springen. Der Aufprall ist so heftig, dass sogar die Saad erbebt.

Die Sirene gräbt ihre Fingernägel in die Holzplanken und krümmt drohend die Schultern, ehe sie mit einem angriffslustigen Zischen auf mich zuschnellt. Ich greife nach meinem Dolch, gewähre der federleichten Klinge in meiner Hand einen Moment, um sich auf das Ziel auszurichten, ehe ich sie durch die Luft schleudere.

Mein Dolch trifft mitten ins Herz der Sirene – falls man das, was in ihrer Brust ist, überhaupt so nennen kann. Das hervorquellende Blut wirft Blasen auf ihrer Haut. Ein kleines Rinnsal droht aufs Deck zu sickern, wird jedoch von meinem Dolch sofort aufgesogen. Die Sirene fängt an zu schreien.

Während Kye mich auf die Beine zieht, atme ich heimlich tief durch. Niemand soll merken, wie überrumpelt ich bin, obwohl es unverkennbar ist. Es ist meine Aufgabe, auch mit dem Unerwarteten zu rechnen, und doch bin ich so dumm gewesen, einem Ungeheuer den Rücken zuzukehren.

»Alles in Ordnung?« Kye sucht mich nach Wunden ab. Als er das Blut an meinem Arm sieht, verfinstert sich sein Blick. »Ich war nicht schnell genug.«

Der Ausdruck auf seinem Gesicht versetzt mir einen Stich. Ich lockere meine Schultern und versuche, dabei nicht zusammenzuzucken. »Ach, das war doch nichts«, sage ich leichthin. An Madrid gerichtet frage ich: »Wieder mal eine Ladehemmung?«

Madrid hebt ihr Gewehr auf und begutachtet die Halterung für den Speer. »Ich verstehe das nicht«, sagt sie. »Ich werde das Ding noch einmal unter die Lupe nehmen.«

Sie will das Deck überqueren, bleibt jedoch abrupt stehen, als sie merkt, dass die tote Sirene den Zugang nach unten versperrt. Madrid schluckt und wartet geduldig. Auch die anderen warten. Alle sind still, bis der Augenblick gekommen ist und die Sirene sich auflöst. Dieser Moment erscheint allen immer noch wie ein Wunder, selbst nach so langer Zeit. Ich bin der Einzige, der nicht auf die leblose Kreatur achtet, die sich vor unseren Augen in Gischt verwandelt. Ich habe schon Hunderte von Monstern sterben sehen. Stattdessen drehe ich mich zu der seltsamen Fremden, die ich aus dem Meer gefischt habe.

Das Lächeln auf ihren Lippen ist wie weggewischt.

ACHTZEHN

Maeve löst sich in nichts auf.

Eine Sirene zu töten, ist etwas ganz anderes, als eine Nixe zu töten. Die verrottenden Leichname der Nixen verschmutzen den Meeresgrund und ihre Gerippe ragen zwischen den Korallen hervor. Wir hingegen lösen uns auf und werden wieder zu dem, woraus wir entstanden sind: Wasser, Gischt und Salz. Nach unserem Tod ist nichts mehr da, was noch an uns erinnern würde.

Nach Maeves Tod hätte ich erleichtert sein müssen, aber der Kampf zwischen Sirenen und Menschen wird weitergehen, und ich hatte soeben den Menschen dabei geholfen, eine von uns abzuschlachten. Wenigstens verzichtete der Prinz darauf, ihr das Herz herauszuschneiden, bevor er sie tötete. Ich habe noch nie viel von Legenden gehalten – es sei denn, ich komme selbst darin vor –, aber selbst ich kenne die Geschichten, wonach ein Mensch immun gegen unseren Gesang wird, wenn er das Herz einer Sirene besitzt. Man sagt, das sei auch der Grund, warum wir uns sterbend in Meeresgischt verwandeln. Es sei kein Fluch, sondern ein Geschenk von Keto, damit nie ein Mensch unsere Herzen rauben kann.

Nach Maeves Selbstauflösung hat man mich in einen fensterlosen Raum unter Deck gebracht, in dem es nach Anis und Rost riecht. Die Wände sind keine Wände, sondern schwere Vorhänge, die von der mit Firnis überzogenen Holzdecke herabhängen. Ihr feuchter Saum berührt den Boden, und bei jeder Schiffsbewegung fangen sie an zu schwingen und geben den Blick frei auf lange Reihen von Büchern, Waffen und Gold. Hinter jedem Vorhang verbirgt sich ein anderes Geheimnis. In der Mitte steht ein großer Würfel aus schwarzem Glas. Das Behältnis ist so groß, dass ich der Länge nach hineinpasse. Die Scharniere und Riegel sind aus demselben massiven Gold wie die Brosche der Aalnixe. Es ist eine Art Kerker, allerdings nicht für Menschen. Und falls doch, dann für Exemplare der übelsten Sorte.

Im Königreich von Keto kennt man keine Gefangenen. Verrat an der Meereskönigin kommt einem Selbstmord gleich. Deshalb sind wir genau so, wie meine Mutter uns will. Abweichendes Verhalten wird nicht geduldet, zweite Chancen werden nicht gewährt. Meine Bestrafung ist der beste Beweis dafür.

Ich drehe mich zu Elian um. »Warum hat man mich hierhergebracht?«

Je länger er auf dem Schiff ist, desto mehr wird er Teil des Ozeans. Über seinem Hemd trägt er eine braune Ledertunika, die mit ausgefransten schwarzen Schnüren am Hals geschlossen wird. Seine Beine stecken in einer Hose, die auf halber Höhe in kniehohen braunen Stiefeln verschwindet. An einem Gurt, der von der Schulter quer über die Brust bis zur Hüfte führt, baumelt ein großes Entermesser und dahinter, verborgen vor neugierigen Blicken, steckt der Dolch. Ich rieche immer noch Maeves Blut auf der Klinge.

»Du scheinst dich in der Welt auszukennen«, sagt Elian. »Kannst du es dir nicht denken?«

Kye und Madrid haben sich hinter ihm postiert wie eine zu allem entschlossene Leibgarde. Ich bin noch nicht einmal einen ganzen Tag auf diesem Schiff und weiß bereits, wer seine engsten Vertrauten sind. Damit kenne ich auch seine größte Schwachstelle.

»Und ich dachte, Prinzen lieben es, junge Fräulein in Nöten zu retten.«

Elian lacht. Seine weißen Zähne blitzen in seinem hübschen Gesicht. »Ach, jetzt bist du also ein junges Fräulein? Das ist komisch, denn als du dich rücksichtslos an mir vorbeigedrängt hast, um dich auf die Sirene zu stürzen, hast du nicht diesen Eindruck gemacht.«

»Ich dachte, die Leute auf diesem Schiff sind hier, um Sirenen zu töten.«

»Aber nicht mit bloßen Händen.«

»Nicht alle können darauf hoffen, dass Zauberdolche das schmutzige Handwerk für sie erledigen.«

»Nicht alle können Psáriin«, erwidert er.

Ich lächle bescheiden und spiele meine Rolle weiter. »Ich habe ein Talent für Sprachen.«

»Dein Midasan beweist das Gegenteil.«

»Ich habe ein Talent für interessante Sprachen«, korrigiere ich mich. Elians grüne Augen ziehen sich zusammen.

»Und deine Muttersprache?«, fragt er.

»Die liegt mir am meisten.«

»Warum?«

»Sie passt zu mir.«

»Ich will mir gar nicht vorstellen, was das bedeutet.«

Elian stapft an mir vorbei und legt seine Hand an das kalte Glas des Würfels. Als er seine Finger spreizt, spüre ich förmlich die Kälte dieses Gefängnisses, das auf einen Gefangenen wartet. Die Sirene in mir sehnt sich danach, die eisige Oberfläche zu berühren und mich an vertraute Empfindungen zu erinnern. Der Mensch in mir schaudert.

»Wo liegt deine Heimat?«, fragt Elian.

Er hat mir den Rücken zugekehrt, aber ich sehe auf der spiegelnden Glasfläche, wie seine Lippen sich bewegen. Gedankenversunken betrachtet er sich in der Scheibe. Weil er nicht in meine Richtung blickt, überlege ich sogar, ob er die Frage an sich selbst gerichtet hat. Ein Prinz, der nicht weiß, wo sein wahres Königreich liegt. Kye räuspert sich in die Stille hinein und Elian wirbelt herum. Sein Gesicht ist ganz in Licht getaucht.

»Also?«

»Ich habe nicht damit gerechnet, verhört zu werden.«

»Ist der Käfig denn nicht Hinweis genug?«

»Ich sehe hier nirgendwo einen Käfig.« Ich recke mich und spähe an ihm vorbei, als würde ich das gläserne Gefängnis gar nicht bemerken. »Vermutlich wird er von deiner kolossalen Aura verdeckt.«

Elian schüttelt den Kopf, damit ich nicht sehe, wie er ein Lächeln unterdrückt. »Das ist kein normaler Käfig«, sagt er. »In meinen Anfängen – damals war ich noch ein Grünschnabel – habe ich ihn anfertigen lassen, um die Meereskönigin darin einzusperren.« Er zieht eine Augenbraue hoch. »Was meinst du, ist er das passende Gefängnis für dich?«

»Du willst mich in einen Käfig stecken?«, frage ich.

»Nicht, wenn du mir verrätst, wo du herkommst«, antwortet er. »Und warum du deine Heimat verlassen hast.«

»Ich hatte keine Wahl.«

»Du bist mitten im Ozean gewesen und weit und breit war kein Schiff zu sehen.«

»Ich bin zurückgelassen worden.«

»Von wem?«

»Von allen«, beantworte ich seine Frage, ohne zu zögern.

Seufzend lehnt Elian sich gegen die Glasscheibe. Er lässt sich meine mit Bedacht gewählten Antworten durch den Kopf gehen und dreht sie in Gedanken hin und her wie das Steuerruder eines Schiffs. Die eingetretene Stille gefällt mir nicht, sein Schweigen breitet sich im ganzen Raum aus und sinkt auf alles herab. Sogar die Luft scheint den Atem anzuhalten und darauf zu warten, dass er wieder spricht. Auch ich warte und versuche währenddessen, seinen nächsten Schritt vorauszuahnen. Die Situation ist quälend vertraut. Wie oft habe ich gewartet und mir auf die Zunge gebissen, während meine Mutter darüber bestimmt hat, wie ich mein Leben zu führen habe. Sie hat mir vorgeschrieben, was ich zu tun habe, wann ich töten muss und wer ich sein soll. Dass ein Mensch über mein Schicksal entscheiden will, ist ungewohnt. Dass ich warte, während ein anderer mein Leben bestimmt, ist es nicht.

Unter der Seegrasschicht meiner Lügen verbirgt sich die Wahrheit. Ich bin tatsächlich im Meer zurückgelassen worden, und jetzt bin ich auf einem Schiff unter Menschen, die mir den Tod wünschen würden, wenn sie wüssten, wer ich bin. Unter Wasser regiert meine Mutter ein Königreich, dessen Herrscherin ich einmal werden sollte. Jetzt wird sie jedem, der nach mir fragt, die dreistesten Lügen erzählen, damit ich nur ja rasch in Vergessenheit gerate: von der Harpune eines Seemanns aufgespießt. Von einer Nixe ermordet. In einen Menschenprinzen verliebt. Man wird über mich spotten, statt mich in Legenden zu besingen, und die Ergebenheit meiner Untertanen wird sich so rasch in nichts auflösen wie Maeve.

Ich bin nichts. Ich habe nichts. Ich werde sterben als ein Nichts.

Mein Blick fällt auf das Halsband, das Elian trägt und das mir gehört. Wenn ich mein Ohr an die rot gesprenkelte Muschel pressen würde, könnte ich den Ozean und das Gelächter meiner Mutter hören, das von den Wellen durchs Wasser getragen wird.

Angewidert drehe ich mich um.

»In drei Tagen legen wir in Eidýllio an.« Elian stößt sich von der Glasscheibe ab. »Ich werde meine Entscheidung treffen, wenn wir dort sind.«

»Und in der Zwischenzeit?«

Ein Lächeln breitet sich auf seinem Gesicht aus. Er tritt zur Seite und gibt den Blick frei auf den Käfig in all seiner Pracht. »In der Zwischenzeit …«

Auf den unausgesprochenen Befehl hin fasst Madrid mich am Ellbogen und auf der anderen Seite packt Kye meinen Arm. Ich will mich losreißen, aber die beiden halten mich eisern fest. Gemeinsam ziehen sie mich hoch und schleppen mich zum Käfig. Alle Versuche, mich aus ihrem Griff zu winden, sind vergeblich.

»Lasst mich los!«, keife ich sie an.

Ich versuche, sie zu treten, bin aber zu ungeschickt. Außerdem haben sie mich so zwischen sich eingezwängt, dass ich kaum Luft bekomme. Wütend über meine Hilflosigkeit, werfe ich den Kopf in den Nacken und bäume mich auf. Wie zerbrechlich und schwach mein Körper ist! In Sirenengestalt hätte ich die beiden mit Leichtigkeit in Stücke gerissen. Ich fletsche die Zähne und schnappe nach ihnen, verfehle Kyes Ohr nur knapp, doch er zuckt nicht einmal mit den Wimpern. Ich fühle mich nicht nur kraftlos, ich bin es auch.

Am Käfig angekommen werfen die beiden mich so mühelos hinein, als wäre ich eine Feder. Ich springe auf und hechte zur Tür, aber meine ausgestreckten Hände stoßen gegen eine Wand. Als ich sie abtaste, wird mir klar, dass sie nicht aus Glas, sondern aus reinem Kristall besteht. Trotzdem schlage ich mit aller Kraft dagegen. Mein Menschenherz hämmert noch zorniger als meine Fäuste.

»Du willst mich allen Ernstes in diesem Ding hocken lassen, bis wir in Eidýllio sind?«, schreie ich.

»Ich will dich nicht an Bord meines Schiffes. Leider kann ich dich nicht über die Planke schicken.«

»Hindert dich deine Ritterlichkeit daran?«

Durch das dunkle Glas hindurch sehe ich, wie Elian zu einem Wandvorhang geht und ihn zurückzieht. Dahinter befindet sich ein runder Schalter. »Die Planke ist schon vor Jahren verloren gegangen«, sagt er. Etwas leiser fügt er hinzu: »Etwa um die Zeit, als auch meine Ritterlichkeit verloren ging.«

Dann dreht er am Schalter und alles wird dunkel.

In dem Käfig herrscht endlose Nacht. Nasskalte Finsternis hüllt mich ein. Manchmal kommt jemand und bringt mir Essen, dann scheint für ein paar kostbare Minuten das Licht einer Laterne. Die ungewohnte Helligkeit blendet mich und ich muss blinzeln, aber bevor sich meine Augen an das Licht gewöhnen können, erlischt es bereits wieder. Zurück bleibt nur ein Tablett mit Fisch, der einen durchdringenden Geruch verströmt. Er schmeckt nicht so wie Krokodile oder weiße Haie, aber ich schlinge ihn trotzdem hinunter.

Ich weiß nicht, wie lange ich schon in dem Kristallkäfig festsitze, aber der Gedanke, bald in Eidýllio zu sein, ist nicht sehr verheißungsvoll. Sobald wir dort anlegen, wird der Prinz versuchen, mich in einem Land loszuwerden, dessen Menschen nichts vom Ozean wissen. Hier an Bord rieche ich wenigstens das Salz meiner Heimat.

Wenn ich schlafe, träume ich von Korallen und blutenden Herzen. Wenn ich wach bin, sehe ich nichts als Dunkelheit und höre nichts als Wellen, die gegen das Schiff schwappen. Als ich zum ersten Mal einen Menschen getötet habe, war das Tageslicht so hell, dass ich nicht aufhören konnte zu blinzeln. Das Wasser kräuselte sich nur wenig, und schon nach kürzester Zeit hatte die Sonne auch das letzte Eis auf meiner Haut weggeschmolzen.

Der Junge war ein Prinz von Kalokaíri und ich war erst zwölf.

Kalokaíri ist nur eine hübsche Wüste inmitten eines trostlosen Meeres. Es ist das Land des ewigen Sommers, wo der Wind den Geruch von Sand mitbringt. Damals gab es noch keine Legenden über mich, daher reisten königliche Familien ebenso sorglos übers Meer wie alle anderen Menschen auch.

Der Prinz war ganz in Weiß gekleidet und hatte ein purpurfarbenes Tuch um seinen Kopf gebunden. Er war freundlich und furchtlos und lächelte mich an, obwohl ich noch gar nicht zu singen angefangen hatte. Als ich aus dem Meer hochschnellte, nannte er mich *Ahnan anatias*, was in seiner Sprache so viel heißt wie *kleiner Tod*.

Der Junge hatte keine Angst, auch nicht, als ich meine Zähne zeigte und auf die gleiche Weise zischte, wie meine Mutter es immer tat. Sein Herz zu rauben, war gar nicht so schrecklich. Er kam beinahe freiwillig zu mir. Er streckte seine Hand aus, um mich zu berühren, und nachdem ich noch recht ungeschickt die ersten Töne angestimmt hatte, stieg er langsam aus seinem Segelboot, das am Hafenufer lag, und watete immer tiefer ins Wasser, bis er auf gleicher Höhe mit mir war.

Ich ließ ihn zuerst ertrinken. Während sein Atem immer langsamer wurde, hielt ich seine Hand, und erst als ich sicher sein konnte, dass er tot war, holte ich mir sein Herz. Ich war sehr vorsichtig. Ich wollte nicht, dass alles voller Blut war, wenn seine Familie ihn finden würde. Sie sollte nicht denken, dass er schrecklich gelitten hatte, wenn er in Wahrheit doch friedlich gestorben war.

Als ich ihm sein Herz nahm, überlegte ich kurz, ob seine Eltern ihn bereits suchten. War ihnen schon aufgefallen, dass er nicht mehr in seinem Boot war? Würden sie da oben, über dem Wasser, bereits nach ihm schreien? Würde meine Mutter schreien, wenn sie wüsste, dass ich nie wieder zurückkehren würde? Ich kannte die Antwort. Der Königin würde es nicht das Geringste ausmachen. Nachkommen konnte man immer wieder neue machen. Meine Mutter war in erster Linie Königin und sonst nichts. Sie würde zornig sein, weil ich dem Jungen das Herz nicht bei lebendigem Leib herausgerissen hatte. Sie würde mich bestrafen, weil ich mich nicht als echtes Monster erwiesen hatte.

Ich hatte recht.

Zu Hause wartete meine Mutter bereits auf mich. Sie war umgeben von den Mitgliedern der königlichen Familie, die einen perfekten Halbkreis um sie bildeten. Die Schwester der Meereskönigin stand ganz vorne, um mich zu begrüßen, hinter ihr reihten sich sechs Töchter. Kahlia war die Letzte, ihr Platz war direkt an der Seite meiner Mutter.

Ein Blick genügte und die Meereskönigin wusste, was ich getan hatte. Ich erkannte es an ihrem Lächeln. Wahrscheinlich roch sie ihn auch: den scharfen Gestank der Reue, weil ich den kalokaírinischen Prinzen getötet hatte. Obwohl ich versuchte, ihrem Blick auszuweichen, sah sie mir sicherlich an, dass ich geweint hatte. Die Tränen waren zwar längst fortgewaschen, aber meine Augen waren gerötet und ich hatte meine Hände wund geschrubbt, um das Blut abzubekommen.

»Lira«, sagte sie. »Mein Süße.«

Ich legte meine zitternde Hand auf ihren ausgestreckten Tentakel und sie zog mich langsam zu sich heran. Kahlia biss sich auf die Lippe, als sie sah, wie meine Mutter meine Hände betrachtete.

»Hast du deiner lieben Mutter ein Geschenk mitgebracht, mein Schatz?«, fragte mich die Meereskönigin.

Ich nickte und griff in das Netz an meiner Hüfte. »Ich habe getan, was du wolltest.« Behutsam nahm ich das Herz des jungen Prinzen zwischen meine beiden Hände und hielt es hoch über meinen Kopf, um es ihr als die ersehnte Trophäe darzubieten. »Mein zwölftes.«

Die Meereskönigin strich über meine Haare und ließ ihren glatten Fangarm über meinen Rücken gleiten. Ich versuchte, nicht zu blinzeln.

»So ist es«, sagte die Meereskönigin. Ihre Stimme war sanft und leise wie die Morgenbrise. »Aber du scheinst mir nicht richtig zugehört zu haben.«

»Er ist tot«, erwiderte ich, denn darauf kam es ja schließlich an. »Ich habe ihn getötet und sein Herz genommen.« Ich hielt mein Geschenk noch höher, näher an ihre Brust, damit sie beides fühlen konnte, die Stille dieses Herzens gegen die Kälte ihres eigenen.

»Ach, Lira.« Sie umfasste mein Kinn und fuhr mit ihrer Daumenklaue über meine Wange. »Aber von Tränen war nicht die Rede.«

Ich war mir nicht sicher, ob sie meine Tränen beim Tod des Prinzen meinte oder ob sie mir verbot, jetzt zu weinen, im Beisein der ganzen königlichen Familie. Meine Lippen bebten vor Angst wie zuvor schon meine Hände, und als der erste Tropfen aus meinem roten Auge fiel, stieß meine Mutter einen enttäuschten Seufzer aus. Sie ließ die Träne auf ihren Daumen rinnen und schüttelte sie dann ab, als wäre sie Säure auf der Haut.

»Ich habe getan, was du wolltest«, wiederholte ich noch einmal.

»Ich wollte, dass du einen Menschen leiden lässt«, entgegnete die Königin. »Ich wollte, dass du ein schlagendes Herz herausreißt.« Ein Tentakel schlängelte sich über meine Schulter und legte sich um meinen schmalen Hals. »Ich wollte, dass du dich wie eine Sirene verhältst.«

Ich kann mich noch an die Erleichterung erinnern, die ich verspürte hatte, als sie mich endlich zu Boden schleuderte. Wenn sie mich hätte töten wollen, dann hätte sie es längst getan. Schläge konnte ich aushalten. Ich würde mich erniedrigen und blutig prügeln lassen. Wenn das meine Mutter besänftigen würde, wäre es die Tortur wert. Dann wäre ich glimpflich davongekommen. Was für eine Närrin war ich gewesen zu glauben, meine Mutter würde nur mich allein bestrafen. Warum sollte sie ihre Tochter züchtigen, wenn sie sic auch nach ihrem Willen formen konnte?

»Kahlia«, sagte meine Mutter. »Tust du mir einen Gefallen?«

»Schwester«, mischte meine Tante sich unvermittelt ein. Ihr

Gesichtsausdruck war angstvoll und schmerzerfüllt. »Bitte nicht.«

»Na, na, Crestell«, sagte meine Mutter. »Du darfst deine Königin nicht unterbrechen.«

»Sie ist meine Tochter.«

Ich weiß noch genau, wie ich innerlich aufbegehrte, weil Crestell, noch während sie das sagte, ihre Schultern krümmte. Als würde sie sich bereits gegen den ersten Schlag wappnen.

»Still jetzt«, gurrte meine Mutter. »Lass uns nicht vor den Kindern streiten.«

Sie drehte sich zu mir und streckte gleichzeitig ihren Fangarm nach meiner Cousine aus – fast so, als wollte sie mir Kahlia präsentieren, wie ich ihr das Herz des Prinzen präsentiert hatte. Ich rührte mich nicht.

»Töte sie!«, befahl die Meereskönigin.

»Mutter –«

»Nimm ihr Herz, während sie noch schreit, denn genau das hättest du bei dem Prinzen tun sollen.«

Kahlia fing an zu wimmern; vor lauter Angst konnte sie sich nicht bewegen, ja nicht einmal weinen. Sie blickte zu ihrer Mutter, dann zu mir und blinzelte heftig.

Es war, als würde ich in einen Spiegel blicken. Das Entsetzen auf Kahlias Gesicht war mein eigenes. In ihren Augen sah ich ein genaues Abbild meiner eigenen Furcht.

»Ich kann nicht«, sagte ich, und dann etwas lauter: »Bitte, zwing mich nicht dazu.«

Ich wich zurück und schüttelte so heftig den Kopf, dass das wutentbrannte Gesicht meiner Mutter vor meinen Augen verschwamm.

»Du törichtes Kind!«, rief sie. »Ich biete dir Erlösung an. Weißt du, was passiert, wenn du dich weigerst?«

»Ich muss nicht erlöst werden!«, stieß ich hervor. »Ich habe getan, was du wolltest!«

Die Meereskönigin umklammerte ihren Dreizack, mit einem Mal war selbst der letzte Rest an Haltung verschwunden. Ihre Augen verfinsterten sich, wurden schwärzer und schwärzer, bis sie nur noch zwei dunkle Abgründe waren. Der Ozean stöhnte auf.

»Die Menschlichkeit, die dich befallen hat, muss ausgemerzt werden«, erklärte sie. »Verstehst du denn nicht, Lira? Menschen sind eine Plage. Sie haben unsere Göttin ermordet und wollen uns alle vernichten. Jede Sirene, die ihnen Sympathie entgegenbringt – die ihre Liebe und ihren Kummer teilen will –, muss geläutert werden.«

Ich runzelte die Stirn. »Geläutert?«

Die Meereskönigin stieß meine Cousine auf den Meeresboden. Ich zuckte zusammen, als ich sah, wie Kahlias Handflächen über den Sand schrammten.

»Sirenen empfinden keine Zuneigung oder Reue«, ereiferte sich meine Mutter. »Wir kennen kein Mitgefühl für unsere Feinde. Eine Sirene, die derlei Gefühle verspürt, kann niemals Königin sein. Sie wird immer fehlerhaft sein. Und eine fehlerhafte Sirene hat das Recht zu leben verwirkt.«

»Fehlerhaft«, wiederholte ich.

»Töte sie«, forderte meine Mutter mich auf. »Dann verlieren wir kein Wort mehr darüber.«

Sie sagte es, als gäbe es keine andere Möglichkeit, meine Sünden wiedergutzumachen. Als könnte ich mich nur als echte Sirene erweisen, indem ich Kahlia töte. Mit ihrer Ermordung würde ich mich reinwaschen. Denn meine Gefühle waren nur eine Krankheit und meine Mutter hatte die nötige Arznei. Den Ausweg. Die Chance, meine menschlichen Züge abzustreifen, um zu gesunden.

Aber dazu musste zuerst Kahlia sterben.

Ich schwamm auf meine Cousine zu und verschränkte meine Hände hinter dem Rücken, damit die Meereskönigin nicht sah, wie sehr sie zitterten. Meine Fingernägel stanzten Halbmonde in meine Handflächen und ich überlegte angstvoll, ob meine Mutter das Blut riechen konnte.

Kahlia schrie auf, als ich näher kam. Sie fing an zu schluchzen, das ganze Grauen schien aus ihr herausströmen zu wollen. Ich wusste nicht genau, was ich tun sollte, ich wusste nur, dass ich sie nicht töten wollte. *Nimm ihre Hand und schwimm mit ihr davon*, sagte ich zu mir. *Schwimme, so schnell du kannst, und fliehe vor der Meereskönigin.* Aber ich würde es nicht wagen. Meine Mutter sah alles. Die Ozeane und Meere waren ihre Augen und sie würde uns überall aufspüren. Wenn ich Kahlia mitnahm, würden wir beide wegen Verrats sterben. Mir blieb nur diese Wahl: meiner Cousine das Herz aus der Brust zu reißen oder Hand in Hand mit ihr zusammen zu sterben.

»Halt!«, sagte Crestell.

Mit gebleckten Zähnen und ausgebreiteten Armen baute sie sich wie eine schützende Mauer vor Kahlia auf. Einen Moment lang fürchtete ich, sie würde sich auf mich stürzen und ihre Klauen in mich hineinbohren, um diesem Wahnsinn ein für alle Mal ein Ende zu bereiten.

»Nimm stattdessen mich«, sagte sie zu mir.

Ich wurde blass.

Crestell ergriff meine Hand und drückte sie an ihre Brust. »Nimm es«, sagte sie.

Meine Cousinen keuchten vor Entsetzen, ihre Gesichter von Angst entstellt. Auch sie hatten nur die eine Wahl: zuzusehen, wie ihre eigene Mutter starb, oder mit ansehen zu müssen, wie ihre Schwester getötet wurde. Stammelnd stand ich meiner Tante gegenüber – dabei hätte ich am liebsten losgeschrien, wäre am liebsten fortgeschwommen, so schnell ich konnte. Crestell sah Kahlia an, die zitternd auf dem Meeresgrund kauerte. Es war ein besorgter, heimlicher Blick, so flüchtig, dass er sogar meiner Mutter entging. Als ihre Augen sich wieder auf mich richteten, lag in ihnen eine flehentliche Bitte.

»Nimm es, Lira!«, wiederholte Crestell. Sie schluckte, dann reckte sie ihr Kinn. »Es soll so sein.«

»Ja«, gurrte meine Mutter hinter mir. Ich musste mich nicht umdrehen, um zu wissen, dass sie lächelte. »Das wäre ein würdiger Ersatz.«

Ihre Nägel kratzten meine Haut auf, als sie ihre Hand auf meine Schulter legte. Dann beugte sie sich zu mir und flüsterte in mein Ohr.

»Lira«, zischte meine Mutter bedrohlich leise. »Heile dich selbst und zeige mir, dass du wahrhaftig Teil des Meeres bist.«

Ich hatte keine Wahl. Wenn ich mich weigerte, Crestell zu opfern, würde meine Mutter uns ihren Zorn spüren lassen und ich würde mich als unwürdige Tochter erweisen. Ich würde die Sirene sein, die nicht dazugehört, die mit Menschlichkeit befleckt ist und vom Ozean geächtet wird. Wenn ich Crestell verschonte, würde meine Mutter mich nicht nach Hause zurückkehren lassen. Sie würde mich davonjagen.

Fehlerhaft.

»Willst du ein paar letzte Worte sagen, Schwester?«, fragte die Meereskönigin.

Crestell schloss die Augen, aber ich wusste, dass sie nicht etwa Tränen unterdrückte. Sie wollte ihren Zorn verbergen, der ihren Pupillen Feuer verlieh. Um ihrer Töchter willen wollte sie als getreue Untertanin sterben. Sie wollte sie vor der Rache meiner Mutter bewahren – vor mir.

Als Crestell die Augen wieder öffnete, sah sie mich direkt an.

»Lira«, sagte sie. Ihre Stimme war heiser. »Werde die Königin, die wir brauchen.«

Dieses Versprechen konnte ich ihr nicht geben, denn ich war mir nicht sicher, ob ich je in der Lage sein würde, die Königin zu werden, die das Reich meiner Mutter brauchte. Ich würde jedes Gefühl unterdrücken müssen, würde den Schrecken, unter dem ich jetzt litt, selbst verbreiten müssen. Mit flatterndem Atem fragte ich mich, ob das wirklich in mir steckte.

»Versprichst du es mir?«, fragte Crestell.

Ich nickte, obwohl ich es für eine Lüge hielt. Und dann tötete ich sie.

An diesem Tag wurde ich zur wahren Tochter meiner Mutter. In dem Moment, als es geschah, verwandelte ich mich in das größte Monster von uns allen. Der Wunsch, meiner Mutter zu gefallen, senkte sich wie ein Schatten auf mich herab und erstickte jede Regung, die sie als Schwäche auslegen konnte. Jeden Anflug von Reue, jeden Funken Mitleid, der ihr als Beweis dienen konnte, dass ich unvollkommen bin. Abnormal. *Fehlerhaft.* Von einem Wimpernschlag zum nächsten wurde aus dem kleinen Kind das, was ich jetzt bin.

Von da an war ich nur bestrebt herauszufinden, welche Prinzen meiner Mutter am besten gefallen würden: der furchtlose Ágriosy, der jahrzehntelang versucht hatte, Diávolos zu entdecken, in der irrigen Annahme, er könnte unsere ganze Spezies ausrotten. Ein Prinz von Mellontikósl. Seher und Wahrsager, die nicht gerne in einen Krieg verwickelt werden wollten und kaum noch ein Schiff in See stechen ließen. Ich spielte mit dem Gedanken, sie alle zu meiner Mutter zu bringen als weiteren Beweis, dass ich an die Seite der Königin gehörte.

Im Laufe der Zeit vergaß ich, wie es ist, schwach zu sein. Erst seit ich in dem fremden Körper gefangen bin, erinnere ich mich wieder daran. Einst war ich das ungeliebte Werkzeug meiner Mutter, jetzt bin ich eine armselige Kreatur, die sich nicht einmal selbst verteidigen kann. Ein Monster ohne Fangzähne und Klauen.

Ich streiche über meine wunden Beine, die blasser sind als der Bauch eines Hais. Meine Füße krümmen sich, denn mir ist schrecklich kalt, und meine neue Haut fängt an zu prickeln. Ich weiß nicht, was das bedeutet, und ich begreife es immer noch nicht, dass ich vor Kurzem noch durchs Wasser schnellte und nun zwischen Menschen herumstolpern muss.

Enttäuscht hole ich Luft und taste behutsam die Haut über meinen Rippen ab. Keine Kiemen. Egal wie tief ich atme, die Haut teilt sich nicht, stattdessen strömt die Luft über meine Lippen ein und aus. Meine Haut ist immer noch feucht, die Nässe sickert in jede Pore. Sie bringt eine unerträgliche Kälte mit sich und lässt meine Haut noch mehr prickeln. Kleine Flecken breiten sich über meine Beine bis hinauf zu meinen schwächlichen Armen aus.

Beklommen frage ich mich, was mich außerhalb des Käfigs erwartet. Wenn Elian mich über Bord wirft, wie lange werde ich dann wohl im Wasser überleben können?

Laternenschein leuchtet auf, zunächst noch schwach, sodass meine menschlichen Augen Zeit haben, sich daran zu gewöhnen. Elian ist da und steckt einen Schlüssel in den Kristallkäfig. Ein Stück der Wand gleitet zur Seite. Ich unterdrücke den Impuls, ihn zu bestürmen, denn ich weiß noch gut, wie er mich gegen die Wand gedrückt hat, als ich mich auf Maeve stürzen wollte. Er ist jetzt nicht nur stärker als ich, sondern auch schneller. In meinem neuen Körper komme ich mit Kraft allein nicht sehr weit.

Elian schiebt mir einen Teller zu mit einer dicken Brühe, die wie Flusswasser aussieht. Seetrauben und merkwürdig helle Fleischklumpen schwimmen darin. Der intensive Geruch von Anis steigt mir in die Nase. Mein Magen beginnt zu rebellieren.

»Kye und ich haben Meeresschildkröten gefangen«, erklärt Elian. »Das Fleisch stinkt zwar zum Himmel, aber es schmeckt verdammt gut.«

»Du bestrafst mich«, sage ich schroff in Midasan. »Ich will wissen, warum.«

»Niemand bestraft dich«, antwortet er. »Du stehst lediglich unter Beobachtung.«

»Weil ich Psáriin spreche?«, frage ich. »Ist es ein Verbrechen, eine andere Sprache zu beherrschen?«

»Sie ist in den meisten Königreichen verboten.«

»Wir sind nicht in einem Königreich.«

»Falsch«, entgegnet Elian. »Wir sind in meinem Königreich. Genau das ist die Saad. Der ganze Ozean ist mein Reich.«

Ich gehe gar nicht erst auf seine Unverschämtheit ein, Anspruch auf etwas erheben zu wollen, was mir gehört, und sage: »Niemand hat mich über die geltenden Gesetze aufgeklärt, als ich an Bord gekommen bin.«

»Tja, jetzt weißt du Bescheid.« Er schlenkert den Schlüssel an seinem Finger hin und her. »Ich könnte dir sofort ein bequemeres Schlafquartier verschaffen, wenn du aufhörst, meinen Fragen auszuweichen.«

»Ich weiche nicht aus.«

»Dann sag mir, warum du Psáriin sprichst.« Seine unüberhörbare Neugier straft die von ihm zur Schau gestellte Lässigkeit Lügen. »Sag mir, was du über den Kristall von Keto weißt.«

»Erst hast du mich gerettet und jetzt bietest du mir Annehmlichkeiten im Austausch gegen Geheimwissen? Seltsam, wie schnell Freundlichkeit umschlagen kann.«

»Ich bin eben wankelmütig«, sagt Elian. »Und ich muss die Saad schützen. Ich vertraue keinem Fremden an Bord, wenn seine Geschichte nicht glaubwürdig ist.«

Bei seinen Worten muss ich lächeln.

Er möchte also eine Geschichte hören. Nichts leichter als das. Um das zweite Auge von Keto ranken sich auch bei uns im Meer die Legenden. Seit die Meereskönigin den Thron bestiegen hat, sucht sie nach diesem Stein. Ihre Vorgängerinnen haben das Vorhaben irgendwann aufgegeben, aber die Machtgier meiner Mutter ist grenzenlos. Sie hat mir erzählt, dass der Stein den Untergang herbeiführen kann – für die Menschen oder für uns. Ich stelle mir in Gedanken ihren kohlschwarzen Dreizack aus Gebeinen mit dem geliebten Kristall in der Mitte vor. Er ist die wahre Quelle ihrer Magie. Das zweite Auge von Keto ist sein Zwillingsstein. Er wurde meinem Volk gestohlen und liegt jetzt an einem Ort, der für Sirenen unerreichbar ist.

Plötzlich kommt mir eine zündende Idee.

Wenn Elian tatsächlich auf der Jagd nach dem Stein ist, verlässt er sich dabei in erster Linie auf Geschichten. Und wenn er sich auf Geschichten stützt, dann hat er für sie auch stets ein offenes Ohr. Also muss ich ein Gespinst aus Lügen erfinden, das ihn dazu bringt, mich auf seiner Reise mitzunehmen. Das Auge befindet sich an einem Ort, der für Sirenen unzugänglich ist. Aber für mich gilt das nicht mehr. Wenn Elian mich an diesen Ort bringt, kann ich mit dem Stein die schlimmsten Albträume meiner Mutter wahr werden lassen. Sie hält mich für unwürdig, aber ich werde ihr das Gegenteil beweisen, indem ich das zweite Auge von Keto dazu benutze, sie vom Thron zu stürzen.

Nachdenklich streiche ich mir eine Strähne aus dem Gesicht.

Ich muss also den Prinzen davon überzeugen, dass ich nützlich für ihn bin. Dann darf ich vielleicht an Deck gehen und muss nicht mehr in dieser Gefängniszelle ausharren. Wenn sich die Gelegenheit ergibt und ich nah genug an ihn herankomme, werde ich ihm das Herz nicht herausreißen. Ich werde es mit seinem eigenen Dolch herausschneiden. Aber erst nachdem er mir geholfen hat, die neue Herrscherin des Ozeans zu werden.

»Die Meereskönigin hat meine Familie entführt«, sage ich zu Elian. Dabei ahme ich den melancholischen Tonfall nach, den ich bei Seeleuten gehört habe, als sie mit ansehen mussten, wie ihre Prinzen starben. »Wir waren auf einem Fischerboot und ich habe als Einzige überlebt. Schon seit meiner Kindheit habe ich mich mit den Sirenen beschäftigt. Ich habe Bücher gelesen und alle Geschichten über sie verschlungen.« Ich beiße auf meine Lippe. »Ihre Sprache beherrsche ich nicht fließend, aber doch gut genug. Es war nicht schwer, sie zu lernen, denn ich hatte eine Sirene als Lehrerin. Mein Vater hat sie im Kampf verkrüppelt, bevor er starb. Danach war sie meine Gefangene.«

Elian seufzt, meine Geschichte scheint ihn nicht zu beeindrucken. »Wenn du schon lügen musst«, sagt er, »dann streng dich wenigstens an.«

»Es ist keine Lüge.« Ich tue so, als würde mich sein Vorwurf tief treffen. »Eine von ihnen wurde beim Angriff auf meine Familie verletzt. Wir kommen aus Polemistés.«

Als ich das Kriegerland erwähne, lehnt Elian sich ein wenig nach vorn. Er greift in seine Tasche und holt einen kleinen runden Gegenstand hervor. Es ist derselbe Kompass, den er schon an Deck benutzt hat. Er hängt an einer goldenen Kette an seinem Schwertgriff, und als Elian ihn aufklappt, klirrt Metall auf Metall.

»Aus Polemistés? Erwartest du ernsthaft, dass ich das glaube?«

Ich versuche, nicht beleidigt zu sein. So, wie ich vor ihm stehe, würde ich mich selbst nicht für eine Kriegerin halten. Ich gehe nicht weiter darauf ein, denn die Art, wie Elian auf seinen Kompass schaut, gefällt mir nicht. Als würde er auf ihn vertrauen und darauf warten, dass er ein Urteil fällt. Bei jeder neuen Lüge spüre ich geradezu, wie der Kompass seine Zeiger ausstreckt, um in die Untiefen meines Kopfes einzudringen und dort jede Unwahrheit wie Seegraswurzeln auszurupfen. Das ist zwar so gut wie unmöglich, aber ich weiß, dass die Menschen gerne zu raffinierten Tricks greifen.

»Meine Familie ist auf die Jagd gegangen«, sage ich. »So wie du. Die Meereskönigin wollte Rache für erlittenes Unrecht.«

Die Luft ist aufgeladen von der schwer fassbaren Magie des kleinen Gegenstands. Ich beschwöre Maeves Gesicht herauf, um dem Kompass zu beweisen, dass es keine richtige Lüge war.

»Ich habe eine Sirene gefoltert, um zu erfahren, was ich wissen wollte«, sage ich.

»Wo ist die Sirene jetzt?«

»Sie ist tot.«

Elian blickt auf den Kompass und runzelt die Stirn. »Hast du sie getötet?«

»Traust du mir das etwa nicht zu?«

Er seufzt, weil ich wieder einmal ausweiche und mit einer Gegenfrage antworte. Aber er ist eindeutig fasziniert. Seine Augen verraten, dass er mit dem Gedanken spielt, mir zu glauben. »Hat die Sirene etwas von dem Kristall gesagt?«

»Sie hat mir vieles erzählt. Wenn du mich auf die Reise mitnimmst, verrate ich es dir vielleicht.«

»Feilschen ist das Letzte, was du in deiner Lage tun kannst«, sagt er. »Abgesehen davon verhandle ich nicht mit Mädchen, die in Käfigen sitzen.«

»Dann lass mich raus«, sage ich und grinse boshaft.

Elian lacht laut auf schüttelt den Kopf.

»Weißt du was?« Er klopft einmal kurz gegen die Glaswand. »Vielleicht mag ich dich sogar. Die Sache ist nur die, jemanden mögen und jemandem vertrauen sind zwei verschiedene Dinge.«

»Woher soll ich das wissen? Ich kenne mich weder mit dem einen noch mit dem anderen aus.«

»Wenn wir in Eidýllio sind, stoßen wir darauf an.«

Der Gedanke schreckt mich. Eidýllio ist ein Land voller Romantik. Dort feiert man die Liebe, als wäre sie eine große Macht, obwohl sie schon mehr Menschen getötet hat als ich. Ich würde lieber in Midas haltmachen, mit seinem blendenden Gold, als in einem Königreich, dessen Währung in Gefühlen gemessen wird.

»Dann lädst du mich auf ein Getränk ein?«

Elian macht die Käfigtür zu und geht zum Lichtschalter. »Wer sagt, dass ich dich einlade?«

»Du hast versprochen, mich freizulassen!«, rufe ich.

»Ich habe versprochen, es dir bequemer zu machen.« Elians Hand schwebt über dem Schalter. »Ich werde Kye sagen, dass er dir ein Kissen bringen soll.«

Ich erhasche noch einen Blick auf sein schiefes Grinsen, bevor die Laterne erlischt und der letzte Lichtstrahl von der Dunkelheit verschluckt wird.

NEUNZEHN

Rosa Streifen zerteilen den Himmel und tauchen die Küste von Eidýllio in ein frühmorgendliches Licht. Am Horizont schimmert die Sonne, umgeben von einem strahlenden Kranz aus zartem Korallenrot. Ich werde aus meinem Käfig in die Helligkeit gezerrt, in ein Feuerwerk aus Wärme und Farbe, wie ich es noch nie erlebt habe. Die Sonne erreicht jeden Winkel dieser Welt, aber in Eidýllio hat ihr Licht einen unvergleichlichen Zauber. Es besitzt die gleiche Magie wie Elians Dolch oder der Dreizack meiner Mutter. Eine Magie Gestalt gewordener Träume, die mächtiger ist als die Wirklichkeit.

Das Gras entlang des Hafens hat die Farbe von Leuchtfischen. Eine Wiese, die auf dem Wasser schaukelt. Üppig sprießender Wacholder, an dessen Spitzen pralle Regentropfen glitzern. Lichtkugeln, die den Weg an Land weisen.

Ich wundere mich über die Wärme meines Körpers. Es ist eine ungewohnte Empfindung, ganz anders als das eisige Prickeln, das ich als Sirene so geliebt habe, und auch anders als der beißende Frost, den ich als Mensch an Bord der Saad in meinen Zehen verspürte. Ich habe Elians feuchtes Hemd gegen andere

Kleidung ausgetauscht. Jetzt trage ich ein zerrissenes weißes Kleid. An der Taille wird es von einem breiten Gürtel zusammengehalten, dazu schwere schwarze Stiefel, in denen meine Füße viel zu klein wirken.

Madrid gesellt sich zu mir und sagt: »Die Freiheit ist in greifbarer Nähe.«

»Freiheit?«, wiederhole ich skeptisch.

»Der Cap hatte von Anfang an vor, dich freizulassen, sobald wir in Eidýllio sind, oder nicht? Wo kein Zunder, da kein Brand.«

Ich kenne die Redewendung. Es ist ein Spruch aus Kléftes, dem Königreich der Diebe – *wo kein Schaden, da kein Vergehen* –, den die Piraten nicht nur anwenden, wenn sie vorbeifahrende Schiffe überfallen, sondern allerorten, wo sie vor Anker gehen. Solange niemand ums Leben kommt, hat nach Ansicht der Kléftesi kein Verbrechen stattgefunden. Die Piraten dieses Königreiches machen ihrem Namen alle Ehre. Sie halten nicht viel von edelmütigen Taten oder Friedenserklärungen und segeln übers Meer auf der Jagd nach Gold, zu ihrem eigenen Vergnügen und ohne jede Reue über das Leid, das sie anderen zufügen. Sollte Madrid wirklich eine Kléftesi sein, dann hat Elian seine Mannschaft klug ausgesucht und die Schlimmste der Schlimmen zu seiner Besten gewählt.

»Deinem Prinzen scheinst du ja blind zu trauen«, sage ich zu Madrid.

»Er ist nicht mein Prinz«, erwidert sie. »Er ist überhaupt kein Prinz, wenn er auf diesem Schiff ist.«

»Das glaube ich gern«, erwidere ich. »Er war nicht gerade höflich, als ich ihm meine Hilfe angeboten habe.«

»Seien wir mal ehrlich«, sagt Madrid. »Du willst in erster Linie doch nur dir selbst helfen.«

»Wollen wir das nicht alle?«

»Der Captain nicht.« In Madrids Stimme schwingt Bewunderung mit. »Er will der ganzen Welt helfen.«

Ihre Worte bringen mich zum Lachen. Der Prinz will einer Welt helfen, die dem Untergang geweiht ist. Solange meine Mutter lebt, kann es zwischen uns nur Krieg geben. Zu seinem eigenen Schutz täte Elian gut daran, mich und alle, denen er nicht blind vertrauen kann, zu töten. Stattdessen hält er mich hier gefangen. Er ist zwar misstrauisch genug, mich einzusperren, aber nicht skrupellos genug, mich zu ermorden. Dass er mich verschont, mag man als Schwäche oder Stärke auslegen, irritierend ist seine Nachsicht in jedem Fall.

Ich schaue zu, wie Elian von Bord geht und dabei keinen Gedanken an das schiffbrüchige Mädchen verschwendet, das er jetzt endlich loswerden könnte. Im Laufschritt eilt er davon, überwindet mit einem Satz das letzte Stück bis ans Ufer und landet mit den Füßen im nassen Gras. Er zieht den Hut und verbeugt sich schwungvoll vor der fremden Erde. Dann fährt er sich mit einer Hand durch die rabenschwarzen Haare und setzt den Hut wieder auf. Die Hände in die Seiten gestützt nimmt er sich einen Augenblick Zeit und lässt den Blick über die Segel schweifen.

Selbst auf dem hohen Deck der Saad kann ich seinen freudigen Seufzer hören. Elians Begeisterung weht wie eine frische Brise zu uns herüber. Seine Mannschaft beobachtet ihn schmunzelnd, wie er das Meer aus Gras und Wacholder und dahinter die Mauer aus Licht bestaunt. Das Schloss, das die Stadtsilhouette überragt, ist unwirklich wie eine Luftspiegelung.

Ein Schatten fällt über mich. »Das macht er immer«, höre ich Torik sagen. Elians erster Maat ist an meine Seite getreten. Auch wenn er manchmal etwas düster wirkt, ist er alles andere als ein finsterer Pirat. Seine Gesichtszüge sind weich und entspannt, und als er spricht, ist seine Stimme tief und sanft wie das leise verklingende Grollen einer Explosion.

»Eidýllio mag er besonders gerne«, erklärt er mir.

Es fällt mir schwer, im Prinzen einen Romantiker zu sehen. Er selbst würde diese Vorstellung vermutlich genauso lächerlich finden wie ich. Dass Midas nicht zu seinen Lieblingsorten zählt, ist offensichtlich. Niemand sucht nach einem neuen Zuhause, wenn er schon eine Heimat hat. Allerdings hätte ich eher auf Ágrios getippt, das Land der Furchtlosen. Oder das Kriegerreich Polemistés, aus dem ich ja angeblich komme. Dort lebt ein Soldatenvolk, das zu jeder Zeit für den Krieg gerüstet ist. Kämpfer und Mörder, die gar nicht erst vorgeben, etwas anderes zu sein.

Dass der berüchtigte Sirenenjäger derart menschliche Anwandlungen hat, wäre mir nie in den Sinn gekommen.

»Auch ich komme gerne hierher«, sagt Madrid und atmet tief durch. »In den Straßen von Eidýllio reiht sich eine Bäckerei an die nächste. Wohin man auch schaut, überall gibt es mit Karamell gefüllte Schokoladenherzen. Sogar die Spielkarten duften hier süß.«

»Und warum kommt *er* so gerne hierher?« Ich deute auf Elian.

Kye zieht eine Augenbraue hoch. »Rate mal.«

»Was braucht man denn noch außer Liebe?«, fragt Madrid.

Kye schnaubt. »Nennt man das heutzutage so?«

Madrid holt aus und Kye duckt sich weg. Ihre Augen werden schmal. »Das ist angeblich das Land der Romantik.«

»Romantik ist nur etwas für Prinzen und Prinzessinnen«, erwidert Kye und beobachtet Torik, der einen leeren Sack in die Runde wirft.

Der erste Maat hat sein Hemd ausgezogen. Jetzt sieht man das Mosaik aus Tätowierungen auf seinen bloßen Armen, es gibt fast keine Stelle, die nicht Teil dieses bunten Bilderteppichs ist. Seine Schulter ziert eine gelbe Schlange mit großen Giftzähnen. Wenn er die Muskeln spielen lässt, sieht es aus, als würde sie drohend zischen.

»Und was ist unser Captain?«, fragt er.

»Der ist ein Pirat.« Kye wirft sein Schwert in den Sack. »Und wir alle wissen, was Piraten in Eidýllio wollen.«

Madrid sieht ihn vernichtend an.

Verstohlen beobachte ich den Prinzen. Ein warmer Windstoß bläht seine Rockschöße auf und ich erhasche einen Blick auf die Spitze des Dolchs. Das Metall fängt das immer heller werdende Sonnenlicht auf und zersprengt es in funkelnde Facetten. Plötzlich schlängelt sich eine dünne schwarze Ader über die Klinge und verschluckt das Licht. Saugt es bis auf den letzten Schimmer auf. Ich nage an meiner Unterlippe und stelle mir vor, wie es wäre, etwas so Machtvolles in der Hand zu halten.

Einen Dolch, der Licht und Leben verschluckt.

Elian hat die Hände in die Seite gestemmt, aber plötzlich wird seine Haltung ganz steif. Er neigt fast unmerklich den Kopf Richtung Schiff. Dorthin, wo ich stehe. Als würde er meine Gedanken erraten. Betont langsam dreht er sich um. Er braucht einen Moment, bis er mich inmitten der Mannschaft entdeckt, doch dann blickt er mir direkt in die Augen. Ich rechne schon halb damit, dass er Madrid ein Zeichen gibt, mich zu erschießen, oder Kye befiehlt, mich wieder in den Käfig zu sperren, da sehe ich, wie sein linker Mundwinkel spöttisch nach oben geht. Elians Grinsen ist eine einzige Herausforderung.

Im nächsten Moment ist es wie weggewischt. Als er den Blick auf die Crew richtet, breitet sich ein aufrichtiges Lächeln auf seinem Gesicht aus.

»Ihr wisst ja, wie es abläuft«, sagt er zu ihnen, nachdem er wieder an Deck zurückgekehrt ist. »Alle scharfen oder gefährlichen Gegenstände in den Sack.« Er blickt mich an. »Meinst du, du passt hinein?«

Ich blicke ihn grimmig an, während seine Leute widerstrebend die Schwerter vom Gürtel lösen. Pfeilspitzen aus den Schuhen klauben. Messer aus den Falten ihrer bauschigen Hosen ziehen. Die im Hosenbund steckenden Pistolen hervorholen. Schließlich zieht Kye seinen Stiefel aus und wirft ihn in den Sack. Kurz blitzt der im Absatz versteckte Dolch auf, ehe er in dem immer größer werdenden Haufen Waffen verschwindet.

Vor meinen Augen entwaffnen sich die Piraten selbst. Schicht für Schicht legen sie ihre Rüstung ab, als würden sie sich einer zweiten Haut entledigen. Als sie fertig sind, treten sie verlegen von einem Bein aufs andere, stemmen unbeholfen die Hände in die Hüften und greifen nach Waffen, die nicht mehr da sind.

Madrid kaut an ihrem Daumennagel und Kye lässt nacheinander seine Fingerknöchel knacken, langsam und rhythmisch wie der Wellenschlag.

»Warum tut ihr das?«, frage ich mit einem vielsagenden Blick auf den Waffenberg.

Wenn es mir gelänge, eine Waffe an mich zu bringen, könnte ich sie gegen den Prinzen richten, falls dieser auf dumme Gedanken kommen sollte. Leider bietet mein Kleid keinen Platz für ein Versteck. Mit einem enttäuschten Seufzer gestehe ich mir ein, dass ich mit einem für alle sichtbaren Messer in der Hand niemals nahe genug an ihn herankommen würde.

»In Eidýllio gibt es keine Waffen«, erklärt Madrid. Sie schüttelt die letzten zwei Doppelklingen aus ihren beiden Ärmeln.

»So lautet das Gesetz«, ergänzt Kye. »Solange man bewaffnet ist, darf man keinen Fuß aufs Land setzen. Also sammeln wir unsere Waffen ein und liefern sie bei den Spähern an der Mauer ab.«

»Warum lasst ihr sie nicht auf dem Schiff zurück?«

Madrid blickt entsetzt auf ihre Harpune. »Keine Angst«, flüstert sie dem tödlichen Geschoss zu. »Sie meint es nicht ernst.«

Kye grinst nur und versetzt dem Waffensack einen beinahe liebevollen Tritt. »Wir können es nicht riskieren, unser bestes Metall an Bord zurückzulassen. Wer weiß schon, welches Gesindel hier anlegt. Womöglich kommt jemand auf die Idee, unser Schiff plündern zu wollen. Allerdings …«, fügt er hinzu und blickt mich bedeutungsvoll an, »wäre man schon ziemlich dumm, wenn man es sich mit dem Captain der Saad verscherzen würde.«

Elian legt seine Hand auf Kyes Schulter. In seinem Mundwinkel klemmt ein Stück dieser schwarzen Süßigkeit, deren Anisgeruch mir inzwischen vertraut ist. »Du musst immer mit der Dummheit der Menschen rechnen«, sagt er. »Sonst endest du irgendwann mit einem Messer zwischen den Rippen.«

Ächzend wuchtet Torik den randvollen Sack hoch. »Also gut«, sagt er. »Kopf oder Zahl? Wer von euch Tunichtguten hilft mir beim Tragen?«

Kye kramt eine Goldmünze aus seiner Tasche. Auf der Vorderseite ist eine Pyramide eingeprägt, daher weiß ich sofort, dass es midasanisches Geld ist. Das königliche Wappen ist unverwechselbar.

»Bei Kopf gewinne ich, bei Zahl verlierst du.« Kye wirft die Münze in die Luft, und noch ehe sie vor Toriks Füßen landet, hat er sich bereits an ihm vorbeigedrängt und ruft über die Schulter: »Heute scheint mein Glückstag zu sein!«

»Das Gold behalte ich, du kleiner Mistkerl.« Torik hebt die Münze auf und poliert sie an seinem Hemd, bevor er sie in die Tasche steckt.

Elian beißt ein Stück von der zähen teerschwarzen Süßigkeit ab und fordert Madrid mit einer Geste auf, Torik bei dem Waffensack zur Hand zu gehen. Als er den Arm hebt, fällt mein Blick wieder auf den Dolch unter seiner Jacke.

»Du befolgst deine eigenen Regeln nicht«, sage ich und deute auf die Waffe.

»Es sind nicht *meine* Regeln«, widerspricht Elian. »Außerdem …«, fährt er mit einem spöttischen Unterton fort und berührt wie zufällig den Griff des Dolchs, »genieße ich diplomatische Immunität.«

Kye lacht auf. »So nennst du das, was Königin Galina dir gewährt? Vielleicht solltest du Ihre Majestät davon in Kenntnis setzen.«

»Das halte ich für keine gute Idee.«

Madrid schlingt einen Henkel des großen Tragesacks über ihre Schulter. »Wann gehst du zu ihr? Sobald ihr zu Ohren kommt, dass wir vor Anker liegen, schickt sie ihre Garde, um dich abzuholen, das weißt du genau.«

»Ihr liegt nur unser Wohlergehen am Herzen«, erwidert Elian.

Madrid schnaubt. »Du meinst wohl, sie möchte ein wachsames Auge auf uns haben.«

Elian zuckt vage die Schultern und greift nach meiner Muschel an seinem Hals. Ich versuche, mir nichts anmerken zu lassen, aber schon allein der Anblick macht mich wütend. Falls er herausfindet, was die Muschel kann, wird er eine Spur der Verwüstung hinterlassen. Seit Anbeginn der Zeit ist das Ozeanreich von Keto den Augen der Menschen verborgen, unauffindbar in einem Meereslabyrinth, durch den Zauber der Göttin geschützt. Dieses Geheimnis ist unsere beste Verteidigung in der andauernden Schlacht. Der Gedanke, dieser Vorteil könnte durch meine Schuld zunichtegemacht werden, ist unerträglich.

Ich tröste mich mit der Hoffnung, dass Elian die Muschel nichts nützen würde, selbst wenn er wüsste, was sie vermag. Ihre raffinierte Magie steckt noch in der kleinsten Rille, und selbst wenn es einem Sterblichen je gelingen sollte, den Ruf unseres Königreichs zu hören, würde er diesem Ruf wohl kaum folgen können. Andererseits ist Elian nicht wie die meisten Sterblichen. Es ist schwer einzuschätzen, wozu er fähig ist, und ob es überhaupt etwas gibt, wovor er in seinem brennenden Wunsch, mich und meine Artgenossen auszurotten, haltmachen würde. Seine Schachzüge sind rätselhaft, seine Beweggründe nicht minder, und wenn ich etwas in den vergangenen Tagen gelernt habe, dann, dass dieser Prinz die Herausforderung liebt. Ich bin nicht gewillt, ihm den Schlüssel zu unserem Königreich zu überlassen und darauf zu warten, dass er womöglich irgendwann erkennt, welche Kostbarkeit er in den Händen hält.

Elian bringt mich an Land auf die schwimmende Wiese. Seine

Stirn ist verschmiert. Das ist sie fast immer, der Schmutz scheint fast zu ihm zu gehören. Er ist alles andere als perfekt, trotzdem sticht er aus dem bunt zusammengewürfelten Haufen, der seine Mannschaft ist, hervor. Der bewusste Verzicht auf Makellosigkeit soll dazu dienen, unter den Dieben und Halunken, die er um sich geschart hat, nicht aufzufallen. Aber aus eigener Erfahrung weiß ich, dass seine Versuche vergeblich sind. Königliches Blut lässt sich nicht verleugnen. Geburtsprivilegien lassen sich nicht ablegen. Die Spuren unserer wahren Natur sind für immer in unsere Herzen eingegraben.

»Wenn wir an der Stadtmauer sind, müssen wir über deine Zukunft sprechen«, kündigt Elian an.

Ich balle meine Hände zu Fäusten, empört über seine Unverschämtheit und darüber, dass ich gezwungen bin, sie tatenlos hinzunehmen. Nie die Königin, stets die Untertanin.

»Wie darüber sprechen?«, frage ich.

»Du willst uns begleiten und ich möchte sicher sein, dass du nützlich bist. Du kannst nicht einfach als Gefangene auf dem Schiff herumlungern und allen im Weg stehen.«

»Ich war unter Deck«, erinnere ich ihn. »In einem Käfig.«

»Das war heute Morgen«, sagt er, als würde das längst der Vergangenheit angehören. »Sei nicht so nachtragend.«

Sein Grinsen ist voller Häme. Ich erspare mir eine Antwort und schneide nur eine Grimasse. Dann dränge ich mich an ihm vorbei, und zwar so, dass ich ihn an der Schulter anremple. Je früher ich sein Herz habe, desto besser.

Die Mauer besteht nicht aus Licht, sondern aus Rosenblüten. Sie sind makellos weiß, und wenn das Sonnenlicht auf die zarten Blätter trifft, funkeln sie wie Sterne. Aus der Entfernung lässt sich nicht erkennen, ob die Blüten an einer Mauer emporranken oder ob sie selbst die Mauer sind und ein Meer aus winzigen Blütenblättchen einen Wall um Eidýllios Hauptstadt bildet. Als wir uns der Barriere nähern, teilt sich an einer Stelle die Blütenwand und eine massive Zugbrücke aus Marmor senkt sich herab.

In der Stadt schlägt mir der Duft von Zuckerbrot und Pfefferminze entgegen. Marktstände reihen sich entlang der sanft geschwungenen Gassen, deren Pflastersteine wie kleine Wellen sind. Gleich am Eingang steht ein Händler über einen Bottich gebeugt da und rührt mit einem fast mannshohen Löffel in dicker Schokolade. Käufer lecken sich warmen Honig von den Fingern. Milch tropft auf ihre Seidenhemden.

Als meine Lippen sich zu einem Seufzer öffnen, karamellisiert die Luft auf meiner Zunge.

Ich bin noch nie zuvor in einer von Menschen gebauten Stadt gewesen und kann nur staunen angesichts der Überfülle, die sich mir präsentiert. So viele Leute. So viele Farben und Gerüche und Geschmäcker. Das Gewirr aus Stimmen verschwimmt teils zu einem Raunen, teils zu lautem Geschrei, während überall Schritte hallen und zahllose Füße über Pflastersteine gehen. So viele Leiber. Sie bewegen sich, stoßen aneinander. Das wahnwitzige Getümmel ist beängstigend. Wie können die Menschen atmen, obwohl alles so beengt ist? Wie finden sie sich zurecht, obwohl alles drunter und drüber geht? Ohne es zu wollen, suche ich bei Elian Zuflucht. Seine Nähe beruhigt mich. Geschickt mischt er sich unter die Leute. Als wäre es eine Selbstverständlichkeit. Als würde er überall dazugehören, wenn er es nur will.

Die Wachen scheinen ihn zu kennen. Sie lächeln und begrüßen ihn mit einem knappen Nicken, bevor sie den Waffensack öffnen, den Torik vor sie hingestellt hat. Elians Dolch steckt zwar unter seiner Jacke, dennoch kann man ihn deutlich sehen. Elian macht sich gar nicht erst die Mühe, ihn zu verstecken.

Die Späher treten vor die Mannschaft hin und fangen an, die Männer zu durchsuchen, wenn auch mit einer gewissen Vorsicht. Sie tasten Taschen nach verborgenen Waffen ab und streichen über die Kleidung. Als Madrid an der Reihe ist, zieht sie spöttisch die Brauen hoch, während Kye gereizt die Augen verdreht.

Die Mauerspäher lassen niemanden aus. Nur Elian rühren sie nicht an. Er scheint die Wahrheit gesagt zu haben, als er behauptete, Immunität zu genießen. Entweder reicht sein Einfluss weit über Midas hinaus oder Königin Galina von Eidýllio hat tatsächlich eine Schwäche für Piraten.

Ein Späher kommt auf mich zu und fordert mich mit einer Geste auf, die Arme auszustrecken. Er ist mindestens zwei Köpfe größer als ich. Ein spärlicher, orange gefleckter Bart bedeckt seinen Hals. Seine Haut ist fischgrätenweiß, wenn auch nicht so makellos wie meine. Zumindest ist sie einmal makellos gewesen, bevor meine Mutter mich mit ihrem Fluch belegt hat. Mein neues Äußeres habe ich bisher noch nicht richtig gesehen. Vielleicht sollte ich besser die Augen verschließen vor dem, was das Menschsein aus einem Gesicht gemacht hat, mit dem ich einst ganze Schiffe versenkt habe.

Der Mauerspäher baut sich vor mir auf. Seine Uniform riecht nach kaltem Rauch.

»Wenn du mich anfasst«, sage ich drohend, »breche ich dir jeden Finger einzeln.«

Sein Blick gleitet über meinen Körper, verharrt kurz auf den Falten meines weißen Kleids, das sich über meinen Schulterknochen spannt. Offenbar kommt er zu dem Schluss, dass ich keine ernsthafte Bedrohung darstelle, denn er packt entschlossen meine Arme und breitet sie wie Schwingen aus.

Ich beschließe, seinen Irrtum auszunutzen. Mag sein, dass ich nicht mehr so stark bin wie früher, aber ich habe nichts von meiner Gefährlichkeit eingebüßt. Ich habe zwar keine Flosse mehr und auch meine Stimme ist mir abhandengekommen, aber ich bin immer noch die Tochter meiner Mutter. Ich bin die tödlichste Kreatur aller hundert Königreiche.

Ich befreie mich aus dem Griff des Mannes und packe ihn

blitzschnell am Handgelenk, um meinen Ellbogen in sein Gesicht zu rammen, damit ihm endlich sein unverschämtes Grinsen vergeht. Ein Knirschen ist zu hören, aber es ist nicht das Bersten seiner Knochen.

Der Wachmann hat meinen Arm verdreht und mich dermaßen grob zu Boden geschleudert, dass mein Ellbogen über die Steine schrammt. Der Schmerz setzt meine Haut in Flammen. Mich packt eine Wut, wie ich sie noch nie verspürt habe. Im Meer hätte ich diesen Kerl mit einem Fingerschnipp töten können. Mit einem einzigen Lied. Aber hier kauere ich am Boden und spüre das Pochen in meinem Arm. Wie soll ich jemals einen kampferprobten Sirenenmörder zur Strecke bringen, wenn ich nicht einmal mit einem gewöhnlichen Wachsoldaten fertigwerde?

Empört blicke ich hoch. Der Späher hat die Hand bereits an der Hüfte, um sein Schwert zu ziehen. Seine Kameraden greifen nach ihren Pistolen. Ich sehe den Zorn in ihren Augen. Sie würden es mir gerne heimzahlen, dass ich einen der Ihren angegriffen habe. Aber sie lassen die Waffen stecken und wenden sich fragend an den Prinzen.

Elian erwidert ungerührt ihre Blicke. Er sitzt auf dem Tresen des Wachpostens, ein Bein hochgezogen, den Unterarm auf dem Knie. In einer Hand hält er einen rosenfarbenen Apfel.

»Was für eine herzliche Begrüßung«, sagt er und gleitet vom Tisch herunter.

Der Späher wischt sich mit dem Handrücken über die Nase. »Sie hat versucht, mich zu *schlagen*«, beschwert er sich.

Elian beißt in den Apfel. »Sie hat auch gedroht, deine Finger zu brechen«, erwidert er. »Wieso schnappst du sie dir nicht und findest heraus, ob sie ihre Ankündigung wahr macht?«

»Ich habe lediglich nach Waffen gesucht. Wir müssen jeden überprüfen, der ins Land kommt. Das ist Vorschrift.«

»Nicht jeden.« Elian greift sich an die Seite. Bei der Handbewegung blitzt sein Dolch auf, den er nie ablegt. Sollten die Wachen die Waffe zuvor nicht bemerkt haben, so können sie spätestens jetzt nicht mehr so tun, als wüssten sie nichts davon. Genau das scheint Elian beabsichtigt zu haben.

Der Späher zögert. »Sie könnte eine Waffe bei sich haben«, wendet er halbherzig ein.

»Stimmt.« Elian nickt. »Sie könnte sie überall versteckt haben.« Er wendet sich zu mir und streckt die Hand aus. »Gib mir sofort die Armbrust, die du unter deinem Kleid verborgen hast, dann kommst du mit einem Klaps auf die Finger davon.«

Er sagt es mit todernster Stimme. Als ich ihn wortlos anstarre, dreht Elian sich wieder zu dem Späher um und wirft die Arme hoch, als würde er angesichts meiner Bockigkeit verzweifeln.

»Dann wirst du sie wohl in den Kerker werfen müssen«, sagt Kye, der neben Elian aufgetaucht ist. Ich weiß nicht, ob er es ernst meint oder nicht. »Sie gehört zweifellos einem besonders abgefeimten Schmugglerring an.«

Elian schnappt hörbar nach Luft und greift sich ans Herz. »Bei allen Göttern«, flüstert er verschwörerisch. »Womöglich ist sie eine *Piratin*?«

Kye schnaubt amüsiert. Plötzlich merke ich, dass ich ebenfalls lächle.

Ich kann mich nicht daran erinnern, wann ich das letzte Mal richtig gelacht habe. Ich bin immer nur damit beschäftigt gewesen, meiner Mutter zu gefallen. Dinge zu tun, die Spaß machen, war völlig undenkbar. Dabei nützen doch alle Bemühungen nichts, egal, wie ich es drehe und wende. Wenn ich die Königin enttäusche, bin ich eine Versagerin. Wenn ich ihre Erwartungen erfülle, erweise ich mich als ideale Herrscherin, und das ist ein noch viel größeres Vergehen.

Ich stelle mir ihren Gesichtsausdruck vor, wenn ich ihr das zweite Auge von Keto präsentiere und es dann vor sie hinwerfe wie einen Fehdehandschuh.

Endlich lassen uns die Späher passieren. Als sie den Weg freigeben, sehe ich zum ersten Mal die Stadt vor mir liegen; sie scheint die Arme auszubreiten, um mich willkommen zu heißen. Tatsächlich nimmt niemand Notiz von mir. Ich tauche ein in die Straßen und verschmelze mit den Gesichtern auf dem Marktplatz. Zum ersten Mal in meinem Leben bin ich völlig unbedeutend. Das ist befreiend, aber auch verstörend.

»Schau dir alles genau an«, sagt Elian. »Das könnte deine neue Heimat sein.«

Er hat seinen Hut an den Griff des Dolchs gehängt. Jetzt baumelt er an seiner Hüfte und verdeckt die Waffe, zieht aber auch Aufmerksamkeit auf sich. Der Prinz möchte auffallen. Er ist niemand, den man übersehen kann, und das ist ihm nur recht.

Ich verschränke die Arme vor der Brust. »Du würdest mich tatsächlich hier zurücklassen, wenn ich dir nicht nützlich bin?«

»Wie wäre es mit *aussetzen*?«, erwidert er. »Dem Schicksal überlassen. Zum Teufel jagen. Erbarmungslos auf die Straße werfen.« Er streicht sich eine Strähne seiner dichten schwarzen Haare aus den Augen. »Du musst zugeben, Eidýllio ist immer noch besser, als über die Planke zu gehen – oder in einem Käfig zu hocken.«

Beides wäre mir in diesem Moment lieber. Es ist so ungewohnt, Land unter den Füßen zu haben. Der unnachgiebige Boden staucht bei jedem Schritt meine Eingeweide zusammen, und mein Magen scheint mal hierhin, mal dorthin gedrängt zu werden. Ich wünsche mir eine Flosse, die vom Wasser umspült wird, oder wenigstens das Schaukeln und Wiegen der Saad unter mir. An Land ist alles so fest. So unveränderlich.

»Vermisst du es?«

Ich weiß selbst nicht, warum ich ihn das frage. Als hätten Elian und ich etwas gemeinsam. Dabei wäre es klüger, wegzugehen, solange ich noch kann. Ich sollte nicht darauf hoffen, dass er mich zu Ketos Auge führt. Ich sollte es mir aus dem Kopf schlagen, meine Mutter stürzen zu wollen, und stattdessen einfach sein

Herz rauben, so, wie sie es von mir verlangt hat, damit ich meinen Platz als ihre Nachfolgerin zurückgewinnen kann. Wenn ich es schaffe, an die Waffen der Menschen zu gelangen, kann ich ihn überwältigen.

Stattdessen sage ich einfach: »Das Meer.«

Elian kneift die Augen zusammen und sagt: »Es ist immer noch da.«

»Aber es ist so weit weg. Wir sind schon seit drei Stunden unterwegs.«

»Es ist nie allzu weit entfernt. Du vergisst, dass diese Gegend ein Flussdelta ist.«

Mein Wortschatz in Midasan ist begrenzt. Als Kye, der ein paar Schritte entfernt an einer Marktbude steht, meinen verständnislosen Blick sieht, stößt er einen lauten Seufzer aus.

»Ach komm«, sagt er und leckt Schokolade von seinen Fingern. »Hast du denn keinen Schimmer von Geografie?«

»So ist Kardiá entstanden«, erklärt Madrid. Sie hat ihre Haare zu zwei Zöpfen zusammengebunden, die sie beim Sprechen straff zieht. »Aus einem Flussdelta, das ursprünglich mal zu Eidýllio gehörte, bis Angehörige der königlichen Familie beschlossen, ein eigenständiges Volk zu gründen. Sie haben das Land beansprucht und sich als König und Königin ausrufen lassen.«

»Das sind meine Leute.« Kye stößt die Faust in die Luft.

»Deine Leute? Du hast doch gar keine«, sagt Madrid. »Du bist einzigartig. Einzigartig idiotisch.«

»Einzigartig reicht mir schon«, erwidert Kye. An mich gewandt, fügt er hinzu: »Lediglich Flüsse und Meeresarme trennen Kardiá von Eidýllio. Überall sind Rinnsale, egal wohin du auch schaust.«

Ich erinnere mich an Toriks Bemerkung auf der Saad, dass Eidýllio Elians bevorzugtes Königreich sei. Damals konnte ich mir das nicht erklären. Der skrupellose Prinz, verliebt in das

Land der Liebe – eine seltsame, wenn nicht gar lächerliche Vorstellung –, aber inzwischen ahne ich, warum das so ist.

»Also darum gefällt es dir hier so gut«, sage ich zu Elian. »Weil das Meer nie weit weg ist.«

Er lächelt und will mir eine Antwort geben, aber Torik kommt dazwischen. Er legt seine Hand auf Elians Schulter. »Wir müssen los, Captain. Im Fortuna hält man die Unterkünfte für uns nur bis zwei Stunden nach Sonnenaufgang frei.«

»Geh du schon vor«, fordert Elian ihn auf. »Ich komme gleich nach.«

Torik nickt und wendet sich zum Gehen. Die anderen folgen seinem Beispiel, alle außer Kye, der sich etwas abseits hält und uns mit unergründlicher Miene beobachtet. Er drückt kurz Madrids Hand – nur ein Mal – und sieht ihr hinterher, wie sie in der Menge verschwindet. Als sie außer Sichtweite ist, dreht er sich zu Elian und mir um. Plötzlich wirkt er ungewohnt ernst.

Es scheint nicht oft vorzukommen, dass der Prinz ohne Schutz zurückbleibt.

»Ich schulde dir etwas«, sagt Elian zu mir. »Obwohl, eigentlich stehst du in meiner Schuld, schließlich habe ich dich vor dem Ertrinken gerettet. Aber ich bin keiner, der Buch führt.« Ein Lächeln huscht über seine Lippen, während er meine Meeresmuschel von seinem Hals losbindet. Ich verspüre einen Funken Hoffnung. Meine Finger fangen an zu kribbeln. »Hier«, sagt er und wirft mir das Halsband zu.

Kaum habe ich die purpurrote Muschel in der Hand, durchströmt mich Kraft. Meine Knie geben fast nach, als meine Stärke mit Urgewalt zurückkehrt. Meine Knochen verfestigen sich, meine Haut kristallisiert. Für einen Moment verwandelt sich mein Herz in das, was es einmal war. Ein Wispern dringt an mein Ohr, schwillt an, wird zu einem lauten Summen. Ich höre das Meer von Diávolos und das Königreich von Keto. Ich höre meine Heimat.

Dann ist alles wieder still.

Der Rausch verebbt so schnell, wie er gekommen ist. Mein Körper erschlafft und meine Haut wird warm und weich. Meine Knochen sind zerbrechlich wie zuvor, mein Herz ist rot und pocht wieder.

Der Ozean ist verstummt.

»Lira.«

Ich schlage die Augen auf und begegne Elians Blick. An die Art, wie er meinen Namen ausspricht, kann ich mich nicht gewöhnen. Er singt ihn wie eines meiner Lieder. Eine Melodie, zart und tödlich zugleich.

»Wenn du dich nach dem Ozean sehnst«, sagt er, »dann empfehle ich dir Reoma Putoder, ein Gewässer ganz in der Nähe. Am heiligen Tag werfen die Einheimischen Steine in den Wasserfall, um ihrer Lieben zu gedenken. An allen anderen Tagen ist der Zugang strengstens untersagt. Aber ich bin sicher, du wirst ein Schlupfloch finden.«

Elian will an mir vorbeigehen und ich trete zur Seite. »Warte«, sage ich. »Wolltest du nicht einen Beweis, dass ich nützlich für dich sein kann? Wie ich dir schon sagte, ich weiß etwas über den Kristall, den du suchst. Wieso hast du plötzlich das Interesse an einer Abmachung zwischen uns verloren?«

»Ich habe in letzter Zeit mehr als genug Abmachungen getroffen«, antwortet Elian. »Und das Letzte, was ich jetzt brauche, ist eine Streunerin. Erst recht keine, der ich nicht trauen kann. Außerdem hast du mir nichts anzubieten, was ich nicht schon längst wüsste.« Mit elegantem Schwung setzt er seinen Hut auf und schiebt ihn sich tief in die Stirn. »Falls du vorhast, dir Reoma Putoder anzuschauen, dann sieh zu, dass du diesmal nicht ertrinkst.«

Ohne mich eines weiteren Blickes zu würdigen, dreht er sich um und bahnt sich durch die Marktgassen einen Weg zu Kye. Ich sehe sie noch kurz beieinanderstehen, dann sind sie auch schon in der Menge verschwunden.

Es dauert fast eine Stunde, bis ich Reoma Putoder gefunden habe. Mein Stolz hat mir verboten, nach dem Weg zu fragen. Ich wollte keinen Menschen um Hilfe bitten, aber vor allem wollte ich nicht schon wieder mit jemandem sprechen müssen. Dazu hätte meine Geduld nicht mehr gereicht, denn ich war bereits mehr als ein Dutzend Mal von Einheimischen angesprochen worden, die mir Essen geben wollten und mir trotz der brütenden Hitze warme Kleidung angeboten haben. Ein Mädchen, das in einem zerknitterten Kleid und alten Piratenstiefeln ganz allein durch die Gegend stapft, scheint ein beunruhigender Anblick zu sein.

Wie beunruhigt sie wohl wären, wenn ich ihnen die Herzen herausreißen würde.

Reoma Putoder ist ein Wasserfall mit einem klaren weißen See, der irgendwo in der Ferne in den Ozean mündet. Ich habe ihn gehört, noch ehe ich ihn gesehen habe, schon als ich mich noch in den schier endlosen Bäckereigassen zurechtzufinden versuchte und sich der Geruch von frischem Gebäck wie Parfum auf meine Haut legte. Anfangs hielt ich das Geräusch für Donnergrollen, denn genau so klang es auch. Aber mit jedem Schritt wurde mir klarer, woher es kommt: von herabfallenden Fluten, deren Tosen meine Glieder erschaudern lässt.

Jetzt sitze ich still unter der Kaskade und lasse die Beine im Wasser baumeln. Es ist so warm, dass ich immer wieder die Füße herausziehen und sie im taufeuchten Gras kühlen muss. Auf dem Kiesgrund der Lagune liegen Tausende roter Münzen und leuchten wie kleine Blutstropfen.

Ich reibe mit dem Daumen über die Muschel. Drücke sie an mein Ohr. Aber da ist nur unerträgliche Stille, sonst nichts. Seit Elian mich allein auf dem Marktplatz zurückgelassen hat, habe ich versucht, der Muschel ein Geräusch zu entlocken. Unterwegs zum Wasserfall habe ich sie verzweifelt an mein Ohr gehalten, in der Hoffnung, dass sie irgendwann zu mir sprechen würde. Es gab Augenblicke, da glaubte ich, das Echo einer Welle zu vernehmen. Das Rollen eines Meeressturms. Das glucksende Lachen meiner Mutter. Dabei war es nur das Rauschen meines Blutes. Die Muschel hat keinerlei Macht mehr. Wie zum Spott baumelt sie an meinem Hals, um mich an mein früheres Ich zu erinnern und meine Sehnsucht noch zu vergrößern. Ich frage mich, ob es nicht wieder eines der Spielchen meiner Mutter ist und sie mir die Muschel nur deshalb überlassen hat, damit sie mich mit dem Widerhall meines verlorenen Erbes quälen kann.

Ich drücke die Muschel. Sie soll auf meiner Haut zersplittern. Zerbersten, zerbröseln, sich in nichts auflösen. Aber als ich die Hand öffne, ist sie heil und unbeschädigt. Ich stoße einen lauten Schrei aus und schleudere sie von mir. Die Muschel landet mit einem unspektakulären Platschen im Wasser und trudelt in die Tiefe. Ich sehe zu, wie sie langsam auf den Boden sinkt.

Plötzlich fängt sie an zu leuchten. Anfangs ist es nur ein leichtes Schimmern, aber bald erstrahlt die Muschel in hellem Glanz und sprüht Funken. Ich rutsche ein Stück zurück. Seit ich denken kann, benutze ich Muscheln, um mich mit anderen Sirenen zu verständigen, und oft dienen sie als Kompass für unser Königreich. Aber so etwas habe ich noch nie erlebt. Die Muschel scheint meine Verzweiflung zu spüren, sie sendet einen Ruf durchs Wasser und sucht nach anderen meiner Art. Jetzt ist sie keine Landkarte, sondern ein Leuchtfeuer.

In Windeseile ist Kahlia da. Die blonden Haare meiner Cousine treiben auf den Wellen; Strähnen fallen ihr über die Augen, sodass sie mich nicht anschauen kann.

Ich springe auf. »Kahlia!«, rufe ich erstaunt. »Du bist hier.«

Sie nickt und streckt die Hand aus. An ihren langen, dürren Fingern baumelt meine Muschel. »Ich habe deinen Ruf gehört«, sagt Kahlia leise und wirft die Muschel vor meine Füße ins Gras. »Hast du das Herz des Prinzen?«

Mir fällt auf, dass sie den Kopf noch immer gesenkt hält. »Was ist los?«, frage ich sie stirnrunzelnd. »Warum siehst du mich nicht an?« Kahlia schüttelt nur stumm den Kopf.

Ihr merkwürdiges Verhalten versetzt mir einen Stich. Früher hat sie mich so glühend bewundert, dass meine Mutter irgendwann angefangen hat, sie zu hassen. Mein Leben lang ist Kahlia die Einzige gewesen, die mir etwas bedeutet hat, und jetzt kann sie mir nicht einmal mehr in die Augen schauen.

»Das ist es nicht«, sagt Kahlia, als könnte sie meine Gedanken lesen. Dann hebt sie den Kopf.

Ihre schmalen hellroten Lippen verziehen sich zu einem flüchtigen Lächeln. Verlegen nestelt sie an dem Seegras, das ihre Brüste bedeckt, und mustert meine menschliche Gestalt. Kahlia ist nicht erschrocken oder entsetzt, nur neugierig. Sie legt den Kopf schief. Ihr milchig gelbes Auge ist groß und strahlend. Aber das andere Auge, das wunderbar zu meinem passt, ist zugeschwollen und schwarz verfärbt.

Meine Zähne knirschen, weil ich sie so fest zusammenbeiße. »Was ist passiert?«

»Es ging nicht ohne Strafe«, sagt sie.

»Aber warum?«

»Weil ich dir geholfen habe, den adékarosinischen Prinzen zu töten.«

Ich bin so empört, dass ich unwillkürlich einen Satz nach vorne mache und meine Füße die Uferkante berühren. »Aber ich habe die Strafe doch schon auf mich genommen.«

»Du hast das meiste abbekommen«, stimmt Kahlia mir zu. »Andernfalls würde ich jetzt nicht mehr leben.«

Ein Schauder packt mich. Ich hätte wissen müssen, dass meine Mutter sich nicht damit zufriedengeben würde, nur eine Sirene zu bestrafen, wenn sie auch noch eine zweite züchtigen kann. Warum sollte sie sich damit begnügen, mich allein leiden zu lassen? Diese Lektion hat sie mir schon früh erteilt. Zuerst mit Cresell und jetzt mit deren Tochter.

»Die Meereskönigin ist ja so gnädig«, sage ich.

Kahlia lächelt matt. »Hat der Prinz sein Herz noch? Wenn du es ihr bringst, hat der Schrecken ein Ende. Dann kannst du wieder nach Hause kommen.«

Als ich die verzweifelte Hoffnung in ihrer Stimme höre, durchzuckt es mich. Sie hat Angst, ohne mich nach Diávolos zurückzukehren. Wenn ich nicht bei ihr bin, wird niemand sie vor dem Zorn meiner Mutter schützen.

»Bei unserer ersten Begegnung habe ich es nicht geschafft, ihn zu töten. Ich wäre beinahe ertrunken und war noch sehr geschwächt.«

Kahlia grinst mich an. »Wie ist er denn so? Ich meine, verglichen mit den anderen?«

Ich spiele mit dem Gedanken, ihr von Elians Wahrheitskompass zu erzählen und von seinem Dolch, der so scharf ist wie Elians Blick und der jeden Tropfen Blut trinkt, der durch ihn vergossen wird. Ich könnte ihr auch beschreiben, wie Elian riecht – nach Wind und Meersalz. Stattdessen sage ich etwas anderes. Etwas, das meine Cousine sehr viel amüsanter finden wird.

»Er hat mich in einen Käfig gesperrt.«

Kahlia prustet los. »Das ist kein sehr prinzliches Benehmen«, sagt sie. »Man sollte doch meinen, dass Menschen von königlicher Abstammung etwas zuvorkommender sind.«

»Er hat vermutlich wichtigere Dinge zu tun, als sich über so etwas den Kopf zu zerbrechen.«

»Was denn zum Beispiel?«, fragt sie interessiert und wischt ein Büschel Seegras von ihrem Arm.

»Legenden nachzujagen«, antworte ich.

»Du bist doch auch eine Legende«, sagt Kahlia und wirft mir einen spöttischen Blick zu.

Ich quittiere ihren Seitenhieb, indem ich die Brauen hochziehe, aber insgeheim freue ich mich, dass ihr Gesichtsausdruck wieder lebendiger ist. »Der Prinz ist auf der Suche nach dem zweiten Auge von Keto.«

Kahlia schwimmt zu mir herüber und stützt ihre Arme zu beiden Seiten meiner Füße ins feuchte Gras. »Lira«, sagt sie. »Du hast einen teuflischen Plan, stimmt's? Muss ich erst raten?«

»Kommt ganz darauf an, wie gerne du Untertanin deiner geliebten Tante bist.«

»Die Meereskönigin kann nicht Treue erwarten und sie gleichzeitig gering schätzen«, sagt Kahlia. Ich weiß, dass sie dabei an Crestell denkt. An ihre Mutter, die ihr Leben für sie geopfert hat in einem Akt selbstloser Hingabe, für den meine Mutter nur Verachtung übrighatte.

Dass Kahlia sich liebend gern gegen die Meereskönigin stellen würde, überrascht mich nicht. Allein ihre unverbrüchliche Treue mir gegenüber überrascht mich immer wieder aufs Neue. Trotz allem, was ich getan habe. Was ich gezwungen war zu tun. Crestells Tod hat uns nicht entzweit, wie meine Mutter es erhofft hat, sondern noch enger zusammengeschweißt. Kahlias listiger Gesichtsausdruck gefällt mir und macht mich stolz. Auch wenn ich von meiner Cousine keinen Rückhalt verlangen kann, tut ihre Loyalität gut.

»Wenn der Prinz mich zum Auge von Keto führt, könnte ich der Meereskönigin endlich die Stirn bieten«, sage ich und halte Kahlias Blick fest. »Dann werde ich dafür sorgen, dass sie uns nie mehr etwas antut.«

»Und wenn dein Plan schiefgeht?«, fragt Kahlia. »Was wird dann aus uns?«

»Er geht nicht schief«, versichere ich ihr. »Ich muss nur etwas von unseren Geheimnissen preisgeben, damit der Prinz mir vertraut und mich wieder aufs Schiff lässt.«

Kahlia ist skeptisch. »Du bist jetzt schwach«, sagt sie. »Wenn der Prinz herausfindet, wen er vor sich hat, ergeht es dir wie Maeve. Dann wird er dich töten.«

»Du hast davon gehört?«, frage ich, obwohl ich es mir hätte denken können. Die Meereskönigin spürt, wenn eine Sirene stirbt. Jetzt, wo ich nicht mehr bei ihr bin, will sie meine Cousine ständig in ihrer Nähe haben, also wird Kahlia sicher dabei gewesen sein, als meine Mutter Maeves Tod fühlte.

Kahlia nickt. »Ja, aber die Meereskönigin hat ihren Tod als Bagatelle abgetan.«

Die Kaltherzigkeit meiner Mutter macht mich fassungslos. Als ich eine Nixe von niederem Rang getötet habe, hat sie mehr Gefühle gezeigt als bei Maeve – und das, obwohl sie eine Artgenossin gewesen ist, die auf einem Piratenschiff abgeschlachtet wurde. Wenn eine Sirene stirbt, ist das für die Meereskönigin ein Ärgernis, mehr nicht. Ich frage mich, ob sie die Menschheit nicht vielleicht deshalb ausrotten will, damit endlich Schluss ist mit den Unannehmlichkeiten, die tote Sirenen nun mal mit sich bringen. In dem Krieg, den sie führt, sind wir alle entbehrlich. Sie kann uns jederzeit ersetzen. Sogar mich.

Mich ganz besonders.

»Das wird sich bald ändern«, verspreche ich Kahlia und lege meine Hand auf ihren Arm. Meine Handfläche ist wie eine warme Decke auf ihrer eisigen Haut. »Ich werde das Auge von Keto in meinen Besitz bringen und den Thron der Meereskönigin gleich mit dazu.«

ZWANZIG

In diesem Palast lässt sich nicht auf Anhieb sagen, wer bei Verstand ist und wer nicht.

Ich stehe allein in der Eingangshalle und knöpfe meine schwarze Weste zu. Jetzt sehe ich wie ein Prinz aus, was ich mindestens ebenso sehr verabscheue, wie es Königin Galina zu gefallen scheint. Die Sonne von Eidýllio ist längst untergegangen und der farbenprächtige Himmel hat sich mitternachtsblau gefärbt. Die Mauern im Innern des Palasts sind hellrot, sehen aber im Licht der vielen Kerzenleuchter fast orange aus. Wie verwässertes Blut.

Ich unterdrücke das Verlangen, nach meinem Dolch zu greifen.

Der Palast ist ein Ort, an dem der Wahnsinn galoppiert, und nicht einmal ich bin schnell genug, um ihm Einhalt zu gebieten. Ich fühle mich unsicher ohne meine Mannschaft, aber sie hierherzubringen und in ein Geheimnis einzuweihen, von dem niemand wissen darf, schon gar nicht Piraten, käme einem Vertragsbruch gleich. Es wäre ein Verstoß gegen ein unausgesprochenes Abkommen zwischen den Königshäusern dieser Welt. Also lasse ich die Crew zurück und speise sie mit Lügen ab. Mittlerweile bin ich ein Meister im Lügen. Zu Hause schildere ich meiner Schwester ein Piratenleben, das nur aus Banalitäten besteht, und meiner Mannschaft erkläre ich augenzwinkernd, dass Königin Galina mich für sich allein haben will.

Lediglich Kye weiß es besser. Das ist einer der wenigen Vorteile, wenn man ein Diplomatensohn ist, darin sind wir uns beide einig. Wie kein Zweiter versteht Kyes Vater sich darauf, die Geheimnisse königlicher Häuser an sich zu bringen und zu wissen, welche Leichen die Regierenden im Keller haben. Und Kye, der gar nicht oft genug betonen kann, wie grundlegend er sich von seiner Oberklassenfamilie unterscheidet, ist ihm darin sehr ähnlich. Es ist die einzige Eigenschaft, die er von seinem Vater geerbt hat.

»Ich soll dich also wirklich alleine gehen lassen?«, fragte er mich, als wir auf dem Weg zum Fortuna waren.

Ich blickte über die Schulter, um nachzusehen, ob Lira immer noch auf dem Marktplatz stand, aber dort herrschte reges Treiben und wir waren schon viel zu weit weg und Lira war viel zu sehr auf der Hut, um inmitten einer Menschenmenge stehen zu bleiben.

»Es ist wichtig, dass Königin Galina mir vertraut«, sagte ich zu Kye. »Deine Anwesenheit wäre da nur hinderlich.«

»Warum?«

»Weil man Diplomaten nicht vertraut.«

Mein Einwand schien Kye zu überzeugen, denn er nickte zustimmend und vergrub die Hände in den Taschen. »Trotzdem … Es wäre gut, wenn du Rückendeckung hättest, falls dein trickreicher Plan der Königin nicht gefällt.«

»Dein Vertrauen in mich ist herzerwärmend.«

»Nichts gegen deinen Charme«, entgegnete er, »aber glaubst du wirklich, sie fällt darauf herein?«

»Deine Bedenken, was meinen Charme angeht, sind ja nicht gerade sehr schmeichelhaft.« Ich stieß ihn mit der Schulter an. »So oder so, einen Versuch ist es wert. Wenn es auch nur den Hauch einer Chance gibt, mit Galinas Hilfe einer Ehe zu entgehen, bei der ich Angst haben muss, dass die Braut mich im Schlaf tötet, werde ich nichts unversucht lassen.«

»Als würde Galina dich nicht auch töten können, und das sogar, wenn du wach bist.«

Sein Einwand war berechtigt. Man kann sogar fast sagen, er hat es sich zur Angewohnheit gemacht, berechtigte Einwände vorzubringen, besonders wenn es um gefährliche Frauen geht. Dennoch habe ich ihn bei den anderen zurückgelassen. So beruhigend die Vorstellung, ihn als Rückendeckung zu haben, auch sein mag, Galina würde es niemals zulassen, dass ein Pirat einen Fuß in ihren Palast setzt.

Ich blicke an mir herab, um mich zu vergewissern, dass auch wirklich alle Hemdknöpfe geschlossen sind. Eine Vorsichtmaßnahme – es gibt Sünden, die in diesem Palast unverzeihlich sind. Dann straffe ich die Schultern. Fahre mit den Fingern durch die Haare. Wie gerne hätte ich jetzt meinen Hut und meine Stiefel und alles, was mir das Gefühl gibt, die Saad bei mir zu haben, auch wenn sie im Hafen vor Anker liegt.

Aber Galina kann Piraten nun mal nicht leiden.

Sie vertraut mir mehr, wenn sie den Goldprinzen vor sich hat und nicht den Schiffskapitän. Ich begreife zwar so manches bei ihr nicht, aber das verstehe ich. Wenn ich meinen Hut trage, traue ich mir ja selbst kaum über den Weg.

»Sie erwartet Euch.«

Eine Palastwache tritt aus dem Schatten hervor. Der Mann steckt von Kopf bis Fuß in einer roten Rüstung, nicht das kleinste Stück nackter Haut ist zu sehen. Seine Augen schweben geisterhaft in einem Meer aus rotem Stoff. Von der Leibgarde bis zu den Palastbediensteten sind fast alle verhüllt. Es wird wirklich alles getan, um jegliche Körperberührung zu vermeiden.

Ich mustere den Mann. »Ich habe schon auf dich gewartet«, sage ich zu ihm. »Die Tür erscheint mir recht schwer, um sie alleine aufzustoßen.«

Es lässt sich nicht erkennen, ob er schmunzelt oder finster dreinblickt, ich sehe nur, dass er nicht mit der Wimper zuckt. Nachdem er mich eine Sekunde lang angestarrt hat, tritt er vor und drückt mit der Hand gegen die Tür.

Dahinter wartet eine Überraschung auf mich. Der Saal ist nicht nur anders als die restlichen Räume des Palasts, er ist auch anders als bei meinem letzten Besuch. Die Marmorwände sind rußschwarz, es riecht nach Rauch und alles ist von einer dicken Ascheschicht bedeckt. Irgendwo ganz weit oben erstreckt sich eine Decke mit wuchtigen Holzbalken. Nirgendwo trifft das Auge auf Farbe, lediglich der auf Hochglanz polierte Fußboden ist noch genauso rot wie früher.

Am gegenüberliegenden Ende des großen Saals, auf einem Thron, der wie ein Herz geformt ist, erwartet mich lächelnd die Königin von Eidýllio.

»Elian.«

Nachdem der Wachsoldat die Tür geschlossen hat, winkt mich Königin Galina zu sich. Ihre schwarzen Haare fallen in dichten Locken über ihre Hüfte bis auf den Boden. Die hineingeflochtenen Rosenblüten stehen ab wie kleine Federn. Ihre dunkelbraune Haut verschmilzt fast mit ihrem hochgeschlossenen Satinkleid, das vom Kinn bis weit auf den Boden reicht.

Sie streckt die Hand nach mir aus. Beim Anblick ihrer gespreizten Finger muss ich an ein Spinnennetz denken.

Ich blicke auf ihre Hand, ehe ich vielsagend eine Augenbraue hochziehe. Galina sollte es eigentlich besser wissen. Oder sich zumindest im Klaren sein, dass ich es besser weiß.

Die Legende von Eidýllio besagt, dass jeder, der ein Mitglied der königlichen Familie berührt, wenig später einen Seelenverwandten fürs Leben findet. Das Geheimnis von Eidýllio, das nur die Königshäuser der hundert Reiche – und nicht zu vergessen Kyes Familie – kennen, lautet jedoch anders. Tatsächlich dient die besondere Gabe, die über Generationen von den Frauen dieser Familie weitergegeben wird, nicht dazu, den Männern die ersehnte Liebe zu schenken, sondern ihnen jeglichen Willen zu rauben. Die Männer versinken in völliger Hingabe und Leidenschaft, sodass sie nur noch Marionetten ohne einen Funken Verstand sind.

Ich nehme ihr gegenüber auf einem Plüschsofa Platz. Mit einem maliziösen Lächeln lasst Galina die Hand sinken. Sie lehnt sich zurück und streckt ihre Beine auf den Fliesen aus.

»Du kommst mich besuchen«, stellt sie fest. »Das heißt, du willst etwas von mir.«

»Ja, das Vergnügen deiner Gesellschaft.«

Galina lacht. »Wir sind beide nicht gerade dafür bekannt, eine amüsante Gesellschaft zu sein.«

»Das Vergnügen deiner Gesellschaft, verbunden mit einem Tauschhandel, der in unserem beiderseitigen Interesse ist«, korrigiere ich mich.

Galina setzt sich aufrecht hin. »Geht es um einen Tauschhandel oder um eine Gunst? Letzteres ist mir lieber«, sagt sie. »Ich mag es, wenn ein Prinz in meiner Schuld steht.«

Sakuras Gesicht geistert durch meinen Kopf und ich muss an die Abmachung denken, die ich eingegangen bin. Mein Königreich ist das Pfand, damit ich die Sirenenplage ein für alle Mal ausrotten kann. »Ich stehe schon in königlicher Schuld«, antworte ich ihr.

»Spielverderber«, stichelt Galina. »Ich verlange nicht viel. Eine Region, vielleicht auch zwei. Oder einen Kuss.«

Für gewöhnlich mache ich bei ihrem Katz-und-Maus-Spiel mit, eine Zeit lang zumindest. Ich lasse zu, dass sie mich neckt und kaum verhüllte Drohungen ausspricht, indem sie die Vorstellung heraufbeschwört, unsere Haut könnte sich berühren. Dabei würde sie es wohl kaum wagen, mich zu einem ihrer Spielzeuge zu machen. Meistens kokettieren wir nur damit. Ich gebe vor, mich vor ihrer Berührung zu fürchten, und Galina tut so, als wäre sie mutig genug, ihre Drohung wahr zu machen. Trotz ihrer Schwächen und Fehler – und davon gibt es nach meiner letzten Zählung mehr als genug – bereitet es Galina kein Vergnügen, ihre Gabe einzusetzen, denn sie hat letztlich dazu geführt, dass ihr eigener Ehemann sich von ihr abgewendet hat, weil er es satthatte, ihr Geheimnis zu bewahren und eine Ehe ohne jede Intimität zu führen.

Galina hat nie seine Hand gehalten, hat ihn nie auch nur irgendwie berührt und weder in der Hochzeitsnacht noch in allen darauffolgenden Nächten das Bett mit ihm geteilt. Sie haben in entgegengesetzten Ecken des Palasts geschlafen, mit eigenen Gemächern in separaten Flügeln und eigenen Bediensteten. Die Mahlzeiten haben sie stets auf die gleiche Weise eingenommen: an den Enden einer langen Tafel sitzend, die mindestens zwanzig Gästen Platz geboten hätte. All das hätte nicht nach außen dringen dürfen, aber sobald der König etwas getrunken hatte, kannte seine Redseligkeit keine Grenzen.

Anders als ihre Vorgängerinnen hatte Galina kein Interesse daran, Männern ihre Liebe aufzuzwingen, nur um die Erbfolge zu sichern. Sie wollte keinen Ehemann, dessen Ergebenheit ihn in den Wahnsinn treibt. Doch stattdessen raubte ihm die Gier den Verstand. Er wollte mehr, als sie ihm geben konnte – am besten gleich das ganze Königreich –, was schließlich zu einem Aufstand führte, der blutiger war als so mancher Krieg.

Nach seinem schändlichen Verrat entschied sich Galina für ein Leben in Einsamkeit. *Einen zweiten Ehemann wird es nicht geben*, teilte sie den anderen Herrscherfamilien mit. *Ich möchte nicht noch einmal betrogen werden oder den Fluch, der auf mir lastet, an meine Kinder weitergeben.* Seither nimmt sie Waisen aus Orfaná auf, einem Land, in dem alle ungewollten Kinder der Welt Zuflucht finden.

Die königliche Blutlinie endet mit ihr. Als wäre das nicht schon schlimm genug, muss auch ihr Volk darunter leiden, dass sie allein auf dem Thron sitzt, denn Kardiá gewinnt immer mehr an Macht. Galina braucht jemanden an ihrer Seite, der all das tun kann, was sie aus Angst vor ihrer besonderen Gabe tunlichst vermeidet: mit anderen Menschen in Kontakt treten und menschliche Wärme spenden. Und ich brauche jemanden, der mir hilft, aus meiner Vereinbarung mit Sakura auszusteigen.

Entschlossen trete ich vor die Königin und reiche ihr ein Stück Pergament.

Heute fehlt mir die Geduld für irgendwelche Spielchen. Galinas Weigerung, noch einmal zu heiraten, sagt mir alles, was ich wissen muss, und eine glückliche Fügung hat mir eine verlockende Lösung für eines meiner vielen Probleme beschert. Es kommt nicht sehr oft vor, dass das Schicksal einem so wohlgesonnen ist.

Galina nimmt das Pergament und überfliegt die Zeilen, anfangs mit einem erstaunten Stirnrunzeln, dann mit einem faszinierten Lächeln. Es ist genau die Reaktion, auf die ich gehofft habe.

»Prinz Elian«, sagt sie. »Woher hast du das?«

Ich mache noch einen Schritt auf sie zu, komme ihr allerdings nur so nahe, dass ich nicht Angst haben muss, meinen Verstand zu verlieren. »Von ebendem Ort, an dem du all das bekommst, was du immer wolltest.«

Die Dinge waren wie geplant verlaufen. Oder anders ausgedrückt: Ich hatte alles unternommen, damit sich das heillose Durcheinander allmählich lichtete. Galina hatte sich anfangs zurückhaltend gezeigt, doch die unverkennbare Gier in ihren Augen hatte mir Anlass zur Hoffnung gegeben. »In unserem beiderseitigen Interesse«, hatte sie gemurmelt und meine eigenen Worte wiederholt.

Ihre Unterstützung würde mir eine große Last von den Schultern nehmen. Darüber hinaus gab es nun, da Lira nicht mehr auf dem Schiff war, eine Person weniger in meinem Umfeld, der ich nicht trauen konnte. Und das alles hatte ich an einem einzigen Tag zustande gebracht.

Auf meinem Rückweg durch die menschenleeren Straßen von Eidýllio spukt Liras Gesicht in meinem Kopf herum. Als ich ihr die Muschel gab, hat sie mich so merkwürdig angesehen. Als wäre ich unfassbar dumm und wunderbar zugleich. Als wäre ich ein Narr und sie unglaublich froh über so viel Unverstand.

Ich atme tief durch und drücke meine Handflächen gegen meine Augen, um die Müdigkeit zu vertreiben. Lira erschien mir aufrichtig, als sie von der Meereskönigin und deren Rachefeldzug gegen ihre Familie sprach. Auch der Kompass zeigte, wenn auch bebend, nach

Norden. Dennoch werde ich das Gefühl nicht los, dass etwas faul ist. Dass sie geschickt Wahrheit mit Lügen verstrickt.

Ich schlendere über den menschenleeren Markt. Überall auf der Straße liegen Gebäckkrümel. Die Nacht ist lau und süß, der Mond nimmt fast den ganzen Himmel ein. In Eidýllio sind die Sterne heller als in anderen Königreichen und ich muss mich zusammennehmen, um nicht immer wieder stehen zu bleiben und sie zu bewundern. Am liebsten würde ich mich auf das Kopfsteinpflaster legen und über ihre Geschichten nachdenken, wie ich es an Deck der Saad immer mache.

Ich bin unterwegs zum Fortuna. Wann immer wir in Eidýllio anlegen, kommen wir dort unter. Es ist Gasthaus und Schenke in einem, denn es gibt nur wenig, was sich nicht mit etwas Schlaf und einem anständigen Schluck Rum wieder geraderichten lässt. Während ich meinen Weg fortsetze, höre ich plötzlich hinter mir Schritte. Kurz entschlossen biege ich in eine schmale Seitenstraße. An der Ecke steht ein Hocker, den wohl einer der Händler vergessen hat. Die Gasse ist nicht sehr breit, vom Himmel ist nur ein dünner Streifen zu sehen, aber die Sterne ersetzen die Straßenlaternen.

Ich drücke mich mit dem Rücken gegen die Mauer. Die Backsteine fühlen sich warm an. Die Schritte werden verhaltener und verharren schließlich. Einen beklommenen Augenblick lang ist alles still, nur der Wind atmet leise. Dann setzen die Schritte wieder ein und folgen mir in die Gasse hinein.

Ich warte nicht ab, bis mein Verfolger zuschlägt, sondern trete, die Hand am Dolch, aus dem Dunkeln hervor, bereit, jeden aufzuschlitzen, der dumm genug ist, den Captain der Saad anzugreifen.

Halb im Schatten steht ein Mädchen vor mir. Die Haare fallen ihr ins Gesicht und ein paar dunkelrote Strähnen kleben an ihren Wangen. Als sie mich sieht, stemmt sie die Hände in die Hüfte. Ihr Blick ist reines Gift.

»Warum versteckst du dich?«, faucht Lira mich an. »Ich habe versucht, dir zu folgen.«

Mit einem Seufzer stecke ich meinen Dolch wieder zurück. »Ich dachte, ich wäre dich ein für alle Mal losgeworden.«

Lira zuckt mit den Schultern, meine Antwort scheint sie nicht sonderlich zu beeindrucken. Ich frage mich, was man tun muss, um sie aus der Fassung zu bringen. Bemerkungen wie diese tut sie mit einer Handbewegung ab, als wären sie kaum der Rede wert. Als hätte sie Besseres zu tun, als sich über mich oder meine Mannschaft aufzuregen.

Sie blickt mich fragend an. »Warum siehst du plötzlich wie ein Prinz aus?«

»Ich bin ein Prinz«, erwidere ich und will rasch an ihr vorbeigehen.

Doch Lira passt sich meinem Schritt an und läuft neben mir her. »Aber für gewöhnlich nicht.«

»Woher willst du wissen, wie ich bin?«

Lira verzieht keine Miene.

»Du hast recht«, lenkt sie ein.

Sie zupft an ihrem Kleid. Es ist ein altes, abgetragenes Stück, Madrid hat es aus einer Truhe unter Deck hervorgekramt. Ein Überbleibsel aus einer Piratenbeute. Ich bin mir ebenso sicher, dass es früher einmal sehr hübsch gewesen ist, wie ich mir sicher bin, dass wir es in den vergangenen Jahren als Putzlappen für Madrids Harpune verwendet haben. Aber etwas Besseres war auf die Schnelle nicht aufzutreiben, es sei denn, Lira hätte sich gerne als Pirat gekleidet, was ich bezweifle.

Wenigstens habe ich noch genug Anstand, mich bei ihrem Anblick zu schämen.

Lira bleibt stehen, greift mit beiden Händen den Saum ihres Kleids und knickst vor mir, was ich mit einem vernichtenden Blick quittiere. Sie schnaubt spöttisch. Bei ihr ist das fast schon ein Lachen.

»Königin Galina hält nicht viel von Piraten«, sage ich und wende mich zum Gehen. Lira folgt mir. »Und Spaß macht mir diese Verkleidung auch nicht.«

Ich zerre an meinem Kragen, der plötzlich viel zu eng ist. Lira gibt keine Antwort und bleibt einfach stehen. Ich drehe mich fragend zu ihr um, aber sie starrt mich nur schweigend an.

»Warte«, sagt sie plötzlich und greift nach meinem Dolch.

Ich packe sie am Handgelenk, ehe sie die Waffe ziehen kann. Lira sieht mich an, als wäre ich noch dümmer als gedacht. Ich kann ihren Puls unter meinem Daumen spüren, bevor sie sich langsam aus meinem Griff befreit.

Sie greift erneut nach meinem Dolch, wenn auch etwas behutsamer, und diesmal lasse ich sie gewähren. Sie scheint es zu genießen, mich erschreckt zu haben, fast könnte man meinen, ich hätte ihr das größte Kompliment gemacht, das sich denken lässt. Als ihre Finger den Dolch berühren, durchzuckt etwas meine Brust – so, als würde ein lockeres Zahnrad Funken sprühend aus einer Maschine springen. Von Anfang an gab es diese unerklärliche Verbindung zwischen mir und der Waffe. Jetzt überträgt sie eine seltsame Kälte, die mir durch alle Glieder fährt. Ich lasse Lira nicht aus den Augen, wage es nicht einmal zu blinzeln. Sie zögert, scheint alle Möglichkeiten durchzugehen, die sie mit einer Waffe in der Hand hat. Dann holt sie tief Luft und schlitzt meinen Hemdsärmel auf.

Die Klinge ritzt an meiner Haut, aber seltsamerweise kommt kein Blut.

Ich entreiße ihr den Dolch. »Was fällt dir ein?«, herrsche ich sie an und begutachte den Riss unterhalb der Schulter.

»Jetzt siehst du aus wie ein Pirat«, sagt sie und geht weiter.

Etwas verblüfft renne ich hinter ihr her, um sie einzuholen. Ich will ihr drohen, dass sie dafür bezahlen wird, entweder mit barer Münze – die sie vermutlich nicht hat – oder mit ihrem Leben, da dreht sie sich unvermittelt zu mir um und sagt: »Ich habe Reoma Putoder gesehen.«

»Hast du dir etwas gewünscht?«

»Vielleicht habe ich ja stattdessen einen Wunsch gestohlen?«

Sie lächelt sarkastisch, greift dann aber gedankenverloren nach der Muschel, die an ihrem Hals geheimnisvoll leuchtet. Die Geste ist mir vertraut. Das Gleiche habe ich schon tausendmal mit meinem Siegelring gemacht. Immer wenn ich an die Menschen denke, die daheim auf mich warten – und an die Bürde, die mir die Krone des Königreichs auferlegt, das zu regieren ich mich außerstande sehe. Falls Liras Geschichte stimmt, hat dieses Halsband womöglich der Sirene gehört, die ihre Familie getötet hat. Dann ist die Muschel ein Talisman, der sie an Vergeltung erinnern soll.

»Ich möchte mitkommen«, sagt Lira.

Ich zwinge mich dazu, lange und gleichmäßige Schritte zu machen. Vor uns ist das Fortuna, inmitten einer langen Reihe von Häusern, die wie kleine Schachfiguren aussehen. Es ist drei Stockwerke höher als die anderen Gebäude, aus orangefarbenen Backsteinen errichtet und wirbt mit einem metallenen Schild. Vor dem Eingang sitzen Frauen auf groben Eichenbänken und rauchen Zigarren. Zu ihren Füßen stehen Krüge mit warmem Gewürzwein.

An der Tür bleiben wir stehen. »Um deine Familie zu rächen?«, frage ich Lira mit hochgezogener Augenbraue.

»Um diesen Krieg ein für alle Mal zu beenden.«

»Sind wir im Krieg?« Ich strecke die Hand nach der Tür aus. »Wie dramatisch.«

Lira krallt ihre Finger in meinen zerfetzten Ärmel. »Das muss ein Ende haben«, sagt sie.

Bei ihrer Berührung zucke ich zurück und unterdrücke nur mit Mühe das Verlangen, nach meinem Dolch zu greifen. Mein Leben besteht daraus, immer auf der Hut zu sein.

Ich ziehe meine Schulter weg, um mich aus Liras Griff zu befreien. »Glaub ja nicht, du könntest mich einfach anfassen«, warne ich sie mit gedämpfter Stimme. »Ich bin der Kronprinz von Midas und der Kapitän des gefährlichsten Schiffs der Welt. Wenn du es noch einmal wagst, mich zu berühren, werden dir die Nächte im Käfig wie das reinste Vergnügen vorkommen.«

»Die Meereskönigin hat mir alles genommen«, stößt Lira hervor, ohne auf meine Warnung einzugehen. Auf ihrer Stirn hat sich eine steile Falte gebildet und sie schüttelt den Kopf, wie um sie zu glätten. »Du ahnst nicht, wie viel Leid sie verursacht hat. Nur wer im Besitz des Kristalls ist, kann ihr Widerstand leisten.«

Den letzten Satz zischt sie fast. Mein Kopf schwirrt von ihren rauen, heiseren Worten in der ihr fremden Sprache, die sie anscheinend nicht ausreichend beherrscht, um das wiederzugeben, was sie bewegt. In ihr brodelt es, aber sie kann die Gedanken und Gefühle nicht zum Ausdruck bringen.

Ich schlucke und versuche, mich zusammenzureißen. »Du hast gesagt, du wüsstest von Dingen, von denen kein anderer weiß. Wovon zum Beispiel?«

»Ich weiß zum Beispiel von dem Ritual, mit dem man den Kristall aus seinem Versteck holen kann«, antwortet sie. »Ich verwette mein Leben, dass du nicht die geringste Ahnung hast, was zu tun ist.«

Ich versuche, mir meine Überraschung nicht anmerken zu lassen. Nicht einmal Sakura, in deren eigenem Königreich der Kristall aufbewahrt wird, weiß etwas von dem Ritual. Wie hoch stehen die Chancen, dass ausgerechnet ein schiffbrüchiges Mädchen den entscheidenden Hinweis für dieses Rätsel geben kann? Ist so ein Glücksfall wirklich denkbar?

»Du scheinst die Angewohnheit zu haben, dein Leben in die Waagschale zu werfen.«

»Heißt das, du nimmst mich mit?«, fragt Lira.

Ich wäre ein Narr, mich auf einen Handel mit einer Fremden einzulassen, die angeblich den Schlüssel zu dem Geheimnis kennt, hinter dem ich her bin. Ich wäre schon längst nicht mehr am Leben, wenn ich bedenkenlos jedem blindlings vertrauen würde, noch dazu einem Mädchen, das auf dem Schiff meine Gefangene gewesen ist. Aber ihr Angebot auszuschlagen, wäre noch viel törichter. Was, wenn alles nach Plan verläuft und ich den Berg besteige, mir Zutritt zur Kuppel verschaffe und dann den Kristall nicht ausfindig machen kann? Dann hätte ich mich durch die Brandung gekämpft, nur um von der letzten Welle weggespült zu werden. Das Ritual ist der einzige Teil meines Vorhabens, für den ich keinen Plan habe, und jetzt präsentiert mir dieses Mädchen die Lösung auf dem Goldtablett.

Wenn Kye hier wäre, würde er mir raten, keinen weiteren Gedanken an ihren Vorschlag zu verschwenden. *Die sind wir los!*, hat er gesagt, als wir Lira in den Straßen von Eidýllio zurückließen, in der Annahme, sie nie wiederzusehen. *Auf dich aufzupassen, ist schon schwierig genug, da brauche ich nicht auch noch ein gefährliches Frauenzimmer.* Und das stimmt. Kye hat geschworen, mich zu beschützen, sowohl meinem Vater – dessen Geld er angenommen hat, wenn auch mehr zum Spaß und nicht, um einen Pakt zu besiegeln – als auch mir. Aber vor allem sich selbst. Kye hat diese Aufgabe nie auf die leichte Schulter genommen. Doch auch ich habe eine Aufgabe, eine Mission, die ohne Liras Hilfe fehlschlagen könnte.

»Also, was ist jetzt?«, bedrängt mich Lira. »Haben wir eine Abmachung?«

»Ich habe schon gesagt, dass ich mich auf keinen Handel einlasse«, antworte ich. »Aber stattdessen verlasse ich mich vielleicht auf dein Wort.«

Ich öffne die Tür und Lira rauscht an mir vorbei ins Gasthaus. Der vertraute Geruch von Metall und Ingwerwurzel schlägt mir entgegen. Tausend Erinnerungen steigen in mir hoch, eine so zwielichtig wie die andere. Was auch immer man mit dem Namen dieses Gasthauses verbindet, es kommt nicht annähernd an die Wirklichkeit heran. Das Fortuna ist eine Spielhölle und ein Unterschlupf für Männer und Frauen, die das Tageslicht scheuen. Die für ihre Unternehmungen den Mondschein und die Nacht bevorzugen, wenn die Farbenpracht der Stadt verblasst. Sie sind Schatten, an deren Fingern Schulden kleben, und sie trinken Wein, bei dem man schon nach dem ersten Krug von der Bank kippt.

Ein Teil meiner Mannschaft sitzt an einem großen runden Tisch im hinteren Teil des Schankraums. Ihr Anblick entlockt mir ein Lächeln. Als ich bei Königin Galina meine Zukunft aushandelte, ist mir ganz flau im Magen gewesen. Als hätte ich die Seekrankheit. Oder die Landkrankheit. Von meinen Leuten getrennt zu sein, insbesondere wenn so viel auf dem Spiel steht, hat mich ausgelaugt. Sie jetzt wiederzusehen, weckt meine Lebensgeister wieder.

»Nur damit du es weißt«, sage ich zu Lira. »Wenn du mich belügst, werde ich dich vielleicht töten.«

Lira streckt das Kinn vor. Ihr Blick ist rebellisch und ihre Augen sind zu blau, um ihnen standzuhalten. Im ersten Moment bin ich mir nicht sicher, ob sie eine Antwort parat hat, aber dann fährt sie mit der Zunge über die Lippen und ich weiß, dass sie den süßen Vorgeschmack auf das genießt, was sie mir gleich an den Kopf werfen wird.

»Vielleicht«, sagt sie, während das schummrige Licht sich an ihre Haut schmiegt, »töte ich dich zuerst.«

EINUNDZWANZIG

Nebel ballt sich am offenen Fenster zusammen wie Schwaden von Zigarrenrauch. Er bringt den Duft des Sonnenaufgangs, der voller Ungeduld am rosa gefärbten Himmel hinter dem Horizont wartet. Zeit ist hier ohne jede Bedeutung, darin unterscheidet sich das Fortuna von jedem anderen Ort in diesem Königreich oder in der ganzen Welt. Es ist ein Königreich für sich, mit Einwohnern, die nirgendwo sonst hinpassen wollen. Sein Geschäft ist es, Geschäfte zu machen, und es beherbergt nur Händler, die ihre Waren nirgendwo sonst feilbieten können.

Torik stößt einen leisen Pfiff aus und verteilt ein neues Blatt. Seine Finger gleiten geschmeidig über die Karten, während er sie geschickt über den Tisch neben die Stapel mit Münzen schiebt. Als er fertig ist, nimmt Madrid ihre Karten lässig in die Hand, als wären sie für sich genommen völlig bedeutungslos und würden erst durch sie ihren Wert erhalten. Madrid ist nie mit ihrem Blatt zufrieden und spielt im Geiste blitzschnell Möglichkeiten durch. Gerne würde ich behaupten, dass ich ihr alles beigebracht habe, aber wie so vieles hat Madrid sich auch das Kartenspiel aneignen müssen, bevor sie zu meiner Mannschaft stieß. Wenn man auf einem Sklavenschiff aus Kléftes landet, lernt man schnell, dass man nicht überlebt, indem man sich der Welt beugt, sondern nur, indem man sich die Welt zurechtbiegt.

Madrids Schwachstelle beim Spiel ist, dass sie keine Schwachstellen offenbart. Zudem ändert sie ständig ihre Taktik. In der Regel kann ich die Karten meiner Mitspieler erraten, ihre jedoch nicht. Und doch hilft mir gerade ihre Unberechenbarkeit, zu erahnen, was sie als Nächstes tun wird.

Lira schaut aufmerksam zu, ihre Augen huschen hin und her wie bei einem Raubtier auf der Jagd, sie registriert jede Handbewegung, jedes Klimpern einer Münze, die vom Stapel rutscht. Mir fällt auf, dass sie die gleichen Dinge beobachtet wie ich: wenn jemand sich an der Wange kratzt oder etwas zu laut schluckt. Winzige Schweißperlen oder zuckende Lippen. Der Klang einer Stimme, die nach einem neuen Krug Wein verlangt. All das merkt sie sich. Sie merkt es sich nicht nur, sie notiert es sich sogar in Gedanken. Aus irgendeinem Grund sammelt sie verräterische Gesten und Angewohnheiten. Bewahrt sie auf, damit sie ihr vielleicht eines Tages nützlich sein können.

Als Kye seine aufgereihten Münzen in die Tischmitte schiebt, blicke ich unwillkürlich zu Lira. Sie verzieht ganz leicht ihren rechten Mundwinkel, und obwohl sie nicht in seine Karten schauen kann – das ist völlig unmöglich –, weiß sie genau, welches Blatt er in der Hand hält. Und sie weiß auch, dass er blufft.

Lira fängt meinen Blick auf. Als sie merkt, dass ich sie beobachte, verblasst ihr Lächeln. Ich ärgere mich über mich selbst. Nie bin ich schnell genug, um an ihrer Reaktion abzulesen, wie ihr Verstand arbeitet. Warum sie tut, was sie tut. Welche Absichten sie verfolgt.

Ich schiebe meine Münzen in die Mitte des Tisches.

»Hier ist es viel zu still«, stellt Madrid fest.

Sie nimmt die Weinkaraffe und füllt ihr Glas nach, bis die rote Flüssigkeit über den Rand schwappt. Madrid kann nicht nur verteufelt gut schießen, sie ist auch standfest beim Trinken. In all den Jahren, die wir uns kennen, habe ich es nie erlebt, dass sie nach einer durchzechten Nacht aus dem Gleichgewicht geraten wäre.

Sie nippt vorsichtig am Glas und genießt den Wein wie niemand sonst in unserer Runde. Das erinnert mich an die Weinproben, zu denen mich mein Vater verdonnert hatte als Teil meiner adeligen Erziehung. Denn nichts zeugt mehr von königlichem Geblüt als die Fähigkeit, einen edlen Tropfen von billigem Fusel unterscheiden zu können.

»Sing *Am Ufer der Gezeiten*«, schlägt Torik trocken vor. »Vielleicht verschreckst du damit das Tageslicht.«

»Wenn wir schon Vorschläge machen, dann bin ich für *Eine Buddel voll Rum*. Oder irgendein anderes Lied, in dem Rum vorkommt.«

»Wer sagt, dass du mitbestimmen darfst?«, weist Madrid Kye zurecht, bevor sie mich mit hochgezogener Augenbraue ansieht und fragt: »Cap?«

Ich zucke mit den Schultern. »Sing, was du willst. Kein Lied der Welt kann mich am Siegen hindern.«

Madrid streckt mir die Zunge heraus. »Lira?«, fragt sie. »Welche Lieder singt man in deiner Heimat?«

Die Frage scheint Lira aus irgendeinem Grund zu amüsieren. »Keine, die dir gefallen würden.«

Madrid nickt, sie nimmt die Antwort als Feststellung und nicht als Beleidigung. »Wie wär's mit *Sirene in der Tiefe*«, sagt sie und lächelt Kye verhalten an. »Es kommt auch Rum darin vor.«

»Soll mir recht sein.«

Madrid wirft sich auf ihrem Stuhl zurück und lässt ihre Stimme erklingen. Sie beginnt mit dem lauten Refrain in ihrer kléftesischen Muttersprache, bei der die Wörter zu einem Singsang verschmelzen. Madrid gibt dem Lied einen verschmitzten Ton, und vielleicht liegt es an der Melodie oder an Kyes charmantem Grinsen, dass ich mich plötzlich dabei ertappe, wie ich mit den Fingern den Rhythmus auf meinem Knie mittrommle.

Die Mannschaft am Tisch stimmt in das Lied mit ein. Alle summen und murmeln Verse, an die sie sich erinnern können, und bei dem Wort *Rum* grölen sie jedes Mal besonders laut. Ihr Gesang vermischt sich, prallt aufeinander, stolpert durch die Strophen. Jeder singt in seiner eigenen Muttersprache, die für ihn ein Stück Heimat hervorruft.

Nachdem der bunte Chor bereits drei Strophen zum Besten gegeben hat, rechne ich halb damit, dass nun auch Lira die polemistésische Variante des Lieds anstimmt, aber sie sitzt nur stumm da und hört neugierig zu. Stirnrunzelnd schaut sie alle an und scheint sich zu fragen, welches Ritual hier vollzogen wird.

Ich beuge mich zu ihr und raune: »Wann werden wir etwas von dir hören?«

Sie stößt mich weg. »Komm mir nicht so nah. Du stinkst.«

»Wonach denn?«

»Wie die Fischer«, sagt sie. »Wie das Öl, mit dem sie ihre Hände einreiben, und wie dieses grässliche Zeug, das sie sich in den Mund stopfen.«

»Das ist Kautabak«, erkläre ich ihr grinsend. »Aber du hast meine Frage nicht beantwortet. Werden wir das Vergnügen haben, ein Lied von dir zu hören?«

»Glaub mir, ich würde nichts lieber tun als singen.«

Ich lehne mich zurück und breite die Arme aus. »Dann lass hören.«

»Ich würde eigentlich gerne etwas von *dir* hören, und zwar alles, was du über den Kristall von Keto weißt.«

Wir landen immer wieder beim selben Thema. Seit zwei Tagen ankern wir jetzt vor Eidýllio und genauso lange löchert Lira mich mit ihren Fragen. Sie fordert Antworten, ohne selbst etwas preiszugeben. Irgendjemand muss den Anfang machen. Und ich bin es leid, darauf zu warten, dass sie es tut.

»Ich weiß nur, dass er sich in Págos befindet«, taste ich mich vor und spüre dabei Kyes vorwurfsvollen Blick. Wenn es nach ihm ginge, würde Lira nur auf die Saad gelangen, um dort sofort in den Käfig gesteckt zu werden.

»Er ist auf dem Gipfel des Wolkenbergs«, fahre ich fort. »In einem heiligen Eispalast.«

»Du hast ein großes Talent, dein Wissen als Ahnungslosigkeit zu tarnen.«

»Und du hast ein großes Talent, Ahnungslosigkeit als Wissen zu tarnen«, erwidere ich. »Du hast mir immer noch nichts von dem Ritual erzählt.«

»Wenn ich dich in das Geheimnis einweihe, hast du keine Verwendung mehr für mich. Ich werde meinen Trumpf ganz sicher nicht aus der Hand geben und riskieren, dass du mich hier in diesem Land aussetzt.«

Sie hat natürlich recht. Meine beste Eigenschaft ist es, immer nur das zu behalten, was nützlich ist. Und Lira ist zweifellos nützlich. Diese Denkweise macht mich mehr zum Piraten, als gut für mich ist, und ich stelle mir vor, wie bitter enttäuscht mein Vater von mir wäre, weil ich es mir angewöhnt habe, andere Menschen als Mittel zum Zweck anzusehen. Als Pfand, das man gegen klingende Münze eintauschen kann. Aber Lira ist in der einzigartigen Lage, nicht nur genau zu wissen, wie nützlich sie für mich ist, sie spielt auch nur allzu gerne mit, solange sie dafür bekommt, was sie will.

»Dann verrate mir etwas anderes«, sage ich und wechsle eine Spielkarte aus. »Was weißt *du* über den Kristall?«

»Zunächst einmal«, korrigiert sie mich, »ist es kein gewöhnlicher Kristall, sondern ein Auge. Genauer gesagt, das Kristallauge der großen Meeresgöttin. Man hat es den Sirenen weggenommen, damit die neue Königin und alle ihre Nachfolgerinnen nie wieder so große Macht haben wie Keto.«

»Verrate mir etwas, das ich noch nicht weiß.«

»Einverstanden«, sagt sie, als hätte ich sie zu einem Wettbewerb herausgefordert. »Der Dreizack der Meereskönigin ist aus Ketos Gebeinen gemacht und ihr zweites Auge verleiht ihm seine besonderen Kräfte. Als die Göttin ermordet wurde, war ihr getreuestes Kind bei ihr. Die Tochter konnte ihren Tod zwar nicht verhindern, aber es gelang ihr, ein Auge an sich zu bringen, um zu verhindern, dass beide in den Besitz der Menschen gelangten. Aus dem Auge und den wenigen Gebeinen von Keto, die sie bewahren konnte, formte sie einen Dreizack und wurde die erste Meereskönigin. Von Generation zu Generation ist der Dreizack stets auf die älteste Tochter der Meereskönigin übergegangen. Mit ihm herrscht sie über den Ozean und alle seine Kreaturen. Solange die Königin ihn hat, ist jedes Meeresgeschöpf ihr untertan. Und wenn es ihr gelingt, das zweite Auge in ihren Besitz zu bringen, wird sie auch noch die Menschen versklaven.«

»Ein spannendes Märchen«, sagt Kye und starrt auf seine Karten. »Hast du es dir gerade ausgedacht?«

»Ich bin keine Märchenerzählerin«, sagt Lira.

»Dann eben eine Lügnerin.«

Ich presse die Finger an meine Schläfen. »Es reicht, Kye.«

»Das tut es erst, wenn wir sie hier zurücklassen wie geplant.«

»Pläne ändern sich nun mal«, sagt Lira.

»Nur damit das klar ist«, herrscht Kye sie an. »Wenn du glaubst, du könntest dich bei uns einschleichen und Mitglied unserer Mannschaft werden, dann irrst du dich gewaltig. Solange du auf der Saad bist, werde ich jeden deiner Schritte überwachen. Besonders wenn du in Elians Nähe bist. Eine falsche Bewegung und du landest wieder im Käfig.«

»Kye«, sage ich warnend.

Lira umklammert die Ecke des Tischs und macht den Eindruck, als wollte sie auf Kye losgehen. »Ist das eine Drohung?«, fragt sie.

»Niemand bedroht hier irgendjemanden«, weise ich ihn zurecht.

Kye wirft seine Karten weg. »Ehrlich gesagt ist es genau das.«

»Na wunderbar«, blaffe ich ihn an. »Spätestens jetzt ist ihr klar, dass du zu meinem Schutz abgestellt bist. Kannst du nun vielleicht fünf Sekunden lang still sein, damit ich ihr eine Frage stellen kann?« Ich drehe mich zu meinem neuen, finster dreinblickenden Mannschaftsmitglied. »Was genau hast du gemeint, als du sagtest, sie würde *auch noch die Menschen versklaven*?«

Lira lockert den Griff um die Tischkante und fixiert mich mit beinhartem Blick. »Sirenen sind nicht frei in ihrer Entscheidung.«

»Willst du mir etwa weismachen, dass es sich nur um ein großes

Missverständnis handelt? Dass die Sirenen uns Menschen in Wahrheit lieben und gerne so sein würden wie wir, aber leider von der Meereskönigin geknechtet werden?«

Mein Sarkasmus prallt an ihr ab. »Ein treuer Krieger ist besser als ein heimtückischer Sklave«, antwortet sie.

»Heißt das, wenn ich die Meereskönigin töte, können die anderen Sirenen mich endlich aus freiem Willen jagen? Das sind ja schöne Aussichten.«

»Wie willst du überhaupt auf den Wolkenberg gelangen?«, fragt Lira.

»Wir«, korrigiere ich sie. »Du wolltest, dass ich dich mitnehme, weißt du nicht mehr?«

Sie seufzt. »Es heißt, nur die pägesische Königsfamilie könne den Berg erklimmen.« Sie mustert mich von Kopf bis Fuß. »Du magst ein Prinz sein, aber ein Pägese bist du nicht.«

»Danke für den Hinweis.«

Ich rücke einen Stapel Münzen in die Tischmitte. Torik wirft die Hände hoch.

»Verdammt«, knurrt er und schiebt seine Karten mit dramatischer Geste zusammen. »Ich steige aus.«

Grinsend ziehe ich zwei seiner Karten und füge sie meinen hinzu – eine Karte, die ich haben will, und eine als Ablenkungsmanöver. Die restlichen Karten verteile ich zwischen Madrid und Kye, die mir böse Blicke zuwerfen, weil ich damit ihr Blatt ruiniere.

»Ich habe eine Landkarte«, sage ich zu Lira.

»Eine Landkarte«, wiederholt sie.

»Darin ist eine geheime Route zum Gipfel eingezeichnet, mit der man sich mühevolle Wochen des Umwegs erspart. Es gibt sogar Plätze, wo man rasten kann, und Vorrichtungen, um rasch ein Feuer gegen die Kälte zu entfachen. Der Aufstieg dürfte nicht allzu schwierig sein.«

Lira nickt langsam und überlegt. Versucht, auch noch die Teile des Puzzles zu finden, die ich ihr vorenthalten habe. »Wie bist du in den Besitz der Landkarte gelangt?«

»Durch meinen Charme.«

»Ich will die Wahrheit wissen.«

»Glaub mir, ich kann sehr charmant sein«, versichere ich ihr. »Nur so habe ich diese Horde dazu gebracht, ihr Leben für mich zu riskieren.«

»Das war nicht der Grund«, sagt Madrid, ohne von den Karten aufzublicken. »Ich habe es getan, um beim Zielen in Übung zu bleiben.«

»Und ich wollte mir den Spaß von Nahtoderfahrungen nicht entgehen lassen«, sagt Kye.

»Mich hat der zusätzliche Fisch zum Abendessen gereizt.« Torik breitet die Arme aus. »Gott weiß, dass wir gar nicht genug Fisch an allen Tagen des Jahres kriegen können.«

Ich drehe mich zu Lira um. »Na, was hab ich dir gesagt?«

»Also gut, Prinz Honigzunge«, spottet sie. »Was auch immer du getan hast, um an die Landkarte zu kommen, ich bin sicher, es wird eines Tages auf dich zurückfallen. Ich kann warten, bis es so weit ist.«

»Eine echte Zynikerin.«

»Ein echter Pirat«, gibt sie zurück.

»Aus deinem Mund hört es sich wie eine Beleidigung an.«

»Du solltest damit rechnen, dass alles, was ich sage, eine Beleidigung ist«, entgegnet sie. »Irgendwann wirst du dein Glück aufgebraucht haben.«

Sie verschränkt die Arme vor der Brust. Ich setze mein arrogantestes Lächeln auf und tue so, als wollte ich die ganze Welt und das gütige Geschick herausfordern. Obwohl ich weiß, dass mich das Schicksal eines Tages einholen wird, muss ich meine Gefühle für mich behalten. Entweder fallen alle Teilchen an ihren Platz oder alles fällt auseinander. So oder so bleibt mir nichts anderes übrig, als den Schein zu wahren.

ZWEIUNDZWANZIG

Kahlias Gesicht verfolgt mich auf Schritt und Tritt. Ich muss daran denken, wie sie am Ufer von Reoma Putoder, den Kopf vor Scham gebeugt, versucht hat, die Wunden zu verbergen, die meine Mutter ihr in meiner Abwesenheit zugefügt hat. Kahlias Seelenqualen schnüren mir die Luft ab, sie sind wie der gallige Geschmack einer Krankheit. So erging es mir auch damals, als ich Crestells Herz in meiner Hand hielt.

Ich streife über das Schiff und beobachte, wie die Mannschaft ihrer täglichen Arbeit nachgeht. Wie sie lachen, während sie gleichzeitig aufmerksam das Meer absuchen, wie sie ihre Waffen nachladen und dabei auch noch Karten spielen. Sie alle sind mit sich im Reinen, nichts trübt ihren Blick, nicht einmal Heimweh. Es scheint ihnen nicht das Geringste auszumachen, weit weg von den heimatlichen Königreichen zu sein, während ich meine Unterwasserheimat jeden Tag ein klein wenig mehr vermisse. Wie schaffen sie es nur, in ihrem Nomadendasein ein Gefühl von Zuhause zu entwickeln?

»Du denkst zu viel nach«, sagt Madrid, die zu mir gekommen ist.

»Ein Ausgleich dafür, dass hier an Bord so wenig gedacht wird.«

Madrid schlingt ihren Arm um ein Bündel verknoteter Taue, schwingt sich auf die Reling und lässt ihre Füße über die Kante baumeln, während die Saad weiter die Wellen durchpflügt. »Falls du von Kye sprichst«, sagt sie, »muss ich dir recht geben.«

»Das klingt so, als könntest du ihn nicht leiden.« Ich stütze mich mit den Handflächen an der Reling ab. »Paart ihr euch denn nicht?«

»Du fragst, ob wir uns *paaren*?« Madrid ist fassungslos. »Wir sind doch keine Tiere! Wenn überhaupt, sind wir Liebesleute. Das ist ein großer Unterschied, das solltest du ja wohl wissen.«

Nein, weiß ich nicht. Was Beziehungen angeht, kenne ich mich nicht aus. In meinem Königreich nimmt sich niemand die Zeit, jemanden näher kennenzulernen oder eine echte Verbindung einzugehen. Menschen sprechen gerne davon, dass sie *Liebe machen*, wir Sirenen haben in dieser Hinsicht keine große Wahl. Wir machen Liebe so, wie wir auch Krieg machen.

Im Meer gibt es nur Nixenmänner. Die meisten von ihnen dienen meiner Mutter und beschützen das Reich von Keto. Sie sind die stärksten Krieger im ganzen Ozean. Bösartige und tödliche Kreaturen, noch viel abscheulicher als ihre weiblichen Artgenossen. Und noch rücksichtsloser als ich.

Im Unterschied zu Sirenen können Nixenmänner mit Menschlichkeit nichts anfangen. Sirenen sehen aus wie Menschen, und das schafft eine Verbindung zwischen uns. Vielleicht sollte ich besser sagen, Menschen sehen aus wie wir. Wir sind halb Meergeborene und halb wie sie. Manchmal frage ich mich, ob das nicht die Ursache für den gegenseitigen Hass ist.

Dieses Problem haben Nixenmänner nicht. Sie entstammen ganz dem Ozean. In der Gestalt von Seemonstern mit Haifischflossen vereinen sie in sich die hervorstechendsten Merkmale der gefährlichsten Fische, die das Meer kennt. Nichts liegt ihnen ferner, als mit Landwesen in Kontakt treten zu wollen, und sei es auch nur, um gegen sie zu kämpfen. Sie leben ausschließlich unter Wasser und sind entweder Einzelgänger und gehorsame Krieger der Königin oder zügellose Kreaturen, die in den Außenbezirken des Ozeans ein wildes Dasein führen.

Auf ausdrücklichen Befehl der Meereskönigin dienen sie uns als Paarungspartner. Bevor meine Mutter mich mit ihrem Fluch belegt hat, war ich dem Aasfresser versprochen. Für Nixenmänner sind Namen unnötiger Unsinn, wie so vieles andere auch, daher benennen wir sie nach ihren Eigenschaften: Phantom. Hautabzieher. Aasfresser. Weibliche Nixen sind in jeder Hinsicht wie Fische, sie legen Eier, die außerhalb ihres Körpers befruchtet werden. Sirenen haben leider nicht dieses Glück. Wir müssen uns paaren. Gerade weil Nixenmänner so wild und gefühllos sind, eignen sie sich besonders gut, um weitere Nachkommen für unsere mörderische Rasse zu zeugen. Zumindest behauptet das meine Mutter.

»Ich bin froh, dass der Captain dir erlaubt hat, bei uns zu bleiben«, sagt Madrid.

Ich schüttle die Gedanken an zu Hause ab und blicke Madrid fragend an. »Wieso bist du froh darüber?«

»Unser Ziel muss es sein, sie zahlenmäßig zu übertrumpfen.«

»Wen?«

»Die Männer«, sagt sie. »Seit wir nur noch aus einer Rumpfmannschaft bestehen, ist eindeutig zu viel Testosteron an Bord.«

»Wäre es nicht sicherer, mit einer kompletten Crew zu segeln?«

Madrid zuckt die Schultern. »Der Captain wollte kein unnötiges Risiko eingehen.«

»Vielleicht hat er einigen seiner Leute nicht vertraut.«

Madrid schwingt sich zurück aufs Deck und trommelt mit ihren hochgeschnürten Stiefeln gegen das Holz. »Er vertraut jedem einzelnen Mitglied seiner Crew.«

Ihr Tonfall ist reserviert und ihre Augen verengen sich unmerklich.

»Bist du verärgert?« Ich ziehe eine Augenbraue hoch. Menschen sind ja so empfindlich.

»Nein«, antwortet Madrid. »Aber du solltest so etwas nicht sagen. Jemand könnte dich hören.«

»Wer zum Beispiel?«

»Kye.«

»Sagst du das, weil er und Elian gute Freunde sind?«

»Wir sind *alle* gute Freunde.« Madrid wirft die Hände hoch. »Hör auf damit.«

»Ich tue doch gar nichts.«

»Du versuchst, Unruhe zu stiften.«

Was für ein alberner Vorwurf angesichts dessen, was ich tatsächlich vorhabe. Ich will mir mein Geburtsrecht zurückholen, meine Mutter überlisten und Elians Herz herausreißen, damit kein Mensch je wieder eine Bedrohung für uns darstellen kann. Aber Madrid regt sich auf, weil ich eine Bemerkung über ihre Freundschaften an Bord gemacht habe. Was sie wohl erst mal über mich sagen werden, wenn ich meine Pläne in die Tat umsetze?

»Worüber sprecht ihr gerade?«

Kye kommt vom Unterdeck herauf und beäugt mich mit einer Mischung aus Misstrauen und Neugier. Mir gegenüber schlägt er nie den lockeren Ton an wie bei allen anderen an Bord der Saad. Wenn es jemanden gibt, den ich nicht von meiner Nützlichkeit überzeugen kann, dann ist das Elians treuester Begleiter. Ich könnte mein gesamtes Wissen über die Meereskönigin vor ihm ausbreiten, ich könnte ihm verraten, wo die See von Diávolos liegt – Kye würde mich dennoch für entbehrlich halten. Seine Drohungen in Eidýllio kommen mir wieder in den Sinn. Er sieht mich an, als warte er nur darauf, dass ich einen Fehler begehe und etwas von mir preisgebe, mit dem er Elian endlich davon überzeugen kann, dass ich nicht vertrauenswürdig bin. Egal wo ich bin, ob hier auf dem Schiff oder im Ozean meiner Mutter, stets muss ich mich beweisen und dabei fürchten, dass alles, was ich tue, zu meinem Untergang führt.

»Mir wird vorgeworfen, eine Unruhestifterin zu sein«, beantworte ich Kyes Frage.

Madrid schnaubt. »Wenigstens hört sie zu, wenn man sie kritisiert.«

»Gut«, sagt Kye. »Denn da fällt mir eine ganze Menge ein.«

»Mir fällt auch etwas ein …« Madrid blickt vielsagend auf mein Kleid und verzieht abschätzig das Gesicht. »Willst du nicht etwas anderes anziehen? Du kannst doch nicht allen Ernstes für den Rest der Reise in diesem Fetzen herumlaufen wollen.«

»Es ist keine Reise, sondern eine heilige Mission«, mischt Kye sich ein. »Wir brechen auf, um die Welt zu retten und die Meereskönigin zu vernichten. Streunerinnen haben auf dieser Fahrt nichts verloren.«

Madrid nickt. »Schon gut«, sagt sie. »Aber das gibt uns nicht das Recht, Lira zu nötigen, diesen Putzlappen zu tragen.«

Ich taste den Saum meines weißen Kleids ab. Am Rand ist es zerschlissen, einzelne Fäden lösen sich ab. Der Stoff ist inzwischen nicht mehr weiß, sondern mattgrau und voller Ruß und Schmutzflecken, über deren Herkunft ich gar nicht nachdenken will.

»Meinetwegen. Soll sie sich umziehen«, brummt Kye. Seine Augen wandern über das zerknitterte Kleid bis zu meinen zotteligen roten Haaren. »Wenn du aber wirklich was Gutes tun willst«, sagt er zu Madrid, »dann verpass ihr eine Dusche.«

»Eine Dusche«, wiederhole ich.

Er seufzt. »Warmes Wasser und Seife. Ich nehme an, so etwas kennt man auch in deiner Heimat?«

Madrid rollt ihre Ärmel bis zu den Ellbogen hoch. Es gibt keinen Fingerbreit ihrer Haut, der nicht tätowiert ist. Die Zeichen auf Händen und Gesicht sind eher schlicht, aber die Tätowierungen, die sich an den Armen emporwinden und vermutlich bis zu den Schultern reichen, lassen keinen Zweifel aufkommen. Es sind Zeichen kléftesischer Piraten. Die Male gedungener Mörder. Dass sie aus Kléftes kommt, ahnte ich bereits, aber dass Elian eine Attentäterin in seine Mannschaft aufnimmt, hätte ich nicht für möglich gehalten. Für jemanden, der beharrlich leugnet, auf einem Kriegszug zu sein, wählt Elian seine Soldaten sehr sorgfältig aus.

Madrid knufft mich. »Warm ist das Wasser zwar nicht«, raunt sie mir zu, »aber was die Seife angeht, hat Kye recht.«

»Immer noch besser, als ins Meer zu springen«, wirft Kye ein. »Oder möchtest du, dass ich eine neue Planke auslege?«

»Nein«, sage ich. »Das heben wir uns schön auf, damit du mir weiter drohen kannst.«

Er sieht mich böse an. »Wenn der Captain uns nicht beobachten würde, hätte ich dich längst über Bord geworfen.«

Ich verdrehe die Augen, dann gleitet mein Blick übers Deck zu Torik am Steuerruder. Neben ihm lehnt Elian an der Reling, genau an der Stelle, an der ich festgebunden war. Er hat den Hut tief ins Gesicht gezogen, sodass seine Augen im Schatten liegen. Seine Haltung ist locker und ungezwungen. Die Arme vor der Brust verschränkt, steht er lässig da. Aber selbst ich erkenne den Unterschied zwischen jemandem, der einen unverkrampften Eindruck machen will, und jemandem, der tatsächlich entspannt ist. Es ist das Kennzeichen von Mördern, sich nie anmerken zu lassen, welches Feuer in ihnen lodert.

Elian beobachtet uns mit Adleraugen. Gelegentlich sieht er zu Torik hin, um das Gespräch in Gang zu halten, doch die meiste Zeit hat er mich im Blick. Er macht kein Hehl daraus, ich soll ruhig wissen, dass er jede meiner Bewegungen genau verfolgt. Ich habe noch nicht sein Vertrauen erworben und er will mich stets daran erinnern. Das ist schlau, wenn auch etwas lästig. Je länger er mich beobachtet, desto harmloser werde ich ihm vorkommen und desto weniger Gedanken wird er an mich verschwenden. Irgendwann wird seine Wachsamkeit nachlassen. Dann wird er mir vertrauen und mich nicht mehr ständig im Auge behalten.

»Es ist ihm egal, dass ich genau sehen kann, was er da tut«, sage ich.

»Es ist sein Schiff«, erwidert Kye.

»Bin ich denn kein Gast?«

»Du bist keine Gefangene.« In seinen Worten schwingt Enttäuschung mit und das bringt mich seltsamerweise zum Lachen.

»Es wird ihn bald langweilen, mich zu beobachten.«

Madrid runzelt die Stirn. »Der Captain langweilt sich nicht«, sagt sie. »Das passt nicht zu ihm.«

Ich atme in tiefen Zügen die kalte Luft ein und blicke aufs Meer hinaus. »Was ist unser nächstes Ziel?«

»Psémata«, sagt Kye.

»Das Land der Unwahrheit.«

»Das dürfte dir vertraut sein«, sagt Kye. Madrid versetzt ihm einen Schlag an die Schulter.

»Meine Mutter legte Wert darauf, dass ich die meisten Königreiche kenne«, antworte ich wahrheitsgemäß. »Sie hielt es für sinnvoll, über meine …« – fast wäre mir das Wort *Beute* herausgerutscht – »… meine Geschichte Bescheid zu wissen.«

»Und was hast du gelernt?«, fragt Kye.

Ich blicke über die Schulter zu Elian, der weit zurückgelehnt an der Reling steht und sich mit den Ellbogen abstützt. »Genug.«

»Wie viele Sprachen sprichst du?«

Argwöhnisch mustere ich Kye. Allmählich komme ich mir vor wie bei einem Verhör. »Nicht sehr viele.«

Es gibt keinen Grund, neben Midasan und einigen Dialekten, die in allen Königreichen geläufig sind, noch andere Sprachen zu erlernen. Meine eigene Sprache mit ihren schroffen Lauten genügt völlig. Ich hätte sogar auf Midasan verzichten können. Viele

Sirenen erlernen diese Sprache nie, obwohl sie in der Menschenwelt so weitverbreitet ist. Unsere Lieder stehlen Herzen, ganz gleich in welcher Sprache wir sie singen.

Inzwischen bin ich froh über meine Kenntnisse. Ohne sie hätte der Prinz mich getötet, sobald ich den Mund aufgemacht hätte. Ein Mensch, der ausschließlich Psáriin spricht, ist mehr als verdächtig.

»Der Captain spricht fünfzehn Sprachen«, sagt Madrid bewundernd.

»Du sabberst ja schon.« Kye deutet auf ihren Arm. »Da ist Spucke an deiner Schulter.«

Madrid schlägt seine Hand weg. »Ich finde ihn beeindruckend, weil ich selbst nur zwei Sprachen beherrsche.«

»Natürlich«, sagt er. »Das ist mir klar.«

»Wer lernt freiwillig fünfzehn Sprachen, wo doch fast die ganze Welt Midasan spricht?«, wundere ich mich.

»Lass das bloß nicht den Cap hören«, sagt Madrid warnend. »Er ist ganz versessen darauf, *Kulturen zu erhalten.*« Beim letzten Teil des Satzes verdreht sie die Augen, als würde sie mit dem größten Vergnügen dabei zusehen, wie ihre eigene Kultur in Flammen aufgeht. »Er hat in Glossá studiert, ist dann jedoch zu der Erkenntnis gekommen, dass niemand außer der dortigen Herrscherfamilie alle Sprachen beherrschen kann.«

»Lira wird sich wohl kaum die Lebensgeschichte unseres Captains anhören wollen«, mischt Kye sich ein. »Erst recht nicht, wenn sie stattdessen etwas anprobieren kann, das nicht nach Waffenöl stinkt.«

Madrid schmunzelt. »Das ist richtig.« Sie schnippt mit dem Finger. »Was hältst du von etwas Gewagterem, Lira?«

»Etwas Gewagterem?«, frage ich zögernd.

Ein Lächeln huscht über Madrids Züge.

»Keine Angst«, beruhigt sie mich. »Ich rede von etwas weniger Fräulein und etwas mehr Freibeuter.«

Ich nicke nicht gerade begeistert. Nichts könnte mir gleichgültiger sein als das, was sie mir zum Anziehen gibt, Hauptsache, es wärmt meine Knochen, denn die Kälte drückt auf meine Glieder wie das Gewicht von hundert Sirenen.

Vorsichtig spähe ich zu Elian hinüber. Der Hut schützt seine Augen vor der mittäglichen Sonne. Trotzdem spüre ich seinen Blick auf mir ruhen. Er beobachtet. Wartet. Darauf, dass ich entweder versehentlich meine wahren Absichten verrate oder ihn mit etwas Unerwartetem überrasche, um sein Vertrauen zu erringen. Soll er mich doch beobachten. Wenn es nach Madrid geht, erscheine ich bei unserer nächsten Begegnung in Piratenkluft. Dann sehe ich genauso aus wie er.

DREIUNDZWANZIG

Ich merke erst, wie ruhelos ich die ganze Zeit über gewesen bin, als Lira in voller Piratenmontur wieder an Deck kommt. Eigentlich fehlt nur noch ein Holzbein.

Die Mannschaft summt leise eine etwas schräge Melodie, während Kye lebhaft mit Torik über alte Schulden, die nicht verjähren, diskutiert.

Liras Anblick lässt alle verstummen.

Ihre offenen Haare sind locker und weich auf eine Seite gekämmt, an mehreren Stellen sind Bänder eingeflochten. Schwere goldene Kreolen baumeln an ihren Ohren, sogar von meinem Platz auf dem Achterdeck kann ich das getrocknete Blut an den frischen Ohrlöchern sehen. Ihre Hose ist meergrün, dazu trägt sie eine passende Jacke mit Zierbesatz, ovalen Knöpfen und üppigen goldenen Schulterklappen. Am Ärmelsaum quellen die Volants eines weißen Rüschenhemds hervor und an den Ellbogen sind zwei notdürftig mit schwarzem Faden zusammengenähte Flicken.

Lira stemmt die Hand in die Hüfte und versucht, sich unbefangen zu geben, aber ihr Gesicht verrät, wie unsicher sie ist. Es ist die erste aufrichtige Regung, seit ich sie aus dem Wasser gezogen habe. Sie sieht vielleicht wie eine Piratin aus, aber sie hat noch einen langen Weg vor sich, bis sie wirklich eine ist.

»Ich fasse es nicht«, seufzt Kye. »Ich habe Madrid geraten, ihr eine Dusche zu verpassen. Sie als Piratenprinzessin herauszuputzen, davon war nicht die Rede.«

»Du findest also, sie sieht wie eine Prinzessin aus? Wie süß von dir«, sage ich spöttisch. »Das muss ich ihr später unbedingt erzählen.«

»Ich meine es ernst«, erwidert Kye, als wäre ich zu dumm, das Offensichtliche zu begreifen. »Zuerst erschleicht sie sich einen Platz auf diesem Schiff, und jetzt versucht sie auch noch, wie eine von uns auszusehen. Sie tut wirklich alles, damit wir vergessen, wer sie ist, und ihr sorglos den Rücken zukehren.«

»Ein Rüschenhemd und ein neues Paar Stiefel, und schon witterst du Verrat?«

»Sei nicht so naiv«, sagt Kye. »Du solltest wirklich schlauer sein, als ausgerechnet einer Fremden zu vertrauen.«

Ich lächle ihn an, halbherzig und mit zusammengebissenen Zähnen. Mir zu sagen, dass ich vorsichtig sein soll, ist das eine, aber mich an Bord meines eigenen Schiffs wie ein Kind abzukanzeln, ist etwas ganz anderes. *Naiv.* Das Wort ist mir nur allzu vertraut und trifft einen Nerv bei mir.

»Du klingst wie mein Vater«, blaffe ich ihn an. »Wenn ich eine Lektion erteilt bekommen will, dann sage ich es dir.«

»Das war lediglich ein gut gemeinter Rat.«

»Du versuchst, mich zu gängeln, und das wird langsam langweilig.« Bleierne Müdigkeit befällt mich, wie ich sie sonst nur von meinen Abstechern nach Midas kenne. »Ich bin kein Grünschnabel, der zum ersten Mal Segel setzt. Ich bin der Captain dieses Schiffs, und ich wäre dir sehr dankbar, wenn du endlich aufhören würdest, mich wie einen dummen Jungen zu behandeln, dem man alles genau erklären muss.«

Kyes Schultern versteifen sich, aber ich bin zu frustriert, um mir den Kopf darüber zu zerbrechen, was seine ausdruckslose Miene bedeutet, die er immer aufsetzt, wenn er sich äußerlich zur Ruhe zwingen muss.

Auf diesem Schiff bin ich kein midasanischer Prinz mit einer Legion von Leibwächtern und Beratern um sich herum. Ich bin verdammt noch mal ein Pirat.

In Augenblicken wie diesem kommt mir der Auftrag in den Sinn, den mein Vater Kye erteilt hat: ständig in meiner Nähe zu bleiben, als Leibwächter, nicht als Freund, und mich vor den Gefahren der Welt zu beschützen, deren Erforschung ich mir nun mal in den Kopf gesetzt habe. Kye leugnet zwar, mich aus diesem Grund zu begleiten, aber mit seinen ewigen Zweifeln und seiner Skepsis beschwört er immer wieder die Gedanken an meinen Vater und seinen Hof herauf. Ständig werde ich daran erinnert, dass er ein Diplomatensohn ist, der gelernt hat, wie man mit Adligen umgeht und auf sie einwirkt. Für ihn bin ich nur ein weiterer Prinz, der sich erst die Hörner abstoßen muss, bevor er den Thron besteigt.

Ich gleite die Stufen hinunter aufs Hauptdeck. Lira hat sich ein Pistolenhalfter um die Hüfte geschnallt, das so tief sitzt, dass es fast ihre kniehohen Stiefel berührt. An der roten Stoffschärpe, die sie straff um ihre Taille gebunden hat, ist eine goldene Schlaufe, die gerade groß genug ist, um ein Schwert hindurchzuschieben. Zum Glück hat Madrid ihr nicht auch noch die passende Waffe gegeben.

»Du fällst fast nicht mehr auf«, sage ich zu ihr.

Lira rümpft die Nase. »Das ist nicht sehr schmeichelhaft.«

Zuerst nehme ich den Hut ab, dann hole ich meinen Säbel, der an der Schiffsleiter lehnt. Er glänzt in einem kräftigen Gold, das zur Spitze hin in ein aschgraues Schwarz übergeht. In den kunstvoll gearbeiteten Griff ist eine Landkarte von Midas eingraviert und die Klinge ist vorne leicht gekrümmt, was ihn noch gefährlicher macht.

Ich deute mit dem Säbel auf Madrid. »Gib Lira eine Waffe!« Ich frage ganz bewusst Madrid, weil ich weiß, dass die restliche Mannschaft zögern würde, meiner Aufforderung nachzukommen.

»Elian.«

In Kyes Tonfall schwingt eine Warnung mit, nichts Dummes oder Unüberlegtes zu tun, und schon gar nicht aus purem Trotz.

»Madrid«, sage ich und deute auf ihr großes Entermesser.

Sie händigt die Waffe ohne zu zögern aus, vermeidet es jedoch, in Kyes Richtung zu blicken. Wie alle anderen ist auch sie neugierig, was passieren wird. Ich spüre, wie uns die Blicke der Besatzung umkreisen, höre die eintretende Stille, als die Stimmen allmählich verstummen und die Männer aufhören zu singen.

»Ich wusste gar nicht, dass du lächeln kannst«, sage ich zu Lira, die ihre neue Waffe eingehend begutachtet.

»Du zeigst mir, wie man kämpft.«

Das ist weder eine Frage noch eine Bitte. Lira verlangt es einfach und verkennt ganz bewusst, dass es meine Idee gewesen ist und nicht ihr weiblicher Charme mich zu diesem Angebot verleitet hat.

Soweit man bei ihr überhaupt von einem Funken Charme sprechen kann.

Es gehört nicht zu meinen Gewohnheiten, Fremden meine eigenen Tricks beizubringen, aber wenn Lira sich unter meiner Mannschaft behaupten soll, muss sie mit einer Waffe umgehen können. Wie sie in Eidýllio mit dem Wachsoldaten gerangelt hat, war blamabel gewesen, ihr dabei zuschauen zu müssen peinlich genug. Aber ich bin auf sie angewiesen, wenn ich die Meereskönigin besiegen will. Solange wir nicht auf dem Gipfel des Berges stehen, wird Lira ihre Geheimnisse nicht preisgeben, weder die genauen Einzelheiten des Rituals noch andere Details. Also muss sie lebend dort ankommen, und das setzt voraus, dass sie sich verteidigen kann, wenn ich nicht in der Nähe bin. Dies gilt umso mehr für unseren nächsten Landgang. Wenn Lira schon meine Crew für ungehobelt hält, dann wartet bei den Xaprár eine böse Überraschung auf sie.

»Nein, ich zeige dir, wie man überlebt«, korrigiere ich sie. »Erste Lektion: Steh nicht so herum!«

Ich deute auf ihre zusammengepressten Füße und auf ihre durchgedrückten Knie, die so starr sind, als wären sie mit Eisenstäben verstärkt. Falls Lira die Wahrheit über ihre Familie gesagt hat, wundert es mich, dass sie solche Dinge nicht besser weiß. Krieger aus Polemistés sind die geborenen Söldner. Andererseits scheint ihre Familie ums Leben gekommen zu sein, als sie noch ein kleines Kind war. Vielleicht ist sie so unerfahren im Kämpfen, weil niemand sie je unterrichtet hat.

Ich nehme eine kampfbereite Stellung ein und Lira macht es mir nach. Sie ist wie ein Spiegelbild von mir, winkelt sogar den Arm an, um meine Haltung bis ins Kleinste nachzuahmen.

»Was kriege ich, wenn ich dich besiege?«, fragt sie.

»Dann hast du gelernt, wie man sich verteidigt. Das ist Lohn genug.«

Sie lächelt finster. »Und wenn ich dich töte?«

»Falsches Selbstvertrauen nützt niemandem etwas.« Meine Antwort ist wirklich das perfekte Echo aller belehrenden Worte meines Vaters.

Dann gehe ich zum Angriff über.

Lira holt weit aus und blockt meine erste Attacke ab. Sie ist schnell, aber noch etwas unsicher. Sie stolpert über die eigenen Füße, und wenn sie einen Schritt zur Seite macht, stoßen ihre Knie aneinander. Man könnte meinen, sie wüsste nicht, wie man richtig geht, ganz zu schweigen von der Fußarbeit in einem Zweikampf. Ich greife erneut an, diesmal etwas langsamer und nicht ganz so kraftvoll. Unsere Waffen prallen aufeinander.

Geschmeidig drehe ich mich weg und reiße den Säbel hoch, um Lira einen Vorstoß in meine offene Flanke zu ermöglichen. Sie zögert keine Sekunde. Ihr Entermesser saust mit voller Wucht auf mich herab. Was ihr an Geschick fehlt, macht sie mit nackter Gewalt wett. Dass ich ihr etwas beizubringen versuche, ist ihr egal. Sie will nur wissen, wie man gewinnt.

Ich gehe in die Hocke und will mit meinem Fuß ihre Beine wegfegen, aber im letzten Moment springt sie hoch und mein Tritt geht ins Leere. »Sehr gut«, sage ich. »Woher wusstest du, was ich vorhabe?«

»Du bist leicht zu durchschauen.«

Ich verdrehe die Augen. »Dann sei nicht so zaghaft. Wenn ich angreife, ist es deine Aufgabe, mich in die Defensive zu bringen. Verändere ständig deine Position, damit zwingst du deinen Gegner zum Rückzug.«

»Kriege werden nicht gewonnen, indem man sich zurückzieht«, erwidert sie.

»Du gewinnst keinen Krieg«, belehre ich sie. »Jemand anderes verliert ihn.«

Das Entermesser in ihrer Hand bebt, Verwirrung macht sich auf ihrem Gesicht breit. Anscheinend hat sie von einem Prinzen, der Sirenen tötet, eine andere Antwort erwartet. Sie schweigt, und als die unangenehme Stille sich immer weiter ausdehnt, richte ich den Säbel auf Lira.

»Greif mich an!«, fordere ich sie heraus.

Sie macht einen Ausfallschritt auf mich zu und diesmal legt sie so viel Schwung hinein, dass unsere Klingen aufeinandertreffen. Das metallische Geräusch klingt auch dann noch in den Ohren, als ich längst ausgewichen bin. Lira greift unermüdlich an, aber sie handelt nicht planvoll, ihr geht es vor allem darum, ihren Gegner möglichst schwer zu verletzen. Ein Fehler, wie ihn blutige Anfänger machen. Draufzuhauen mit nur einem Ziel: den Gegner zu töten.

»Schalte deinen Kopf ein«, sage ich zu ihr, während ich einen weiteren Angriff abblocke.

Liras Atem geht schwer. »Was meinst du damit?«

»Du musst überlegen, wie du vorgehen willst. Stell dir die Frage: Wie kann ich am meisten Schaden anrichten und auf welchem Weg erreiche ich das? Du musst erst *denken* und dann angreifen.«

Ich presche vor, Lira weicht zurück und kommt dann wieder auf mich zu. Sie trippelt und tänzelt übers Deck, nicht sehr anmutig, aber schon besser als vorher. Keine Frage, sie lernt schnell.

Ich lasse meinen Säbel auf sie herabsausen, diesmal fester, und lege bei jedem neuen Hieb mehr Kraft in meinen Angriff, so lange, bis ihre Arme anfangen zu zittern. Als ich schon damit rechne, dass sie ihre Waffe fallen lassen wird, macht sie eine Seitdrehung und stößt ihren linken Ellbogen nach oben. In letzter Sekunde kann ich den Schlag abwehren, der meine Nase platt gedrückt hätte. Sie passt sich an, setzt alles ein, um zu gewinnen. Wenn es nicht so durchtrieben wäre, könnte man ihre Art zu kämpfen beinahe bewundern.

Ich versetze Lira einen heftigen Stoß. Sie stürzt zu Boden, rollt sich aber sofort auf den Rücken und stützt sich ächzend auf ihre Ellbogen.

»Ritterlichkeit gehört nicht gerade zu deinen Stärken«, sagt sie keuchend.

»Ich werde daran denken, wenn du wieder einmal am Ertrinken bist.«

»Ich war nicht am Ertrinken.« Sie rappelt sich auf. »Ich kann gar nicht ertrinken.«

»Falsch«, sage ich. »Du kannst nicht schwimmen.«

Wütend hebt sie ihre Waffe und fordert mich auf weiterzumachen. Das lasse ich mir nicht zweimal sagen. Anscheinend ist es mir doch noch gelungen, sie aus der Fassung zu bringen.

Sie zielt auf mein Herz und stößt zu. Ich ducke mich weg und ramme Lira den Griff meines Säbels in den Magen. Sie taumelt zurück, gibt aber keinen Laut von sich, sondern beißt die Zähne zusammen. Dass sie Schmerzen hat, erkennt man nur am zornigen Flackern ihrer Augen. Ich überlege, die Übungsstunde zu beenden, aber bevor ich etwas sagen kann, stürzt Lira sich erneut auf mich.

Sie legt ihr ganzes Gewicht in den Angriff und ich schaffe es nicht, meinen Säbel rechtzeitig hochzureißen. Ihre Attacke kommt so unerwartet, dass ich nicht schnell genug reagieren kann und Lira freie Bahn lasse.

Ihre Faust kracht gegen meine Wange.

Der Schmerz ist kurz, aber heftig. Lira blinzelt verwirrt, sie scheint über sich selbst verblüfft zu sein. Mich verblüfft nicht so sehr, dass sie meine offene Flanke ausgenutzt hat, sondern eher, dass ich es zugelassen habe. Mit einem gezielten Tritt befördere ich Liras Entermesser übers Deck. Sie versucht, meinem Beispiel zu folgen, und zielt mit ihrem Fuß auf meine Brust, kommt dabei aber aus dem Gleichgewicht. Als sie die Balance verliert, packe ich ihren Knöchel und drehe ihn herum. Sie kippt zur Seite und plumpst auf ihre Hüfte.

Sie liegt da, die Hände flach auf dem Boden. Als sie mich aus dem Augenwinkel auf sich zukommen sieht, hebt sie ruckartig den Kopf und streckt ihr Bein aus. Ich merke, wie meine Knie wegsacken, kann mich aber gerade noch fangen.

Mit einem Satz ist Lira wieder auf den Beinen. Wir beäugen uns wie Jäger und Beute. Provozierend ziehe ich die Augenbraue hoch, um sie herauszufordern. Lira lächelt kampfeslustig und holt sich ihre Waffe zurück.

Wir machen weiter, Säbel gegen Entermesser. Die Atemzüge werden schwerer. Irgendwann zieht die Abenddämmerung herauf, dann der Mond. Meine Umgebung nehme ich nur wie durch einen Schleier wahr. Während Lira ein ums andere Mal gegen mich anstürmt, streife ich alles von mir ab. Meine Mission, mein Königreich. Die Welt. Sie existieren irgendwo, aber nicht hier, nicht in diesem Moment. Jetzt zählt nur dies: ich, mein Schiff und ein Mädchen mit einem großen, weiten Ozean in den Augen.

VIERUNDZWANZIG

Ich summe leise vor mich hin, in völligem Gleichklang mit dem Meer; eine Hand liegt an der Gürtelschlaufe, in der kein Messer steckt, die andere umklammert die Reling. Der Nachthimmel ist mit Sternen bestickt, die in ihrer Anordnung so ungleichmäßig sind wie die Nähte meiner Jacke.

Bald werden wir neues Land erreichen – die nächste Station auf Elians Expedition –, doch vorerst schläft die Mannschaft noch friedlich im Bauch des Schiffs, während wir unserem Ziel entgegensegeln. Hier oben an Deck hält das Steuerruder Kurs und korrigiert sich hin und wieder selbst. Auch ohne einen Piraten, der das Ruder hält, scheint Elians stolzes Schiff den Weg zu kennen.

Ich schließe meine Jacke über der Brust, weil der Wind auffrischt, und passe mein Lied seinem schnelleren Rhythmus an. Es ist seltsam, so völlig unbekümmert singen zu können, ohne dass jemand die schmerzhaften Folgen tragen muss. Ich setze meine Stimme anders ein als sonst, sie bewirkt nicht Tod und Leid, sondern erweckt eine Melodie zum Leben.

In mir ist eine große Ruhe.

Die selbstverständliche Routine auf der Saad ist ein Gegengewicht zu den schrecklichen Wahrheiten in meinem Herzen. In den Nächten nehme ich die schier unbegreifliche Stille des Ozeans wahr und fühle mich weit weg vom Zorn meiner Mutter. Die Mannschaft, ja selbst Kye, der kein Hehl daraus macht, dass er mich nicht auf dem Schiff haben will, empfinde ich als tröstlich. Ihr ungezwungener Umgang erinnert mich an zu Hause. An Kahlia. Sie blicken Elian auf die gleiche Weise an, wie meine Cousine mich anblickt: nicht mit blindem Eifer, sondern mit einer Ergebenheit, die in etwas Tieferem gründet. Vertrauen. Freundschaft. Vielleicht sogar Liebe. Zumindest kann ich hier so tun, als wäre ich nicht die Tochter meiner Mutter. Als hätte ich noch nie ein Leben ausgelöscht. Ich kann die Tage verbringen, ohne Angst haben zu müssen, dass alles, was ich tue, gegen mich verwendet wird.

Inzwischen kann ich nachvollziehen, warum Elian freiwillig auf sein Geburtsrecht verzichtet, wenn er stattdessen dieses Nomadenleben weiterführen kann. Obwohl ich entschlossen bin, in die See von Diávolos zurückzukehren und den Platz meiner Mutter einzunehmen, gefällt mir die Vorstellung eines Lebens ohne jede Herrscherpflichten. Es ist also sicher nicht die schlechteste Idee, die der Prinz je hatte. Vermute ich zumindest. Wenigstens weiß er, was er will.

Die Stimme meiner Mutter verschafft sich Gehör in meinem Kopf und fordert mich auf, nicht länger Hirngespinsten nachzujagen, sondern Elians Herz zu rauben, ehe es zu spät ist. Wenn es mir nicht gelingt, das zweite Auge von Keto in meinen Besitz zu bringen, werde ich nicht nur sterben, sondern einen Tod als Verräterin erleiden. Aber was bleibt mir anderes übrig? Soll ich mich vor ihr kleinmachen und dabei inständig hoffen, dass sie mir eines Tages den Thron überlässt, während ich tatenlos zusehe, wie Kahlia in ihrer Gegenwart vor Angst bebt? Wenn ich meiner Mutter gehorche, verdamme ich Kahlia und den ganzen Ozean dazu, weiter unter ihrer Herrschaft zu leiden. Wenn ich ihr nicht gehorche und stattdessen meinen Plan weiterverfolge, dann stelle ich womöglich nur unter Beweis, wie unvollkommen und fehlerhaft ich bin.

Ich umklammere die Reling noch fester und atme die feuchtsalzige Luft ein.

Wenn meine Aufgabe doch nur so einfach wäre wie Elians Mission. Er will der Retter der Menschheit sein. Das mag sich kühn anhören, aber er muss dafür nicht alles verraten, was für ihn je wichtig gewesen ist. Wenn er Erfolg hat, wird seine Mutter stolz auf ihn sein. Wenn ich Erfolg habe, wird meine Mutter sterben.

Bei dem Gedanken an Elian kommt mir die Nacht viel kälter vor. Egal, was ich tue, am Ende wird Elian tot sein. Ob ich ihn jetzt sofort umbringe oder später, immer läuft es darauf hinaus, dass ich ihm das Leben nehmen muss.

Jede Tat geht mit Verrat einher. Jede Entscheidung führt zu Blutvergießen. Auch wenn meine Mutter das Gegenteil behauptet – ich scheine zu dem Monster geworden zu sein, das sie haben wollte.

Während ich noch grüble, ertönt plötzlich eine leise Melodie. Ein Wiegenlied aus weiter Ferne und doch vertraut. Einlullend und verführerisch zugleich. Ich bin so gefangen, dass ich zuerst gar nicht merke, wie das Schiff erbebt. Es ist, als würde der Ozean meine rebellischen Gedanken hören und mit gewaltiger Faust gegen die Saad hämmern. Ich taumle vornüber. Meine Hände rutschen von der Reling ab und es hätte nicht viel gefehlt und ich wäre mit einem lauten Schrei ins Wasser gefallen. Der Ozean ist vollkommen ruhig, nicht der kleinste Wellenschlag ist zu sehen. Es schwappt keine Gischt hoch und es steigen keine Bläschen auf, wie man es nach einem heftigen Stoß erwarten würde. Aber ich sehe etwas anderes. Einen Schatten.

Ich blinzle.

Etwas lauert im Finstern und klammert sich, halb verschluckt vom Wasser, an die Saad. Ich kneife kurz die Augen zusammen und beuge mich dann weit über die Kante, um nach unten zu spähen.

Aus der Dunkelheit taucht eine Knochenklaue auf.

Der Schatten huscht die Schiffswand hoch und kommt mit schwindelerregender Schnelligkeit zu mir. Ich kann gerade noch zurückweichen, bevor die Kreatur mit einem Riesensatz an Deck springt, dass sogar die Segel flattern.

Der Körper ist kreuz und quer mit narbenartigen Kratern übersät und die fleckige Haut sieht aus, als wären graue Sprenkel tief unter die Haut gesickert. Seine Flossen sind messerscharf und der längliche Leib ist zerfurcht. Die Arme gehen in tintenblaue Klauen über. Ein Geschöpf halb Hai, halb etwas anderes, weitaus Dämonischeres.

Der Aasfresser.

Ich falle auf die Knie und das Monster meiner Mutter stößt einen lauten Schrei aus. Dann schlittert er zu mir herüber und streckt seine glitschigen Hände aus, um meine Wange zu berühren.

»Pórniu mou«, knurrt er.

Ich reagiere weder auf seine besitzergreifenden Worte noch auf die widerliche Art, wie er sie zum Ausdruck bringt. Seine streichelnden Klauen sind eine Warnung. Schon als Sirene war ich immer auf der Hut vor ihm, aber in meiner Menschengestalt könnte er mich spielend in Stücke reißen. Vielleicht hat meine Mutter ihn genau aus diesem Grund zu mir geschickt. Ich frage mich, warum Elian und seine Mannschaft nicht an Deck gerannt kommen. Haben sie die Erschütterung, die durch das Schiff ging, nicht bemerkt? Der Wind trägt das vertraute Wiegenlied zu mir und meine Augenlider werden schwer, je länger ich es höre.

Es ist das Lied einer Sirene.

»Anthrópinos«, faucht der Aasfresser.

Mensch.

Das Wort kommt tief aus seiner Kehle, bricht durch seine splittrigen Reißzähne aus ihm heraus. Abscheu liegt darin. Neugier. Vielleicht sogar spöttisches Vergnügen, falls ein Nixenmann dazu fähig ist. Er packt mein Kinn und zieht meinen Kopf zu sich heran. Sein nach säuerlichem Blut riechender Atem schlägt mir ins Gesicht. Als sein grässlicher Mund meine Lippen streift, halte ich still und presse die Zähne zusammen, aber nur kurz, denn schon im nächsten Moment spüre ich seine Zunge an meiner eigenen und schmecke Verwesung.

Dann stößt er mich von sich und spuckt vor mir aus. Aufgebracht schlägt er mit seinem Haischwanz und fletscht seine mit Speichel verklebten Reißzähne. Er schmeckt den Menschen in mir, so wie ich den Dämon in ihm schmecke. Wie als Antwort auf seinen Gefühlsausbruch schallt Gelächter vom Meer zu uns herüber. Es prallt gegen die Saad, bläht die Segel auf. Mein Herz ballt sich zusammen, als die Musik immer weiter anschwillt.

Wie ausfließendes Öl ergießen sich die langen Tentakel meiner Mutter über das Deck. Die königlichen Tätowierungen sind unverkennbar. Ihre Krone sitzt perfekt, der prachtvolle Kopfschmuck fällt verschwenderisch über ihren Rücken. Sie umklammert ihren Dreizack und starrt mich mit abgründigen Augen an.

»Schau nicht so verängstigt drein, mein Schatz.« Als sie mich anlächelt, blitzen ihre Reißzähne auf. »Deine Mutter ist da.«

Ich stemme mich hoch, ohne den Kopf zu heben. Sie soll glauben, dass ich mich verbeuge. Je länger ich auf die Maserung des Holzes starre, desto heißer glüht meine Haut. Schweiß durchdringt meine Kleidung, während in mir Zorn aufwallt. Ich kann es kaum ertragen, sie anzusehen. Dass sie es wagt, hier aufzutauchen, nach allem, was sie getan hat, ist die schlimmste Beleidigung von allen.

Eine angespannte Stille breitet sich aus und ich frage mich, welches Geräusch sie gleich durchbrechen wird: das Brüllen des Aasfressers, das Gelächter meiner Mutter oder das überlaute Pochen meines aufgewühlten Herzens.

Stattdessen höre ich mein eigenes Lied.

Das Wiegenlied, das für die Menschen so verhängnisvoll ist. Mein Kopf schnellt hoch, als mir klar wird, was ich höre, und ich taumle einen Schritt zurück. Die Melodie kriecht übers Deck und greift mit feingliedrigen Händen nach der Saad, wie um das Schiff zu schaukeln. Das Lied ist noch genauso betörend wie immer, selbst ich habe Mühe, Fassung zu bewahren. Ich verliere mich in Erinnerungen und komme mir vor wie in einem Traum, aus dem ich nicht erwachen kann. Es ist, als würde man plötzlich in eine Welt hineingeboren, die man sich in der eigenen Fantasie vorgestellt hat.

Solange diese Lüge von einem Lied erklingt, brauche ich erst gar nicht darauf zu hoffen, dass irgendjemand von der Mannschaft aus dem Schlaf erwacht.

Die Meereskönigin drückt ihren langen Spinnwebfinger an die Brust und ihre Muschel fängt an zu flackern. Meine Augen verschleiern sich. »Ich bewahre dein Lied nur für dich auf«, versichert sie. »Wenn du Erfolg hast, bekommst du es wieder zurück.«

Verzweifelt versuche ich, meinen Kummer wegzublinzeln. »Bist du hier, um mich zu quälen?«

»Keineswegs«, antwortet sie. »Ich bin hier, um mich davon zu überzeugen, wie es dem Fluch der Prinzen geht.« Sie reckt den Hals. »Hast du sein Herz etwa unter diesen unansehnlichen Lumpenkleidern versteckt?«

Es überrascht mich nicht, dass sie gekommen ist, um nachzusehen, ob ich mich an ihren Plan halte. Damit sie mich entweder bestrafen oder dazu bringen kann, genau das zu tun, was sie will. Ich muss an die Saad denken, die sogar dann Kurs hält, wenn der Captain schläft. Ich bin wie dieses Schiff für meine Mutter. Zumindest glaubt sie das.

»So einfach ist das nicht«, sage ich.

»Ach, Lira.« Sie zupft ein Büschel Seegras von ihrem Dreizack. »Königinnen machen keine Ausflüchte. Das ist nur ein weiterer Grund, wieso du der Krone nicht würdig bist.«

»Ich verdiene es, Königin zu sein«, widerspreche ich ihr. »Ich bin stark genug, um unser Volk zu führen.«

»Du bist schwach«, sagt sie anklagend. »Das warst du schon immer. Sieh dich doch an – du trägst Menschenkleider, hast Menschengefühle in deiner Brust. Weißt du, was ich in deinen Augen sehe, Lira? Nicht Tod oder Dunkelheit, ja nicht einmal Zorn. Ich sehe Tränen.«

Bei ihren Worten muss ich schlucken. »Ich weiß nicht, wovon du redest.«

»Ich rede von dem Ausdruck auf deinem Gesicht«, sagt sie. »Von deinem menschlichen Kummer.«

Ich möchte ihr widersprechen, aber ich kann die Traurigkeit nicht leugnen, die hinter meinen Augen brennt. Als Sirene habe ich oft Zorn verspürt, aber nie Kummer. Nicht seit ich Crestells Herz herausgerissen habe, während die Hand meiner Mutter auf meiner Schulter ruhte. Aber mitzuerleben, wie mein eigenes Lied Elians Schiff überrollt, und dabei zu wissen, dass meine Mutter mich immer noch als Waffe einsetzen kann, ob ich will oder nicht – das ist so, als würde man aufgespießt werden. Und dann die Art, wie sie mich ansieht. Völlig ungerührt, ohne einen Funken Mitgefühl. Ohne die Sorge, die mich beim Anblick von Kahlias Verletzungen quälte. Die auch Kye verspürte, als Maeve Elian angriff. Oder der Prinz, als er mich aus dem Ozean fischte, in dem meine Mutter mich ausgesetzt hatte, damit ich elendig zugrunde gehe. Wie kann die Meereskönigin Mitgefühl als Schwäche ansehen, wo genau dies die Menschen verbindet und zu einer starken Gemeinschaft macht. Zu einer Familie.

Als der Aasfresser anfängt zu knurren, streicht meine Mutter langsam und besänftigend mit ihrer Klaue über sein Gesicht. Sie ritzt eine Linie in seine Wange und brummt zufrieden.

»Deine Zeit läuft ab, Lira«, sagt sie und legt einen Finger an die Lippen. »Wenn du mir nicht bald das Herz des Prinzen bringst, werde ich dir deines nehmen.«

FÜNFUNDZWANZIG

Als ich in den Spiegel sehe, blickt eine Fremde zurück. Sie mustert mein neues Piratentum, mein neues Menschsein – mein Gesicht, das der Aasfresser immer noch als seinen Besitz ansieht – und runzelt die Stirn. Die Furche zwischen den Augenbrauen verwandelt ihre arglose Miene. Ihre Lippen werden schmal. Gedankenverloren streift sie mit ihrem Handballen die Fältchen an den Mundwinkeln glatt.

Meine Haut ist von der Sonne gerötet und die Salzwasserbrise hat meine Haare spröde gemacht. Ich trete ganz nah an den Spiegel und berühre ihn mit meinen langen Fingern. Blinzelnd nehme ich mein neues Ich in Augenschein. Beine und Füße. Augen, die beide dieselbe Farbe haben. In der Brust ein menschliches Herz, das fürchtet, von meiner Mutter geraubt zu werden.

Im Spiegelbild entdecke ich Elian. Die Arme vor der Brust verschränkt, lehnt er hinter mir an der Tür und beobachtet mich amüsiert. Er sagt kein Wort und wir sehen uns lange gegenseitig durch das Spiegelglas an, bis mich ein merkwürdiges Gefühl durchflutet, das schlimmer ist als Furcht.

Bald werden wir in Psémata anlegen, und das bedeutet, bis

nach Págos ist es nicht mehr weit. Was folgt, ist der Wolkenberg. Das zweite Auge von Keto. Elians unausweichlicher Tod. Jede Station meines Täuschungsmanövers ist genauestens geplant, eigentlich müsste ich bestens vorbereitet sein. Aber das bin ich nicht. Alle, die ich in die Irre führen will, sind viel zu nah. Womöglich beobachtet mich meine Mutter genau in diesem Moment, mein Plan könnte also jederzeit auffliegen. Es grenzt an ein Wunder, dass sie meine Absichten nicht schon längst an mir gerochen oder zumindest gehört hat, wie schnell mein Menschenherz pocht. Dann ist da noch Elian, der mir eine Waffe gegeben hat, statt mich damit zu erstechen, und der jetzt direkt hinter mir steht. Seine Großmut, die er immer wieder unter Beweis stellt, und die unverbrüchliche Treue, die man ihm entgegenbringt, sind Ideale, die meine Mutter gnadenlos aus mir herausbrennen würde. Großmut darf es nicht geben und Treue wird als Selbstverständlichkeit abgetan. Aber genau die Empfindungen, die mich in den Augen meiner Mutter zu einem Schwächling machen, verleihen Elian Stärke. Er ist ein Krieger und in jeder Hinsicht das Gegenteil von mir. Und doch gibt es Gemeinsamkeiten zwischen uns, und sei es auch nur unsere wilde Entschlossenheit.

Elian beobachtet mich im Spiegel. Ich runzle die Stirn, als mir plötzlich klar wird, dass ich ihm den Rücken zukehre. Bei meiner Mutter könnte ich so etwas nicht wagen.

Ich wirble herum und blicke ihn fragend an. »Was ist?«

»Hast du dich lange genug selbst bewundert?«

»Ganz und gar nicht«, sage ich, obwohl ich insgeheim froh bin, dass er mich aus meinen Grübeleien gerissen hat.

»Wir legen bald in Psémata an. Denk daran, was ich dir eingeschärft habe.«

»Wenn Psémata tatsächlich so gefährlich ist, warum machen wir dort halt?«

»Weil wir etwas besorgen müssen.«

»Du meinst, wir müssen etwas stehlen?«, frage ich argwöhnisch.

»Gut«, erwidert er. »Du lernst schnell.«

Ich folge ihm aufs Hauptdeck, wo die Mannschaft bereits versammelt ist. Kye steckt gerade sein Schwert in den Brustgürtel und eine Pistole unter seine Jacke. Elian geht nicht wie erwartet zu seinem Leibwächter, sondern bleibt bei mir. Er vermeidet es, ihn auch nur anzuschauen. Auch Kye eilt nicht an Elians Seite, sondern ist sehr damit beschäftigt, seinen Jackenkragen zurechtzurücken.

»Man könnte doch meinen, das Land der Lüge sei etwas großzügiger, was Diebstahl angeht«, sagt Madrid. »Aber anscheinend ist dem nicht so.«

Ich blicke Elian vorwurfsvoll an. »Hast du bei deinem letzten Aufenthalt etwas gestohlen? Und jetzt hast du das schon wieder vor?«

»Wer sagt, dass ich der Dieb war?«

Er klingt entrüstet, aber darauf falle ich nicht herein und ich schneide eine Grimasse, damit er es auch merkt. »Hör zu«, seufzt er. »Wichtig ist nur, dass die Saad nicht gerade willkommen ist.«

»Die Saad oder du?«

»Du sagst das, als gäbe es da einen Unterschied.«

»Vermutlich gibt es keinen.« Ich zwirble meine Muschel zwischen den Fingern. »Ihr seid beide gleich hohl.«

Elian lacht. Laut, trocken und so spöttisch, wie meine Bemerkung sein sollte. »Komm«, sagt er. »Wir haben keine Zeit zu warten, bis du gelernt hast, geistreich zu sein.«

Psémata präsentiert sich in einem sonderbaren Grau. Es gibt dort zwar Farben, aber sie sind wie mit einem hässlichen schwarzen Schmierfilm überzogen. Das Land sieht aus, als würde eine fahle Wolke es mit Schatten und Staub zudecken. Es erinnert mich an das trübe Wasser des Ozeans im Dämmerlicht oder an das Gefühl, wenn man in die unergründlichen Augen meiner Mutter blickt. Und auf eine Finsternis stößt, die sich nie lichtet.

Ich presse die Fingerknöchel an meine Lider – aber als meine Augen sich wieder scharf stellen, erscheint alles noch viel düsterer als zuvor. Je mehr ich versuche, den Schleier wegzuwischen, desto undurchdringlicher wird er. Kein Wunder, dass Psémata das Land der Lügen und des Verrats ist. Die Menschen hier sind skrupellos, ihr Gewissen ist genauso grau und dunstig wie die Luft, die sie atmen.

Der Wind strengt sich mächtig an. Während wir durch die Straßen gehen, vermeiden wir Blickkontakt untereinander und vermeiden tunlichst jeden Lärm, den Elian und seine Mannschaft bei anderen Gelegenheiten so gerne machen. Sie bewegen sich wie Schemen, schweben, statt zu gehen. Gleiten über die gepflasterten Wege. Ich versuche, mit ihnen Schritt zu halten, stolpere jedoch immer wieder. Anmutig sieht das nicht gerade aus, aber ich versuche, mich ebenso unsichtbar zu machen wie die anderen.

Als wir einen großen Platz überqueren müssen, ziehe ich meinen Hut noch etwas tiefer in die Stirn, was lächerlich ist, denn kein Mensch weit und breit würde mich erkennen. Ich bin geisterhafter als alle anderen. Trotzdem tarne ich mich und spüre eine fieberhafte Anspannung, wenn jemand unsere Gruppe länger als nötig beobachtet und mein Herz dann vor Aufregung einen kleinen Satz macht. Ich suche Elians Blick. Sein Gesichtsausdruck verrät nichts, aber seine Augen flackern, weil er das gleiche verbotene Vergnügen empfindet wie ich. Jetzt begreife ich, welchen Reiz das auf seine Mannschaft ausübt. Nicht nur das Meer lockt sie, sondern auch das Vergnügen, schwer fassbar und berüchtigt zu sein.

In einer Seitengasse wartet ein Mann auf uns. Er trägt einen langen schwarzen Mantel mit einem weißen, am Hals anliegenden Kragen. Seine mit Ringen geschmückte Hand ruht auf einem Gehstock, der denselben sandigen Farbton hat wie seine Haare.

Elian lächelt, und als der Fremde das Lächeln nicht erwidert, wirft er ihm eine Geldbörse zu. Zahnreihen blitzen auf, als der Mann sein Gesicht zu einem Grinsen verzieht. Er geht zu einer grauen Steinmauer und drückt mit der Hand dagegen. Wie ein Vorhang gleitet die Wand zur Seite.

Der Mann händigt Elian einen kleinen Schlüssel aus und winkt uns durch. Die Wand schließt sich sofort wieder hinter uns und wir sind plötzlich in Schatten getaucht. Eine brennende Fackel flackert im Luftzug, der Wind dringt sogar durch dicke Steinritzen. Dicht zusammengedrängt stehen wir am Fuß einer wuchtigen Treppe, die den gesamten Platz einnimmt. Ich nestle an meiner Muschel. Hier drin ist es viel zu eng. Eines weiß ich genau: Es ist der kleinste Raum, in dem ich je gewesen bin. Im Vergleich dazu ist selbst der Käfig auf der Saad geräumig.

»Was ist das?«, frage ich.

Elian blickt über die Schulter und sagt: »Eine Treppe.« Dann fängt er an, die Stufen zu erklimmen.

Ich verschwende meinen kostbaren Atem nicht auf eine Antwort, denn beim Anblick der sich endlos in die Höhe schraubenden Treppe beschleicht mich der Verdacht, dass ich keine Atemluft zu verschenken habe. Der Aufstieg zum Gipfel des Wolkenbergs kann kaum anstrengender sein.

Schweigend steige ich die Stufen hinauf. Insgeheim frage ich mich, ob ich es bis nach oben schaffe, bevor meine Beine unter mir nachgeben. Als ich schon fürchte, keinen Fuß mehr vor den anderen setzen zu können, bleibt Elian unvermittelt stehen. Im schummrigen Licht ist eine große Eichentür aufgetaucht.

»Wie dramatisch«, sage ich und quetsche mich neben ihn. »Lauert hinter dieser Tür jemand, der uns umbringen will?«

»Seit wann bist du eine von *uns*?«, fährt Kye mich an. Madrid verpasst ihm einen Rippenstoß. Kye ächzt, dann sagt er: »Schön. Ich kann es kaum erwarten, bis du dein Leben für mich riskierst, Kameradin«, woraufhin ich mit dem Gedanken spiele, ihn die Treppe hinunterzustoßen.

Elian holt den Schlüssel aus seiner Tasche und steckt ihn in das krumme Schloss. Die Tür schwingt auf. Ich rechne damit, dass mir ein Schwall Staub oder der Geruch von Moder und verglimmendem Holz in die Nase steigt. Stattdessen werde ich von Licht geblendet. Es nimmt das Grau mit sich fort und springt wie ein Echo zwischen Dutzenden von dunkelgelb flackernden Fackeln hin und her.

Der Raum ist groß und für eine geheime Dachkammer sehr komfortabel. Ein gewaltiger Kronleuchter hängt von der Decke, seine verschwenderischen Kristallglasperlen reichen sogar bis auf den polierten Fußboden hinab.

»Damit habe ich nicht gerechnet«, sage ich, verblüfft über diese unerwartete Pracht.

Elian geht ein paar Schritte in den Raum hinein. »Wie du selbst immer wieder betonst, bin ich ein Prinz, und dies ist ein Ort, an dem Menschen wie ich Zuflucht suchen, wenn sie nicht gefunden werden wollen.«

»Lasst uns für immer hierbleiben.« Kye wirft sich auf einen fellbezogenen Sessel an der gegenüberliegenden Wand. »Es gibt zwar keinen Rum, aber verdammt weiche Betten.«

»In deren Genuss du leider nicht kommen wirst«, sagt Madrid lächelnd. »Es gibt nur etwa für die Hälfte von uns Schlafplätze, schon vergessen? Diesmal bist *du* an der Reihe, auf dem Boden zu schlafen.«

»Können wir uns nicht ein Bett teilen?« Er drückt seine verletzte Hand an die Brust. »Die Frauen würden reihenweise morden, um mit mir ins Bett zu steigen.«

Madrid funkelt ihn böse an. »Es sind Einzelbetten«, sagt sie scharf.

Völlig unbeeindruckt legt Kye seine Hand auf ihr Knie. »Werfen wir doch eine Münze.«

Madrid schiebt seine Hand weg. »Bei Kopf gewinne ich, bei Zahl bist du ein Idiot?«

»Ich finde, Torik sollte auf dem Fußboden schlafen«, verkündet Kye und machte es sich in seinem Sessel bequem. »Immerhin erzählt er uns doch dauernd, dass zu viel Bequemlichkeit schlecht für uns ist, weil sie uns vorgaukelt, wir hätten ein Zuhause gefunden.«

Torik wirft ihm einen Blick von der Seite zu. »Ich kann gut genug mit dem Messer umgehen, um es dorthin zu rammen, wo keine Sonne hinkommt. Also pass auf, was du sagst.«

Kye grinst. »Es ist nicht gut für jemanden wie mich, auf dem Fußboden zu schlafen. Ich bin praktisch ein Aristokrat.«

»Du bist ein Aristoarsch«, sagt Torik trocken.

Ich blicke Elian an, der wie eine Statue neben mir steht. Es wundert mich, dass er nicht wie sonst in das Geplänkel seiner Mannschaft einstimmt oder wenigstens schmunzelt, während sie unbekümmert herumalbern.

»Unser nächster Schritt besteht also darin, uns hier zu verstecken?«, frage ich ihn.

»Unser nächster Schritt besteht darin, zu überlegen, wie wir ein sehr altes Artefakt in unseren Besitz bringen, ohne dabei preiszugeben, wer wir sind«, antwortet er.

»Du meinst stehlen«, korrigiere ich ihn. »Wie du ein altes Artefakt stehlen kannst.«

»Wir stehlen es nicht, wir stehlen es zurück.« Elian zieht seine Jacke aus und wirft sie auf einen Tisch. »Die Halskette mit dem Amulett gehört der Herrscherfamilie von Págos. Ich habe hoch gepokert, um die Landkarte mit der Gipfelroute zu bekommen, aber ohne den Anhänger nützt das alles nichts. Sie behauptet, er sei der Schlüssel zur Kuppel.«

»Sie?«, wiederhole ich. »Wer ist *sie*?«

»Die Prinzessin von Págos«, antwortet Elian.

Seine Augen suchen Kye und die beiden Männer tauschen einen geheimnisvollen Blick aus. Kye räuspert sich.

»Heißt das, sie hat ihr Familiengeheimnis verraten, um an ein Schmuckstück zu gelangen?«, frage ich entrüstet. »Wie einfallslos.«

Elian zieht eine Augenbraue hoch. »Wenn ich mich recht erinnere«, sagt er geradezu aufreizend überheblich, »warst du bereit, dein Leben für ein Halsband zu opfern.«

»Vor allem war ich bereit, deines zu opfern«, antworte ich.

Lange nachdem die restliche Mannschaft in den Schlaf gesunken ist, sitzen Elian und ich noch zusammen. Wir schmieden die finstersten Pläne, gehen alle Einzelheiten durch, einschließlich der Frage, wie wir den Familienhalsschmuck für die Prinzessin beschaffen können, ohne dabei eine Kugel in die Brust zu bekommen – wobei ich vor allem Letzteres verhindern will.

Erste Sonnenstrahlen warten nur darauf, durch das kleine runde Fenster im Deckengewölbe zu dringen. Die Kerzen sind fast heruntergebrannt, ihr blasser Nachschein lässt die Schatten verschwimmen. Der Duft der Morgendämmerung weht zu uns herein und mit ihm kommt das Grau der Welt draußen.

»Ich begreife immer noch nicht, woher du so genau wissen willst, dass diese Diebesbande die Halskette hat«, sage ich zu Elian.

»Die Xaprár sind berüchtigt dafür, Königshäuser zu bestehlen«, erklärt er und knetet ein Stück Kautabak. »Wenn irgendwo auf der Welt ein kostbarer Erbschmuck fehlt, kannst du darauf wetten, dass Tallis Rycroft und seine Männer die Finger im Spiel haben.«

»Selbst wenn das stimmt, was macht dich so sicher, dass sie die Kette nicht schon längst verhökert haben? Was sollten sie denn sonst damit anfangen?«

»Du gehst davon aus, dass Rycroft stiehlt, um zu überleben«, sagt Elian. »Früher mag das so gewesen sein, aber inzwischen stiehlt er nur noch, um zu beweisen, dass er es kann. Die Halskette bringt ihm Ruhm ein. Sie ist für ihn kein Schatz, sondern eine Trophäe. Ein weiterer Fang, der bezeugt, wie gut er in seinem Metier ist.«

»Wenn er wirklich so gut ist«, sage ich, »wie willst du ihn dann bestehlen? Du kannst ja wohl kaum seine Taschen durchwühlen.«

»Ablenkung ist das Stichwort.« Elian beißt von dem Kautabak ab. »Während sie ihre Aufmerksamkeit dahin richten« – er fuchtelt theatralisch mit der Hand –, »mache ich mich hier ans räuberische Werk.« Mit seiner anderen Hand wedelt er in meine Richtung und grinst selbstzufrieden. »Vorausgesetzt, du schaffst es, unschuldig und harmlos auszusehen.«

»Und wenn das nicht klappt?«

»Dann kommt der Notfallplan zum Einsatz.« Schwungvoll zieht Elian ein kleines Glasfläschchen aus der Tasche. »Er ist zwar nicht ganz so raffiniert, aber genauso listig.«

»Gift?«, überlege ich laut. »Hältst du das für deine zukünftige Braut bereit?«

»Es ist nicht tödlich«, versichert er. Für jemanden, der es sich zur Aufgabe gemacht hat zu morden, gibt er sich merkwürdig gekränkt. »Und nein …« Er hält kurz inne, ehe er sich halb lächelnd zu mir dreht. »Es sei denn, *du* wärst meine Frau.«

»Wenn *ich* deine Frau wäre, würde ich das Gift freiwillig nehmen.«

»Ha!« Er wirft den Kopf zurück und verstaut das Fläschchen wieder in seiner Tasche. »Zum Glück müssen wir uns darüber keine Sorgen machen.«

»Weil du verlobt bist?«

Er zögert. »Wie kommst du darauf?«

»Du bist von königlichem Geblüt. In Herrscherhäusern heiratet man aus Gründen der Macht.«

Ich denke an den Aasfresser und an den Moment, als meine Mutter mir in einem einschmeichelnden Singsang zu verstehen gab, dass sie den besten Krieger für mich auserwählt habe, um unsere Blutlinie fortzusetzen. An das orangebraune Blut in seinen Mundwinkeln, als er mich mit einer Mischung aus Gier und auferlegter Gleichgültigkeit angestarrt hat. Und daran, wie er mich vor wenigen Nächten auf der Saad trotz meiner Menschengestalt als sein Eigentum beansprucht hat. Bei der Erinnerung dreht sich mir kurz der Magen um.

»So stelle ich es mir nicht vor«, sagt Elian. »Wenn ich heirate, geht es nicht um Macht.«

»Sondern um …«

»Ein Opfer.«

Seine Stimme klingt spröde und in seinen Worten schwingt eine Endgültigkeit mit. Als wäre er nicht stolz darauf, sondern hätte sich lediglich mit der Tatsache abgefunden. Er schluckt. Das Geräusch ist so ungewohnt laut, dass es mich gegen meinen Willen berührt. Ich rutsche auf meinem Platz hin und her, denn seine Beklommenheit kriecht bis zu mir herüber.

Elian blickt zu Boden. Als hätte ich ihn bloßgestellt oder er sich mir gegen seinen eigenen Willen offenbart. So oder so weiß ich nicht, was ich sagen soll. Dieser Augenblick ist so persönlich – *zu* persönlich –, dass ich überlege, wie ich das Schweigen brechen kann.

»Du hast recht«, sage ich leichthin, um keine wehmütigen Gefühle aufkommen zu lassen. »Ein Leben mit dir ist wahrlich ein Opfer.«

»Ach ja?« Das Funkeln kehrt in Elians Augen zurück und er lächelt, als hätte es die letzten Sekunden nicht gegeben. Als könnte er Dinge aus seiner Vergangenheit abschütteln, an die er sich nicht mehr erinnern will.

»Was würdest du denn schon groß verlieren?«, fragt er mich.

»Wenn ich dich heirate?« Ich stehe auf, damit ich ihn überrage und um die verräterische Anwandlung zu verscheuchen, die mich plötzlich überkommt. »Vermutlich meinen Verstand.«

Ich wende ihm den Rücken zu. Sein Lachen folgt mir, als ich den Raum verlasse. So ansteckend diese Melodie auch ist, der Ausdruck auf seinem Gesicht, als ich die Heirat erwähnte, geht mir nicht aus dem Kopf. Er hat meine Neugier geweckt – mehr, als gut für mich ist.

Ich gebe mich dunklen Vorstellungen hin, obwohl es sich wahrscheinlich nur um eine arrangierte Ehe handelt, die der midasanische König eingefädelt hat, um zwei Königreiche aneinander zu binden. Vielleicht besteht Elians Bürde darin, dass er zu einem königlichen Leben in seinem eigenen Reich verurteilt ist; eine Bürde, die er ablehnt, der er aber nicht entrinnen kann. Das ist ein Zwiespalt, den ich gut verstehe. Und es ist eine weitere Gemeinsamkeit zwischen uns, der ich mich nicht verschließen kann. In den Abgründen unserer Seelen – vorausgesetzt, ich besitze eine – sind Elian und ich gar nicht so verschieden. Zwei Königreiche erlegen uns beiden Verantwortung auf, der wir uns nicht gewachsen fühlen. Wir sind gefesselt: er an ein Land und ein vorgezeichnetes Leben, ich an das mörderische Erbe meiner Mutter. Und beide vernehmen wir den Lockruf des Ozeans. Es ist ein Lied von Freiheit und Sehnsucht.

SECHSUNDZWANZIG

Stehlen habe ich mit sechzehn gelernt. Damals verbrachte ich den Großteil des Jahres auf der Nordinsel von Kléftes. Alles war neu, und mir fiel nichts anderes ein, womit ich mir die Zeit vertreiben konnte, um die Menschen dort nicht ständig mit Fragen zu löchern. Ich wollte von ihnen alles wissen und konnte gar nicht genug von den Geschichten kriegen, die nur sie allein kannten.

Ich war noch kein Mann und schon gar kein Pirat gewesen und meine Mannschaft auch noch keine echte Mannschaft. Torik war neben Kye einer der ersten Männer, die ich anheuerte. Angesichts der Aufgabe, die ich mir gestellt hatte, bestand mein Vater auf einem soliden und tauglichen Schiff, wohingegen ich eines wollte, das mehr Waffe als Boot war.

Torik ist mir treu ergeben, seit ich sein Vertrauen in seiner Heimat Ánthrakas gewann, wo die Minen tief sind und das Lied des Windes den Kohlestaub übers Land trägt. Obwohl er schon damals gut mit der Pistole und noch besser mit dem Schwert umgehen konnte, fehlte ihm die Skrupellosigkeit, um eine Sirene mit schierer Kraft zu töten. Wie sich herausstellte, hatte auch ich sie nicht. Ich musste dies also mit Wendigkeit wettmachen.

Kléftes bringt Diebe hervor, aber vor allem bringt es Geister hervor. Männer und Frauen werden wie Vieh verkauft. Man richtet sie ab, Dämonen und Mörder zu sein und alles zu tun, was ihre Herren von ihnen verlangen. Sie sind der Willkür von Sklavenhändlern ausgeliefert, die eher ihre eigenen Leute verschachern, als auf wertlosen Tand zu verzichten. Sie lernen, unsichtbar und tödlich zu sein, damit sie bei Nacht unbemerkt Dinge tun können, die bei Tageslicht undenkbar wären.

Ich wollte von ihnen lernen, damit ich ab dem Tag, an dem man mir den Königsmantel aufzwingen würde, jenes Leid über sie bringen konnte, das sie zuvor in die Welt hinausgetragen hatten. Sirenen waren nicht unsere einzigen Feinde. Menschen konnten genauso dämonisch sein und ich fragte mich, warum mein Vater und die anderen Herrscher der Königreiche Kléftes nicht schon längst den Krieg erklärt hatten. Was nützt ein allgemeiner Friedensvertrag, wenn einzelne Reiche trotzdem übereinander herfallen?

Aber mit Madrid änderte sich alles. Als ich sie eines Tages in Kléftes sah – tätowiert und aus zahlreichen Wunden blutend –, begriff ich, dass es manche Dinge gibt, die man unmöglich wieder in Ordnung bringen kann. In einer Welt wie unserer, die so mühelos Mörder hervorbringt, gab es für mich nur eine einzige Möglichkeit: Ich musste sie für mich gewinnen. Mörder können ihre Taten nicht ungeschehen machen, aber sie können ihre Unerbittlichkeit auf ein neues Ziel richten.

Ich sehe den Xaprár zu, wie sie ihr Schiff für die Reise rüsten. Sie sind kléftesische Räuber, berüchtigt dafür, sich in fremde Königreiche einzuschleichen und sie mit den kostbarsten Juwelen im Gepäck wieder zu verlassen. Sie sind Meister der Tarnung und haben schon unzählige Kronschätze gestohlen. Wären sie bei den Herrscherhäusern nicht so verpönt, könnte ihr Ruhm legendär sein. Es wäre ein Leichtes, ein Kopfgeld auf sie anzusetzen, aber so viel Mut bringt niemand auf. Einen Xaprár zu jagen ist so, als wollte man ein Mitglied meiner Mannschaft zur Strecke bringen – es käme einem Selbstmord gleich. Die Xaprár sind sehr geschickt darin, Königshäuser zu bestehlen, aber noch geschickter sind sie darin, *für* sie zu stehlen. Sie sind Auftragsdiebe, denen man nicht in die Quere kommt – aus Angst, ihre Dienste vielleicht selbst einmal in Anspruch nehmen zu müssen.

Zum Glück habe ich diese Angst nicht.

Ich beobachte Tallis Rycroft, der auf den breiten Stufen des Kais herumlungert und ungeniert sein Diebesgut zählt, mit geschickten Fingern und in einer Geschwindigkeit, wie man sie nur in vielen Jahren erwirbt, in denen man nie etwas selbst erarbeitet, sondern immer nur anderen alles wegnimmt.

Ich bin keiner, der sich Gemunkel anhört – es sei denn, es geht dabei um Rycroft, denn dieser Mann ist mir schon immer ein Dorn im Auge gewesen. Er besitzt ein Sklavenschiff vor der Nordinsel. Ich weiß nicht genau, welches, und es wäre auch höchst unwahrscheinlich, dass sich Madrid ausgerechnet auf diesem Schiff ihren blutigen Weg in die Freiheit erkämpft hat, aber in meiner Mannschaft ist niemand, der bei der bloßen Erwähnung seines Namens nicht gereizt reagiert. Doch politische Erwägungen haben leider Vorrang, und der Preis, sich auf eine Fehde mit dem Xaprár einzulassen, wäre zu hoch.

Ich blicke zu Madrid und Kye, die neben mir im Gebüsch lauern. Während Kye sich fragend zu mir dreht, lässt Madrid Rycroft nicht aus den Augen. Sie würde nie in ihrer Aufmerksamkeit nachlassen. Bei ihren Landsleuten geht sie kein Risiko ein. Nicht umsonst hat Kye darauf bestanden, in ihrer Nähe zu bleiben, und sei es auch nur, um sie gegebenenfalls zurückzuhalten.

Torik hat sich mit Mitgliedern der Crew auf der anderen Seite des Wegs postiert, die Waffen im Anschlag, falls etwas schiefgeht. Wenn ich Rycroft außerhalb eines Wirtshauses treffe, noch dazu in Begleitung meiner Mannschaft, erregt das Verdacht. Ich muss also vorsichtig und klug sein. Zum Glück bin ich beides. Zumindest rede ich mir das gerne ein.

Ich drehe mich zu Lira um. Mit ihren dunklen kupferroten Haaren, die ihr Gesicht einrahmen, und ihren sternenförmigen Sommersprossen sieht sie aus wie ein lebendig gewordenes Gemälde. Ein weiterer

Beleg dafür, dass es ihr unmöglich ist, nicht aufzufallen. Nicht herauszuposaunen, was ihr gerade durch den Kopf geht. Lira kann vielleicht Geheimnisse bewahren, doch es ist schier undenkbar, dass sie einfach mal die Ruhe bewahrt. Ich habe Erfahrung darin, mich zu verstellen, aber in Liras Augen brennt ein Feuer, das sich nicht verstecken lässt. Manche Menschen leuchten so hell, dass niemand ihre Flammen löschen kann. Im Augenblick kommt mir das allerdings sehr gelegen.

Wenn der Captain der Saad sich in Begleitung einer Horde Sirenenjäger einem anderen Piratenschiff nähert, würde das mit Sicherheit in Blutvergießen enden. Aber wenn Elian Midas, Prinz und arroganter Mistkerl, ganz offen und ohne Scheu mit einer neuen Frau am Arm am Hafen entlangspaziert – das könnte klappen. Vielleicht lässt sich Rycroft dazu verleiten, uns an Bord zu bitten. Wenn wir erst auf dem Schiff sind, muss Lira nur den Beweis dafür finden, dass er das, wonach wir suchen, auch tatsächlich hat.

»Bist du bereit?«, frage ich Lira. »Ich gebe dir die Erlaubnis, dein Leben für mich zu riskieren.«

Sie reckt ihr Kinn. Ihre Haltung erinnert mich an die adeligen Damen bei Hofe. Sie hat die gleiche Ausstrahlung wie jemand, der ein Leben lang seinen Willen durchgesetzt hat. Das weiß ich deshalb so genau, weil ich diese Haltung von mir selbst kenne. Ich bemühe mich, sie nicht allzu offen zu zeigen, aber sie lässt sich nur schwer verbergen. Es ist die Selbstverständlichkeit, mit der man Ansprüche stellt. Die Sturheit, die man nie ganz ablegen kann.

Bei einem einsamen Waisenmädchen erwartet man das eher nicht.

Ich will Liras Hand fassen und auf Rycrofts Schiff zusteuern, da packt Kye mich am Ärmel. Er muss gar nichts sagen. Ich sehe ihm an, dass er gerne bei mir wäre, wenn ich auf Rycroft treffe. Um ehrlich zu sein, hätte ich ihn auch gerne an meiner Seite. Aber ich bezweifle, dass Rycroft von ihm sehr angetan wäre. Was ich jetzt brauche, ist eine hübsche, harmlose Begleiterin und keinen Beschützer in Piratenkluft.

»Vertrau mir einfach«, sage ich zu ihm.

»Nicht du bist es, dem ich misstraue.«

Lira lacht, als hätte sie den ganzen Tag nichts Lustigeres gehört. »Sei lieber vorsichtig«, sagt sie zu mir. »Ich könnte mit den Xaprár gemeinsame Sache machen. Nach drei Tagen Waffentraining mit dir müsste ich es wohl schaffen, dich rücklings zu erstechen.«

»Als würdest du die Annehmlichkeiten der Saad gegen diesen rostigen Kahn eintauschen«, sage ich und deute auf Rycrofts Schiff.

Im Grunde ist es ein gutes Schiff, aber gegen die gefährliche Schönheit der Saad kommt es nicht an. Es ist aus Rotholz und hat aschgraue Segel, für jeden anderen wäre es eine lohnende Beute. Aber es ist nicht dazu gemacht, um den Fluch der Prinzen zu jagen und die Meereshexe vom Thron zu stoßen, und es ist schon gar kein Schiff für einen Prinzen, dessen Herz nicht schlägt, sondern brandet wie die Wellen des Ozeans.

»Ich sehe keinen großen Unterschied«, sagt Lira. »Ein etwas dunklerer Anstrich für das Holz und eine zusätzliche Portion Überheblichkeit für den Kapitän, dann könnte man sie glatt verwechseln.«

Ich reiße empört die Augen auf, aber Lira lächelt nur.

»Vergiss nicht«, sagt sie mit funkelnden blauen Augen, »wenn du diesem Halunken glaubhaft vorspielen willst, dass *wir beide* ein Paar sind« – ihre Stimme vibriert, als wäre allein der Gedanke eine Zumutung –, »dann musst du diesen albernen Hut abnehmen.«

»Und vergiss du nicht«, erwidere ich, während wir hinter den Büschen hervortreten und uns meinem lässig herumlungernden Rivalen nähern, »wenn wir geschnappt werden, halte ich verdammt noch mal nicht meinen Hals für dich hin.«

Rycroft entdeckt uns, kaum dass wir aus dem Schatten in das Licht des Sternenhimmels treten. Er sagt kein Wort und rührt sich nicht von der Stelle, sondern bleibt träge auf den Stufen des Docks sitzen, die direkt zu seinem Schiff führen. Aber ich weiß, dass er uns bemerkt hat. Er zählt weiter seine Reichtümer, doch nun sind seine Bewegungen viel bewusster. Erst als wir unmittelbar vor ihm stehen, hebt er grinsend den Kopf und lässt seine Goldzähne aufblitzen.

Tallis Rycroft ist nicht gerade das, was man einen gut aussehenden

Mann nennt. Seine Gesichtszüge passen nicht so recht zueinander – als hätte er sogar *die* von anderen zusammengestohlen. Seine Augen sind dunkle Höhlen in aschfahler Haut. Seine Mundwinkel sind zu einem Dauergrinsen nach oben gezogen und seine schmalen Lippen sind blassbraun, und darüber sitzt ein dünnes Bärtchen. Auf seinem Kopf türmt sich ein burgunderroter Turban auf, von dem große Gold- und Silberstücke wie Tropfen in sein Gesicht und über den Nacken baumeln.

Er blickt mich an und ein Muskel an seinem Kiefer zuckt.

»Wo ist dein Wachhund?«, fragt er in schwerfälligem Kléftesis.

»Wen meinst du?«, frage ich in Midasan zurück. Ich werde ihm nicht die Genugtuung geben, die Sprache der Diebe und Sklavenhändler zu sprechen.

Rycroft steht auf und lehnt sich gegen das Halteseil an den Stufen des Docks.

»Wo du auftauchst, sind Kye und die tätowierte Hure nicht weit. Lass mich raten: Sie zielt gerade auf meinen Kopf? Weil ihr schwächlicher Prinz es sonst nicht mit mir aufnehmen kann?«

Ich gebe mich überrascht. »Leidest du unter Verfolgungswahn? Ich bin mit meiner Freundin unterwegs, allein und unbewaffnet. Du wirst dich doch wohl nicht vor einem schwächlichen Prinzen fürchten, oder?«

Rycrofts Augen werden schmal. »Was ist mit der da?« Sein Blick gleitet gierig über Lira. Ich bin mir ziemlich sicher, dass sie ihn nicht versteht – außerhalb von Kléftes beherrschen nur wenige diese Sprache –, trotzdem verzieht sie angewidert ihr Gesicht.

»Sie ist kein Wachhund«, sage ich.

»Ach nein?« Er wechselt in meine Sprache und grinst wie eine Gossenkatze. »Für mich sieht sie aus wie ein Flittchen.«

Ich lächle herablassend. »Charmant wie immer.« Ganz zwanglos lege ich den Arm um Liras Hüfte. Sie sträubt sich kurz, fügt sich dann jedoch widerwillig. »Dabei wollen meine neue Freundin und ich nur dein Schiff bewundern.«

»Bewundern?«, wiederholt Rycroft. »Oder stehlen?«

»Wie denn, ein ganzes Boot?«, frage ich ihn mit überheblichem Lächeln. »Schön, dass du so eine hohe Meinung von mir hast.« Ich wende mich an Lira. »Was meinst du, passt der Kahn in deine Tasche?«

»Schon möglich. Hier scheint alles ziemlich klein zu sein«, antwortet sie mit einem vielsagenden Blick auf Rycroft. Scheinbar hustend lege ich die Hand vor den Mund, um ein Lachen zu unterdrücken.

»Einverstanden«, knurrt Rycroft. Er breitet die Arme zu einem geheuchelten Willkommen aus und lenkt dabei unwillkürlich den Blick auf das Schiff in seiner ganzen Größe. »Dann kommt mal an Bord. Lasst uns reden, und dabei genehmigen wir uns einen Schluck Rum, der eines Königs würdig ist.«

Das ist eindeutig eine Spitze gegen mich. Ein Stoß mit zweifach geschliffener Klinge, um mir vor Augen zu führen, was ich noch nicht bin und was ich eines Tages sein werde. Nie ein echter Pirat, immer nur der Prinz.

Mit einem knappen Nicken nehme ich Rycrofts Einladung an und ziehe Lira schützend zu mir. Meine Instinkte warnen mich, Rycroft nie den Rücken zuzukehren, sondern immer nur hinter ihm zu gehen und dabei alles im Blick zu behalten: seine Hände und Augen und die zwei Dutzend Männer, die an Bord herumlungern und glotzen, während wir uns an einen Tisch auf dem Schiffsdeck niederlassen. Ich darf keine Sekunde lang vergessen, dass Rycroft mich am liebsten tot sehen würde. Wenn ich die pägesische Halskette entwende, wird er alles daransetzen, diesen Wunsch wahr werden zu lassen.

Der Rum, den Rycroft uns anbietet, stammt aus Midas, was mich nicht sonderlich stören würde, wenn er nicht ausgerechnet aus dem königlichen Weinkeller käme. Die Flasche ist aus braunem Glas und hat die Form unseres Wappens. Das verschlungene Siegel ist mit flüssigem Gold in das Glas gepresst, der Rum selbst ist mit feinen Goldteilchen versetzt, die im Glas funkeln. Ich weiß nicht, wann Rycroft die Flasche geklaut hat und warum – ob er sie nur gestohlen hat, weil sich ihm die Gelegenheit bot, oder ob er mir beweisen wollte, dass er es kann –, aber meine Hände ballen sich unter dem Tisch zu Fäusten.

Ich bete zu den Göttern, dass Madrids Finger vom Abzug rutscht.

»Wie schmeckt er?«, will Rycroft wissen.

Lira führt den Becher an ihre Lippen und schnuppert. Ich bin mir nicht sicher, ob sie Gift darin vermutet oder ob sie das Aroma in sich aufnehmen will. Sie schließt die Augen und wartet einen Moment, bevor sie einen Schluck nimmt. Als sie sich die Lippen leckt, ist etwas Blut an ihrer Zunge von den winzigen Goldsplittern im Rum.

Bei ihrem Anblick lockern sich meine Fäuste und mein Zorn verraucht. Alles, was sie tut, ist so sinnlich. Sie spielt ihre Rolle wirklich gut. Vielleicht muss sie sich auch gar nicht verstellen, vielleicht genießt sie es sogar zu sehen, wie Rycrofts Zähne sich in seine Lippen graben, während er sie beobachtet.

»Er ist wunderbar«, sagt Lira. Ihre Stimme ist beinahe nicht wiederzuerkennen.

»Gut.« Rycrofts Lächeln könnte Stahl entzweischneiden. »Ich will euch ja nicht enttäuschen.«

»Oh, darüber würde ich mir keine Gedanken machen«, antwortet Lira. »Wo ich doch jetzt in so guter Gesellschaft bin.«

In Rycrofts Augen tritt ein gieriger, berechnender Ausdruck. Er zwinkert Lira zu, dann wendet er sich zu mir. »Verrätst du mir den Grund für euren Besuch? Oder sollen wir weiter dieses Spiel treiben?«

Wir werden den Teufel tun, dieses Spiel zu beenden. Wir werden Rycroft hinhalten und seinen Verdacht in die falsche Richtung lenken. Er soll denken, dass ich etwas im Schilde führe, während Lira ihm schmeichelt, an seinen Lippen hängt und seinem dummen Geschwätz lauscht. Er soll denken, dass er mich nicht aus den Augen lassen darf, und auch meine Mannschaft nicht, die am Dock wartet. Seine Aufmerksamkeit soll sich auf alles richten außer auf die arglos erscheinende Lira. Das harmlose Anhängsel, das ich ihm präsentiere wie der Armleuchter von Prinz, der ich in seinen Augen bin.

»Da gibt es tatsächlich etwas«, sage ich und schwenke meinen Rum im Becher.

Rycroft lehnt sich zurück und legt die Füße auf den Tisch.

»Raus damit«, sagt er. »Wenn es um einen Handel geht, werden wir uns sicher einig.«

Seine Augen flackern hinüber zu Lira und sie lächelt schüchtern. Ich hätte nicht gedacht, dass sie schüchtern aussehen kann, aber da habe ich ihre Verstellungskünste wohl unterschätzt. Sie wickelt eine Locke um ihren Finger und wirkt dabei so unschuldig, dass ich zweimal hinsehen muss, um ihre geballte Faust unter dem Tisch zu bemerken. Ihr Gesicht verrät jedenfalls nichts.

»Aus der midasanischen Schatzkammer ist ein gelbes Saphir-Amulett verschwunden«, bringe ich die einstudierte Lüge vor. »Ich dachte, du wüsstest vielleicht etwas darüber.«

Rycroft verschränkt die Arme hinter dem Kopf. Seine ungleichmäßigen Züge lassen seine Belustigung erkennen. »Beschuldigst du mich etwa?«, fragt er beinahe genüsslich.

»Mir liegt sehr viel an dem Schmuckstück«, fahre ich fort. »Wenn es plötzlich wieder auftauchen würde oder du mir einen Hinweis auf seinen Verbleib geben könntest, wäre das von unschätzbarem Wert. Unbezahlbar, könnte man sagen.«

Es ist Rycroft förmlich anzusehen, wie er abwägt, ob er mich zappeln lassen soll, indem er so tut, als hätte er etwas, das mir gehört, oder ob er mir anbieten soll, es wiederzubeschaffen, um mir dafür ein Vermögen abzuknöpfen.

Rycroft kann der Versuchung nicht widerstehen. »Ich habe das Amulett nicht. Aber mir sind Gerüchte zu Ohren gekommen.«

Lügen, denke ich. Dreckige Lügen.

»Könnte sein, dass ich weiß, wo es ist.«

Ich unterdrücke ein triumphierendes Grinsen und tue so, als wäre ich begeistert von der Aussicht, dass er mich zu meinem erfundenen Erbstück führt. »Was würde mich dieser Hinweis kosten?«

»Zeit«, sagt er. »Damit ich nachprüfen kann, ob meine Quellen zuverlässig sind.« Damit er überhaupt erst Quellen auftreiben kann. »Außerdem hätte ich gerne dein Schiff.«

Ich wusste, dass das kommen würde. Manchmal kann Rycroft unberechenbar sein, meistens ist sein Verhalten jedoch leicht vorherzusehen. Wie könnte man einen Prinzen härter treffen, als ihm sein Lieblingsspielzeug wegzunehmen?

Ich setze eine einstudierte Miene auf, um meine Empörung glaubhaft zu machen. »Niemals.«

»Das Schiff oder das Amulett«, sagt Rycroft. »Deine Entscheidung.«

»Und woher weiß ich, dass du den Anhänger nicht selbst hast?«, frage ich ihn mit wohldosierter Entrüstung. »Ich bezahle dich nicht dafür, dass du mir etwas zurückgibst, was du gestohlen hast.«

Rycrofts Augen verdunkeln sich. »Ich habe doch gesagt, dass ich es nicht war.«

»Dein Wort ist mir zu wenig.«

»Was erwartest du von mir? Soll ich dich unter Deck führen, damit du mit deinen dreckigen Fingern in meinen Schätzen herumwühlen kannst?«, fragt er gereizt.

Nichts anderes will ich. Genau das ist der Grund, weshalb wir hierhergekommen sind. Wir haben ihn beschwatzt, uns auf sein Schiff zu lassen, um einen Blick auf seine Beute werfen zu können und vielleicht Sakuras Halskette zu finden.

»Wenn du ernsthaft glaubst, dass ich mich darauf einlasse«, sagt Rycroft, »dann bist du noch dümmer, als du aussiehst.«

»Na schön.« Ich blicke finster drein. Verwöhnt und ungeduldig. In meiner Rolle gebe ich mich so, wie er es erwartet. Ich mache eine geringschätzige Geste in Liras Richtung. »Dann lass *sie* nachschauen. Mir ist es egal, aber wenn du nicht einem von uns einen Blick auf deine sagenhaften Schätze erlaubst, bleibst du auf deinem Schiff sitzen und kannst zusehen, wie die Saad ohne dich in den Sonnenuntergang segelt.«

Es war von Anfang an geplant, dass Lira diese Aufgabe übernimmt. Ich wusste, dass Rycroft dem Captain der Saad nie im Leben Zugang zu seiner Schatzhöhle gewähren würde. Aber was ist schon dabei, wenn ein hübsches Flittchen des midasanischen Prinzen sich einmal rasch im Bauch des Schiffes umsieht?

»Sie?«, wiederholt Rycroft mit einem aalglatten Lächeln. »Woher soll sie wissen, wonach sie sucht?«

»Es ist ein gelber Saphir«, sage ich. »So dumm ist sie nun auch wieder nicht.«

Lira versetzt mir einen Tritt unter dem Tisch, und zwar richtig fest. Rycroft wirft ihr ein teuflisches Lächeln zu, ehe er sich einem seiner Wachhunde zuwendet. Der Mann ist älter als ich. Seine Haut ist von der Sonne gegerbt und er kommt mir vage bekannt vor. Von seinem Gürtel baumelt ein Hackbeil und seine Kreolen sind so groß, dass die Löcher in seinen Ohrläppchen schon ganz ausgefranst sind. Als er sich vorbeugt, um Rycroft etwas ins Ohr zu flüstern, bleibt mein Blick an seiner schwarzen Samtjacke hängen.

Ein Ruck durchfährt mich. Jetzt weiß ich wieder, woher ich ihn kenne. Es ist der Mann aus der Goldenen Gans. Er war es, der mich überhaupt erst auf die Idee zu dieser Mission gebracht hat, indem er mir von dem Kristall erzählte.

Er gehört zu Rycrofts Truppe.

»Ich schlage dir einen Handel vor«, sagt Rycroft und bleckt die Zähne. »Jetzt, da meine Männer deine Mannschaft aufgespürt haben, können wir endlich mit offenen Karten spielen. Deine Leute sind gut im Versteckspiel, aber sie sind keine Xaprár. Sie sind geliefert. Wenn du mir nicht sofort verrätst, wie du den Kristall von Keto an dich bringen willst, sind sie tot.«

»Ich habe keine Ahnung, was du meinst«, erwidere ich, ohne mit der Wimper zu zucken.

»Wessen Leiche soll ich dir vor die Füße legen, um deinem Gedächtnis auf die Sprünge zu helfen?« Rycroft fährt mit dem Finger über den Rand seines Bechers. »Die tätowierte Schlampe mit der Pistole? Oder soll ich dem Riesen ein neues Lächeln ins Gesicht schnitzen? Du nennst den Namen und ich entscheide, welchen Körperteil ich mir vornehme.«

Ich ziehe eine Augenbraue hoch. »Wie dramatisch.«

»Ich mag es dramatisch«, sagt er. »Wie wär's mit Kyes Kopf auf einem Tablett?«

»Wie wär's, wenn ich dich umbringe, bevor deine Crew auch nur blinzeln kann?«

Rycroft lächelt. »Was soll dann aus deinen Freunden werden?« Er winkt einen der Xaprár heran, damit er Rum nachschenkt.

»Soll ich dir mein Leben anbieten, damit du ihres verschonst?«

Rycroft wirft den Kopf in den Nacken. »Wer ist jetzt dramatisch? Ich bin nicht so dumm, einen Krieg mit deinem Vater anzuzetteln.« Er fuchtelt mit der Hand. »Sag mir nur, was ich wissen will.«

»Wie kommt es, dass du dich so plötzlich für den Kristall interessierst?«

Rycroft lehnt sich zurück. Sein Goldzahn funkelt, als er das Gesicht zu einem trägen Lächeln verzieht. »Ich habe schon eine ganze Weile mein Auge darauf geworfen. Jeder Pirat ist auf der Jagd nach verlorenen Schätzen. Je größer die Herausforderung, desto reizvoller. Das solltet Ihr doch am besten wissen, Hoheit.« Rycroft legt seinen Arm über die Lehne des leeren Stuhls neben ihm. »Als ich hörte, dass die págesische Halskette mit dem Amulett der Schlüssel ist, habe ich mir das gute Stück sofort unter den Nagel gerissen, als es mir eines schönen Tages auf meinen Streifzügen zufällig in die Hände fiel.«

»Wie hast du davon erfahren?«

Wie zur Hölle ist Rycroft hinter das Geheimnis gekommen, während ich mein Land – und meine verdammte Seele – dafür verkaufen musste?

»Man kann mich anheuern«, sagt Rycroft. »Und die Págesi sind immer auf der Suche nach jemandem, der für sie die Drecksarbeit erledigt. Vor ein paar Jahren habe ich mich mit einem ihrer Prinzen unterhalten, nachdem ich einen Auftrag für ihn ausgeführt hatte. Du würdest dich wundern, wie redselig er nach ein paar Whiskeys und ein bisschen Honig ums Maul geworden ist.«

Seine Worte versetzen mir einen Stich. Rycroft hat den Verführer gespielt und weiß der Teufel welche Tricks benutzt, während ich mein Land in die Waagschale geworfen habe. Er hatte nichts zu verlieren, also musste er auch keinen Preis bezahlen. Ich hingegen habe ein ganzes Königreich zu verlieren und habe es zum Schleuderpreis verschachert. Ich habe meinen Kreuzzug so verbissen geführt, dass ich nicht mehr auf meinen Kopf gehört habe. Erbärmlich. Ich komme mir verdammt erbärmlich vor.

»Warum willst du die Meereskönigin töten?«, frage ich. »Heldentum steht dir nicht.«

Rycroft drückt die Schultern durch. »Dein kleiner Krieg mit dem Tentakelweib schert mich einen Dreck«, sagt er. »An ihrem Leben liegt mir noch weniger als an deinem.«

»Warum dann?«

Rycrofts Blick ist die pure Gier. »Die Macht des Ozeans«, sagt er. »Wenn ich den Kristall in die Hände bekomme, verfüge ich über die älteste magische Kraft der Welt.« Er nimmt einen Schluck Rum und stellt den Becher unsanft auf den Tisch zurück. »Und wenn die Meereskönigin mir in die Quere kommt, zeige ich ihr und ihren kleinen Schlampen, wo ihr Platz ist.«

Lira verzieht die Lippen. »Ach ja?«

»Darauf kannst du Gift nehmen«, brüstet er sich. »Sollen sie nur kommen.«

Lira zerknüllt den Stoff ihres Kleids in ihren Fäusten. Als sie aufstehen will, lege ich eine Hand auf ihr Knie. Wir sind eindeutig in der Unterzahl, es hat keinen Sinn, eine Prügelei anzufangen.

»Weshalb hast du mich in diese Sache mit hineingezogen?«, frage ich. »Wozu diese Spielchen?«

»Ich bin kein Dummkopf«, erwidert Rycroft, obwohl ich da anderer Meinung bin. »Niemand kann einfach so den Berg erklimmen und kehrt in einem Stück zurück. Der Eisprinz hat mir von einem alten Halsschmuck erzählt, den seit Generationen niemand mehr zu Gesicht bekommen hat. Aber das bestgehütete Geheimnis seiner Sippe konnte ich ihm nicht entlocken.«

»Und du denkst, ich hatte da mehr Erfolg?«

»Du bist der Prinz von Midas«, sagt er. »Ihr Königssöhne seid vom gleichen Schlag und haltet zusammen. Bei euch kennt einer die kleinen, schmutzigen Geheimnisse des anderen. Und wenn nicht, dann kennt ihr Mittel und Wege, um sie herauszufinden.«

Er hat recht. Ich habe mir die Geheimnisse von Sakuras Familie erschlichen, genau wie Rycroft es vermutet hat. Ich habe Dinge in Erfahrung gebracht, die ich eigentlich gar nicht wissen dürfte, und jetzt will er sie für seine eigenen Zwecke verwenden. Immer wieder habe ich Kye erklärt, dass ich ein Captain bin und kein naiver Prinz, dem man Ratschläge geben und auf die Finger schauen muss, und dabei habe ich, ohne es zu ahnen, die ganze Zeit Tallis Rycroft und seiner Schurkentruppe in die Hände gespielt.

»Du willst also mich dazu benutzen, um herauszufinden, wie man zum Gipfel kommt?«

»Nicht nur das«, sagt Rycroft. »Ich brauche auch jemanden, der Zugang hat. Ich werde keinen Krieg mit den Págesi riskieren, indem ich ihren Gipfel besteige. Sie würden sofort Wind davon bekommen, sobald ich einen Fuß auf diesen Berg setze, und sie würden mich und meine Leute abfangen, bevor ich auch nur in die Nähe des Eispalasts käme. Ein Pirat wird den Kristall dort oben nie in die Finger bekommen.«

Lira sinkt in ihren Stuhl zurück. Ihre Miene verrät, dass es ihr im selben Moment dämmert wie mir. »Aber ein Prinz kann das«, überlegt sie laut.

Rycroft klatscht in die Hände. »Kluges Mädchen«, sagt er. Dann dreht er sich zu mir und breitet einladend die Arme aus. »Deine diplomatischen Verbindungen kommen uns gerade recht, Goldjunge. Ich könnte wetten, dass du bereits irgendetwas ausgehandelt hast. Ihnen etwas versprochen hast, damit sie dir Zugang gewähren. In deiner Begleitung kann ich schnurstracks hinaufmarschieren, ohne dass sich jemand an meine Fersen hängt, und ungestört den ganzen verdammten Palast ausplündern. Bis meine Leute und ich auffliegen, halte ich längst die Macht des Ozeans in Händen.«

»Ein toller Plan«, sage ich. »Er hat nur einen Haken: Von mir erfährst du kein Wort. Und ich habe wirklich Besseres zu tun, als für dich den Bergführer zu spielen.«

»Dachte mir schon, dass du Schwierigkeiten machen würdest«, stellt Rycroft fest. »Aber du musst mich nirgendwohin führen; du wirst uns begleiten, ob du willst oder nicht.«

Die Xaprár haben uns umzingelt und kommen immer näher.

»Ich werde dich schon zum Sprechen bringen. Wir foltern dich und deine Kleine einfach unterwegs, das spart Zeit.«

Ich zeige mich unbeeindruckt und lächle Lira an. Sie blinzelt, allerdings nicht entsetzt, sondern so, als würde sie sich seine Worte durch den Kopf gehen lassen. Als wären sie ein Vorschlag und keine Drohung. Falls sie Angst hat, kann sie das gut verbergen.

Langsam und mit ruhiger Hand nimmt sie ihren Rum vom Tisch. »Nur damit wir uns verstehen«, sagt sie und schwenkt dabei ihren Becher. »Ich bin nicht seine Kleine.«

Ich komme nicht mehr dazu, Rycrofts Gesichtsausdruck zu lesen, denn im selben Moment kippt Lira ihm die goldene Flüssigkeit ins Auge. Rycroft stößt ein lautes Geheul aus. Ich springe auf und zücke meinen Dolch. Der Pirat vergräbt die Finger in seinem Gesicht. Mit jedem Lidschlag bohren sich feine Goldsplitter in sein Auge.

»Verdammte Schlampe«, knurrt er und tastet halb blind nach seinem Schwert.

Lira zieht den kleinen Dolch hervor, den sie in ihren Stiefel gesteckt hat; wir stehen jetzt Rücken an Rücken. Rycrofts Schergen scharen sich um uns. Aus dem Augenwinkel sehe ich, wie sich seine besten Schützen auf dem Achterdeck versammeln. Ich kann es vielleicht mit einem Dutzend Männer aufnehmen, aber gegen Gewehrkugeln bin selbst ich machtlos. Und auch wenn in Liras Adern Feuer rinnt, unbesiegbar ist sie dennoch nicht.

»Glaubst du, das war schlau?« Rycroft wischt sich mit dem Ärmel über die Augen.

»Vielleicht nicht«, sagt Lira. »Aber es hat Spaß gemacht.«

»Spaß?« Rycroft kommt einen Schritt auf sie zu. Er raucht vor Wut. »Ich werde dir zeigen, was Spaß ist.«

Ich mache eine halbe Drehung und tausche mit Lira die Plätze. Jetzt steht sie den Xaprár gegenüber und ich blicke Rycroft ins Auge. »Wozu über verschütteten Rum weinen?«, sage ich zu ihm.

Einen Moment lang starrt mich Rycroft bedrohlich still an. Dann kräuseln sich seine Lippen und er blinzelt einen Blutstropfen aus seinem linken Auge. »Zu schade«, sagt er. »Eigentlich hatte ich vor, dir dein bestes Stück zu lassen, wenn ich dich foltere.«

Als er sich auf mich stürzt, stoße ich Lira zur Seite und weiche ihm aus. Die Xaprár machen uns Platz, aber sie umkreisen uns wie Geier, die nur darauf warten, über den Kadaver herfallen zu können. Rycroft holt mit seinem wuchtigen Schwert aus. Funken sprühen, als ich seinen Schlag mit meinem Dolch pariere.

Ich versetze ihm einen Tritt gegen die Kniescheibe. Rycroft taumelt zwar, stürzt sich aber mit einem lauten Zischen sofort wieder auf mich. Sein Schwert saust durch die Luft und verteilt mörderische Hiebe. Ich springe blitzschnell zurück, sodass die Klinge meine Brust nur streift.

Ich achte auf meinen Gegner, nicht auf den scharfen Schmerz, der mich durchzuckt. Rycroft muss von Sinnen sein, wenn er glaubt, einen Prinzen angreifen zu können. Nicht nur einen Prinzen, sondern auch einen Captain. Königliches Blut zu vergießen, wird mit dem Tod bestraft. Mein Blut zu vergießen … in den Augen meiner Mannschaft wäre der Tod dafür nicht Strafe genug.

Ich ziele auf seinen Bauch, aber Rycroft schafft es, im letzten Moment auszuweichen, und mein Fuß knickt weg. Um mein letztes bisschen Ehre zu retten, stoße ich ihm im Fallen den Dolch in den Oberschenkel. Ich spüre, wie die Klinge auf Knochen trifft. Als ich sie wieder herausziehen will, rutscht meine Hand ab.

Rycroft umklammert den Griff des Dolchs. Sein Gesicht ist zu einer Fratze verzerrt; er sieht aus, als würde sogar der Schmerz vor ihm zurückschrecken. Mit einem Ruck zieht er an dem Dolch. Die Klinge gleitet aus seinem Bein. An ihr ist kein Blut zu sehen und einen Moment lang fürchte ich, dass Rycroft den übernatürlichen Glanz bemerkt. Aber der Pirat wirft den Dolch achtlos übers Deck.

»Und jetzt?«, fragt er. »Jetzt ist es aus mit deinen Tricks.«

»Du willst einen unbewaffneten Mann töten?«, frage ich mit spöttisch erhobenem Zeigefinger.

»Wir wissen doch beide, dass du nie unbewaffnet bist. Wenn ich dich töte, werde ich mir dabei sehr viel Zeit lassen.«

Er nickt jemandem hinter mir zu. Mein Blick fällt auf Lira, und ich sehe das Blitzen ihrer warnend aufgerissenen Augen, bevor sich einer von Rycrofts Männern auf mich stürzt. Ich reiße meinen Kopf zurück, aber es ist zu spät. Im nächsten Moment explodiert ein greller Schmerz in meinem Schädel.

SIEBENUNDZWANZIG

Ich fahre mit der Zunge über den Schnitt in meiner Lippe. Meine Hände sind an einem großen Holzbalken festgebunden. Auf der anderen Seite des Raums ist Elian auf dem Boden zusammengesackt. Man hat ihn an einen ähnlichen Balken gefesselt.

Selbst jetzt ist er ganz der hübsche Prinz, obwohl sein Kopf gegen das raue Holz gesunken ist und seine Haare blutverklebt sind. Sein Kiefer zuckt und seine Lider flattern, als würde er jeden Moment die Augen öffnen. Elian so zu sehen, löst ein seltsames Gefühl in mir aus.

Er wacht nicht auf.

Sein Atem geht abgehackt. Eigentlich bin ich überrascht, dass Elian überhaupt noch atmet. Ich habe das Krachen gehört, als der Holzknüppel seinen Hinterkopf traf. Es war der Hieb eines Feiglings. Elian hatte im Kampf die Oberhand gewonnen, und selbst ohne diesen verdammten Dolch, den er so liebt, war er drauf und dran gewesen, Tallis Rycroft zu töten. Notfalls mit den bloßen Händen. Und ich wäre ihm zu Hilfe gekommen.

Selbst wenn ich meinen Gesang noch hätte, würde ich ihn nicht an einen Mann wie Tallis verschwenden. Ich würde ihn ertränken und den Schrecken des Todes spüren lassen, ohne den Trost von Schönheit oder Liebe. Elian hat seine Mannschaft hinter sich, und das ist, als hätte er eine ganze Armee zur Verfügung. Das hätten wir nutzen sollen, um Rycroft anzugreifen. Aber dieser Prinz zieht die List dem Krieg vor.

Das ist eine saubere Sache, hatte er gesagt. Bevor jemand merkt, was wir mitgehen lassen, sind wir längst wieder weg.

Ich blicke auf meine blutverschmierten Hände. Es ist Elians Blut. Eine saubere Sache war das nicht.

Unter Wasser singen die Nixen Lieder über die Menschen. Eines davon summen sie wie ein Wiegenlied. Es erzählt die Geschichte von Ketos grauenvoller Ermordung. Die Nixen berichten von der Tapferkeit der Menschen, die entgegen allen Erwartungen den Sieg davontrugen. Bevor ich auf Elians Schiff kam, hatte ich noch nie menschlichen Mut erlebt. Selbst die stärksten Männer konnten meinem Bann nicht widerstehen, und jene, die ich meinen Zauber nicht spüren ließ, hatten zu viel Angst, um sich mir entgegenzustellen. Elian ist anders. Er ist mutig oder zumindest tollkühn genug, um Courage zu zeigen. Und er hat Mitleid. Selbst für Kreaturen wie Maeve, deren Leben er nur nahm, weil er keine andere Wahl hatte. Er hat sich nicht daran berauscht, er wollte es nur so schnell wie möglich hinter sich bringen. So wie ich damals mit dem kalokaírinischen Prinzen. Und mit Crestell.

Ich frage mich, ob ich auch zu dieser Art von Mördern gehören würde, wenn ich als Mensch aufgewachsen wäre. Gnädig und darauf bedacht, nicht unnötig Blut zu vergießen. Vielleicht wäre ich überhaupt keine Mörderin, sondern einfach nur ein Mädchen wie so viele andere auch. Keto schuf uns als wildes Kriegsvolk, aber erst die Meeresköniginnen gaben ihren Hass als Erbe an uns weiter. Königinnen wie meine Mutter, die ihre Kinder zu seelenlosen Kriegerinnen formten.

Elians Familie hat ihn zu etwas anderem gemacht. Zu einem Mann, der bereit ist, für eine Fremde einzutreten und sich ihretwegen einem skrupellosen Piraten entgegenzustellen. Die Ritterlichkeit, für die ich früher nur Spott übrighatte, hat mir nun schon zum zweiten Mal das Leben gerettet. Ist es das, was Menschsein bedeutet? Sich in Gefahr zu begeben, um jemand anderen zu schützen? Jedes Mal, wenn ich Kahlia in Schutz genommen habe, hat die Meereskönigin mich für meine Schwäche getadelt und uns alle beide bestraft. Auf diese Weise versuchte sie, das Band zwischen uns zu zerreißen. Mein Leben lang habe ich darauf geachtet, mit keinem Blick und keiner Tat meine Gefühle preiszugeben, denn für meine Mutter war das ein Zeichen von Unterlegenheit. Sie hat mir beigebracht, dass menschliche Empfindungen nichts als ein Fluch sind. Aber genau diese Gefühle haben Elian dazu gebracht, mich zu retten. Mir zu helfen. Darauf zu vertrauen, dass ich für ihn dasselbe tun würde.

Elian regt sich und stöhnt laut. Sein Kopf rollt zur Seite, seine Lider flattern. Blinzelnd schlägt er die Augen auf. Im Bruchteil einer Sekunde wird ihm klar, dass er gefesselt ist. Er zerrt versuchsweise an den Seilen, aber sie geben nicht nach. Schließlich dreht er den Kopf in meine Richtung. Selbst aus der Entfernung sehe ich, wie sein fein geschnittener Kiefer sich anspannt.

»Lira?« Seine Stimme ist rau wie Sand. Elian starrt auf das Blut an mir – es ist überall – und fragt: »Wo bist du verletzt?«

Ich drehe den Kopf zur Seite, damit er meine Wunde nicht sieht. »Ich bin nicht verletzt« sage ich. »Du hast mich vollgeblutet.«

Elians Lachen klingt wie ein Schnauben. »Reizend wie immer«, sagt er.

Er atmet tief durch und schließt kurz die Augen. Ich merke, dass die Schmerzen in seinem Kopf ihn zu übermannen drohen, aber er versucht, sie hinunterzuschlucken und ganz der tapfere Krieger zu sein. Als könnte er mir nicht zumuten, eine andere Seite von ihm zu sehen.

»Dafür bringe ich ihn um«, stößt er hervor.

»Pass lieber auf, dass er uns nicht umbringt.«

Elian zerrt wieder an dem Seil und verdreht seinen Arm in grotesken Winkeln, um sich zu befreien. Er windet sich wie ein Aal und ist dabei so flink und blitzschnell, dass ich von meinem Platz aus gar nicht genau erkennen kann, was er tut.

»Genug«, sage ich, als ich seine wund gescheuerte Haut sehe. »Das bringt nichts.«

»Ich versuche es wenigstens«, erwidert er. »Du kannst dir gerne selbst den Daumen ausrenken, wenn du willst. Oder warum rufst du nicht auf Psáriin ein paar Sirenen herbei, damit sie uns erledigen, bevor Rycroft es tut?«

Ich recke das Kinn vor. »Wir wären gar nicht erst in diese Lage gekommen, wenn du dir nicht diesen lächerlichen Plan in den Kopf gesetzt hättest.«

»Der Schlag mit dem Knüppel hat wohl mein Hörvermögen beeinträchtigt.« Jetzt klingt Elians Stimme nicht mehr so melodiös. »Was hast du gerade gesagt?«

»Du hast nicht gemerkt, dass er dich reinlegt«, antworte ich. »Und du bist direkt in seine Falle getappt.«

Elians Schultern zucken. »Er hat die Halskette. Selbst wenn ich von seinem Hinterhalt gewusst hätte, wäre ich trotzdem gekommen. Ich habe schon zu viel geopfert, um mich von dieser letzten Hürde aufhalten zu lassen.«

»Du weißt gar nicht, was es heißt, ein Opfer zu bringen«, schieße ich zurück und denke dabei an das Königreich, das für mich auf dem Spiel steht. »Du bist der Prinz eines Landes voller Helligkeit und Wärme.«

»Und genau dieses Land habe ich geopfert!«

»Wie meinst du das?«

Elian seufzt. »Bei meiner Vereinbarung mit der Prinzessin ging es um mehr als eine Landkarte und ein Amulett«, sagt er reuevoll. »Ich habe ihr versprochen, dass sie an meiner Seite regieren wird, wenn sie mir bei der Suche hilft.«

Meine Lippen öffnen sich, als mich das ganze Gewicht seiner Worte trifft. Während ich nichts unversucht lasse, um meine Mutter vom Thron zu stoßen, verschleudert Elian seinen eigenen Thron für einen Schatz.

Wie ein Pirat.

»Hast du den Verstand verloren?«, stoße ich fassungslos hervor.

»Mit dem Kristall kann ich Leben retten«, antwortet Elian. »Und die Hochzeit mit einer págesischen Prinzessin würde meinem Land nicht schaden. Im Gegenteil, sie würde die kühnsten Träume meines Vaters übertreffen. Ich wäre ein besserer König, als er je zu hoffen wagte.«

Eigentlich sollte Stolz in diesen Worten liegen, aber sie klingen rau und bitter. Traurigkeit und Unmut schwingt darin mit.

Ich denke daran, wie oft ich versucht habe, meine Mutter stolz zu machen. So oft, dass ich irgendwann vergessen habe, was Zufriedenheit ist. Ich habe verlernt, Gefühle zuzulassen, wenn die Meereskönigin sie mir nicht ausdrücklich befohlen hat. Ich habe hingenommen, dass sie mich einem Nixenmann versprochen hat, als wäre ich ein Stück Fleisch, das er verschlingen kann. Und die ganze Zeit habe ich mir eingeredet, es sei alles zum Wohle des Königsreichs. Elian hingegen hat seine Bürde freiwillig auf sich genommen. Um die Welt zu retten und seine Prinzenpflicht zu erfüllen, ist er bereit, das aufzugeben, was ihm am meisten bedeutet. Die Freiheit und das Abenteuer und das Glück. Ich könnte nicht einmal sagen, ob ich all das jemals besessen habe.

Ich wende den Blick ab, weil ich es nicht ertrage, mich selbst in seinen Augen zu erkennen.

Und doch musst du sein Herz rauben, sage ich mir. Dir bleibt keine andere Wahl.

»Wenn das Amulett so wertvoll ist«, sage ich laut, »warum haben wir Tallis dann nicht getötet, um an es heranzukommen?«

»Du kannst nicht jeden umbringen, nur weil du ihn nicht leiden kannst.«

»Das weiß ich«, entgegne ich. »Sonst wärst du längst tot.«

Aber das ist nicht die Wahrheit. Ich bin selbst überrascht, wie wenig es stimmt.

Ich hatte mehr als ein Dutzend Gelegenheiten, ihn zu töten oder es zumindest zu versuchen.

Bevor Elian etwas erwidern kann, erbebt plötzlich das Deck über uns. Der Wind trägt ein dumpfes Grollen heran, und einen Moment lang denke ich, es sind die Wellen, die gegen Tallis Rycrofts heruntergekommenes Schiff branden, aber dann schwillt das Grollen an und ein lauter Knall lässt die Kajüte erzittern. Staub rieselt von der Decke, Holzdielen splittern.

Zuerst ist Gebrüll zu hören, dann nur noch Kanonendonner und Schüsse. Schreie und das Stöhnen Sterbender. Der Lärm einer Schlacht, die alles mit sich reißt.

Elian ruckt mit neuer Entschlossenheit an den Seilen. Er schließt die Augen und ich höre ein dumpfes Knacken. Fassungslos sehe ich zu, wie er versucht, die Fesseln über seine linke Hand zu streifen, deren Daumen jetzt schlaff herabhängt. Tatsächlich schafft er es, sie halb herausziehen, ehe das Seil sich wieder strafft.

»Verdammt«, stößt er hervor. »Es ist zu eng. Ich komme nicht raus.«

Die Kajüte ächzt. Ein großer Riss geht durch die Wand und der Fensterrahmen kann dem Druck kaum standhalten. Über uns trampeln Schritte. Das Klirren von Schwertern geht im ohrenbetäubenden Kanonendonner unter.

»Was ist da los?«, frage ich.

»Meine Mannschaft.« Elian zerrt wieder an dem Seil. »Die Kanonen der Saad würde ich überall heraushören.« Er grinst übers ganze Gesicht. »Hörst du, wie meine Hübsche brüllt?«

»Sie sind gekommen, um uns zu holen?«

»Natürlich sind sie das«, sagt Elian. »Aber wenn sie dabei mein Schiff ramponieren, mache ich ihnen die Hölle heiß.«

Kaum hat er das gesagt, kracht eine Kanonenkugel durchs Fenster. Sie zischt an mir vorbei und schlägt in den Holzbalken ein, an den Elian gefesselt ist. Er duckt sich, wie es selbst eine Sirene nicht schneller könnte. Holzsplitter regnen auf seinen Rücken. Mir stockt der Atem. Übelkeit steigt in mir auf. Da hebt Elian den Kopf und schüttelt sich den Staub aus den Haaren.

Ich atme tief aus und mein Menschenherz schlägt wieder langsamer.

Elian lässt den Blick über die Holztrümmer schweifen. Auf seinem Gesicht macht sich ein beinahe boshaftes Lächeln breit.

Er rappelt sich auf und windet sich unter dem zerborstenen Balken hervor. Dann winkelt er seine Beine an, stößt sich ab und schiebt seine hinter dem Rücken zusammengebundenen Hände in einer einzigen schnellen Bewegung unter den Füßen hindurch nach vorne. Er sieht sich in dem dunklen, feuchten Raum nach etwas um, womit er das Seil zerschneiden kann, aber bis auf uns beide ist unser Gefängnis leer.

Elians Lächeln verfliegt. Sein Blick wandert von meinen Fesseln zu dem unbeschädigten Holzbalken, der mich mit dem Schiff in die Tiefe reißen wird. Er starrt auf seine zusammengebundenen Hände und den schmerzhaft verrenkten Daumen. Wieder sieht er sich in dem leeren Raum um, in dem nichts zu finden ist, das uns weiterhelfen könnte. Zuletzt bleiben seine Augen an dem Mädchen hängen, das er nicht retten kann.

»Geh!«, sage ich zu ihm.

Elians Blick wird hart. Seine Augen verdunkeln sich. Das Grün verschwindet in einem Strudel des Zorns. »Die Rolle der Märtyrerin steht dir nicht«, sagt er.

»Geh einfach«, fauche ich ihn an.

»Ich werde dich nicht hier zurücklassen.«

Gewehrfeuer zerreißt die Luft. Ein Schrei – ein wutерfülltes

Brüllen – lässt mich zusammenzucken. Elian wendet sich zur Tür. Draußen sterben vielleicht gerade seine Leute. Die Männer und Frauen, die er als seine Familie bezeichnet, riskieren ihr Leben für ihn. Und wozu? Damit er sein eigenes Leben aufs Spiel setzt für ebenjenes Ungeheuer, das er schon so lange jagt? Ein Mädchen, das nichts anderes im Sinn hat, als sein Herz zu rauben. Eine Verräterin im wahrsten Sinne des Wortes.

»Elian.« Meine Stimme ist gefährlich ruhig.

»Ich –«

»Lauf!«, schreie ich und zu meiner Überraschung tut er genau das.

Für den Bruchteil einer Sekunde beißt er die Zähne zusammen und sein Kiefer zuckt vor Anspannung, doch dann trifft er eine Entscheidung. Er wirbelt herum. Dann hechtet der junge Prinz aus der Kajüte und überlässt mich meinem Untergang.

ACHTUNDZWANZIG

Ich warte darauf, zu sterben.

Vielleicht werde ich im Augenblick meines Todes wieder zur Sirene. Der Leichnam des gefürchteten Fluchs der Prinzen, gefangen im Bauch eines Piratenschiffs. Eines Wracks, in dem mich nur die Nixen finden werden. Vielleicht heuchelt meine Mutter so etwas wie Trauer über den Verlust ihrer Thronfolgerin, vielleicht holt sie einfach nur den Aasfresser, damit er ihr eine neue Erbin zeugt.

Ich bin drauf und dran, mich dem Selbstmitleid hinzugeben, als Tallis Rycroft durch die Tür hereinplatzt. Seine Augen wandern durch die kalte, leere Kajüte. Dann reißt er einen Holzbalken, der als Regalbrett dient, so heftig von der Wand, dass die rostigen Nägel abbrechen.

Seine Hose ist blutdurchtränkt, wo Elians Dolch sich in sein Bein gebohrt hat. Durch den Riss im Stoff sind dicke schwarze Fäden zu sehen, die seine Haut zusammenhalten. Die Wunde ist hastig zusammengeflickt, aber die Naht scheint ihren Zweck zu erfüllen. Anscheinend hat Elian keine Arterie getroffen.

Tallis' Fingerknöchel sind rau und zerschrammt. Humpelnd

durchquert er den Raum. Sein Blick fällt auf den Balken, an den er Elian zuvor gefesselt hatte. Mit einem Knurren tritt er die Holzsplitter in meine Richtung.

Ich zucke nicht einmal mit der Wimper.

»Wo ist er?«, blafft er mich an.

Ich zucke unbeteiligt mit den Schultern. »Ich weiß nicht, wovon du redest.«

In zwei Schritten ist Rycroft bei mir und legt seine kräftigen Hände um meinen Hals. Er zerrt mich auf die Füße.

»Sag mir, wo er ist«, zischt er mich an. »Oder ich breche dir dein hübsches kleines Genick.«

Der Druck seiner Hände an meiner Kehle erinnert mich an den unerbittlichen Griff meiner Mutter. Ich will husten und spucken, aber dafür reicht meine Luft nicht aus. In meinen Adern rauscht eine unbändige Wut. Sie zieht und zerrt an meinen Eingeweiden, bis nur noch ein Abgrund aus Hass übrig ist.

»Warum so aufgebracht?«, stoße ich keuchend hervor und grinse hämisch.

Tallis lässt mich los. »Sie machen Kleinholz aus meinem Schiff«, schäumt er. »Wenn ich diesen Bastard in die Finger kriege, kann er was erleben. Er hat einen Krieg angezettelt.«

»Das hast du bereits getan, als du den midasanischen Prinzen angegriffen und gefangen genommen hast. Wenn du jetzt schon jammerst, wie soll es dann erst werden, wenn du die ganze Macht der Goldenen Armee zu spüren bekommst?«

Tallis' Augen werden schmal.

»Wie nennt man es gleich noch mal, wenn jemand ein Mitglied der Königsfamilien überfällt? Ach ja …« Mein Lächeln ist so schneidend wie die Klinge eines Messers. »Hochverrat. Ist die Strafe dafür nicht Ertränken?«

Tallis' Gesichtszüge erschlaffen.

Es ist schon eine Weile her, dass diese Strafe zuletzt vollzogen wurde, lange vor meiner Zeit. Aber die Geschichten der Sirenen bewahren die Erinnerung daran. Sie erzählen von Menschen, die ihre Waffen gegen das Königshaus erhoben und den Friedenspakt zwischen den Ländern brachen. Zur Strafe wurden sie mit Gewichten im Meer versenkt und meinesgleichen als Beute überlassen. Doch die Sirenen sahen nur zu, wie die Verräter ihre Kehlen umklammerten, bis ihnen die Luft ausging. Erst als deren letzte Augenblicke gekommen waren, schwammen sie herbei, damit die Menschen dem Tod voller Angst ins Auge blickten. Von meiner Mutter weiß ich, dass die Sirenen abwarteten, bis die Herzen ein allerletztes Mal schlugen, bevor sie sie den Menschen aus der Brust rissen.

Tallis' Gesichtsausdruck verrät mir, dass auch er diese Schreckensgeschichten kennt.

Ungelenk zieht er sein Schwert und drückt die Klinge an meine Wange. »Was schert dich das?«, flüstert Tallis. »Er hat dich hier zurückgelassen, oder nicht?«

Er sagt es, als müsste ich mich von Elian verraten fühlen. Aber seine Worte verfehlen ihre Wirkung. Elian hat mich zurückgelassen, weil ich es so wollte. Wenn ich darum gebeten hätte, wäre er geblieben. Vielleicht wäre er gestorben, wenn ich es zugelassen hätte. Aber das habe ich nicht. In mir ist etwas wiedererwacht, das ich längst verloren glaubte – etwas, von dem ich dachte, meine Mutter hätte es mir ein für alle Mal ausgetrieben. Nur deshalb konnte ich ihn gehen lassen.

»Können wir dieses Gespräch fortsetzen, nachdem du mich getötet hast?«, frage ich Tallis.

Der Pirat streicht mit seiner Klinge über meine Wange. Ehe ich zurückweichen kann, holt er mit dem Schwert aus und lässt es niedersausen.

Ich blicke auf meine freien Hände und die sauber durchtrennten Stricke zu meinen Füßen.

»Ich mag es, wenn meine Frauen sich wehren«, gurrt Tallis. »Mal sehen, wie du dich so schlägst.«

Ich verschwende meine Zeit nicht mit einem spöttischen Lächeln, sondern krümme kampfbereit meine Finger zu Klauen.

Was auch immer Tallis erwartet hat, er hat sicher nicht damit gerechnet, dass ich versuchen würde, sein Herz herauszureißen. Wie ein Geier stoße ich auf ihn herab. Ich zerkratze seine Haut, bis meine Arme schwer werden. Meine Nägel bohren sich in seine Brust. Seine Augen. In alles, was mir unter die Finger kommt. Er stößt mich weg, aber ich stürze mich sofort wieder auf ihn.

Ich bin ein Tier, das die Zähne in sein zartes Menschenfleisch gräbt. Ich kann ihn schmecken. Bitter. Eine Mischung aus Metall und Wasser. Ich beiße fester zu, bis er seinen Arm wegreißt und ein Stück seiner Haut zwischen meinen Zähnen hängen bleibt.

»Du Miststück!«, brüllt er.

Ich frage mich, wie sehr ich jetzt wohl dem Aasfresser ähnele – mit einem Fetzen von Rycrofts Fleisch in meinem Mundwinkel und dem Lächeln der Teufelsgöttin, die uns alle geschaffen hat. Ich blecke die Zähne, zwischen denen sich sein schmutziges Blut sammelt.

Tallis kommt auf mich zu. Seine Schritte hallen auf dem abgewetzten Boden wider. Als er vor mir steht, packt er mein Rüschenkleid und schleudert mich gegen die Wand. Er presst seine Beine gegen meine. Seine Knie bohren sich fest in meine Oberschenkel.

Dann versetzt er mir aus dem Handgelenk einen Schlag ins Gesicht. Mein Kopf fliegt zur Seite und meine Wange schrammt über einen krummen Nagel. Sein warmer Atem streift mein Ohr. »Das wirst du mir büßen.«

»Ja, sicher.« Ich verlagere meine Hüfte und versuche, meine Hände möglichst ruhig zu halten, während ich unter seine Jacke greife. »Aber zuerst wäre ich dir dankbar, wenn du mich nicht mit deinem Blut besudeln würdest.«

In dem Moment, als ich den Griff seines Messers zu fassen bekomme, stoße ich sofort zu. Ich drehe die Klinge zur Seite. Tallis blinzelt. Als ich meine Hand mit einem Ruck nach oben ziehe, schluckt er. Aus seinem Mund kommt ein erstickter, abgehackter Laut.

Seine Hände gleiten von meinem Kleid. Er taumelt einen Schritt zurück.

Ich lasse mich an der Wand zu Boden sinken und atme tief aus.

Ablenkung, hat Elian gesagt. Du musst blitzschnell sein, damit niemand etwas merkt.

Ich betrachte Tallis. Seine dämonischen Augen und seine knochengraue Haut. Angst und Erstaunen brechen über ihn herein wie der Sturm übers Meer. In seinen Eingeweiden steckt das Messer – sein eigenes Messer. Es war nicht schwer, es ihm wegzunehmen. Anscheinend kann es einem sehr leicht entgehen, wenn jemand nach der eigenen Waffe im Hosenbund greift. Vor allem, wenn einem derjenige die Zähne ins Fleisch gegraben hat.

Die Klinge steckt so tief, dass der Griff fast ganz unter seinem Hemd verschwindet. Tallis wankt einen Moment, bevor er stürzt. Er runzelt die Stirn und schnappt nach Luft, dann schlägt sein Kopf auf dem Boden auf.

Ich stehe über seiner Leiche und schlucke. Meine Brust fühlt sich hohl an. Der Rausch, den der Tod normalerweise mit sich bringt, hat einem Abgrund Platz gemacht, der sich um mein wild pochendes Herz auftut. Zum ersten Mal habe ich als Mensch getötet. Irgendwie dachte ich, es würde keine Rolle spielen, aber jetzt bin ich voller Blut und Tallis' Gesicht ist schlaff, und ich weiß nicht, warum ich am ganzen Körper zittere.

Ich blicke auf ihn herab, aber ich sehe nur die sterbende Crestell vor mir und höre Kahlias Schreie. Meine Hände sind nass von Crestells Blut, doch uns beide verbindet ein Versprechen.

Werde die Königin, die wir brauchen.

Ich schließe die Augen und warte darauf, dass der Moment vorübergeht. Ich kann nur hoffen, dass die Erinnerung mich wieder loslässt, denn sonst verliere ich in dieser Kajüte den Verstand. Ich verstehe nicht, warum ich ausgerechnet jetzt an sie denken muss. Es ist ja nicht so, als wäre Tallis der Erste, den ich seither getötet habe. Ich balle die Fäuste und spüre, wie das Blut unter meinen Nägeln stockt. Mit Crestell hat alles angefangen. Mit ihr hat meine Mutter mich zu sich auf die dunkle Seite gezogen. Als Mensch konnte ich bisher so tun, als wäre all das nie geschehen. Jedenfalls eine Zeit lang. Aber jetzt nicht mehr. Jetzt bin ich auch in diesem Leben zur Mörderin geworden.

Als ich die Augen aufschlage, ist Tallis wieder Tallis, und das Gesicht meiner Tante ist nur noch eine flüchtige Erinnerung. Ich seufze erleichtert und blinzle kurz, als ich aus dem Augenwinkel etwas aufblitzen sehe. Das Licht der aufgehenden Sonne fällt auf eine Kette an Tallis' Hals. Sie leuchtet wie ein kleiner Stern, der darum kämpft, nicht zu erlöschen. Bebend kauere ich mich neben den Leichnam des Piraten und schlage seinen Kragen zurück.

Die Halskette ist wunderschön. Daran baumelt ein funkelnd blauer Anhänger, der aussieht wie ein Eiszapfen. Die Facetten des geschliffenen Diamanten tanzen, als wären sie aus flüssigem Wasser. Ich löse den Verschluss der Kette – vorsichtig, als würde der Pirat nur schlafen und ich könnte ihn wecken. Dann lasse ich das Schmuckstück in meine Tasche gleiten.

Als die Kajütentür auffliegt, zucke ich erschrocken zurück. Meine Schultern verkrampfen sich und ich krümme meine Finger, damit sie wieder zu Waffen werden.

Es ist Elian.

Mit großen Schritten kommt er auf mich zu. Für Tallis Rycroft hat er keinen Blick übrig. Elians Augen sind strahlend und grün und funkeln vor Erleichterung. Seine Haare stehen in alle Richtungen ab und fallen ihm über die Stirn ins Gesicht. Sein Hemd ist zerrissen, aber ich atme auf, als ich keine frischen Wunden entdecke. Die Flecken sind nur Schmutz und Spuren von Schießpulver. Ich will gar nicht so genau wissen, ob ich nur deshalb so froh bin, weil ich Elian noch brauche, um meine Mutter zu stürzen, oder ob sich etwas ganz anderes dahinter verbirgt.

Elians Dolch steckt wieder fest in seinem Gürtel – die Magie dieser Waffe übt noch immer eine starke Anziehungskraft auf mich aus – und in der Hand hält er ein Schwert, sein eigenes Schwert, das golden und aschgrau schimmert. Als er vor mir steht, lässt er es zu Boden fallen und packt mich an den Schultern. Ich habe noch nie jemanden so lächeln sehen.

Ich sage das Erste, was mir in den Sinn kommt, und wiederhole die Worte, die Elian in Eidýllio zu mir gesagt hat. »Ich dachte, ich wäre dich ein für alle Mal losgeworden.«

Auf Elians Wangen bilden sich kleine Grübchen. Er wirft einen Blick über die Schulter. Hinter ihm haben sich Kye, Madrid und Torik versammelt. Sie sind gekommen. Nicht nur für ihren Captain, sondern auch für das schiffbrüchige Mädchen, das sie auf hoher See aus dem Wasser gefischt haben. Sie sind gekommen, um mich zu holen.

Elian dreht sich wieder zu mir um und betrachtet forschend mein Gesicht. Seine Lippen werden zu einer dünnen Linie, als er die Schrammen auf meiner Wange bemerkt. Und das viele Blut an mir, mein eigenes ebenso wie fremdes.

»Was tust du hier?«, frage ich.

Er zuckt die Schultern. »Das, was ich am besten kann.«

»Mir den letzten Nerv rauben?«

»Dich retten«, erwidert er und hebt sein Schwert auf. »Das ist jetzt schon das zweite Mal. Nicht dass ich mitzählen würde.«

Genau genommen ist es das dritte Mal, immerhin hat er mich auch an Deck vor Rycroft beschützt. Mag sein, dass Elian nicht zählt, ich aber schon.

»Ich kann nicht glauben, dass du meinetwegen zurückgekommen bist«, sage ich. Die Dankbarkeit in meiner Stimme ist unüberhörbar, aber das kümmert mich nicht.

Elian tippt an seinen Gürtel mit dem Dolch. »Eigentlich bin ich dafür zurückgekommen«, sagt er. »Dich zu retten, war nur ein spontaner Entschluss.«

Ich starre ihn giftig an. »Ich brauche nicht gerettet zu werden.«

Zum ersten Mal wirft Elian einen Blick auf den reglosen Körper am Boden.

»Erinnere mich daran, nie deinen Zorn auf mich zu ziehen«, sagt Elian.

»Zu spät.«

Er grinst. Er grinst auch dann noch, als Rycroft plötzlich den Kopf hebt. Die Hand des Piraten, der offenbar mehr Leben als eine Katze hat, gleitet blitzschnell zu seiner Hüfte, und als er den Arm wieder hebt, hat er eine Pistole in der Hand. Sie ist schwarz wie Tintenfisch-Tinte. Im selben Moment, als Elian den Kopf dreht – und seine Mannschaft erschrocken zu ihm stürzt –, geht ein Schuss los.

Es ist nicht das erste Mal, dass ich einen Pistolenschuss höre, aber diesmal ist er besonders laut. Er fährt mir in die Knochen und vibriert im Rhythmus meines pochenden Herzens. Die Geräusche verschwimmen ineinander. Da ist der Geruch von Schießpulver und der grässliche Schrei, den Kye als Warnung ausstößt. Und da ist Elian. Sein Lächeln ist wie weggewischt, als er das Entsetzen in meinen Augen sieht. Dreimal schulde ich ihm mein Leben.

Ohne lange nachzudenken, stoße ich ihn aus der Schusslinie.

Stille legt sich über den Raum. Für den Bruchteil einer Sekunde scheint die Welt keine Geräusche mehr zu haben. Dann spüre ich ihn.

Den stechenden Schmerz, als ein Stück Metall meine menschliche Haut durchschlägt.

NEUNUNDZWANZIG

Ich bin schon einmal gestorben, aber seither ist es mir nicht wieder gelungen.

Damals war ich ungefähr dreizehn, jedenfalls war mein Alter eine Glückszahl. Etwa eine Meile vor dem Ufer von Midas steht ein Leuchtturm auf einer kleinen schwimmenden Wiese. Die Küstenwächter nutzen ihn als Ausguck und für meine Freunde und mich diente er als Mutprobe. Es ging darum, bis zum Leuchtturm hinauszuschwimmen, sich an den feuchten Grasbüscheln hochzuziehen und sich in Siegerpose aufzustellen.

In Wirklichkeit ging es nur darum, nicht zu ertrinken.

Niemand hat es je geschafft, denn wenn man dumm genug war, auf die Idee zu kommen, war man noch zu jung dafür, und wenn man alt genug war, hatte man inzwischen die Vorteile eines Boots zu schätzen gelernt. Die Tatsache, dass es bisher niemandem gelungen war – dass ich der Erste sein konnte –, machte die Vorstellung für mich nur noch reizvoller. Die ohrenbetäubenden Warnungen in meinem Kopf, sich nicht in Lebensgefahr zu begeben, verebbten zu einem leisen Wispern.

Ich schaffte es bis zum Leuchtturm, aber dort angekommen, hatte ich nicht mehr die Kraft, mich an den Grasbüscheln festzuhalten. Ich hatte nur noch die Kraft, laut zu schreien, bevor Wasser in meinen Mund drang und ich mich von den goldenen Wellen fortreißen ließ.

Ich weiß nicht, wie lange ich tot war, denn mein Vater spricht nicht von solchen Dingen und meine Mutter habe ich nie danach gefragt. Es fühlte sich wie eine Ewigkeit an. Danach muss ich der Welt wohl besonders leidgetan haben, denn trotz all der verrückten Dinge, mit denen ich seither Kopf und Kragen riskiert habe – und die viel gefährlicher waren, als eine Meile zu schwimmen –, bin ich immer noch am Leben. Der Tod hat mich nie wieder auch nur gestreift. Mein erstes Sterben hat mich auf sonderbare Weise unsterblich gemacht.

Als die Pistolenkugel durch die Luft saust und Liras kalte Hände in meinem Rücken mich zu Boden stoßen, spüre ich Wut in mir. Ich bin wütend auf meine Unbesiegbarkeit. Mein Talent fürs Überleben, während alle um mich herum sterben.

»Nein!«, schreit Madrid und hechtet nach vorne.

Sie rammt ihren Stiefel so fest gegen Rycrofts Kinn, dass seine Zähne in alle Richtungen fliegen. Kye packt sie an der Taille und hält sie verzweifelt fest, während sie sich loszureißen versucht, um den Piraten zu töten. Den Mann, der ihren Captain gefangen genommen hat. Der sie vielleicht sogar als Sklavin verkauft hat. Der gerade vor ihren Augen auf ein Mädchen geschossen hat.

Madrid schreit und flucht. Lira hingegen gibt keinen Laut von sich.

Sie legt die Stirn in Falten, was bei ihr mehr sagt als ein lauter Schrei, und drückt die Finger an die Schusswunde in ihrer Seite. Als sie die zitternde Hand wieder wegnimmt, ist sie nass.

Sie blickt auf das Blut. »Es brennt gar nicht«, sagt sie, dann bricht sie zusammen.

Ich stürze zu ihr und fange ihren zerbrechlichen Körper auf, bevor er auf den Boden schlägt. Als ich ihren Kopf in meinen Händen halte, röchelt sie erstickt. Da ist Blut. So viel Blut. Mit jedem Blinzeln scheint es mehr zu werden, bis die ganze rechte Seite ihres Kleids davon durchtränkt ist.

Ich presse meine Hand auf ihre Rippen. Sie hat recht: Es ist nicht warm. Liras Blut rinnt zwischen meinen Fingern hindurch wie geschmolzenes Eis. Je fester ich drücke, desto mehr erschaudert sie. Ihr ganzer Körper verkrampft sich, während ich alles versuche, damit nicht noch mehr Kälte aus ihr herausströmt.

»Lira«, sage ich, und es klingt mehr wie ein Flehen als ein Name. »Du wirst nicht sterben.«

Ich wende den Blick von der Wunde ab, denn ich will sie gar nicht sehen – aus Angst, dass Lira tatsächlich sterben könnte. Dann wären meine letzten Worte an sie eine Lüge und unverzeihlich dumm noch dazu.

»Ich weiß«, sagt Lira. Ihre Stimme ist ruhiger als meine, als könnte ihr der Schmerz nichts anhaben. Oder als hätte sie schon weitaus schlimmere Schmerzen verspürt. »Ich muss doch noch einen Berg besteigen.«

Ihr Kopf rollt kraftlos zur Seite. Ich bemühe mich, meine Hand ruhig zu halten, um sie zu stützen. Wenn sie jetzt das Bewusstsein verliert, weiß ich nicht, ob sie jemals wieder aufwacht.

»Jetzt sind wir fast quitt«, sage ich. »Es steht zwei zu eins.«

Lira verlagert ihr Gewicht. »Hier«, sagt sie. Ihr Blut läuft über meine Finger, der Saum meines Hemds ist schon ganz durchweicht. »Nimm das als Ausgleich.«

Sie hebt ihren zitternden Arm und lässt einen kleinen Anhänger in meine Hand fallen. Das Schmuckstück leuchtet blauer als ihre Augen und ist viel zu zart, um so viel Macht zu haben. Das verschwundene Amulett von Págos.

Sie hat es gefunden.

Ich muss unwillkürlich lachen und will mir eine schlagfertige Antwort überlegen – vielleicht, dass die Kette nicht ganz mein Stil ist –, aber dann sehe ich, wie Liras Augen sich verdrehen, und mir wird klar, dass keine noch so lustige Bemerkung sie erreichen wird.

»Captain!«, ruft Madrid, die immer noch von Kye festgehalten wird. »Sie braucht einen Arzt!«

Torik tritt hinter mich und drückt meine Schulter, um mich in die

Wirklichkeit zurückzuholen. Ich schlucke. Nicke. Stehe mit Lira auf, die sich in meinen Armen viel zu leicht anfühlt. Renne so schnell ich kann über Rycrofts heruntergekommenes Drecksschiff und ziehe eine Blutspur hinter mir her.

»Setzt alles in Bewegung!«, rufe ich, kaum dass ich wieder Fuß auf die Saad gesetzt habe. »Und jagt dieses verdammte Schiff hinter uns in die Luft.«

Ein Ruck geht durch die Saad und in meiner Mannschaft bricht ein heilloses Durcheinander aus. Meine Leute rennen kreuz und quer übers Deck, zerren die Seile von den Winden und richten die Takelage her. Trimmen die Segel und stellen sie in den Wind. Ich bahne mir einen Weg, dränge mich an allen vorbei, die beim Anblick des blutüberströmten Mädchens in meinen Armen wie erstarrt stehen bleiben und mir zu Hilfe eilen wollen.

»Elian«, sagt Kye. »Du bist verletzt. Lass mich sie tragen.«

Ich achte nicht auf ihn und wende mich an Torik. Mit einem Ausdruck des Entsetzens starrt er auf Lira herab. Sie gehört zwar nicht zur Mannschaft, aber dass sie für mich ihr Leben riskiert hat, macht sie zu einer von uns.

»Sorge dafür, dass der Arzt bereitsteht«, sage ich. Mein erster Maat nickt.

Torik hat Rycroft achtlos über seine Schulter geworfen, das Blut des Piraten rinnt über seinen Rücken. Rycroft ist zwar nicht tot, aber viel Leben ist nicht mehr in ihm. Wenn ich ihn mir vornehme, dann mache ich ihm endgültig den Garaus. Aber jetzt halte ich Lira in den Armen, die inzwischen ganz leblos ist, und rufe noch einmal nach Torik, damit er schnell den Arzt verständigt. Er lässt Rycroft einfach fallen und eilt unter Deck.

Eigentlich haben wir gar keinen Arzt an Bord, aber mein zweiter Bootsmann war früher mit einem Zirkus aus Plásmatash auf Reisen, und das muss reichen. Während ich Lira durch die verwinkelten Gänge meines Schiffs trage, geht mir unwillkürlich durch den Kopf, dass unter all den Prinzen und Piraten und Mördern und Sträflingen nur ein kleiner Zirkusjunge uns jetzt helfen kann. Der Gedanke könnte lustig sein, und ich stelle mir vor, wie Lira darüber lacht, dass ein junger, unerfahrener Kerl sie zusammenflicken soll. Ich male mir aus, wie sie eine beißende Bemerkung macht und wie ihre Worte zu mir hindurchdringen wie süßes Gift. Mich treffen wie eine Pistolenkugel.

Ich stürme in den kleinen Raum, in dem kaum Platz ist. Gleich hinter mir kommt Kye. Der Behelfsarzt deutet auf einen Tisch in der Mitte. »Leg sie hier ab«, sagt er aufgeregt. »Und mach ihr Kleid auf.«

Ich nehme meinen Dolch in die Hand und tue, was er sagt. Zuerst denke ich, die Wunde hat zu bluten aufgehört – das meiste scheint in ihrem Kleid versickert zu sein und auch ich bin inzwischen blutüberströmt –, und als dann doch noch Blut kommt, ist es viel zu wenig. Vielleicht hat sie schon zu viel verloren. Vielleicht ist kein Tropfen mehr übrig.

»Himmel!« Kye weicht zurück, als ich Liras Kleid noch weiter aufschlitze. »Wird sie überleben?«

»Kümmert dich das überhaupt?«, fahre ich ihn an.

Es ist nicht seine Schuld, aber Kye anzuschreien ist so, als würde ich mich selbst anschreien, und genau das brauche ich jetzt. Denn es ist meine Schuld. Wenn Lira stirbt, bin ich schuld.

Ich kann nicht glauben, dass du meinetwegen zurückgekommen bist.

Aber erst habe ich sie allein zurückgelassen.

»Ich möchte nicht, dass sie stirbt, Elian.« Kye drückt meinen Arm und gibt mir Halt, als in mir alles auseinanderzubrechen droht. »Das wollte ich nie. Außerdem« – Kye vergräbt seine Hand in der Tasche und seufzt – »hat sie dich beschützt, als ich es nicht konnte.«

»Es war ein sauberer Schuss«, sagt der Arzt, und ich drehe mich zu ihm. Die Ironie seiner Worte trifft mich. Der Schuss war alles andere als sauber, er war schmutzig.

»Die Kugel hat ihre Rippen nur gestreift«, fährt er fort. »Aber ich muss sichergehen, dass keine Organe verletzt sind.« Er hat Handschuhe übergezogen und deutet mit einem Finger auf Kye. »Steh nicht nur herum. Geh mir aus dem Licht und hol Handtücher.«

Kye verliert keine Zeit und eilt hinaus.

»Die Kugel hat nichts Wichtiges zerfetzt«, überlegt der Arzt laut und dreht sich erwartungsvoll zu mir um.

»Ich weiß nicht«, sage ich. »Da war überall Blut.«

Er zuckt mit den Schultern und nimmt ein nicht sehr vertrauenerweckendes Instrument aus seinem Werkzeugkasten. »Mir ist noch keine Maschine untergekommen, die ich nicht reparieren konnte«, sagt er. »Der menschliche Körper ist auch nichts anderes als eine Maschine.« Er sieht mich ermutigend an. »Ich habe einmal einen Affen gerettet, dem ein Messer in den Rippen steckte. Es gab einen Unfall, weil ein Ballon zerplatzt ist. Im Grunde genommen ist das auch nichts anderes.«

Ich nehme an, das soll mir Mut machen, deshalb nicke ich. Da stürmt auch schon Kye mit einem Stapel frischer Handtücher herein. Danach wirft der Arzt uns hinaus. Ich habe nichts dagegen einzuwenden. Ich bin ganz froh, dass er uns wegschickt, um ungestört arbeiten zu können. So muss ich nicht Liras reglosen Körper anstarren und darüber nachdenken, dass ich sie noch nie so verwundbar gesehen habe. So sehr dem Tode nahe.

Ich gönne mir keine Verschnaufpause, sondern eile sofort an Deck zu Rycroft. Meine Mannschaft kann sich kaum noch zügeln, alle warten nur darauf, auf ihn losgelassen zu werden. Ich spüre förmlich Kyes Anspannung. Er steht neben mir und hofft, dass ich ihn nicht darum bitte, sich und die Mannschaft zurückzuhalten. So ist das mit meiner Crew. Meine Leute müssen keine Freunde sein. Sie müssen sich nicht einmal mögen. Aber auf der Saad sind alle wie eine Familie. Als Lira mich gerettet hat, lieferte sie Kye einen Beweis. Ich habe sie in einen Käfig gesteckt und sie sogar an Land ausgesetzt. Sie musste mit mir verhandeln, damit ich sie überhaupt wieder an Bord ließ. Und jetzt hat sie mein Leben gerettet, im Glauben, dass sie das Richtige tut. Ein Leben für ein Leben. Vertrauen gegen Vertrauen.

Tallis Rycroft starrt mich an, aber er hat nicht mehr die Kraft, bedrohlich zu wirken. Sein linkes Auge ist geschlossen und dick geschwollen. Er hat so viele Wunden im Gesicht, dass seine Lippen kaum noch zu erkennen sind. Aus dem Loch in seinem Bauch quillt immer noch Blut.

»Was hast du mit ihm vor?«, fragt Kye. Er klingt alles andere als ruhig, in seine sonst so sorglos klingende Stimme hat sich ein ungewohnter Ton eingeschlichen. Er ist ebenso sehr auf Rache aus wie ich. Und nicht nur, weil der Pirat seinen Captain gefangen genommen hat, sondern auch wegen des Mädchens, das unter Deck um sein Leben kämpft.

»Ich weiß es nicht.«

Madrid spielt mit einem kleinen Taschenmesser und lässt die Klinge der Reihe nach zwischen ihre Finger gleiten. Als sie sich schneidet, lässt sie das Blut auf Rycrofts verletztes Bein tropfen. »Er verdient es nicht, zu leben«, sagt sie. »Du brauchst uns nicht anzulügen.«

Rycroft blinzelt langsam mit seinem unverletzten Auge, als er begreift, was für einen Sturm er da heraufbeschworen hat. Der junge Prinz in mir möchte Mitleid für ihn empfinden, aber mein Blick bleibt immer wieder an den Halbmonden und den langen, gezackten Linien auf seinen Oberarmen hängen. Wunden, wie sie ein Angreifer davonträgt, wenn sein Opfer sich wehrt. Die Spuren der Fingernägel erinnern mich an die Narben auf meiner Brust.

Ich zögere, weil mir ein verschwommenes Bild durch den Kopf schießt. Der Fluch der Prinzen. Es wäre ein Leichtes für sie gewesen, mir das Genick zu brechen oder mich sonst wie zu verstümmeln, aber stattdessen hat sie ihre Klauen ganz langsam in meiner Brust versenkt. Aber so sind Sirenen. Sie zielen immer direkt aufs Herz.

»Captain«, sagt Madrid und ich blinzle, um das Bild vor meinen Augen loszuwerden.

»Ich werde abwarten, bis wir in einem Gewässer sind, in dem es von Haien nur so wimmelt«, sage ich und reiße mich zusammen. »Dort werde ich ihnen sein bestes Stück zum Fraß vorwerfen.«

Für einen Augenblick herrscht bleierne Stille, als alle um mich herum sich diese Strafe vorstellen. Rycrofts Auge blinzelt wieder.

Kye räuspert sich. »Nächstes Mal solltest du uns vielleicht doch lieber anlügen.«

»Und was ist mit Lira?«, fragt Madrid.

Ich zucke mit den Schultern. »Kommt ganz darauf an, wie ihre Laune ist, wenn sie wieder aufwacht.«

»Ich wollte wissen, ob sie durchkommt.«

Ich starre auf Rycroft hinab und zwinge mich zu einem Lächeln. »Meine Mannschaft lässt sich nicht so leicht umbringen.«

Es ist ein dämlicher Spruch, aber ich will, dass alle daran glauben. Vor allem will ich selbst daran glauben können. Ich denke an Lira und spüre wieder ihr kaltes Blut wie geschmolzenes Eis durch meine Finger rinnen. Wenn sie stirbt, dann sterben mein Plan und unsere ganze Mission mit ihr. Ich zähle die Minuten, bis mein junger Bootsmann hochkommt und verkündet, dass alles gut ist. Dass Lira nicht für mich gestorben ist und mir immer noch das letzte Puzzleteilchen liefern kann, um den Kristall von Keto aus dem Palast zu holen.

Dann – und nur dann – muss ich Rycroft nicht in Stücke zerreißen.

DREISSIG

Ich schlage die Augen auf und wünsche mir sofort, ich wäre nicht aufgewacht. Ein wilder Schmerz tobt in meiner Brust. Es fühlt sich an, als würde ein Ungeheuer an meiner Haut nagen. Ich bin erschöpft, wie man es nur nach zu viel Schlaf ist. In dem Raum, in dem ich mich befinde, herrscht ein ähnliches Durcheinander wie in meinem Kopf. Ich schlage mein offenes Hemd zur Seite und presse die Hand auf meine dick bandagierten Rippen. Mit zusammengebissenen Zähnen setze ich mich auf. Aus dem nagenden Schmerz wird ein unerbittliches Beißen.

»Wenn ich eine Kugel abbekommen hätte, würde ich auch sofort aus dem Bett springen wollen.«

Kye wäscht seine Hände in einem Waschbecken, das voller Öl und Schmiere ist. Als er fertig ist, schüttelt er das Wasser und dreht sich um. Sein Blick ist beinahe vorwurfsvoll.

»Das soll ein Bett sein?«, frage ich, während ich die Holzbank mustere, auf der ich sitze.

Er legt seine nasse Hand auf meine Stirn und ich muss mich zusammenreißen, um bei der kalten Berührung nicht zurückzuzucken. »Ich glaube, du wirst überleben«, sagt er.

»War ich denn nahe dran zu sterben?«

Er zuckt mit den Schultern. »Vielleicht. Aber unser kleiner Zirkusarzt hat dich ganz ordentlich zusammengeflickt. Er hat mir sogar gezeigt, wie ich deine Wunden versorgen muss.« Kye deutet mit einem selbstzufriedenen Nicken auf die Verbände. »Nicht schlecht für den Anfang, was?«

»Hättet ihr mich nicht in ein Bett verfrachten können?«, frage ich. Mir fällt auf, dass jemand – hoffentlich Madrid und nicht Kye – mir mein Kleid ausgezogen und mich in etwas Schlichtes und Bequemes gesteckt hat.

»Madrid hat dir Kissen gebracht.« Kye wischt seine Hände an einem Lappen ab. »Mehr konnten wir nicht tun. Wir wollten dich nicht bewegen, das schien uns zu riskant.«

Mein Blick schweift über das fleckige dünne Laken, mit dem man mich zugedeckt hat. Am Kopfende der Bank liegt ein schwarzes Samtkissen, das weich genug ist, um darauf eine ganze Weile zu schlafen – wie lange, weiß ich selbst nicht genau –, und auf der anderen Seite dient ein dünnes, ovales Kissen als Stütze für meine Füße. Vielleicht nicht angemessen für eine Königin, aber für ein Krankenlager auf einem Piratenschiff beinahe luxuriös.

»Wie fühlst du dich?«, fragt Kye.

»Hast du dir Sorgen gemacht?«, frage ich spöttisch zurück. Als er nicht antwortet, seufze ich tief, was ich an jeder einzelnen Rippe spüren kann. Der Verband sitzt straff und die Kompresse liegt frisch und steif auf meiner Haut. Die Bandage muss erst kürzlich gewechselt worden sein. Das heißt, Kye hat sich um mich gekümmert. »Ich hätte Madrid erwartet«, sage ich zu ihm. »Mit dir hätte ich am allerwenigsten gerechnet.«

»Sie war eine Weile hier«, sagt er. »Sogar länger als eine Weile. Ich musste sie wegschicken, damit sie etwas Schlaf nachholt, sonst hätte sie sich die Augen mit Eisenklammern offen halten müssen.« Er betrachtet seine Hände. »Sie hatte Angst, du könntest zu den Mädchen gehören, die es nicht schaffen zu entkommen.«

»Entkommen? Wem denn?«

»Rycroft«, antwortet er und tritt verlegen von einem Fuß auf den anderen. »Ich bin froh, dass du wach bist.«

Diese Bemerkung ist nicht so lapidar, wie er es gerne hätte. Trotz allem Misstrauen zwischen uns haben Kye und die Mannschaft ihr Leben riskiert, um mich zu holen. Und als ich blutend auf ihrem Schiff lag, haben sie mich nicht allein gelassen. Sie sind geblieben. Erst haben sie mich geholt und dann sind sie geblieben.

»Heißt das, du vertraust mir jetzt?«, frage ich.

»Du bist fast gestorben, um Elian zu retten.« Kye räuspert sich, als hätte er Mühe, die Worte auszusprechen. »Wie gesagt, ich bin froh, dass du wach bist.«

»Und ich bin froh, dass du mir nicht endgültig den Rest gegeben hast, während ich bewusstlos war.«

Kye grinst. »Deine Art, Danke zu sagen, gefällt mir.«

Ich lache, zucke aber sofort zusammen. »Wie lange habe ich geschlafen?«

»Ein paar Tage«, antwortet er. »Wir haben dir starke Betäubungsmittel verpasst. Alle hielten es für das Beste, wenn du dich möglichst lange ausruhst, um wieder zu Kräften zu kommen.« Er nimmt den Lappen und knetet ihn in den Händen. »Hör zu«, sagt er vorsichtig. »Ich weiß, dass ich es dir nicht leicht gemacht habe, aber das war nur, weil Elian allzu gerne dem Tod in die Augen blickt und es meine Aufgabe ist, ihn davor zu bewahren.«

»Wie ein guter Leibwächter«, sage ich.

»Wie ein guter Freund«, korrigiert er mich. »Du hast dir eine Kugel eingefangen, um ihn zu retten. Du hast es verdient, dass ich dich besser behandle als bisher.« Er seufzt und wirft den Lappen in meinen Schoß. »Ich schätze, ab sofort gehörst du zu uns.«

Ich brauche einen Moment, um das zu begreifen. Jetzt bin ich eine von ihnen und gehöre einer Truppe an, die alle Meere durchkreuzt. Genau das wollte ich doch, oder etwa nicht? Ich wollte das Vertrauen der Mannschaft gewinnen, um ihren Argwohn zu zerstreuen. Doch bei Kyes Worten denke ich nicht daran, dass ich das neu gewonnene Vertrauen bald brechen werde. Vielmehr geht mir durch den Kopf, wie anders dieser neue Kampf ist, bei dem man sich Respekt erwirbt, indem man Leben rettet, statt es zu zerstören. So fühlt es sich also an, wenn man im Krieg die Seiten gewechselt hat.

»Ich glaube, ich habe deine Entschuldigung nicht gehört«, sage ich. »Könntest du sie bitte wiederholen?«

Kye funkelt mich an, aber sein Blick ist jetzt anders, weniger ernst und nicht mehr feindselig. Ein Lächeln stiehlt sich in sein Gesicht. »Anscheinend hat Elian dir seinen Humor beigebracht.«

Als Elians Name fällt, halte ich inne.

Er hat behauptet, er würde mich nicht retten, falls etwas schiefgeht, und dann hat er es doch getan. Nachdem er sich von den Fesseln befreit hatte und hätte fliehen können, wollte er es nicht.

Mein Kopf dröhnt und ich kneife die Augen zu. Ich bin auf dieses Schiff gekommen, um Elian zu töten, doch als jemand anderes das tun wollte, habe ich es verhindert. Erst hat Elian mich aus dem Meer gezogen, dann habe ich ihn aus der Schusslinie gestoßen. Ohne nachzudenken, welche Folgen das haben könnte oder ob es mir nützt. Ich habe es getan, weil es mir die einzige Möglichkeit zu sein schien. Weil es das Richtige war.

In meiner Welt verkörpert Kahlia die Erinnerung an meine verlorene Unschuld. Der einzige Beweis, dass ich einen winzig kleinen Teil von mir vor dem Einfluss meiner Mutter bewahrt habe. Ich weiß nicht, warum, aber Elian hat in mir das gleiche ungestüme Gefühl geweckt, das zuvor nur ihr vorbehalten war. Den Wunsch, einen Funken von Treue und Menschlichkeit in mir zuzulassen. Wir sind gleich, er und ich. Wenn ich in die Augen meiner Cousine blicke, sehe ich meine eigene Kindheit. Ganz ähnlich ist es mit Elian: Wenn ich mit ihm zusammen bin, sehe ich eine andere Version meiner selbst. Dann werden wir zu unseren Ebenbildern aus einem anderen Königreich und einem anderen

Leben. Wir sind Splitter desselben Spiegels. Zwischen uns liegen Welten, doch das ist jetzt nicht mehr der greifbare Beweis für unsere Verschiedenartigkeit, sondern fast nebensächlich geworden.

Die Grenzen sind verschwommen. Dies hat Elian in einer einzigen Sekunde geschafft, mit etwas, das ihm so leichtfällt wie das Atmen: Er hat gelächelt. Nicht, weil ich Qualen litt, vor ihm den Kopf neigte oder mich seinen Launen unterwarf wie bei meiner Mutter. Er hat gelächelt, weil er mich gesehen hat, wie ich frei und dem Tod entronnen zu ihm zurückkehren wollte.

Ich war so darauf versessen, die Herrschaft meiner Mutter zu beenden, dass ich keinen Gedanken daran verschwendet habe, ihren Krieg zu beenden. Ich wollte das Auge von Keto holen und dann Elians Herz rauben, so wie meine Mutter es mir befohlen hat. Ich dachte, ich müsste meinem Reich etwas beweisen. Aber was? Dass ich genauso bin wie sie? Dass Tod und Grausamkeit mir mehr bedeuten als Gnade? Dass ich an jedem Verrat begehe, auch wenn er noch so treu ist?

Wenn ich das Auge finde, kann ich vielleicht nicht nur den Sirenen, sondern auch den Menschen Leid ersparen. Vielleicht kann ich den uralten Groll begraben, der seinen Anfang im Tod nahm, und eine neue Königin sein, die aus Töchtern keine Mörderinnen macht. Ich denke an Crestell, die Kahlia vor mir beschützt und ihr eigenes Leben für sie geopfert hat. *Werde die Königin, die wir brauchen.*

»Ich geh dann mal den Captain holen«, reißt Kye mich aus meinen Gedanken.

Ich rutsche von der Bank herunter, lasse den Schmerz in mich hineinsickern und warte darauf, dass er verebbt. Während ich noch nach meinem Gleichgewicht suche, richten sich meine Gedanken bereits auf meine neu gefundene Bestimmung.

»Nein«, sage ich.

Kye hält inne. »Willst du denn nicht, dass er kommt?«

»Nicht nötig«, sage ich. »Ich gehe zu ihm.«

EINUNDDREISSIG

Págos kommt mit jeder Wegstunde näher und die Luft wird dünner. Wir spüren es jede Nacht. Unsere Knochen ächzen mit dem Schiff, das durch Wasser pflügt, aus dem sehr bald eine zähe Masse aus Eis werden wird. Aber die Entfernung spielt keine Rolle, denn Págos spürt man im Inneren. Mit jedem Klafter, das wir zurücklegen, kriecht es in uns hoch. Es ist die letzte Etappe unserer Fahrt, an deren Ende der Kristall von Keto auf uns wartet.

Rycroft ist nur noch der Geist, der er schon immer war. Wir haben ihn unter Deck verfrachtet, wo er das Nötigste an Verbänden und Medizin bekommt, um lebendig die Reise zu überstehen. Ich bin kein einziges Mal bei ihm gewesen. Diese Aufgabe habe ich Torik überlassen. Torik und anderen aus der Mannschaft, die ihn zu nehmen wissen und einen kühlen Kopf bewahren.

Madrid kann ich in dieser Hinsicht nicht trauen. Nicht, wenn es um einen ihrer Landsleute geht. Ihre moralischen Grundsätze werden manchmal durch ihre Erinnerungen getrübt, was ich ihr nicht verdenken kann. Bei Kye ist das nicht anders. Ich könnte mir nie sicher sein, ob er nicht Gift in Rycrofts Essen mischt, wenn ich ihm seine Bewachung anvertraue. Aber mir traue ich am allerwenigsten.

Lira hat überlebt, aber damit ist die Sache noch lange nicht erledigt. Die Erleichterung hat sich wie eine dünne Schicht über meine Wut gelegt, aber mein Zorn ist nur verschleiert, nicht verschwunden. Auch ohne dass ich Rycroft einen Besuch abstatte, ahnt er sicher, was ihn erwartet. Selbst er kann den dunklen Wolfsruf von Págos hören. Sogar in dem Kristallkäfig, in dem Lira zuvor eingesperrt war und in dem er bleiben wird, bis ich ihn an das Eisreich ausliefere. Er sitzt in seinem Gefängnis, das so dunkel ist wie seine Seele, und hört das Heulen des Windes. Wenn wir erst an Land sind, wird er dieses Heulen nie mehr wieder los, denn er wird in einem Verlies verrotten, das so kalt ist wie sein Herz.

»Du trinkst ja gar nichts.«

Lira verharrt an der unteren Stufe des Vorderdecks. Sie hat eine Decke locker umgelegt, und als diese herunterrutscht, schiebt sie sie mit einer Bewegung ihrer Schultern wieder hoch. Ich tue so, als hätte ich nicht bemerkt, wie sie zusammenzuckt, als sie ihren Arm zu schnell hebt und die Wunde an ihrer Seite schmerzt.

Ich strecke die Hand aus, um sie hochzuziehen. Ihr Blick ist wie pures Gift. »Willst du, dass ich sie dir abhacke?«, fragt sie.

Meine ausgestreckte Hand schwebt zwischen uns. »Nicht unbedingt.«

»Dann halte sie mir nicht vor die Nase.«

Sie zieht sich die letzten Stufen hoch und setzt sich zu mir. Der Saum ihrer Decke streift meine Arme. Die Nächte sind so kalt geworden, dass ich sogar beim Schlafen die Stiefel anbehalte, weil ich sonst um meine Zehen fürchte. Aber hier oben, allein mit den Sternen und den Geräuschen der Saad, durchströmt mich ein Gefühl der Wärme, wie ich es dick eingewickelt in meiner Kajüte nie empfinden könnte.

»Ich bin keine Invalidin«, sagt Lira.

»Ein bisschen schon.«

Ich muss ihr Gesicht nicht sehen, um zu wissen, dass ihr Blick die Luft zwischen uns versengt. Lira hat so eine Art, andere anzuschauen – *mich* anzuschauen. Man spürt es eher, als dass man es sieht. Wenn ihre Augen nicht so unfassbar blau wären, könnte man sie für zwei glühende Kohlen halten, so viel Feuer ist in ihnen.

Ich spiele mit dem pägesischen Amulett, das ich immer an meinem Hals trage wie Lira ihre Muschel. Es ist der Schlüssel zu allem. Es kann mir helfen, einen Krieg zu beenden, der schon seit Generationen wütet.

»Falls du irgendwann verwundet wirst«, sagt Lira, »werde ich dich auch so behandeln, als könnte man dir nicht einmal die einfachsten Aufgaben zutrauen.« Sie schlingt die Arme gegen die Kälte um die Knie. »Ich möchte dich mal sehen, wenn ich dir die Hand hinhalte, um dich beim Laufen zu stützen, obwohl mit deinen Beinen alles in Ordnung ist.«

»Ich wäre geschmeichelt«, sage ich, »dass du nach einem Grund suchst, um meine Hand zu halten.«

»Vielleicht suche ich nur nach einem Grund, dir eine Kugel zu verpassen.«

Ich werfe ihr einen Blick von der Seite zu und lehne mich auf meine Ellbogen.

Auf dem Deck der Saad haben sich meine Freunde versammelt. Sie verschütten Getränke und singen Lieder, die von den Windböen in die Segel getragen werden.

Wenn ich sie so sehe – so glücklich und sorglos –, weiß ich, dass kein Band stärker sein kann als das Meer. Nicht einmal Blut.

»Madrid sagt, dass du Rycroft an Págos ausliefern willst.«

»Auf ihn ist schon seit einer ganzen Weile ein Kopfgeld ausgesetzt«, sage ich. »Aber die Dienste der Xaprár waren immer viel zu wertvoll für die Königreiche, sodass sie nie etwas unternommen haben. Wir haben einige seiner Schattenleute unschädlich gemacht, jetzt wird man auch nach ihm fahnden. Mit ihm haben wir einen Extratrumpf in der Hand, wenn wir den pägesischen König dazu bewegen wollen, uns auf den Berg zu lassen.«

Lira lässt sich neben mir zurücksinken. Ihre Haare sind noch zerzauster als sonst und der Wind des aufziehenden Sturms tut ein Übriges. Er umspielt ihre Augen, streicht über ihre Lippen und umschmeichelt ihre blassen Wangen. Ich balle meine Hände und unterdrücke das Verlangen, ihn zu verscheuchen.

»Hasst du die Sirenen wirklich so sehr?«, fragt sie.

»Sie töten uns.«

»Und du tötest sie.«

Ich ziehe die Augenbrauen zusammen. »Das ist etwas anderes. Wir tun das, um zu überleben. Sie tun es, weil sie uns alle tot sehen wollen.«

»Also ist es Rache?«

»Es ist Vergeltung.« Ich setze mich auf. »Es ist nicht so, als könnte man mit ihnen vernünftig reden. Wir können nicht einfach einen Friedensvertrag mit ihnen unterzeichnen wie mit den anderen Königreichen.«

»Warum nicht?«

Der fast kühle Ton in ihrer Stimme lässt mich zögern. Dabei müsste mir die Antwort schnell und leicht über die Lippen gehen: weil sie Monster sind, weil sie Mörderinnen sind, aus tausend Gründen. Aber ich sage nichts davon. Um ehrlich zu sein, ist mir der Gedanke, dass dieser Kampf nicht zwangsläufig mit dem Tod enden muss, noch nie gekommen. Bei all meinen Überlegungen kam Frieden nie vor. Wenn ich die Chance dazu hätte, würde ich sie ergreifen?

Lira blickt mich nicht an. Ich kann es nicht ausstehen, wenn ich ihren Gesichtsausdruck nicht sehen kann.

»Wieso stellst du das plötzlich infrage?«, sage ich zu ihr. »Ich dachte, die Meereskönigin hat dir alles genommen und du willst ihr mithilfe des Kristalls von Keto ein Ende bereiten. Ich dachte, du willst Rache für deine Familie, so wie ich für Cristian.«

»Cristian?« Jetzt sieht Lira mich doch an. Sein Name erstarrt in der Luft zwischen uns zu Eis.

»Er war der Prinz von Adékaros.«

Ich fahre mir durchs Haar und bin plötzlich zornig und zerstreut. Dass einer wie Cristian sterben muss, während ein Mann wie Tallis Rycroft leben darf, ist eine himmelschreiende Ungerechtigkeit.

Lira schluckt. »Ihr wart Freunde.«

Ihre Stimme klingt beinahe kläglich, und das holt mich in die Gegenwart zurück. So habe ich sie noch nie gehört, sonst klingt sie meist gereizt.

»Wie war er denn?«, fragt sie.

Es gäbe so vieles über Cristian zu sagen. Aber der Charakter eines Mannes zeigt sich in seinen Taten, nicht in den Wehklagen derer, die ihn betrauern. Cristian war eine unerschöpfliche Quelle von Weisheiten und Sinnsprüchen, die ich nie ganz verstanden habe. Ich habe mich gern darüber lustig gemacht und konnte trotzdem nie genug davon bekommen. In jeder Lebenslage hatte Cristian einen passenden Spruch parat. *Liebe und Wahnsinn sind zwei Sterne am selben Himmel. Du kannst kein Dach bauen, um den Regen von letztem Jahr draußen zu halten.* Ihm fiel immer etwas ein, womit er die Wogen meines aufbrausenden Temperaments glätten konnte.

Ich frage mich, was Cristian von meinen Plänen halten würde. Jeder andere wäre auf Rache aus. Aber er würde den Kristall nicht als Waffe einsetzen, das weiß ich genau. Er würde nicht einmal wollen, dass ich ihn finde.

Wenn du nichts anderes kennst als ein Schwert, dann wirst du immer den Kampf wählen, um deine Probleme zu lösen.

Nichts davon erzähle ich Lira. Stattdessen umklammere ich die Halskette und sage: »Glaubst du, sie wird es spüren?«

»Wer?«

»Der Fluch der Prinzen. Glaubst du, sie wird es spüren, wenn die Meereskönigin stirbt?«

Lira stößt einen Seufzer aus, der sich auf ihren Lippen zu Rauch kräuselt. Die Luft ist dünn und unheilvoll. Der Wind fährt zwischen uns wie Dolche. Ein Sturm zieht auf. Ich kann den Regen riechen, bevor er da ist. Nicht mehr lange, dann wird der Himmel über uns seine Schleusen öffnen. Aber ich bleibe, wo ich bin. Die Nacht blitzt und grollt, dicke Wolken kriechen aufeinander zu und verschmelzen zu einem düsteren Schleier, der die Sterne verfinstert. Mit jedem Moment wird es dunkler.

»Ich frage mich, ob sie überhaupt Gefühle hat.« Lira rutscht unruhig hin und her, und als sie mich ansieht, sind ihre Augen leer. »Wir werden die Antwort wohl bald erfahren.«

ZWEIUNDDREISSIG

In dieser Nacht träume ich vom Tod.

Das Wasser ist rot vom Blut, menschliche Leichen treiben zwischen dem Schaum meiner getöteten Sippe. Als die Wellen sich so hoch aufgetürmt haben, dass sie den Nachthimmel berühren, stürzen sie wieder in die Tiefe und reißen die Toten mit sich, damit sie auf dem Meeresgrund zerschellen.

Der Sand wirbelt auf und zerstreut mein Königreich in goldene Flocken. Und mittendrin der Dreizack meiner Mutter, der sich verflüssigt. Ich rufe sie, aber ich bin nicht mehr Teil dieses großen Ozeans, deshalb hört sie mich nicht. Sie sieht mich auch nicht. Sie weiß nicht, dass ich ihren Untergang mit ansehe.

Sie lässt zu, dass der Dreizack schmilzt und schwindet.

Neben ihr steht Elian. Das Wasser, das plötzlich vom Sonnenlicht durchdrungen wird, teilt sich für ihn. Seine Augen sind unergründliche Teiche und sein Kiefer besteht aus Schiffswracks und geborstenen Korallen. Jede seiner Bewegungen ist schnell und flüssig wie eine Flutwelle. Er gehört zum Ozean, ist aus ihm gemacht, so wie ich auch.

Wir sind von der gleichen Art.

Elian hat den Blick auf den Meeresgrund gerichtet. Ich möchte ihn fragen, was ihn an dem Sand so fasziniert, wo ihm doch eine ganze Meereswelt offensteht, wie er sie sich in seinen kühnsten Träumen nie hätte ausmalen können. Warum erkennt er das nicht? Warum verschwendet er keinen Blick darauf? Ich habe die Welt durch seine Augen gesehen; kann er sie nicht auch durch meine sehen?

Das Verlangen, loszuschreien, zerreißt mich fast. Aber mir fallen die Worte nur in Psáriin ein und ich wage es nicht, in dieser Sprache zu ihm zu sprechen.

Er kann den Blick nicht vom Sand abwenden. Sein Gesicht ist genauso zerrissen wie das meiner Mutter.

Erst als ich glaube, vor lauter Verzweiflung den Verstand zu verlieren, kommt die Sprache zurück. Ich durchforste mein Midasan und sammle die richtigen Wörter. Ich möchte ihm von dem Zauber und den Möglichkeiten meiner Welt erzählen und davon, wie sie aussehen könnte ohne die Herrschaft meiner Mutter. Ich möchte ihn mit der Hoffnung auf Frieden trösten, und sei sie auch noch so klein. Ihm sagen, wie anders alles sein könnte, wenn ich Königin wäre. Ihm erklären, dass ich nicht als Mörderin geboren wurde. Aber es ist zu spät. Als ich endlich die richtigen Worte gefunden habe, erkenne ich, was Elian tatsächlich sieht.

Er starrt nicht auf den Sand, sondern auf die Herzen, die darunter hervorbrechen.

Sieh nicht hin. Sieh nicht hin.

»Warst du das?« Elian blickt mir in die Augen. »Warst du das?«, fragt er noch einmal in Psáriin.

Die scharfen Laute meiner Sprache zerschneiden seine Zunge und ich zucke zusammen, als ich Blut aus seinem Mund quellen sehe.

»Ich habe viele Herzen gestohlen«, gebe ich zu. »Seines war das letzte.«

Elian schüttelt den Kopf und das Lachen, das ihm entschlüpft, klingt genau wie das meiner Mutter. »Nein«, sagt er. »Das war es nicht.«

Er streckt seine Hände aus. Entsetzt weiche ich vor ihm zurück. Meine Beine geben unter mir nach. Ich sinke nieder und starre auf das Herz in Elians Händen. Das Blut sammelt sich zwischen seinen Fingerspitzen. Es ist nicht irgendein Herz. Es ist sein eigenes.

»Ist es das, was du wolltest?«, schreit er mich an.

Er kommt auf mich zu. Ich schüttle den Kopf, damit er fernbleibt.

»Lira«, flüstert Elian. »Ist es das, was du wolltest?«

Da wache ich auf und ringe nach Luft.

Meine Hände krallen sich in das dünne weiße Laken und meine Haare kleben feucht an meinen nackten Schultern. Das Schiff neigt sich sanft zur Seite, aber die sonst so tröstliche Bewegung lässt jetzt Übelkeit in mir aufsteigen. Mein Herz trommelt wie verrückt, bis es irgendwann nur noch zittert.

Als ich meine Fäuste öffne, sind meine Handflächen zerkratzt. Zornig rote Spuren auf meiner Haut. Ich ringe nach Atem und bekomme trotzdem keine Luft.

Das Bild von Elians Herz flackert immer wieder vor meinen Augen auf. Der Vorwurf in seinen Augen. Und im Hintergrund das peinigende Lachen meiner Mutter.

Mein Leben lang habe ich die Augen davor verschlossen, dass ich anders sein könnte, als meine Mutter es von mir verlangt. Ich habe das Kind hinuntergeschluckt, das andere Träume hatte. Ich war eine Sirene, also war ich eine Mörderin. Es gab kein Richtig oder Falsch. Es war, wie es war. Aber jetzt verfolgen meine Erinnerungen mich als grausame Träume. Sie verzerren sich zu erbarmungslosen Visionen und klagen mich für eine Vergangenheit an, die ich nicht leugnen kann.

Mein wahres Ich ist zu einem Albtraum geworden.

DREIUNDDREISSIG

Das Wasser ist von Eisschlieren durchzogen, als die Saad im Hafen anlegt. Die Kälte ist eine treue Gefährtin dieses Landes und die hereinbrechende Abenddämmerung lässt die Luft fast gefrieren. Dennoch ist es hell wie am Morgen. Der frostige Himmel, der wie ein Spiegel das von Eis und Schnee weiß gesprenkelte Wasser einfängt, macht aus dem Königreich einen wunderbaren Ort, dem jede Dunkelheit fehlt. Selbst in der tiefsten Nacht nimmt der Himmel nur einen blauen Marmorton an und die Erde leuchtet wie ein Licht, das den Weg aufzeigt. Schnee, der das ewige Funkeln der Sterne aufnimmt.

Págos.

Ich spüre das pulsierende Amulett auf meiner Brust, als wir das schneebedeckte Land betreten. Endlich ist der Kristall in Reichweite. Ich habe den Schlüssel und die Landkarte, die mir den Weg weist. Jetzt muss mir Lira nur noch das geheime Ritual offenbaren.

Die Luft knistert auf meiner Haut. Obwohl meine Hände in dicken Handschuhen stecken, vergrabe ich die Fäuste in meinen Taschen. Der Wind durchdringt hier jede schützende Schicht, sogar die Haut. Ich bin von Kopf bis Fuß in schweres Fell gehüllt, sodass jeder Schritt eine Anstrengung ist. Das macht mich langsamer, als mir lieb sein kann. Auch wenn ich im Augenblick keinen Angriff erwarten muss, will ich auf alles vorbereitet sein, und das zehrt mehr an mir, als die Kälte es je könnte.

Ich drehe mich zu Lira um. Ihre Haarspitzen sind weiß gefroren. »Versuch, so wenig wie möglich zu atmen«, sage ich zu ihr. »Die Luft könnte in deinem Hals gefrieren.«

Lira schlägt ihre Kapuze hoch. »Dann solltest du lieber nicht so viel reden«, entgegnet sie. »Keiner will, dass deine Worte zu ewigem Eis erstarren.«

»Es sind Perlen der Weisheit.«

Unter dem dichten, dunklen Fell ihres Mantels sind Liras Augen kaum zu erkennen, aber ihre Lippen sind wie so oft zu einem spöttischen Lächeln gekräuselt. Es umspielt ihre Mundwinkel in einer Mischung aus Berechnung und Belustigung, während sie sich bereits eine schnippische Antwort für unseren Schlagabtausch zurechtlegt.

Mit kunstvoller Beiläufigkeit streift Lira Eisfäden aus ihrem Haar. »Dann können Perlen ja nicht mehr viel wert sein. Ich lege mein Vermögen wohl besser in Diamanten an.«

»Oder Gold«, erwidere ich süffisant. »Man sagt, es ist jede Unze seines Gewichts wert.«

Kye schüttelt den Schnee von seinem Schwert und schnaubt. »Macht nur so weiter, wenn ihr wollt, dass ich mich im hohen Bogen übergebe.«

»Bist du etwa eifersüchtig, weil *ich* nicht mit *dir* flirte?«, fragt Madrid ihn und wärmt ihren Finger am Abzug ihrer Pistole.

»Du brauchst nicht mit mir zu flirten«, erwidert er. »Ich weiß auch so, dass du mich unwiderstehlich findest.«

Madrid steckt ihre Waffe weg. »Es fällt nicht schwer, dir zu widerstehen, wenn du so angezogen bist wie jetzt.«

Kye blickt an seinem schmalen roten Mantel herab, der wie auf seinen schlanken Körper zugeschnitten scheint. Der Pelzkragen schmiegt sich an seine Wangen und reicht bis an seine Ohrläppchen; man könnte fast denken, Kye hätte keinen Hals.

Kye schenkt Madrid ein strahlendes Lächeln. »Liegt es daran, dass ich dir nackt am besten gefalle?«

Torik seufzt vernehmlich und reibt seine Nasenwurzel. Ich weiß nicht, ob es daran liegt, dass wir schon seit Stunden nichts gegessen haben, oder daran, dass er in der beißenden Kälte lange Hosen tragen muss, aber sein Geduldsfaden scheint bald zu reißen.

»Wenn ich es nicht besser wüsste, könnte ich schwören, dass ich mit einer Horde liebestoller Welpen auf einer lebensgefährlichen Mission bin«, brummt er. »Es fehlt nicht viel und ihr schickt euch gegenseitig Liebesbriefe in Rumflaschen.«

»Bravo«, sagt Madrid. »Jetzt ist *mir* schlecht.«

Mein amüsiertes Lachen geht in den plötzlich einsetzenden rhythmischen Trommelschlägen unter, die wie eine Welle auf uns zurollen. Vor uns taucht ein Trupp von Kriegern auf. Es sind bestimmt ein Dutzend. Sie bilden eine geordnete Pfeilformation und marschieren geradewegs in unsere Richtung. Selbst im eisigen Sturm sind sie unübersehbar, nicht einmal der wirbelnde Schnee kann ihre imposanten Staturen und ihren einschüchternden Aufmarsch verschleiern. Ihre Bewegungen sind genau aufeinander abgestimmt, ihre Schritte knirschen im Takt der Trommeln durch den Schnee. Sie sehen wie Riesen aus und ihre dunklen Uniformen heben sich wie Tintenflecke von der weiten Landschaft ab.

Als sie vor uns stehen, herrscht einen Augenblick lang Stille, während wir uns gegenseitig mustern.

Obwohl alle in dicke Pelze gehüllt sind und eine Rüstung tragen, sind die Mitglieder des Königshauses leicht von den Soldaten zu unterscheiden. Die vier Vertreter der Herrscherfamilie von Págos stehen da wie Titanen. Als Kopfschmuck tragen sie prachtvolle Jagdtrophäen, die wie kostbare Mäntel bis über ihren Rücken reichen. Ihre Gesichter blicken uns aus den aufgerissenen Mäulern der majestätischen Tiere entgegen. Es ist eine eindrucksvolle Reihe: ein Eisbär, ein Polarfuchs, ein wilder Wolf und der Schneelöwe.

Jedes dieser Tierfelle strahlt in einem ganz eigenen, unvergleichlichen Weiß, das der Schnee am Boden in seinen vielen Nuancen aufnimmt. Im scharfen Kontrast dazu glänzen die Rüstungen, Speere und Schwerter im satten, tiefsten Schwarz von Ebenholz.

Die pägesischen Brüder schlagen ihre schützenden Felle zurück. Wie erwartet, verbirgt sich unter dem Schneelöwen, der gefährlichsten Kreatur von allen, König Kazue. Obwohl dieses Tier jeden Menschen überragt, scheint sein gewaltiger Pelz wie geschaffen für diesen König, der nicht von ihm erdrückt wird, sondern umso machtvoller erscheint.

»Prinz Elian«, begrüßt mich Kazue. Seine Haut ist so weiß, dass sie fast blau schimmert. Die Lippen sind nur wenig dunkler als sein Gesicht und seine Züge sind kantig. Die Pupillen seiner katzenhaft schrägen Augen sind dunkel und hart. Er hat stachelige Haare, die wie Schwertklingen abstehen.

Kazue legt seine Hand an den Bauch und verbeugt sich höflich. Seine Brüder folgen seinem Beispiel, während ihre Leibwächter aufrecht stehen bleiben. In Págos ist es nicht üblich, dass sich Soldaten vor Königlichen verbeugen. Nur die Mitglieder der obersten Familien begrüßen sich auf diese Weise. Die Soldaten verharren vollkommen still und unbeteiligt, bis sie ausdrücklich angesprochen werden.

»Eure Königliche Hoheit«, sage ich und erwidere den Gruß. »Ich danke Euch für die Aufnahme in Eurem Königreich. Es ist eine Ehre, hier willkommen geheißen zu werden.«

Ich wende mich an die Prinzen, deren Kopfschmuck ihrem Alter und ihrem Platz in der Rangfolge entspricht. Der zweitälteste, Prinz Hiroki, ist der Eisbär. Hinter dem wilden Wolf verbirgt sich Tetsu und der jüngste Prinz trägt den Polarfuchs. Ich begrüße sie förmlich, was sie mit einer Verbeugung erwidern.

Ich frage mich, wer von ihnen naiv genug war, Rycroft gegenüber Geheimnisse auszuplaudern.

»Nicht nur meine Brüder heißen dich willkommen«, sagt Kazue. »Sondern unsere ganze Familie.«

Auf einen Wink von ihm taucht eine Gestalt hinter den Soldaten auf.

Ihr prachtvolles Gewand steht dem der Prinzen in nichts nach. Sie ist die Fünfte in der Reihe, zwar kleiner und weniger kriegerisch, doch von ähnlich grimmigem Hochmut. Ich muss nicht warten, bis sie das Fell zurückschlägt, um zu wissen, wer es ist.

Sakura lächelt, als sie die Regung in meinem Gesicht sieht. Ihre leuchtend blauen Lippen passen zur fast unwirklichen Farbe des Himmels. Sie trägt die Haare kürzer als zuvor. Die gerade geschnittenen Stirnfransen überdecken ihre Augenwinkel. Eine schwere Bronzekette fällt in kühnem Schwung von der Stirn bis zu einem weißen Knochenschmuck in ihrem linken Ohrläppchen.

Sie sieht nicht aus wie eine Prinzessin, sondern wie eine Königin. Eine Kriegerin. Eine Gegnerin.

»Prinz Elian«, sagt sie.

»Prinzessin Yukiko.«

Sie lächelt, als ich sie mit ihrem echten Namen begrüße.

Kye steht steif neben mir. Ich spüre seinen wachsenden Widerwillen. Aber ich kann von meiner Mannschaft ja wohl schlecht erwarten, dass sie die Frau anlächeln, die mich dazu gebracht hat, mein Leben auf der Saad – meines und auch ihres – aufzugeben.

Rasch versetze ich Kye einen Stoß mit dem Ellbogen, bevor er etwas sagen kann. Wer weiß, was Prinzessin Yukiko ihrer Familie über ihre Zeit in Midas erzählt hat? Hat sie ihnen gesagt, dass ihr die berüchtigte Goldene Gans gehörte? Dass sie meine Familiengeheimnisse mit ebenso leichter Hand verkaufte wie den Schnaps? Dass sie ihre Nächte beim Glücksspiel mit den größten Halunken meines Landes verbrachte? Ich bezweifle es. Selbst wenn, würde Kyes lockere Art, sie zu begrüßen, hier nicht gut ankommen. Er ist zwar als Sohn eines Diplomaten aufgewachsen, aber es ist kein Geheimnis, dass sein Vater ihn enterbt hat. Abgesehen davon ist sie eine Prinzessin. Und möglicherweise bald eine Königin. Meine Königin.

Der Gedanke lässt mich zusammenzucken. Ich kann nur hoffen, dass mein Handel mit Galina ausreicht, um meine Vereinbarung mit Yukiko nichtig zu machen.

Ich spüre die Blicke meiner Mannschaft im Rücken. Meine Leute hätten mir ebenso viel zu sagen wie ich der Prinzessin. Ich möchte mit ihr über unsere Abmachung sprechen und kann es kaum erwarten, ihr mein Gegenangebot zu unterbreiten. Aber jetzt ist nicht der geeignete Zeitpunkt. Hier sind zu viele Augen und Ohren.

Ich grüße sie mit einer Verbeugung.

»Da versucht jemand, seine Überraschung zu verbergen«, sagt Prinzessin Yukiko. »Dabei gibt es gar keinen Grund dafür. Weder für die Überraschung noch den Wunsch, sie zu verbergen. Sind wir denn nicht alte Freunde? Ist dies nicht mein Zuhause? Wo sonst sollte ich sein als bei lieben Freunden und meiner Familie?«

»Du hast recht«, erwidere ich kurz angebunden. »Ich bin nur überrascht, wie schnell du den Weg zurückgelegt hast.«

»Nicht alle Schiffe schwimmen im Wasser«, antwortet Yukiko. »Manche fliegen auch.«

Sie klingt unglaublich überheblich, und anders als bei Lira bereitet mir ihre Art von Hochmut kein Vergnügen. Ich widerstehe dem Drang, mit den Augen zu rollen, und nicke stattdessen knapp.

Die Luftschiffe aus Págos gehören zu den besten aller hundert Königreiche. Sie reichen von kugelförmigen Kapseln – pfeilschnellen Ballons, in denen gerade mal ein halbes Dutzend Passagiere Platz findet – bis zu üppigen Schiffen, die so verschwenderisch ausgestattet sind, dass sie fliegenden Palästen gleichen. Sie haben mindestens acht Rotoren und erstrecken sich manchmal über drei Stockwerke, je nach Fracht und oft auch je nachdem, welcher Gesellschaftsschicht die Passagiere angehören.

Die Págesi haben schon immer gute Beziehungen zu den Efévresi unterhalten. Diesem Volk verdanken wir die größten Erfindungen der Welt. Sie sind Vorreiter bei fast allen technischen Fortschritten und es gibt kaum eine Neuerung, die nicht bei den Efévresi ihren Anfang genommen hat. Págos ist schon so lange mit ihnen verbündet, da spielt es keine Rolle mehr, dass die beiden Länder an den entgegengesetzten Enden der Welt liegen. Es gibt kaum eine stärkere Bindung zwischen zwei Königreichen als jene, die über Jahrzehnte durch Heirat geknüpft wurde.

Weil Págos Nutznießer von vielen technischen Errungenschaften der Efévresi ist, gehört es zu den wenigen Königreichen, die für ihre Reisen die Luft dem Meer vorziehen. Für die meisten anderen der hundert Königreiche sind Luftschiffe ein recht unzuverlässiges Fortbewegungsmittel. Oft kommt es zu Pannen und für Reisen unter einem Monat lohnt sich der Aufwand nicht.

»Du bist die Prinzessin?«, fragt Lira.

Normalerweise amüsiert es mich, wenn Lira allen mit Verachtung begegnet, aber jetzt werfe ich ihr einen warnenden Blick zu, um sie davon abzuhalten, etwas Unpassendes zu sagen. Aber entweder bemerkt sie ihn nicht oder sie schert sich nicht darum. Ich kann mir denken, was davon wahrscheinlicher ist.

Yukiko nickt. »Ich wusste gar nicht, dass der Prinz neue Mitglieder für die Mannschaft der Saad angeheuert hat.«

»Oh, ich bin kein Mitglied der Mannschaft«, erwidert Lira. »Ich bin nur hier, um ihn zu töten.« Sie starrt die Prinzessin geradeheraus an. »Und mit ihm jeden, der mir in die Quere kommt.«

Kyes Versuch, sein Lachen mit dem Handrücken zu ersticken, scheitert kläglich.

Ich sehe Lira scharf an und beiße die Zähne zusammen. Ist die Kälte ihr zu Kopf gestiegen oder hat sie sich so an unseren lockeren Umgangston gewöhnt, dass sie glaubt, mit jedem Mitglied eines Königshauses so umspringen zu können? Ich versuche, ihre Aufmerksamkeit auf mich zu lenken, aber sie hat nur Augen für Yukiko.

Ihr Blick ist kalt wie der eisige Wind.

»Sie scherzt«, sage ich und schiebe Lira hinter mich. »Wahrscheinlich ist sie betrunken.«

Lira schnaubt und ich kneife sie in die Seite, damit sie endlich still ist.

»Achtet nicht auf meine Mannschaft«, sage ich und lächle den König strahlend an. »Wenn das Essen knapp wird, sprechen sie dem Rum umso mehr zu.«

König Kazue tut die Bemerkung mit einem Lachen ab, das genauso steif wie seine militärische Haltung ist. Neben ihm hat Yukiko den Blick auf meine Hand gerichtet, die immer noch an Liras Taille liegt.

»Wir haben wichtigere Dinge zu besprechen«, sagt Kazue. »Lass uns im Palast reden, um dem Klammergriff der Kälte zu entfliehen. Meine Schwester hat mir von einer vielversprechenden Vereinbarung erzählt.«

Nachdem man uns in unsere Gemächer geführt hat und wir genug Essen bekommen haben, dass Torik besänftigt ist, werde ich in den Empfangssaal eskortiert. König Kazue hat gewünscht, dass ich alleine komme, und doch marschieren sieben Wachen im Gleichschritt hinter mir her, angeführt vom königlichen Hofmeister. Ich habe es als Kompliment aufgefasst, als sie mich abholten, bis an die Zähne mit Speeren bewaffnet. Es spricht für meinen Ruf, dass man mir nicht über den Weg traut.

Der Empfangssaal befindet sich hinter einem Portal aus Eis, das durch einen Radmechanismus aufschwingt. Die Zahnräder knirschen ohrenbetäubend laut, als sie die schweren Türflügel öffnen und den Blick auf die Halle freigeben. Sie ist nicht besonders groß, aber alles ist herrschaftlich und prachtvoll. An der Decke hängen Kronleuchter wie zu Eis erstarrte Tränen, und der gefrorene Boden ist mit Eiszapfen übersät, die wie Unkraut hervorzusprießen scheinen. Ich mache einen Schritt hinein und rechne beinahe damit, dass es mir die Füße wegzieht, aber zu meiner Überraschung ist der Untergrund nicht glatt.

Die fünf königlichen Geschwister von Págos mustern mich von ihren Thronen aus. Alle tragen kostbare schwarze Gewänder, die sie wie Öl umfließen. Hinter ihren prunkvollen Sesseln befindet sich das einzige Fenster. Es ist von blauem Frost überzogen, der über die Scheibe wuchert wie eine Blumenranke und die letzten Sonnenstrahlen verschluckt, die noch in diese Höhle dringen könnten.

»Ich hoffe, dass unsere Gemächer dir zusagen«, sagt König Kazue. »Ich muss zugeben, ich bin froh, dass du nur mit einer kleinen Truppe angereist bist. Nicht auszudenken, wenn mein Palast eine ganze Heerschar von Piraten beherbergen müsste.«

»Ich schätze, alle hätten eine Menge Spaß.«

Der junge Prinz Koji lacht leise. »Die Geschichten sprechen für sich«, sagt er. »Ich bedaure es ein wenig, dass ich nicht in den Genuss komme, mir selbst ein Bild davon zu machen.«

»Nächstes Mal bringe ich die ganze Horde mit«, erwidere ich. Zum König gewandt frage ich: »Gilt unsere Vereinbarung noch?«

»Ich kann mich nicht daran erinnern, eine Abmachung mit dir getroffen zu haben«, sagt König Kazue. »Aber meine Schwester scheint zu glauben, dass sie befugt dazu ist.« Er wirft Yukiko einen zornigen Blick zu – den sie mit einem Blinzeln abtut wie ein lästiges Ärgernis.

Prinz Hiroki beugt sich zu seinem Bruder. »Sie hat ihm die Landkarte gegeben«, sagt er. »Ich hoffe, wir haben eine angemessene Gegenleistung dafür bekommen.«

»Das habt ihr«, sage ich und ziehe die Halskette aus meiner Tasche. Ich halte sie hoch und lasse den wunderschönen blauen Tropfen in der Luft baumeln. An ihm ist immer noch ein Spritzer von Liras Blut.

König Kazue krallt seine Finger in die Armlehnen seines Throns. »Dass du uns diese Kostbarkeit so beiläufig präsentierst«, sagt er. »Wo hast du sie her?«

»Dort, wo auch der Gefangene herkommt, der jetzt im Eurem Verlies sitzt.«

Prinz Hiroki rutscht unbehaglich auf seinem Sessel hin und her und beantwortet damit die Frage, welcher der königlichen Brüder mit Rycroft gesprochen hat.

»Der Xaprár«, zischt König Kazue. »Tallis Rycroft und seine verdammte Diebesbande. Ich hätte es wissen müssen. Alles, was irgendwo abhandenkommt, wandert früher oder später in seine Hände.«

»Jetzt ist es nicht mehr in seinen Händen«, sage ich und schließe meine Finger um das Schmuckstück. »Sondern in meinen.«

Prinz Tetsu beugt sich vor und knurrt: »Du tätest gut daran, es uns auszuhändigen.«

»Aber, aber, Bruder.« Der König gluckst. »Ich bin sicher, genau das hat er vor.«

»Selbstverständlich«, sage ich. »Sobald Ihr mir das richtige Angebot gemacht habt.«

Yukiko lächelt durchtrieben langsam und sagt: »Man kann seinen Mut nur bewundern.«

König Kazue erhebt sich. »Du willst Zugang zu unserem Berg, um den Kristall von Keto zu finden«, sagt er. »Und was dann?«

»Dann gebe ich Euch Euren kostbaren Halsschmuck zurück und auch den Kristall, wenn er mir seinen Dienst erwiesen hat. Págos könnte in die Geschichte eingehen als jenes Königreich, das dazu beigetragen hat, die Sirenen ein für alle Mal zu vernichten. Eure Familie wird zur Legende werden.«

»Legende?« Das Lachen des Königs zerschneidet die Luft. »Was hindert mich daran, dir das Amulett jetzt auf der Stelle wegzunehmen?«

»Wenn der Kristall von Keto erst einmal befreit ist, wird die Meereskönigin es sofort wissen«, erkläre ich ihm. »Ihr mögt vieles sein, Eure Hoheit, aber ein Sirenenjäger seid Ihr nicht. Sie muss von meiner Hand sterben. Lasst mich den Berg besteigen, dann schreiben wir zusammen Geschichte.«

»Es ist eine gefahrvolle Reise«, sagt der König. »Selbst auf unseren geheiligten Wegen. Was würde dein Vater davon halten, wenn ich seinen Sohn in eine solche Gefahr schicke? Selbst wenn es dabei um eine so noble Mission wie die Rettung der Welt geht. Außerdem« – er nickt zu seiner Schwester hin – »ist Yukiko nach vielen Jahren wieder nach Hause zurückgekehrt. Ich kann mir kaum vorstellen, dass sie das nur getan hat, weil sie an deine Sache glaubt.«

Yukiko betrachtet mich amüsiert. Die Vorstellung, mich noch etwas zappeln zu lassen, bereitet ihr Vergnügen. Aber den Gefallen werde ich ihnen nicht tun. Ich bin mir nicht sicher, ob der König mich aufs Glatteis führen will oder ob Yukiko ihm tatsächlich noch nichts von unserer Verlobung erzählt hat. So oder so, ich werde ganz sicher nicht als Erster die Sprache darauf bringen.

»Natürlich nicht«, sagt Yukiko zu ihrem Bruder. »Ich bin gekommen, um es mit eigenen Augen zu sehen. Ich will vor Ort sein, wenn der Kristall von Keto endlich freigesetzt wird.«

Ich beiße die Zähne zusammen. Das Letzte, was ich jetzt brauche, ist eine skrupellose Prinzessin, die mit mir auf den Wolkenberg hinaufwill.

»Das wäre zu riskant«, wende ich ein. »Wie der König schon gesagt hat, es ist eine gefahrvolle Reise …«

»Die sie schon einmal gemeistert hat«, fällt Hiroki mir ins Wort. »So wie wir anderen auch.«

»Nicht alle«, mischt Koji sich ein.

Hiroki wirft seinem jüngsten Bruder einen liebevollen Blick zu, dann richtet er seine blassen Augen auf den König. »Wenn sie mit ihm geht, können wir wenigstens sicher sein, dass er kein falsches Spiel treibt.«

Ich versuche, nicht allzu gekränkt auszusehen.

»So ist eine von uns dabei, wenn der Kristall aus der Kuppel gehoben wird«, sagt Tetsu.

Yukiko lehnt sich zurück. »Wie schön, dass ihr alle so versessen darauf seid, mich nach nur wenigen Tagen wieder loszuwerden.«

König Kazue sieht seine Schwester von der Seite an. Dann mustert er mich argwöhnisch. »Wenn du es schaffst, die Meereskönigin und den Fluch der Prinzen zu töten, musst du die Welt wissen lassen, dass wir unseren Anteil daran hatten.«

Es ist keine Bitte, daher beuge ich zustimmend den Kopf. Dies ist ein heikler Moment. Ich bin so nahe am Ziel, dass ich es in meiner Kehle spüren kann wie das Verlangen nach Wasser.

»Kristall, Amulett und Ruhm.« König Kazue lässt sich wieder auf seinen Thron sinken und blickt mich mit einem gierigen Ausdruck an. »Das alles soll Págos gehören.«

»Ich werde alles so erzählen, wie Ihr es wünscht«, erwidere ich. »Wenn der Fluch der Prinzen erst tot ist, soll mir alles recht sein.«

Die págesischen Geschwister blicken von ihren Eisthronen auf mich herab und beginnen einer nach dem anderen zu lächeln.

Als ich den großen Empfangssaal verlasse, wartet Lira hinter der halb offenen Eiszapfen-Tür. Ihr Haar ist feucht von der Kälte, und sie trägt einen dicken Strickpullover, in dem ihre schmalen Handgelenke noch zierlicher wirken. Als sie mich sieht, stößt sie eine Atemwolke aus.

»Was tust du hier?«, frage ich.

Lira zuckt mit den Schultern. »Ich wollte mich nur vergewissern, dass du nicht tot bist.«

Ich blicke sie misstrauisch an. »Du hast gelauscht.«

»Und jetzt bin ich fertig« sagt sie und zieht herausfordernd die Augenbrauen hoch.

Bevor sie sich davonmachen kann, greife ich nach ihrem Handgelenk und ziehe sie zu mir. Lira wirbelt so schnell herum, dass ihr die Haare ins Gesicht fliegen. Sie schüttelt sie weg und blickt stirnrunzelnd auf unsere beiden Hände.

»Was hast du dir nur dabei gedacht, einer Prinzessin in ihrem eigenen Königreich mit dem Tod zu drohen?«, frage ich sie. »Das ist eine sehr seltsame Art von Humor.«

Lira befreit sich aus meinem Griff. »Kye fand es lustig.«

»Ich freue mich zwar darüber, dass ihr beide euch inzwischen besser versteht, trotzdem solltest du nie vergessen, dass Kye ein Dummkopf ist.«

»So wie du, wenn du den Págesi traust.«

»Ich muss ihnen nicht trauen«, sage ich. »Es reicht, wenn sie mir vertrauen.«

Liras Lachen ist so vernichtend, wie ich es von ihr kenne. »Für einen Piraten bist du kein sehr guter Lügner«, stellt sie fest. »Und du kannst auch nicht besonders gut verhandeln. Du hast nur Zugeständnisse gemacht und nichts dafür erhalten.«

»Nichts? Wie kannst du das sagen, wo es doch darum geht, einen Krieg zu beenden?«, erwidere ich.

»Du bist nicht klüger als ein Kind, wenn du wirklich glaubst, es wäre so einfach.«

»Denkst du, es ist mir leichtgefallen, Prinzessin Yukiko mein Königreich zu Füßen zu legen? Nicht genug, dass ich sie heiraten muss, ich muss auch alle meine Träume begraben und mich den Pflichten stellen, vor denen ich mein Leben lang davongelaufen bin.«

Ich balle unwillkürlich meine Fäuste, während ich auf ihre Reaktion warte. Lira soll verstehen, dass ich nicht leichtsinnig auf diesen Handel eingegangen bin und dass kein Tag vergeht, an dem ich ihn nicht bereue. Die Folgen meiner Handlungen sind mir nur allzu bewusst und ich setze alles daran, einen Ausweg zu finden.

Lira blickt mich wortlos an. Ich weiß nicht, was ich erwartet habe oder ob ich überhaupt das Recht habe, etwas zu erwarten, aber ihr Schweigen ist zermürbender als alles andere.

Im Empfangssaal schlägt eine Uhr und läutet die Zeit der nächtlichen Eiswinde ein. Lira wartet einen Moment, bis alle drei Glocken verklungen sind. Dann schluckt sie. Es hört sich unnatürlich laut an.

»Wirst du sie wirklich heiraten?«, fragt sie. Dann schüttelt sie den Kopf, als würde sie die Antwort gar nicht hören wollen. »Ein schlauer Plan. Du bekommst den Kristall von Keto und ein Bündnis mit einem mächtigen Königreich noch dazu. Selbst wenn du dein Leben auf der Saad aufgeben musst, gehst du immer noch als Gewinner hervor.« Bei den letzten Worten bröckelt ihr gezwungenes Lächeln, und als sie weiterspricht, ist ihre Stimme leise und ernst. »Du scheinst nie zu verlieren, Elian, oder?«

Ich weiß nicht, was ich darauf antworten soll. In letzter Zeit habe ich das Gefühl, immer nur zu verlieren. Die Vereinbarung mit Yukiko ist nur ein weiterer Strich auf einer langen Liste.

Lira streicht sich die Haare zurück.

Ich seufze. Am liebsten würde ich ihr meinen ganzen Plan erläutern. Ihr klarmachen, wie viel ich unternommen habe, um mein Versprechen Yukiko gegenüber nicht einhalten zu müssen. Das alles liegt mir auf der Zunge. Eigentlich muss ich mich weder vor Lira noch sonst jemandem rechtfertigen, und doch verspüre ich den Drang, genau das zu tun.

»Wenn das alles vorbei ist, wird die Vereinbarung bedeutungslos sein«, sage ich. »Falls ich überlebe, werde ich Yukiko ein Angebot machen, das sie nicht ausschlagen kann.«

»Reicht der Antrag nicht schon aus?«, fragt Lira. In ihrem Blick liegt keinerlei Wärme mehr. »Du bringst dein Königreich in Gefahr, indem du dich von einer machthungrigen Prinzessin an der Nase herumführen lässt, die –«

Sie bricht ab und blickt zu Boden. Ihre Miene ist unergründlich.

»Lira.«

»Nicht.« Sie hebt die Hand, um mich auf Abstand zu halten.

»Du schuldest mir nichts, schon gar keine Erklärung. Ein Prinz schuldet niemandem etwas.«

Die Art, wie sie *Prinz* ausspricht, versetzt mir einen unerwarteten Stich. Ich habe so lange dagegen angekämpft, dass dieses Wort das einzige ist, womit man mich beschreibt. Und nun sagt sie es mit einer solchen Selbstverständlichkeit, als hätte sie mich nie als etwas anderes gesehen. Immer ein Prinz, nie nur ein Mann.

Ich atme ganz langsam aus und vergrabe meine Hände in den Taschen. »Ich habe nie behauptet, dass ich dir etwas schulde.«

Aber Lira hat sich schon umgedreht und ich bin mir nicht sicher, ob sie mich überhaupt gehört hat. Sie geht weg, ohne sich noch einmal umzublicken. Ich folge ihr nicht. Zwar würde ich das gerne, sogar mehr, als ich mir eingestehen will, aber ich wüsste nicht, was ich zu ihr sagen sollte.

Ich fahre mir mit den Fingern durchs Haar. Meine Augenlider sind schwer und in meinem Kopf macht sich ein dumpfes Pochen breit. Ich kann es kaum erwarten, dass dieser Abend endlich vorbei ist.

»Ich bin nicht blind, weißt du.«

Yukiko löst sich aus dem Schatten wie ein Geist. Im fahlen Fackelschein sind ihre Augen fast weiß. Als sie auf mich zukommt, lässt der Widerschein des Feuers ihre harten Züge weicher erscheinen, sodass sie fast liebenswürdig aussieht. Sanft.

Licht kann einem alles Mögliche vorgaukeln.

»Aber es macht mir nichts aus«, sagt sie.

»Ich habe nicht die leiseste Ahnung, wovon du sprichst.«

»Dieses Mädchen«, sagt Yukiko. »Lira.«

»Um sie zu übersehen, müsste man tatsächlich blind sein.«

»Ja.« Yukikos Lächeln glüht heller als das Feuer. »Es ist offensichtlich, dass du das so siehst.«

Ich massiere meine Schläfen. Auf ein weiteres Gespräch voller Andeutungen habe ich jetzt wirklich keine Lust. »Sag, was du zu sagen hast, Yukiko. Ich bin nicht in der Stimmung für Spielchen.«

»Das ist ja etwas ganz Neues«, erwidert sie. »Aber da du als Gast in meinem Haus bist, sei dir die Bitte gewährt.«

Yukiko fährt sich mit den Fingern durchs Haar und beißt sich auf die blaue Unterlippe. So wie sie das macht, wirkt es eher unheilvoll als aufreizend. »Mag sein, dass dir etwas an ihr liegt«, fährt sie fort. »Aber das ändert nichts. Liebe ist nichts für Prinzen und erst recht nichts für Könige. Du hast mir versprochen, dass du König werden wirst. *Mein* König. An dieses Versprechen möchte ich dich erinnern.«

Ich muss an den wilden Ausdruck in Liras Augen denken. Sie hat mich keines Blickes gewürdigt, als sie weggegangen ist. Das Letzte, was sie hören wollte, waren irgendwelche Erklärungen.

Du lässt dich an der Nase herumführen, hat sie gesagt. *Ein Prinz ist niemandem etwas schuldig.* Aber das stimmt nicht. Ich bin vielen Menschen etwas schuldig, nicht zuletzt Lira. Vielleicht schulde ich ihr keine Erklärung, aber ich schulde ihr mein Leben und das läuft letztlich aufs Gleiche hinaus.

Nervös trete ich von einem Fuß auf den anderen, bis mir klar wird, dass Yukiko genau das bezweckt hat. »Ich habe dir keinen König versprochen«, sage ich schroff. »Wenn ich mich nicht irre, war die Rede von einem Königreich. Spielt es für dich überhaupt eine Rolle, was von beidem du am Ende bekommst?«

»Das klingt mir ganz danach, als wolltest du unsere Vereinbarung brechen.«

»Nicht brechen«, sage ich. »Neu verhandeln.«

Yukiko lacht spöttisch. Sie beugt sich über meine Schulter und streicht sanft wie eine Katze über meine Brust. Ihr kalter Atem streift meinen Nacken. Als ich den Kopf wegdrehe, höre ich das Lächeln in ihrer Stimme.

»So viele Tricks«, flüstert sie. »Du brauchst weitere Ärmel, um all deine falschen Karten darin zu verbergen.«

VIERUNDDREISSIG

Der Gipfel verbirgt sich hinter den Wolken, nach denen er benannt ist. Ein nicht enden wollender Schneesturm hüllt ihn ein, sodass man seine gewaltige Größe nur erahnen kann. Dennoch kann ich bloß staunen. Ich weiß, dass sich weit über dem Himmel, hinter dem der Berg verschwindet, eine majestätisch hohe Spitze erhebt. Ein Tor zu den Sternen. Der Wolkenberg von Págos ist der höchste Punkt der Welt und am weitesten vom Meer entfernt, also auch am weitesten vom Reich meiner Mutter. Und meinem. Falls das zweite Auge von Keto sich tatsächlich dort oben befindet, ist es wahrlich gut versteckt. Es ist an einem Ort, den ich nie hätte erreichen können. Bis jetzt.

Mein Gesicht ist von dicken Stoffschichten bedeckt, die nur meine Augen frei lassen. Am liebsten würde ich mir den kratzigen Stoff mit dem Fell vom Gesicht reißen, aber die Kälte ist unerträglich. Ich wage es nicht, die Schneestöcke loszulassen, die ich mit beiden Händen fest umklammere. Außerdem bin ich nicht einmal sicher, ob ich es überhaupt könnte. Meine Finger fühlen sich an, als wären sie zu Fäusten gefroren.

Die Tage werden zu Wochen, während wir dem Bergpfad folgen. Ich habe die Mannschaft der Saad noch nie so schweigsam erlebt. Sogar Kye, der in vollkommenem Gleichklang mit Elian einen Schritt vor den nächsten setzt und ab und an über die Schulter hinweg zu Madrid blickt – vielleicht um sicherzugehen, dass sie noch nicht zu einer Eisskulptur erstarrt ist oder vom unerbittlichen Wind über die Klippen geweht wurde –, sagt keinen Ton. Auch Elian ist wortkarg.

Es ist seltsam tröstlich, dass nicht nur ich sein Schweigen zu spüren bekomme. Unerschütterlich und mit leidenschaftlicher Entschlossenheit folgt er der Prinzessin. Aus irgendeinem Grund empfinde ich das als weitaus weniger tröstlich.

Mir ist klar, dass königliche Abstammung zur Heirat verpflichtet. Es ist nur eine von vielen Anforderungen, die damit einhergehen. Raffiniert als Pflichten getarnte Hürden, mit denen man leben muss. Prüfungen, die man als Chancen anpreist, und Bürden, die darauf zugeschnitten sind, widerwillig getragen zu werden. Alles Glieder einer Kette von Aufgaben, die jedem Thronfolger als Erblast auferlegt werden. Yukiko ist Elians Verpflichtung, so wie der Aasfresser die meine war. Im Tausch für die Karte hat Elian sich selbst hergegeben und seinen Stolz für die noble Mission geopfert. So etwas wird von einem Prinzen erwartet. Es ist vorhersehbar. Aber das macht es nicht weniger qualvoll.

Ich weiß nicht, was ich erwartet habe, als ich Elian im Palast zur Rede stellte. Aber mit wochenlangem Schweigen hätte ich nicht gerechnet. Ich könnte nicht einmal mehr sagen, warum ich ihn überhaupt nach Yukiko gefragt habe. Ich hatte etwas ganz anderes vor, als ich auf ihn gewartet habe, während er mit der págesischen Königsfamilie verhandelte. Aber ich konnte nicht anders. In letzter Zeit passiert mir das öfter. Vielleicht war es zum Besten, denn mein ursprünglicher Plan – ihn zu fragen, ob er jemals ein Bündnis in Betracht gezogen hat – war keine besonders gute Idee. Es war dumm von mir zu glauben, ich könnte ihn einfach ansprechen und fragen, ob er bereit wäre, Frieden zwischen unseren Völkern zu schließen. *Ich töte dich nicht, wenn du mich nicht tötest.* Wie lächerlich. Mir fällt es leicht, eine Vereinbarung mit jemandem zu erwägen, auf den ich mich bisher stets verlassen konnte und der mir einen völlig neuen Weg aufgezeigt hat. Erst durch Elian bin ich auf den Gedanken gekommen, mich aus dem Schatten meiner herrschsüchtigen Mutter zu befreien. Er hat in mir den Glauben geweckt, dass eine Zukunft möglich ist, die nicht unter dem Zeichen des Todes steht. Dass ein zarter Friede sprießen kann. Aber wie soll Elian einen solchen Pakt in Betracht ziehen, wenn er nicht einmal weiß, wer ich bin? Nicht ahnend, dass ich seinen Freund und zahllose andere Prinzen getötet habe. Dass ich auch ihn ermorden wollte.

Ich sehe nur Elians Rücken, aber in meinem Innersten habe ich sein Gesicht vor Augen. Während sich über uns am Himmel Dunkelheit und Sonne abwechseln, steigen wir höher und höher. Je weiter wir vorankommen, desto mehr treiben mich meine Gedanken in den Wahnsinn. Immer wieder gehen mir vergangene Gespräche, Taten und Gelegenheiten durch den Kopf und ich frage mich, wann ich so durch und durch menschlich geworden bin.

Der Himmel nimmt so viele Blautöne an, dass ich sie nicht zählen kann. Er ist ein Flickenteppich an Farben, der durch die Wolken hindurchschimmert. Wie eine gemalte Kulisse für den weißen Glanz des Mondes und für die Sterne, die uns den Weg weisen.

»Wir müssen uns beeilen!«, ruft Yukiko. Durch das Heulen des eisigen Sturms höre ich ihre Stimme kaum. »Unser nächstes Lager ist noch zwei Stunden entfernt, wir müssen es vor Sonnenuntergang bis dorthin schaffen.«

Elian bleibt stehen und holt die Karte hervor. Die Ränder sind steif gefroren, und als er die Finger fester um das Pergament schließt, reißt eine besonders heftige Böe die Enden weg.

»Die Sonne geht schon in einer Stunde unter!«, sagt Elian.

Yukikos Atem hängt wie eine Wolke zwischen beiden. »Deshalb müssen wir schneller gehen.«

Der Wind dämpft ihre Stimmen, aber selbst ich kann Elians Seufzen hören. Seine Schultern sacken nach unten und er wirft einen raschen Blick hinter sich, um sicherzugehen, dass wir noch alle da sind.

»Es ist zu schaffen«, ruft er. Ich frage mich, ob er uns oder sich selbst überzeugen will.

»Ich weiß nicht, ob ich ohne meine Zehen weiterlaufen kann«, sagt Kye.

»Madrid kann dich tragen.«

»Ich habe selbst keine Zehen mehr. Von den Fingern ganz zu schweigen.« Madrid hält kläglich ihre behandschuhten Hände hoch. »Ich glaube, ich habe gestern schon ein paar verloren.«

»In dieser Kälte werden sie sich gut halten.« Kye stampft mit dem Stiefel auf. »Wenn wir sie auf dem Rückweg einsammeln, kann ein Heiler sie bestimmt wieder annähen.«

Obwohl Madrids Augen kaum zu erkennen sind, könnte ich schwören, dass sie eine Grimasse zieht.

»Für Geplänkel haben wir keine Zeit«, sagt Yukiko. »Hört auf, eure Energie zu verschwenden, und bewegt euch.«

Madrid rammt ihren Schneestock in den Boden und zieht ihre Fellmaske herunter. Sofort sind ihre Lippen von einer Eisschicht überzogen. »Ist das ein königlicher Befehl?«, fragt sie.

Yukiko wirft ihre Kapuze zurück. Selbst das Wetter scheint vor ihr zurückzuweichen. Sie herrscht über die Kälte wie auch ich früher in meiner Welt. »Du bist in meinem Königreich.«

»Aber nicht an deinem Hof«, sagt Madrid. Sie fährt mit der Hand über die Tätowierung auf ihrer Wange, die bereits Blasen wirft, und nickt zu Elian hin. »Unser König ist hier.«

»Übersiehst du nicht etwas? Er ist noch kein König.«

Wenn die Luft nicht ohnehin schon frostig wäre, hätte ihre Antwort sie zu Eis gefrieren lassen. Kye spannt sich an und ich sehe, wie er an seine Seite fasst. Elian wirft ihm einen scharfen Blick zu, woraufhin Kye widerwillig seine Angriffshaltung aufgibt. Aber seine Finger zucken immer noch.

Meine auch.

Torik knurrt. Anders als Kye scheint er Elians Gesichtsausdruck nicht deuten zu können, denn schon im nächsten Moment stürzt er los. Als Torik auf Yukiko zuprescht und dabei mit jedem Schritt Schnee aufwirbelt, wird mir zum ersten Mal klar, wie bedrohlich dieser Hüne sein kann. Keine Spur mehr von dem sanften Riesen, der über die Saad wacht.

»Du kleine –«

»Es reicht!«

Elians schneidende Stimme lässt Torik innehalten. Elian streckt den Arm nach ihm aus und Torik bleibt stehen.

»Captain«, sagt er.

»Ich sagte, es reicht«, wiederholt Elian. Wie immer verrät seine Stimme nur so viel, wie er preisgeben will. Sie ist ruhig und unbewegt. Doch selbst von hier aus und obwohl er gegen den Sturm anblinzelt, kann ich seinen grimmigen Blick erkennen, denn seine Augen sind wie ein Tor, das zu seinem Herzen führt.

»Sind wir jetzt fertig?«, fragt Yukiko.

Ihre blauen Lippen verziehen sich zu einem triumphierenden Lächeln, ich hingegen blecke unter meiner Maske wütend die Zähne. Ich trete einen Schritt vor und ziehe das Tuch von meinem Gesicht. Die Luft ist beißend.

»Noch nicht«, sage ich.

Yukiko richtet ihren stählernen Blick auf mich. Aus dem Augenwinkel sehe ich, wie Elian erstarrt. Als Yukiko auf mich zukommt, greift er langsam an seine Hüfte, wo sein Dolch versteckt ist.

»Willst du etwas sagen?«, fragt Yukiko.

Sehr viel sogar, denke ich.

Das Schlimmste ist, wie sie auf Elian herabschaut, als wäre sie etwas Besseres. Wie sie den Prinzen lenken will, um sein Königreich in die Finger zu bekommen – genau wie meine Mutter, die mich in die Irre geführt hat, um mir meines vorzuenthalten. Und so, wie ich in die Falle der Meereskönigin getappt bin, wird Elian in Yukikos Falle tappen. Es kommt für mich nicht mehr infrage, dass ich das Auge stehle und mein Königreich zur Macht führe, während Elians Reich zerbricht, weil er in Yukikos Schuld steht. Es muss einen Weg geben, damit wir beide siegreich aus dieser und anderen Schlachten, die wir noch schlagen müssen, hervorgehen können.

Wir sind keine unbedarften Thronerben, die sich ganz nach Belieben formen lassen. Wir sind Krieger. Wir sind Herrscher.

»Mag sein, dass Elian kein König ist«, sage ich zu ihr. »Aber du bist auch keine Königin. Dazu müsstest du erst deine Brüder ermorden.«

»Wer hat heutzutage noch Zeit für Mord?«, entgegnet Yukiko. »Ich nehme mir lieber ein anderes Königreich, als auf dieses zu warten.«

Die Anspielung entgeht mir nicht. Sie denkt, sie könnte mich mit dem Versprechen, das Elian ihr gegeben hat, aufstacheln. Und vermutlich hat sie recht. Denn ich kann es kaum mit ansehen, wie er ergeben neben ihr steht, während sie ihm seine Zukunft raubt. Ihn für ihre finsteren Pläne benutzt, so wie auch ich es ursprünglich vorhatte. Sie erinnert mich viel zu sehr an mein früheres Leben, bevor Elian mir gezeigt hat, was Freiheit bedeutet. Ausgerechnet der Mensch, der mir einen Hoffnungsschimmer gegeben hat, will nun bereitwillig seine eigene Hoffnung begraben.

»Sei vorsichtig«, sage ich. »Wenn man sich etwas nimmt, was einem nicht gehört, dann wird es immer jemanden geben, der es zurückholt.«

»Dann muss ich wohl doppelt wachsam sein.«

»Das ist nicht nötig«, erwidere ich. »Ich werde dich immer im Auge behalten.«

Yukiko mustert mich, halb amüsiert, halb neugierig. Als sie sich abwendet, werfe ich einen Blick zu Elian. Sein Lächeln ist rätselhaft und ich zähle die Sekunden, in denen er mich ansieht. Grün durchdringt das frische Weiß der Welt. Schließlich fasst Kye ihn an der Schulter und schiebt ihn vorwärts.

Als die Nacht hereinbricht, schlagen wir unser Lager auf dem flachsten Plateau des Berges auf. Dort sind im Boden verankerte Zelte, die im Kreis um eine Feuerstelle aufgestellt sind. Wir drängen uns am Feuer und kochen eine Mahlzeit aus dem letzten Proviant. Im Sitzen ist die Kälte noch schwerer zu ertragen, deshalb halten wir die Hände so dicht über die Flammen, dass wir uns fast die Finger verbrennen.

Der Wind pfeift und heult und die Seeleute wärmen ihre Kehlen mit dem Rum, den Madrid anstelle von Essen mitgebracht hat. Während die Nacht voranschreitet und das Lachen der Männer in schwere Atemzüge übergeht, liege ich da und lausche dem Wind. Ich weiß genau, dass ich keinen Schlaf finden werde. Nicht jetzt, wo ich dem zweiten Auge von Keto so nahe bin. Der Plan, meine Mutter zu stürzen, und Elians Schicksal verflechten sich immer mehr. Sobald ich die Augen schließe, grüble ich darüber nach, welches Ende alles nehmen wird.

Nach einer Weile lässt der Sturm nach und die Flocken rieseln sachte auf meinen Unterschlupf. Auch der Wind legt sich allmählich, daher höre ich die leisen Schritte im Schnee, noch bevor der Schatten im fahlen Schein der verlöschenden Laterne auf die Zeltwand fällt.

Als die Zeltklappe zurückgeschlagen wird, bin ich nicht überrascht, Elian zu sehen.

»Komm mit«, sagt er und genau das tue ich.

Ich habe noch nie die Sterne gesehen, nicht so wie Elian. Es gibt so vieles, was ich noch nie getan habe. Elian hat Erfahrungen gemacht, von denen andere – ganz besonders ich – nur träumen können. Die Sterne gehören dazu. Sie scheinen nur für ihn zu leuchten.

Elian betrachtet die Sterne nicht nur, er lässt Bilder daraus entstehen. Er verbindet sie im Geiste zu Figuren, um die er Geschichten von Göttern und Kriegen und den Seelen von Entdeckern spinnt. Er denkt darüber nach, wohin seine Seele nach dem Tod entschwindet und ob er Teil der Nacht werden wird.

All das erzählt er mir auf dem hohen Wolkenberg, allein mit dem Mond und dem Wind und der unendlichen Weite. Die Mannschaft schläft und die págesische Prinzessin auch. Die ganze Welt scheint in einen Schlummer gefallen zu sein. Doch wir beide – nur wir beide – sind wach.

»Ich habe das noch nie jemandem gezeigt«, sagt Elian.

Er meint nicht die Sterne, sondern die Art, wie er sie sieht. Die Sterne sind sein Geheimnis, so wie der Ozean meines ist. Wenn er von ihnen spricht, ist sein Lächeln genauso hell wie sie.

»Es gibt wohl vieles, das du noch niemandem gezeigt hast.«

Wir sprechen nicht über Yukiko und auch nicht über die Heirat, die so unausweichlich erscheint wie unser Krieg. Wir tun so, als gäbe es nicht nur Dunkelheit. Als wären unsere Entscheidungen nicht aus den heraufziehenden Albträumen gewebt.

Elian holt tief Luft. Seine Hand liegt neben meiner. »Ich habe mir immer vorgestellt, was ich fühlen würde, wenn ich den Kristall endlich in den Händen halte«, sagt er.

»Triumph?«

»Frieden. Doch nun sind wir so nah dran und ich empfinde genau das Gegenteil. Ich fürchte den Augenblick, in dem wir diese Kuppel öffnen.«

In meiner Brust regt sich etwas. Vielleicht ist es Hoffnung.

»Warum?«

Elian erwidert nichts und das ist Antwort genug. Trotz allem will er nicht derjenige sein, der ein ganzes Volk auslöscht, egal wie böse es in seinen Augen auch sein mag. Ich möchte ihm sagen, dass ich genauso fühle. Auch ich kenne die Furcht vor schweren Pflichten. Ich möchte ihm sagen, dass wir nicht alle als Monster geboren wurden.

Das zweite Auge von Keto könnte sowohl ihn als auch mich zerstören und keiner von uns beiden will das Unheil in Gang setzen. Ich spiele mit dem Gedanken, ihm die Wahrheit zu sagen. Vielleicht könnte ich ihn damit auf meine Seite ziehen, so, wie er mich auf seine gezogen hat. Aber das ist nur ein Wunschtraum, märchenhafter, als das Auge von Keto es je war. Wenn ich Elian sage, wer ich bin, wird er das niemals hinnehmen. Ich könnte beteuern, dass ich mich geändert habe. Oder dass ich zurückgekehrt bin zu der, die ich einmal war oder hätte sein können, wenn meine Mutter das nicht verhindert hätte. Mein Menschsein hat mich tief greifend verändert, es ist mehr als nur die Verwandlung von Flossen in Beine und Schuppen in Haut. Ich bin im Inneren genauso verwandelt wie außen. Meine Taten verfolgen mich und ich sehne mich danach, neu anzufangen. Ich möchte die Königin werden, die Crestell sich erhofft hat.

»Du hast mich einmal gefragt, ob ich dir etwas über die Sirenen verraten kann, was du noch nicht weißt«, sage ich. »Sie erzählen sich eine Legende als Warnung davor, was passieren würde, wenn ein Mensch das Herz einer Sirene raubt.«

»Ich habe noch nie davon gehört.«

»Du bist ja auch keine Sirene.«

»Du auch nicht«, erwidert Elian genauso trocken.

Ich lächle vage. »Es heißt, wenn ein Mensch das Herz einer Sirene besitzt, kann ihm der Gesang nichts mehr anhaben.«

Elian zieht skeptisch die Augenbraue hoch. »Was hat man davon, wenn die Sirene ohnehin tot ist?«

»Derjenige ist nicht nur gegen ihr Lied, sondern gegen die Lieder aller Sirenen gefeit«, erkläre ich ihm mit bebender Stimme.

Ich weiß selbst nicht, warum ich ihm das erzähle. Vielleicht ist es die Hoffnung darauf, dass Elian, selbst wenn der Krieg nicht endet, mit dem Leben davonkommt. Zumindest soll er eine Chance haben.

»Wenn man den Geschichten glauben kann, lösen sich die Sirenen nach ihrem Tod nur deshalb so schnell in Gischt auf, damit genau das nicht passiert.«

»Glaubst du, es stimmt?«, fragt Elian nachdenklich. »Wenn ich es schaffe, einer Sirene das Herz aus dem Leib zu schneiden, bevor sie sich auflöst, könnte ich jeder Sirene ins Auge blicken, ohne ihren Zauber fürchten zu müssen?«

»Spielt das noch eine Rolle?«, frage ich ihn. »Du willst sie doch ohnehin alle töten.«

Elians Augen verlieren etwas von ihrem Glanz. »Ich glaube, ich verstehe jetzt, warum die ersten Familien den Kristall nicht benutzt haben«, sagt er. »Ein ganzes Volk zu ermorden, kommt mir so falsch vor. Womöglich reicht es, die Meereskönigin zu töten. Wer weiß, vielleicht hören dann alle anderen auf. Sogar der Fluch der Prinzen.«

Ich blicke zum Himmel hinauf und frage leise: »Glaubst du wirklich daran, dass Mörder aufhören können, Mörder zu sein?«

»Ich möchte es glauben.«

Seine Stimme klingt so anders als die des selbstbewussten Prinzen bei unserer ersten Begegnung. Er ist nicht der Mann, der ein Schiff kommandiert, oder der Sohn, der ein Land regieren soll. Er ist weder das eine noch das andere, und doch ist er beides zugleich. Sein wahres Ich ist irgendwo dazwischen, wo nur ich es sehen kann. Es ist gefangen in einem Spalt zwischen den Welten, in denen er lebt.

Der Gedanke entfacht etwas in mir. Ich reiße mich von den Sternen los und wende mich Elian zu. Meine Wange ist nass von der schneefeuchten Decke, die wir unter uns ausgebreitet haben. Elian ist wie der Ozean, den er ausplündert. Still und friedlich an der Oberfläche, brodelnd und aufgewühlt darunter.

»Was, wenn ich dir ein Geheimnis verrate?«, frage ich ihn.

Elian sieht mich an und mit einem Mal tut es weh, ihn nur anzuschauen. Ein gefährliches Verlangen steigt in mir auf und drängt mich dazu, es zu wagen – ihm endlich die Wahrheit zu sagen und herauszufinden, ob Menschen ebenso zur Vergebung fähig sind wie zur Rache.

»Was wäre dann?«

»Du würdest mich plötzlich ganz anders sehen.«

Elian zuckt mit den Schultern. »Dann verrate es mir nicht.«

Ich verdrehe die Augen. »Was, wenn du es wissen musst?«

»Die Menschen verraten niemals Geheimnisse, weil andere sie wissen müssen. Sie tun es, weil sie es jemandem erzählen wollen.«

Ich schlucke. Mein Herz pocht so heftig, dass man es bestimmt hören kann. »Dann habe ich stattdessen eine Bitte.«

»Verlangst du von mir, dein Geheimnis zu bewahren?«

»Ich bitte dich um einen Gefallen.«

Elian nickt, und ich vergesse, dass wir Mörder und Feinde sind und dass er vielleicht versuchen wird, mich umzubringen, wenn er erfährt, wer ich wirklich bin. Ich denke nicht mehr an Yukiko, die ihn für sich beansprucht wie einen wertvollen Preis, den sie nicht zu schätzen weiß. Ich denke nicht an die Meereskönigin und auch nicht an Verrat. Ich denke an mein Menschenherz, das jetzt so schnell schlägt – viel zu schnell –, und an die Falte, die zwischen Elians Augenbrauen erscheint, während er darauf wartet, dass ich weiterspreche.

»Willst du mich küssen?«

»Das ist kein Gefallen«, antwortet Elian langsam.

Er zieht seine Hand weg und plötzlich fehlt etwas neben mir.

Doch dann ist sie an meiner Wange, umschließt mein Gesicht. Sein Daumen streicht über meine Lippen. Es ist das Schlimmste, was ich je getan habe, und das Beste, was ich je tun könnte. Wie seltsam, dass es beides zugleich sein kann.

Anstatt sein Herz zu rauben, hoffe ich, dass er meines raubt.

»Weißt du noch, wie wir uns kennengelernt haben?«, fragt er.

»Du hast gesagt, dass ich bewusstlos viel reizender war.«

Elian lacht. Er ist so nah, dass ich das Beben seines Körpers spüren kann. Ich sehe jede Narbe und jede Sommersprosse auf seiner Haut. Jeden Farbsprenkel in seinen Augen. Ich fahre mir mit der Zunge über die Lippen. Ich kann ihn fast schmecken.

»Frag mich noch einmal«, sagt er.

Er drückt seine Stirn gegen meine und sein hastiger Atem streift meinen Mund. Ich schließe die Augen, nehme seinen Atem in mich auf. Er schmeckt nach Kautabak und Meersalz. Wenn ich mich bewege, wenn ich auch nur Luft hole, dann wird das zarte, zerbrechliche Etwas zwischen uns vom Wind davongetragen werden.

»Tu's endlich«, sage ich.

Und er tut es.

FÜNFUNDDREISSIG

Der Weg endet dort, wo er begonnen hat: im Wasser.

Mit Yukiko als Führerin dauert der Aufstieg nur halb so lange. Sie geht auf dem heiligen Pfad voran, ohne auch nur einmal zu zögern oder sich zu verlaufen. Sie führt uns jeden Abend in ein Lager, wo es wärmende Aufflammer gibt, die so heiß werden, dass man damit ein Loch in den Berg brennen könnte, und sie lotst uns über Steige, die Zeit und Weg sparen. Ihre Routen sind klug durchdacht, die Etappen kurz und die Strecken bieten Hilfsvorrichtungen, die vieles einfacher machen. Es gibt sogar Apparaturen, die uns ein Stück bergauf befördern. Bei so vielen Tricks verwundert es nicht, dass bisher noch jedes Mitglied der págesischen Königsfamilie den Aufstieg überlebt hat – und dass alle anderen nicht dieses Glück hatten.

Es fällt mir schwer zuzugeben, dass Yukiko und ich etwas gemeinsam haben, aber die Schwindelei ihrer Familie ist wirklich raffiniert. Mit allen Mitteln halten sie die Legende ihres Auserwähltseins lebendig, denn nur so können sie sich der Bewunderung und somit auch der Treue ihrer Untertanen sicher sein. Es ist ein schlauer Schachzug. Wie bei Elian und seinem goldenen Blut. Wie bei mir und Ketos tödlicher Macht. Nur dass in meinem Fall die Legende stimmt.

Ich bleibe unvermittelt stehen und auch die anderen halten inne. Elians behandschuhte Hand schwebt viel zu nahe an meiner. Obwohl die Luft zwischen uns knistert, blicke ich Elian nicht an. Ich kann es nicht. Ich kann nur nach vorne schauen. Meine Füße versinken immer tiefer im Schnee, je länger ich so dastehe. Aber ich kann mich einfach nicht bewegen. Denn vor unseren Augen entfalten sich die Wunder eines Palasts, der aus dem letzten Atemzug meiner Göttin Keto erschaffen wurde.

Nur noch fünfhundert Fuß vom Gipfel entfernt stehen wir am Grund einer Schlucht. Wir sind umgeben von Wasserfällen; sie stürzen auf schwarze Felsen herab, die aussehen wie Geröllbrocken. Wo das Wasser auf den Stein trifft, steigt zischend Dampf auf. Aus dem Meer von Wolken ragen Felsen hervor, die einen breiten Graben säumen. Sie sehen aus wie schwebende Grenzsteine für das Wasser, das wundersamerweise nicht gefriert. In der Mitte erhebt sich wie ein Eisberg der Palast. Er reicht bis zu den Klippen hinauf, aus denen die Wasserfälle entspringen. Seine Fenster sind aus erstarrtem Wind. Kunstvoll verwinkelte Türmchen schmücken die aus dem Schnee gehauene Festung, die mit ihren zerklüfteten Formen die majestätische Würde des Bergs widerspiegelt.

Am Ufer des Grabens, wo das Wasser der von drei Seiten herabstürzenden Fluten schließlich zur Ruhe kommt, sind mehrere Boote vertäut. Wir teilen uns auf und steuern über das Wasser auf das große Portal des Palasts zu. In unserem Boot sitzt Torik an den Rudern, er legt sich mindestens ebenso ins Zeug wie die Windböen, die uns auf unruhigem Kurs vorantreiben. Als wir die Boote wieder verlassen, ragt der Palast über uns auf. Ich muss den Kopf in den Nacken legen, um nach oben zu schauen. Aber es bleibt keine Zeit, ihn zu bewundern und sich zu fragen, wie es sein kann, dass eine aus Schneestürmen erbaute Festung Wärme ausstrahlt. Hier ist es weniger kalt als überall sonst auf dem Wolkenberg. Wir folgen Yukiko ins Innere des Eisbergs. Sie marschiert zielstrebig voran. Ihre Fackel dient uns als Wegweiser, wenn sie allzu schnell vorauseilt und wir ihr kaum folgen können.

Die Wände glänzen wie Spiegel. Plötzlich sind wir doppelt so viele. Dreimal so viele. Wo ich auch hinblicke, sehe ich Gesichter und Atemwölkchen. Weil wir Yukiko und ihre vielen Spiegelbilder nicht mehr voneinander unterscheiden können, verlangsamen wir unsere Schritte. Als der Abstand zu groß wird und sie weit voraus in einen Seitengang abbiegt, sind wir auf einmal in Dunkelheit gehüllt. Elians Hand tastet nach meiner. Er drückt sie, nur ganz kurz. Sofort wird alles in mir schneller, heißer. Mein Körper will sich an ihn schmiegen und ich muss mich mit der freien Hand an der Eiswand abstützen.

Als wir an der Abzweigung angelangt sind, fällt der Schein von Yukikos Fackel auf uns.

Ich lasse Elians Hand nicht los.

Yukiko ist vor einer großen Wand aus Eis stehen geblieben, auf der sich im Schein der Flammen unsere Gesichter spiegeln. Sie steckt die Fackel in eine kleine Halterung und tritt zurück.

»Wir sind da«, sagt sie.

Elian wirft mir einen Blick zu. Dann löst er das Amulett von seiner Halskette und reicht es Yukiko. Ungeduldig sieht er zu, wie Yukiko es in eine Vertiefung an der Wand legt, deren Umrisse genau mit der Form des Schmuckstücks übereinstimmen. Schloss und Schlüssel passen perfekt zusammen. Als Yukiko das Amulett in die Mulde drückt, rastet es mit einem Klicken ein.

Schnee rieselt von der Decke herab und rinnt wie Wasser von den Wänden.

Ächzend gleitet eine schwere Tür aus geschliffenem Eis zur Seite und gibt den Blick frei auf eine Höhle, die so gewaltig ist, dass sie fast den Palast zu sprengen scheint.

Elian, ganz der begierige Entdecker, tritt als Erster ein. Ich dränge mich an der Prinzessin vorbei und folge ihm. Alles ist blau. Gewächse aus Eis wölben sich wie dicke, gefrorene Baumstämme an der Decke entlang und kriechen wie blättriges Geäst über die Wände nach unten. Sie sprießen aus den Wänden und überziehen den Boden wie ein Geflecht aus Wurzeln. Es ist ein Wald aus Schnee und Eis.

Nach und nach kommen auch die anderen herein und blicken sich staunend um. Inmitten der abweisenden Festung ist diese Höhle eine Oase von atemberaubender Schönheit. Ein Ort, der von Ketos Magie erfüllt ist. Doch Elian hat keinen Blick dafür übrig. Er hat nur Augen für das, was sich direkt unter dem Scheitel der Kuppel befindet.

Dort erhebt sich eine halbhohe Säule. Sie besteht aus Wasser, das smaragdgrün und saphirblau schillert. Das sind die Farben der See von Diávolos. Es ist das Wasser meiner Heimat.

In der Mitte der Wassersäule befindet sich das zweite Auge von Keto.

Es übertrifft alles, was ich je gesehen habe. Selbst das Auge im Dreizack der Meereskönigin lässt sich nicht damit vergleichen, denn es ist grob in Form gehauen und von den Jahrzehnten unter Wasser trüb geworden. Dieser Stein hingegen ist makellos. Er ist eine vollkommene Scheibe und leuchtet rot wie die Augen meiner Mutter und die Ströme von Blut, die in seinem Namen vergossen wurden.

Die Säule sieht aus wie eine gemeißelte Skulptur aus gefrorenem Meerwasser. Aber als Elian die Hand ausstreckt, berührt er kein Eis. Die Säule ist nicht gefroren, sondern zwischen Zeit und Raum erstarrt.

»Wir können sie nicht schmelzen«, sagt Elian.

»Wir dürfen sie aber auch nicht zertrümmern«, warnt Yukiko. »Sonst bricht vielleicht der Kristall.«

Elian dreht sich zu ihr um. »Ich bezweifle, dass wir sie zertrümmern könnten. Sie wirkt unzerstörbar.«

Yukiko schüttelt entschieden den Kopf. »Wir müssen sie öffnen. Das Ritual. Wie geht es?«

Alle Augen richten sich auf mich. Ich hole tief Luft und wappne mich. Das ist der Moment, dem ich entgegengefiebert habe. Der Grund, warum ich alles darangesetzt habe, um wieder auf Elians Schiff zu kommen. Ich blicke ihn an, betrachte sein Haar, das sich über den Ohren zu Locken kräuselt und nach den vielen Nächten in feuchten Zelten ganz zerzaust ist. Seine gerunzelte Stirn. Das nervöse Muskelspiel seines Kiefers. Ich denke an den Duft von Kautabak, der jeden seiner Seufzer begleitet.

Ich bin dem Ziel schon zu nahe.

Ich räuspere mich. »Man braucht das Blut einer Sirene«, sage ich.

Elian wirbelt herum. »Was?«

»Dachtest du wirklich, jeder könne den Kristall von Keto einfach so nehmen?«, frage ich zurück. »Es muss ein Krieger sein, der seiner Magie würdig ist.«

»Ein Krieger«, wiederholt er.

»Ein Sirenenjäger.«

Lügen über Lügen, die sich auf meiner Zungenspitze mit Halbwahrheiten vermischen.

Kye wirft die Hände hoch und macht einen Schritt auf mich zu. »Wie sollen wir jetzt an Sirenenblut kommen?«, fragt er. »Warum hast du uns das nicht früher gesagt?«

»Es hätte keinen Unterschied gemacht«, antwortet Madrid an meiner Stelle. Sie starrt mich an, ihr Blick ist unergründlich. »In den Adern von Sirenen fließt Säure statt Blut. Wir können es nicht auffangen, weil sie sich so rasch in Meeresgischt auflösen. Und selbst wenn wir es könnten, würde es jedes Behältnis zersetzen.«

»Dein Dolch.« Ich deute auf Elians Gürtel. »Er ist der einzige Gegenstand, der das Blut einer Sirene auffangen kann.«

»Er fängt es nicht auf«, erwidert Elian. »Er trinkt es.«

»Er nimmt es in sich auf«, sage ich. »Hast du nie bemerkt, dass er mit jeder Sirene, die du tötest, etwas stärker wird? Etwas schwerer?«

Elian antwortet nicht.

»Woher weißt du das?« Yukiko legt den Kopf schief. »Irgendwas an dir ist mir nicht ganz geheuer.«

Ich achte nicht auf sie, sondern sehe nur Elian. Er zieht die Augenbrauen zusammen und in diesem Moment wird mir klar, dass er an mir zweifelt. Im Gegensatz zu mir schenkt er Yukikos Worten sehr wohl Beachtung. Er ist misstrauisch – war es vielleicht schon immer –, und auch wenn er jedes Recht dazu hat und ich deshalb sogar fast stolz auf ihn bin, tut es weh. Man kann mir nicht trauen. Der Gedanke, dass auch er das so sieht, bringt mich fast um.

Trotzdem darf ich nicht zulassen, dass er den Kristall freisetzt.

Ich lächle ihn freimütig an. »Habe ich dir nicht gesagt, ich könnte nützlich sein?«

Elian zieht den Dolch aus seinem Gürtel und hält ihn in das Licht der Eishöhle. Er wendet die Klinge hin und her und kommt näher. Ich will unwillkürlich zurückweichen, zwinge mich jedoch dazu, stehen zu bleiben. Ich darf nicht den Eindruck erwecken, als würde ich mich schuldig fühlen.

»Was ist?«, frage ich.

»Nichts«, sagt er. »Ich vertraue dir.«

Elian zögert. Er scheint darauf zu warten, dass ich ihm widerspreche und ihn davor warne, einen Fehler zu begehen. So lächerlich das klingt, am liebsten würde ich genau das tun. Ich würde ihm gern erklären, dass es eine Dummheit wäre, mir zu vertrauen. Aber ich sage kein Wort. Elian tritt vor das erstarrte Wasser von Diávolos und stößt seinen Dolch hinein.

Eigentlich müsste ich mich über den Fehlschlag freuen.

Das Blut in Elians Dolch ist längst nicht mehr da. Es wurde

aufgesogen und hat sich in Magie verwandelt, damit die Waffe unbesiegbar wird und noch vielen weiteren Sirenen das Leben nehmen kann. Ich wusste es von Anfang an, aber ich wollte Elian Hoffnung geben, denn genau das tun Lügner, wenn sie nicht überführt werden wollen. Ich musste alle im Glauben lassen, dass ich felsenfest überzeugt war. Warum sonst hätte ich so lange warten sollen, um ihnen von dem Blut zu erzählen?

Elian musste scheitern, damit ich Erfolg haben kann. Ich habe nur nicht damit gerechnet, dass ich mich dabei so schlecht fühlen würde.

Stunden sind vergangen, inzwischen ist es sicher längst Nacht. Elians Männer haben in einer Kammer ihr Lager aufgeschlagen – in diesem Palast sind sie Eindringlinge und Wächter zugleich. Sie werden nicht eher gehen, bis sie einen Weg gefunden haben, den Stein herauszuholen. Aber selbst wenn Elian nicht beschlossen hätte zu bleiben, würde Yukikos Zorn alle hier festhalten.

Nur zu, hatte sie drohend gesagt. *Kehrt um, wenn ihr es wagt, meinem Bruder vor die Augen zu treten, ohne ihm den versprochenen Ruhm zu bringen.*

Ich nehme mein kleines Schwert und betrachte das zweite Auge von Keto, das vom Wasser meiner Heimat umschlossen ist. Ich spüre den Ruf der Muschel auf meiner Haut, sie sehnt sich nach dem machtvollen Ozean, der sie einst hervorgebracht hat. Auch ich fühle den unwiderstehlichen Sog von Diávolos.

Ich packe das Schwert fester, dann schneide ich in meine Handfläche.

Ungerührt sehe ich zu, wie das Blut über meinen Arm rinnt. Ich verspüre weder einen stechenden Schmerz noch das beißende Gefühl von Kälte. Mein Blut ist warm und rot und sehr menschlich. Und dennoch.

Als der erste Tropfen auf das Wasser trifft, setzt er sofort etwas in Bewegung. Die Spitze der Säule stülpt sich nach innen und gibt eine Öffnung frei, die groß genug ist, dass ich hineinfassen kann. Ich nehme den Stein und atme tief aus. Er sieht plötzlich so winzig aus. Ich spüre, wie seine Kraft mich durchströmt. In dem Kristall steckt die Fähigkeit zur ungezügelten Grausamkeit. Sie brennt fast durch meine Hände.

»Also hat mich mein Gefühl doch nicht getäuscht.«

Den Kristall in der Hand, drehe ich mich um.

»Ich habe gleich gewusst, dass mit dir etwas nicht stimmt«, sagt Prinzessin Yukiko. Sie rümpft die Nase, als würde sie das Monster in mir riechen. »Du bist kein richtiger Mensch.«

Ich stecke das Schwert weg und erwidere leise: »Du weißt nicht, was du sagst.«

»Mag sein, aber ich sage es trotzdem. Du bist eine von ihnen, nicht wahr? Du bist eine Sirene.«

Ich schweige und das ist ihr Antwort genug. Sie verzieht ihre dünnen Lippen zu einem triumphierenden Lächeln. Auf ihrer Wange sind kleine Grübchen zu sehen.

»Wie hast du es geschafft, dich so zu tarnen?«, fragt sie. »Wie ist das möglich?«

Ich beiße die Zähne zusammen. Ich hasse es, wie sie mich ansieht. Als wäre ich ein Fisch an der Angel. Ein Fang, den man neugierig untersucht, und nicht eine Gegnerin, die man fürchten muss. Yukiko umkreist mich und bleibt auf der anderen Seite der Wassersäule stehen.

Ich werfe ihr einen vernichtenden Blick zu. »Es ist keine Tarnung, sondern die Strafe der Meereskönigin.«

»Und der Kristall soll die Wiedergutmachung sein?«, fragt sie, mehr fasziniert als ängstlich. »Was ist das für ein Verbrechen, das eine solche Strafe verdient?«

»Das Verbrechen fängt damit an, dass ich überhaupt geboren wurde«, antworte ich. »Die Meereskönigin duldet keine Konkurrentin neben sich.«

Plötzlich ist das Lächeln auf Yukikos Lippen wie weggewischt.

Etwas ganz anderes ist an seine Stelle getreten. Nicht mehr Bewunderung, sondern Entsetzen. Nicht Staunen, sondern Unsicherheit. Nicht Neugier, sondern Furcht.

»Du bist es«, sagt Yukiko. »Du bist der Fluch der Prinzen.«

Einen Augenblick lang wirkt sie unschlüssig, dann verändert sich ihr Gesichtsausdruck. Ein listiges Grinsen breitet sich auf ihren Lippen aus.

»Ausgerechnet du hast es nicht gewusst?«, fragt sie.

Nach einem viel zu langen Moment begreife ich, dass sie nicht mich meint.

Ich blicke über die Schulter. Am Eingang der Eishöhle steht Elian. Sein Gesicht ist ausdruckslos und sein Blick ruht auf dem Auge von Keto. Das Blut weicht mir aus dem Gesicht und mein Herz bleibt stehen. Alles scheint sich aufzulösen, sich zu verflüssigen, nur mein Atem stockt.

Ich vertraue dir.

Einen Augenblick gebe ich mich der kläglichen Hoffnung hin, dass Elian meine Worte nicht gehört hat. Aber als er mir in die Augen blickt, sehe ich, dass er alles weiß. Er hat die Teilchen zusammengesetzt, die ich so mühevoll zerstreut habe. Und als er nach seinem Schwert greift, ahne ich, dass die Nacht im Blut enden wird.

SECHSUNDDREISSIG

Der Fluch der Prinzen.

Vier Wörter, die alles beenden. Die Welt kommt zum Stillstand. Ich grabe in meinen Erinnerungen – nach einem Zeichen, einem Hinweis, einer Spur. Statt wie erhofft nichts zu finden, muss ich mir eingestehen, dass ich ein Narr bin.

Als wir Lira aus dem offenen Ozean fischten, war weit und breit kein anderes Schiff zu sehen. Und als sie wieder zu sich kam, umgab sie ein unerklärlicher Zauber, der erst durchbrochen wurde, als sie sich auf mich stürzte. Ich habe mit eigenen Ohren gehört, wie sie auf dem Deck meines Schiffes Psáriin sprach. Und dann, bei allen Göttern, war da auch noch diese Sirene. Was hat sie gesagt? *Parakaló.* Sie hat um ihr Leben gebettelt und ich habe mich nicht gefragt, warum, obwohl mich noch nie zuvor eine Sirene angefleht hat. Ja, sie hat um ihr Leben gebettelt. Aber sie wandte sich nicht an mich, sondern an eine der Ihren. An ihre Prinzessin.

»Ausgerechnet *du* hast es nicht gewusst?«, fragt Yukiko.

Ich antworte nicht.

Dass Lira Geheimnisse hat, war mir klar, aber so etwas hätte ich nicht vermutet. Nie wäre mir in den Sinn gekommen, dass sie skrupelloser tötet, als ich es je könnte. Dass sie Cristian und zahllose andere Prinzen ermordet hat. Dass sie wahrscheinlich auch mich umbringen wollte.

Ich greife an meine Brust und spüre die Narben unter meinem Hemd. Narben, wie sie auch Rycroft beim Kampf mit Lira davontrug. Es ist mir nie gelungen, den Fluch der Prinzen aufzuspüren, aber an jenem Tag in Midas hat er *mich* aufgespürt. Die Sirene hat zugelassen, dass mich eine Nixe unter Wasser zog, und gewartet, bis ich keine Kräfte mehr hatte, um dann ihre Klauen in meine Brust zu schlagen und mein Herz herauszureißen. Wenn die Palastwache nicht gekommen wäre, hätte sie mich getötet.

Lira hätte mich getötet.

Lira hätte mich getötet.

Ich ziehe mein Schwert und im selben Moment sieht Lira mich an. Zuerst weiß ich nicht, was ich eigentlich vorhabe, außer den Griff meiner Waffe zu umklammern, bis meine Knochen zerspringen. Aber als Lira sich nicht von der Stelle rührt, obwohl ich immer näher komme, flammt Wut in mir auf. Sie ist eine Verräterin und hat noch nicht einmal den Anstand zusammenzuzucken.

»Elian.«

Sie haucht meinen Namen und da verliere ich die Beherrschung.

»Ich bringe dich um«, stoße ich hervor.

Selbst als Mensch ist Lira unglaublich schnell. Sie ist geschickter und wendiger als die meisten anderen ungeübten Gegner. Auch wenn sie mit einer gewissen Nachlässigkeit kämpft, hat sie ein instinktives Gespür. Als ich sie mit dem Schwert angreife, weicht sie mit einer geschmeidigen Bewegung der Schulter aus. Sie ist erschrocken, gewinnt aber schnell die Fassung zurück und holt zum Gegenschlag aus. Ich blocke ihre Faust ab, bevor sie mein Gesicht trifft, und verdrehe Liras Handgelenk. Sie fletscht die Zähne, holt mit dem Fuß aus und tritt mit aller Kraft zu. Ich wirble zur Seite, ihr Fuß trifft nur meinen Oberschenkel. Ein wilder Schmerz durchzuckt mein Bein.

Mit einem Kopfnicken deute ich auf ihren Gürtel. »Dein Schwert.«

»Sorgst du dich etwa, weil ich unbewaffnet bin?«, fragt sie.

»Verwechsle Ehrgefühl nicht mit Sorge«, schleudere ich ihr wütend entgegen. »Wenn es sein muss, erledige ich dich auch so.«

Ich gehe erneut auf sie los, aber sie verdreht sich unglaublich gelenkig und kann mir ausweichen. Dann höre ich ein metallisches Geräusch. Mit elegantem Schwung hat Lira ihr Schwert gezogen, genau wie ich es ihr beigebracht habe.

Sie stößt ein Zischen aus und in diesem Moment erkenne ich das Ungeheuer in ihr.

Unsere Schwerter treffen klirrend aufeinander. Stahl gegen Stahl. Wie schon bei unseren Übungsstunden vertraut sie mehr auf brutale Kraft als auf kämpferisches Geschick. Aber ganz anders als bei unseren Duellen hält mich nun nichts mehr zurück.

Ich wehre Liras Schlag ab, packe grob ihr Handgelenk und drehe es nach links. Das Schwert entgleitet ihrem Griff. Mit einer raschen Drehung ziehe ich sie zu mir heran und drücke ihre Arme an ihren Körper. Mein Herz trommelt gegen ihren Rücken, während sie versucht, sich aus meiner Umklammerung zu winden. Ihre Haut ist kalt wie immer, trotzdem vermischt sich ihr Schweiß mit meinem.

»Bring sie um!«, stachelt Yukiko mich auf.

Ich schlucke und blicke hinunter auf das Schwert, das zwischen uns eingeklemmt ist. Um den tödlichen Stoß im richtigen Winkel zu führen, müsste ich Lira erst loslassen.

Der Gedanke, so nahe zu sein und zu spüren, wie alles Leben aus ihr weicht, ist unerträglich. Bei der Vorstellung wird mir übel.

Ich denke daran, wie wir uns geküsst haben, während die Sterne über uns ihre Geschichten erzählten. Eine ganze Galaxie hat zugesehen, wie Lira sich an mich schmiegte. Wie sie mich um einen Kuss bat und mich damit fast um den Verstand brachte.

Lira dreht ihre Wange zu mir und atmet sachte aus.

Dann reißt sie ihren Ellbogen hoch und rammt ihn gegen meinen Kiefer.

Ich lasse sie los. Mit einem Satz ist sie bei ihrem Schwert und holt es sich zurück. Ich drücke die Hand gegen meinen Mund und lache dumpf.

»Du wirst deinem Ruf wirklich gerecht«, murmle ich.

»Genug, Elian.« Lira hält ihr Schwert wie eine Barriere zwischen uns.

Ich spucke Blut auf den Boden. »Es ist erst genug, wenn du tot bist.«

Als ich mich erneut auf sie stürze, lasse ich nur noch den Gedanken an ihren treulosen Verrat zu. Zorn rauscht durch meine Adern, während ich einen Schlag nach dem anderen ausführe. Immer wieder lasse ich meine Klinge auf sie niedersausen. Nur das Klirren unserer Waffen ist zu hören. Die Zeit rast und bleibt zugleich stehen. Die Sekunden und Minuten ziehen sich endlos hin, bis Lira schließlich auf die Knie sinkt und der Kristall über den Boden rollt.

Lira greift nicht danach und auch ich achte nicht auf den Stein. Ich denke nur daran, wie lange sie noch ihr Schwert über den Kopf halten kann, um sich vor meinen Hieben zu schützen.

Sie erduldet jeden Schlag mit leerem Blick. Irgendwann fangen ihre Ellbogen an zu zittern und ihr Handgelenk knickt weg. Ihr Schwert fällt scheppernd auf den kalten Boden. Lira sackt aufs Eis und bleibt liegen. Sie bietet mir die Gelegenheit, auf die ich gewartet habe – zumindest dachte ich das bis jetzt.

Sie umfasst ihr Muschelhalsband. Es ist, als wollte sie mich verspotten, indem sie mir vor Augen führt, wie blind ich die ganze Zeit über gewesen bin. Ich hebe mein Schwert, spüre den schweren Stahl in meinen Händen. Der Moment, in dem ich für Cristian Rache nehmen kann, ist gekommen. Für ihn und die anderen Prinzen, die im Ozean gestorben sind, und für alle, die vielleicht noch sterben werden. Ich kann Lira töten und dem Morden ein Ende setzen.

Ich lasse mein Schwert sinken.

Lira holt tief Luft. Auf ihren Augenbrauen glitzert Schweiß. Der erschütterte Blick in ihren Augen geht mir durch und durch. Ich wünschte, ich hätte sie getötet. Ich wünschte, sie hätte mich getötet. Schweigend starren wir uns an. Dann schüttelt Lira den Kopf und fegt mit einem Tritt meine Beine unter mir weg.

Als ich neben ihr auf dem Boden lande, seufzt sie frustriert. »Wenn du das nächste Mal jemanden töten willst«, sagt sie, »dann zögere nicht so lange.«

»Das könnte ich genauso gut zu dir sagen.«

»Was tust du da?«, fragt Yukiko. Ich setze mich auf und blicke die pägesische Prinzessin an, die sich wütend vor mir aufgebaut hat. »Sie ist der Fluch der Prinzen.«

Yukiko sagt es, als müsste sie mich erst mit der Nase darauf stoßen. Als wäre der Grund, warum ich Lira verschone, Dummheit und nicht Menschlichkeit.

Ich stehe auf und streiche meine Kleidung glatt. »Ich weiß«, sage ich und sammle die beiden Schwerter auf.

»Sie ist gekommen, weil sie den Kristall will«, fährt Yukiko fort. »So wie wir auch.«

»Sie wird ihn nicht bekommen.«

Lira kauert immer noch auf dem Boden. Sie ist in den Anblick des Kristalls vertieft, der in Reichweite von ihr liegt. Sie hat einen merkwürdigen Ausdruck in den Augen, eher Resignation als Verlangen. Sie unternimmt nicht einmal einen Versuch, sich den Stein zurückzuholen, obwohl sie von Anfang an darauf aus war.

»Steh auf!«, sage ich.

Yukiko stellt sich mir in den Weg. »Das darfst du nicht«, sagt sie erbost. »Wenn deine Leute hier wären, statt nebenan wie Tote zu schlafen, würden sie dir dasselbe sagen.«

Ich drehe langsam den Kopf und blicke Yukiko an. »Du bist noch keine Königin«, sage ich. »Also hast du mir genauso wenig vorzuschreiben, was ich tun soll, wie meine Mannschaft.«

Ich wische das getrocknete Blut von meinem Mund. Schon oft habe ich Blut an mir gehabt, aber diesmal ist es mein eigenes. Beim letzten Mal war ich auf Rycrofts Schiff und es war Liras Blut.

Lira steht gehorsam auf und wartet darauf, was ich als Nächstes tue. Sie so zu sehen, erschüttert mich, obwohl ich das eigentlich nicht will. Wie ein treues Mitglied meiner Mannschaft wartet sie auf meinen Befehl. Bei ihrem Anblick zerbreche ich innerlich. Die Ketten, die mich zusammenhielten, reißen wie zerfaserte Taue.

»Geh dorthin zurück, wo du hergekommen bist«, sage ich zu ihr. »Und zwar sofort.«

Ich bücke mich, um den Kristall aufzuheben. Im fahlen Licht sehe ich Liras schwankenden Schatten, ihre unsicheren Bewegungen. Die Zeit fließt zäh wie Schlamm durch den Raum.

»Ich wünschte, das wäre das Ende«, sagt sie.

Es klingt nicht wie eine Drohung, sondern wie eine Warnung, falls das überhaupt einen Unterschied ausmacht. Wie eine Vorahnung der unausweichlichen Schlacht, die uns bevorsteht. Statt etwas zu erwidern, warte ich, bis Liras Schritte verhallt sind. Erst, als ich sicher bin, dass sie weg ist, erhebe ich mich.

»Du darfst sie nicht am Leben lassen«, fährt Yukiko mich an.

»Sie hat noch genug Zeit, um zu sterben.« Ich umschließe den Kristall in meiner Hand. »An der Seite ihrer Mutter.«

Yukiko starrt mich fassungslos an. »Ich habe dich gewarnt«, sagt sie. »Liebe ist nichts für Könige. Wenn wir erst einmal verheiratet sind, wirst du das begreifen.«

»Spar dir das Gerede über unsere Heirat«, erwidere ich. »Sie wird nicht stattfinden.«

Yukiko erwidert meinen harten Blick mit noch mehr Härte. »Ein Prinz, der sein Wort bricht? Das ist ja ganz neu.«

»Ich habe doch gesagt, dass ich dir einen anderen Vorschlag mache.« Ungeduld schleicht sich in meine Stimme. »Ich könnte mir Schöneres vorstellen, als König von Midas zu sein, aber dich als Königin an meiner Seite zu haben, ist das Letzte, was ich will.«

»Was für ein Angebot soll das sein?«

Ich beiße die Zähne zusammen. Yukiko will mir eine Reaktion entlocken, aber Lira hat alle meine Gefühle aufgebraucht. »Ich nehme an, du hast von Königin Galinas Bedrängnis gehört?«

»Ja. Mein Bruder hat mich ins Vertrauen gezogen, als er den Thron bestieg.«

»Kardiá gewinnt durch den Handel mit anderen Königreichen immer mehr an Macht. Seine Königin ist im Norden äußerst beliebt. Galina hat dem nichts entgegenzusetzen. Sie kann ihrem Volk nicht nahe sein, denn mit einer einzigen Berührung macht sie die Menschen willenlos. Das Königreich Eidýllio leidet, weil Galina keinen zweiten Ehemann genommen hat, der mit ihr zusammen das Land regiert.«

»Was geht das mich an?«, fragt Yukiko mit vorgetäuschter Gleichgültigkeit.

»Galina hat nie etwas davon gesagt, dass sie keine *Ehefrau* nehmen würde.«

»Du willst, dass ich Königin von Eidýllio werde?« Yukiko lacht ungläubig auf.

»Die zweite Königin«, korrigiere ich sie.

»Und wieso sollte Galina auf diesen Vorschlag eingehen?«

»Bei Frauen ist ihre Magie wirkungslos. Du könntest an Galinas Stelle mit anderen Königreichen Bündnisse schmieden, Würdenträger und Diplomaten treffen. Du könntest mit den Menschen sprechen und sie in ihrer Treue zum Königshaus bestärken. All das, was Galina nicht kann.«

»Und was ist mit Thronerben?«, fragt Yukiko.

»Galina legt keinen Wert darauf, ihren Fluch an eine nächste Generation weiterzugeben.«

»Wie ich sehe, hast du alles genau durchdacht«, sagt Yukiko gurrend. »Hast du auch schon mit der Königin gesprochen?«

»Galina ist der Ansicht, dass diese Lösung allen zugutekommt, besonders da sie auf diese Weise nicht nur mit Págos, sondern auch mit Efévresi Bande knüpfen kann. Zudem stünde Midas in ihrer Schuld.«

»Und wenn ich mich weigere?«

Ich spanne den Kiefer an. »Entweder du heiratest eine mächtige Königin und regierst an ihrer Seite oder du versauerst in Midas mit einem König, der jedem deiner Schritte misstraut.« Ich lasse den Kristall in die Tasche zu meinem Kompass gleiten. »Wer weiß, ob ich den heutigen Tag überhaupt überlebe? Willst du wirklich mit einem Prinzen verlobt sein, der dem Tode geweiht ist?«

Yukiko sieht mich forschend an. Wie gut mein Vorschlag ist, spielt keine Rolle. Es geht ihr nur darum, zu gewinnen. Sie will nicht zu schnell nachgeben – ihr ist wichtiger, nicht das Gesicht zu verlieren, als ein Königreich zu gewinnen, und sei es auch noch so machtvoll.

»Ich habe eine Bedingung«, sagt sie.

»Natürlich hast du das.«

»Wenn die Zeit gekommen ist, soll der Fluch der Prinzen von deiner Hand sterben.«

Meine Fingerknöchel drücken gegen den Kompass, als ich meine Hand in der Tasche zur Faust balle. Das sieht Yukiko ähnlich. Als Besitzerin der Goldenen Gans war sie genauso skrupellos wie ihre Gäste und als Prinzessin stellt sie Forderungen, bei denen das Schicksal der ganzen Menschheit auf dem Spiel steht.

Ich blinzle, um das Bild von Liras schwankendem Schatten zu vertreiben. Ich versuche, nicht an den Ausdruck in ihren Augen denken, als ihr klar wurde, dass ich die Wahrheit über sie kenne. Ich verdränge die Erinnerung daran, wie sie mich auf Rycrofts Schiff aus der Schusslinie gestoßen hat und wie sie auf der Felsenklippe einen Kuss von mir wollte. Stattdessen rufe ich mir ins Gedächtnis, dass Lügen ihre größte Stärke sind.

»Ich kann dir versichern«, antworte ich mit unbewegter Miene, »dass ich nicht einmal mit der Wimper zucken werde, wenn ich Lira das nächste Mal gegenüberstehe.«

Ich spüre, wie der Kompass in meiner Tasche zum Leben erwacht und der Zeiger sich langsam bewegt.

SIEBENUNDDREISSIG

Ich laufe schneller, als ich es je für möglich gehalten hätte. Ich hetze durch die Irrgänge des Eispalasts, in dem Elians Mannschaft noch immer tief und fest schläft. Ich renne, bis ich das Gefühl habe zu schweben, statt zu laufen. Ich fliege. Ich schwimme durch das Labyrinth wie durch den Ozean. Ich renne und renne, bis ich das Wasser rieche und Licht am Ende des Pfads aufscheint.

Elian hat mich am Leben gelassen, aber angesichts der bevorstehenden Schlacht ist das nur ein unbedeutender Akt der Gnade. Hat er es nur getan, weil er wusste, dass es keinen Unterschied machen würde? Wollte er, dass ich zuerst meine Mutter sterben sehe? Ich möchte mir nicht einreden, dass mehr dahinterstecken könnte, trotzdem kann ich den Gedanken nicht abschütteln. Ich werde bis zuletzt hoffen, dass mein Verrat die Brücke zwischen uns nicht völlig eingerissen hat.

Als er sein Schwert sinken ließ, hatte er so niedergeschlagen ausgesehen, dass ich in keiner Sprache die richtigen Worte finden könnte, um es zu beschreiben. Er muss meinen Tod wollen, alles andere ist eigentlich undenkbar, und doch wünsche ich mir, dass es nicht so ist. Ich wünsche es mir so sehr, wie ich noch nie etwas in meinem grausamen Leben gewünscht habe. Immerhin hat er mich geküsst. Er hat meine Wange zart berührt und seine Lippen leidenschaftlich auf meine gedrückt und in mir ein Feuer entfacht, dem keine Schneeflocke und kein Eiskristall auf meiner Haut entkommen konnten.

So etwas lässt sich weder vergessen noch ungeschehen machen.

Ich lasse den Eispalast hinter mir und steige in eines der kleinen Ruderboote. Atemlos erreiche ich wenig später das andere Ufer des großen Grabens. Ich umklammere die Muschel. Die breiten Rillen graben sich in meine Handfläche, während ich dastehe und um eine Entscheidung ringe. Elian glaubt, dass er mit dem Kristall von Keto meine Mutter und alle Sirenen des Ozeans töten kann. Er wird sein Leben riskieren, nicht ahnend, dass diese Waffe in seinen Händen nutzlos ist.

Mein Blut hat den Kristall benetzt und von nun an wird er keinem anderen Herrn gehorchen.

Die Meereskönigin hat mir viel über das Auge von Keto erzählt, aber eines hat sich in mein Gedächtnis eingebrannt: Wer auch immer den Kristall befreit, wird ihn auch beherrschen. Ich habe Elian nicht angelogen, als ich ihm erklärte, dass der Stein Blut verlangt. Ich habe ihm nur verschwiegen, dass es nicht unbedingt das Blut einer Sirene sein muss. Hätte Elian sich über dem Wasser in die Hand geschnitten, hätte *er* nun die Macht über das zweite Auge von Keto. Der Kristall hätte ihm die gleichen Kräfte verliehen, die der Stein im Dreizack meiner Mutter hat. Auf diese Weise wollten die ersten Familien einst sicherstellen, dass die Menschen als ebenbürtige Gegner in eine Schlacht gegen die Meereskönigin ziehen.

Ich werfe die Muschel ins Wasser, wie ich es schon in Eidýllio getan habe, nur dass ich diesmal das Bild meiner Mutter heraufbeschwöre. Ich rufe sie in Gedanken. Meine Stimme ist so laut, dass sie den Berg durchdringt und über die Meere hinwegschallt.

Zuerst bin ich mir nicht sicher, ob es klappt, doch dann beginnt das Wasser zu brodeln und die Eisschollen im Graben schmelzen.

Es knistert und zischt und es dauert nicht lange, bis eine Fontäne aus dem Wasser schießt. Dunkelheit fließt wie Schatten ins Licht. Ich höre ein vertrautes Summen und dann ein unverwechselbares Lachen.

Aus der Tiefe des Wassers steigt meine Mutter auf.

Sie ist immer noch wunderschön, so wie alle Sirenenköniginnen, und zugleich auf einzigartige Weise schrecklich. Ihre Augen bohren sich in meine. Sie streichelt den Dreizack wie ein Schoßtier. Sie verfügt über die geballte Macht, den Ozean und all seine Bewohner ihrem Willen zu unterwerfen.

Aus irgendeinem Grund kommt sie mir plötzlich fremd vor.

Als die Meereskönigin lächelt, glänzen ihre Zähne von frischem Blut. »Hast du etwas zu sagen?«, fragt sie.

Ich blicke zurück zum Palast und rechne beinahe damit, dass Elian herbeigeeilt kommt. Aber am Tor erscheint niemand und das Wasser liegt still da. Die Meereskönigin wartet.

»Weißt du, wo wir sind?«

Sie schlingt ihre Spinnwebfinger um den Dreizack und sieht sich unbeeindruckt um. Ihre harten Augen lassen kaum eine Regung erkennen, als sie antwortet: »Auf dem Wolkenberg.«

Mein Atem steigt rasselnd zwischen uns auf. »Hier an diesem See war das zweite Auge von Keto verborgen. Ich bin dem Prinzen gefolgt, dessen Herz ich für dich rauben sollte. Er hat mich zu dem Schatz geführt, den du schon so lange suchst. Ich habe etwas geschafft, was dir nie gelungen ist. Ich habe diesen Ort entdeckt. Hättest du den Stein mit all der Macht deines verfluchten Dreizacks nicht selbst aufspüren können?«

Erst als sie blinzelt, merke ich, dass ich sie laut anschreie.

Mit einem Mal sind alle Erklärungen und Entschuldigungen, die ich mir zurechtgelegt habe, nicht mehr wichtig. In meinem Kopf hat nur eines Platz: das überwältigende Gefühl, dass ich im

Recht bin. Als das Wasser sich teilte und meine Mutter erschien, kam sie mir irgendwie seltsam vor. Sie hat sich verändert, während ich weg war. Ich konnte nur nicht sofort sagen, woran es lag. Jetzt wird mir klar: Sie kommt mir nicht nur fremd vor, sie ist tatsächlich eine Fremde für mich geworden.

Unter meinen Füßen bilden sich Risse im Boden, als die Meereskönigin in lautes Lachen ausbricht. Sie lehnt sich zurück und sofort türmt sich das Wasser zu einem Thron für sie auf.

»Du bist immer noch ein dummes Kind«, sagt sie tadelnd. »Denkst du, ich kann jeden Schluck spüren, den ein Mensch aus einem Becher trinkt? Denkst du, dieses Wasser gehört zu unserer Welt, nur weil es auf die gleiche Weise fließt?«

»Tut es das nicht?«, frage ich und gehe erst gar nicht auf ihre Beleidigung ein.

Die Meereskönigin nagt mit ihrem Fangzahn an ihrer Lippe. »All das ist eine große Täuschung«, sagt sie. »Dieser Berg, dieser Graben – sie gehören nicht uns, sondern ihnen. Hier haben die Königreiche der Menschen ihren Ursprung genommen und sich wie eine Seuche ausgebreitet. Dieser Ort ist von Menschen gemacht und zugleich durch Magie erschaffen. Unsere Göttin ist in diesen Gewässern nicht gegenwärtig. Nur weil du mich mit der Muschel herbeigerufen hast, konnte ich hier auftauchen. Ich wusste nicht einmal, dass man diesen Ort erreichen kann.«

»Jetzt weißt du es.«

»Wenn du mir das Auge gibst, werde ich all das niederreißen und in die Tiefe von Diávolos ziehen.«

Ich lächle matt. »Was für ein hübscher Plan«, sage ich. »Aber leider habe ich etwas anderes vor.«

Die Meereskönigin öffnet die Hand, ihre knochigen Finger strecken sich aus wie scharfe Messer. »Tochter«, befiehlt sie. »Gib mir das zweite Auge von Keto, bevor meine Geduld aufgebraucht ist.«

»Das ist leider nicht möglich, denn ich habe es nicht.«

Das sonst so makellose Gesicht der Königin verzerrt sich. Ihre geschwungenen Augenbrauen zucken und ihre Lippen pressen sich aufeinander. Sie legt den Kopf zur Seite und mustert mich, wie ich entschlossen vor ihr stehe. Sie versucht, meine unerwartete Wandlung einzuschätzen. Für sie war ich immer nur das störrische Kind, aber jetzt erkennt sie die List in meinem Blick.

Langsam beugt die Meereskönigin sich vor. Ihre Augen blitzen im Licht. »Wo ist es?«

Ich beschwöre in mir das herauf, was ich von Elian gelernt habe. Den Wagemut, der auf einem Talent fürs Überleben beruht und auf dem unerschütterlichen Glauben daran, dass man das Glück auf seiner Seite hat. Dieses eine Mal möchte ich etwas Wahrhaftiges von meiner Mutter sehen. Eine Reaktion, die nicht geplant und berechnet ist.

»Der Prinz hat das Auge«, antworte ich ihr. »Ich habe es gegen mein Leben eingetauscht.«

Ich spüre ein Beben, noch bevor ich das Blut bemerke. Als ich Luft holen will, schießt es aus meiner Nase und sammelt sich in meinem Mund.

»Unverschämtes Ding!«, kreischt die Meereskönigin.

Ihre Fangarme schlagen auf das Wasser und peitschen durch die Luft. Ich spüre ihren heißen Zorn, als sie einen Tentakel um meinen Hals schlingt und zudrückt.

»Glaubst du, dein Leben ist mehr wert als das Auge?«

Sie schnellt vor und schlitzt mit ihren scharfen Klauen meine Handgelenke auf. Ich versuche, mich zu befreien, aber ihr Griff ist eisern. Je mehr ich mich wehre, desto fester drückt sie zu. Bald werden meine Knochen brechen.

Sie zerrt mich zum Eispalast. Meine Füße schleifen durch den Schnee und meine Gelenke knacken bei jedem Ruck. Unter Aufbietung aller Kräfte behalte ich mein Lächeln bei, obwohl meine Kehle wie Feuer brennt. Ich lasse alles über mich ergehen und warte, bis sie innehält und mich zu Boden wirft.

Ich denke nicht daran, ihr zu sagen, dass ich das Auge befreit habe und dass seine Macht mir gehören wird, sobald ich es wieder in den Händen halte. Wenn meine Mutter das wüsste, wäre Elians Leben nicht mehr sicher. Im Moment sieht die Meereskönigin ihn als Bedrohung und das soll so bleiben.

Ablenkung, hat Elian gesagt. Er wäre stolz darauf, wie schnell ich von ihm gelernt habe.

Die Meereskönigin sieht mich an, als wäre ich eine besonders abscheuliche Krankheit. »Glaubst du allen Ernstes, dein Leben ist etwas wert?«

»Vielleicht nicht für dich.« Ich lege den Kopf zur Seite und spucke aus. »Aber vielleicht für ihn.«

»Ich wusste, dass du schwach bist«, sagt sie. »Mir war nur nicht klar, *wie* schwach. Das Königreich von Keto hat eine Erbin, die ich erst zur Grausamkeit zwingen musste. Die einen jungen Prinzen lieber ertrinken ließ, als ihm das Herz bei lebendigem Leib herauszureißen. Die geweint hat, als sie meine Schwester ermordete.«

Bei der Erwähnung von Crestell sauge ich scharf die Luft ein. Die Meereskönigin sieht mich an, als wäre ich nicht ihre Tochter, sondern ein bedauernswertes Geschöpf, mit dem sie nicht mehr verbindet als mit jeder anderen Kreatur ihres Reichs. Sie ist das genaue Gegenteil ihrer Schwester. Wie anders hat Crestell Kahlia angesehen, als sie sich für sie opferte.

»Ich dachte eigentlich, ich hätte es dir ausgetrieben«, sagt die Meereskönigin. »Doch es steckt noch so viel davon in dir. Die Menschlichkeit hat sich wie eine Seuche in dir ausgebreitet, lange bevor ich dir deine Flossen genommen habe.«

»Ich nehme das als Kompliment«, sage ich. »Du wolltest mir eine Lektion erteilen und das ist dir gelungen. Ich weiß jetzt, dass der Prinz nicht mein Feind ist. Man könnte sagen, er ist eine bessere Version von mir.« Ich blicke in ihre versteinerten Augen. »In einem anderen Leben, in dem ich selbst hätte bestimmen können, wie ich sein will, wäre ich vielleicht wie er.«

»Genug!«, herrscht sie mich an. »Du wirst mir geben, was mir zusteht, und dann werde ich dich töten.«

»Nein«, widerspreche ich ihr. »Ich werde mir zuerst nehmen, was *mir* zusteht.«

Ihre Antwort ist ein höhnisches Lachen. »Du willst meine Krone?«

»Es ist *meine* Krone.«

Ihre Fangzähne blitzen auf. »Denkst du wirklich, du könntest mich töten, Lira?«, fragt sie. »Mich, die ich dich zur Welt gebracht habe?«

Aus ihren Worten spricht keine Angst, sondern lediglich Neugier, gepaart mit Spott und Unglauben.

»Wenn wir im Ozean wären, stünde dir eine Armee zur Verfügung. Aber wir sind auf dem Wolkenberg – weiter weg von zu Hause könnten wir nicht sein. Hier sind Elian und seine Mannschaft im Vorteil und du bist schon jetzt verfaulendes Fleisch.«

»Elian?« Sie spuckt seinen Namen aus wie bittere Galle. »Du und dein abscheulicher Menschenprinz! Ihr glaubt wohl, ich bräuchte den Ozean für mein Heer? Wo auch immer ich hingehe, folgen meine Streitkräfte mir nach. Wenn du den Krieg zu einem Ende führen willst, werde ich dir diesen Gefallen tun. Als Mutter kann ich meiner Tochter keinen Wunsch abschlagen.«

Sie stößt ihren Dreizack tief ins Wasser und lässt mich dabei keine Sekunde aus den Augen. Schwärze tropft wie Tränen aus den Spitzen des Dreizacks. Die Kleckse formen sich zu kleinen, dunklen Scheiben, die über der Wasseroberfläche schweben. Es sind Portale nach Diávolos. Tore, die sich überall dort öffnen, wo die Meereskönigin es wünscht.

Eine Hand streckt sich aus einer der Öffnungen. Dann noch eine. Ein weiteres Dutzend folgt. Dunkle Magie lässt das Wasser erbeben. Der Bergsee rumort, während eine Sirene nach der anderen darin erscheint. Überall sind Klauen und Zähne und Flossen und kalte, kalte Augen.

Aber da ist etwas, das mich noch mehr erschüttert.

Ich spüre die Macht des Kristalls, noch ehe ich Elian mit seiner Mannschaft aus dem Palast kommen sehe. Er lässt den Blick über die Armee von Sirenen schweifen. In seinem Gesicht lese ich Bewunderung und Entsetzen zugleich. Ich hole tief Luft. Der Wind trägt seinen Geruch zu mir, den vertrauten Duft von Küste und Meer, und er trifft mich dort, wo schon alles blank liegt.

Elian scheint es zu spüren, denn er sucht meinen Blick. Er ist erschöpft, aber bereit für den Krieg. Wie immer stellt er sich unerschrocken dem, was ihn erwartet, selbst wenn es der Tod ist. Als er mich ansieht, blitzt ein merkwürdiger Ausdruck in seinen Augen auf. Ist es Unsicherheit? Erleichterung? Es sind so widerstreitende Gefühle, dass ich nur ratlos die Stirn runzeln kann. Was auch immer es ist, es verfliegt viel zu schnell, als dass ich es entziffern könnte.

Ich öffne den Mund, um ihm eine Warnung zuzurufen – damit er wegläuft oder sich versteckt, obwohl ich weiß, dass er weder das eine noch das andere tun wird –, doch dann kneift er die Augen zusammen und seine Züge werden hart. Ich brauche mich nicht umzudrehen, um zu wissen, dass die Meereskönigin in seinem Blickfeld aufgetaucht ist. Mein Herz springt fast aus meiner Brust. Hier an diesem Ort treffen sie zum ersten Mal aufeinander.

Meine Mutter beugt sich zu mir herab, ihre Tentakel streifen meine Hand. Ihre Lippen sind wie Glassplitter, als sie ganz nah an mein Ohr kommt: »Törichtes Mädchen«, raunt sie, und dann – als wäre es die schlimmste Beleidigung, die sie ausstoßen könnte –: »Törichtes Menschenmädchen.«

ACHTUNDDREISSIG

Das Wasser ist schwarz von Sirenen und auch die Welt verfinstert sich.

Mit ihrer dämonischen Gegenwart bringen sie Dunkelheit über den Berg. Die Sonne kämpft sich mühsam nach oben und hinterlässt Striemen am Himmel. Die Luft ist von einem teuflischen Zischen und Kreischen erfüllt, als die Sirenen verführerisch lächelnd aus den Fluten emporsteigen. Ich kann nur dastehen und gebannt zusehen. Sie sind so wunderschöne Geschöpfe. Bezaubernde, tödliche Wesen. Selbst als sie ihre Fangzähne blecken und sich mit den Klauen durch ihr fließendes Haar fahren, kann ich den Blick nicht abwenden.

Alles an ihnen ist schrecklich, aber nichts an ihnen ist scheußlich.

»Bei den Göttern!«, stößt Kye benommen hervor. »Sie sind überall.«

»Das ist ja nicht zu übersehen«, sagt Madrid und legt die Armbrust an. »Was sollen wir tun, Cap?«

»Zeigt euer bestes Benehmen«, sage ich.

Sie lässt die Armbrust sinken und sieht mich stirnrunzelnd an. »Was?«

Ich deute mit einem Kopfnicken auf den Mittelpunkt des Aufruhrs. »Wir haben königlichen Besuch.«

Wie eine Erscheinung ist die Meereskönigin mit ihren mitternachtsblauen Tentakeln vor uns aufgetaucht, an ihrer Seite die treu ergebene Tochter. Sie sind ein Furcht einflößendes Gespann. Sogar in ihrer Menschengestalt sieht Lira neben ihrer Mutter plötzlich so bedrohlich aus, als könnten sie zusammen jeden Lichtstrahl auslöschen.

Die Meereskönigin gleitet durchs Wasser und Lira folgt ihr am Ufer entlang. Als sie vor mir steht, sehe ich, dass ihre Augen die gleiche Farbe angenommen haben wie ihre Lippen.

»Sirenenmörder«, begrüßt mich die Meereskönigin.

Obwohl es nur ein einziges Wort ist und noch dazu in meiner eigenen Sprache, klingt es anders als alles, was ich je gehört habe: verdorben und hasserfüllt, verführerisch und abstoßend zugleich. Allein schon ihre Stimme ruft eine gefährliche Melancholie in mir hervor. Es ist, als lauschte ich Totenliedern.

»Eure Majestät.« Ich verbeuge mich, allerdings nur so tief, dass ich sie gerade noch im Blick behalten kann.

»Lira.« Madrid schüttelt den Kopf. Sie fühlt sich hintergangen. »Sag, dass das nicht wahr ist. Du bist doch eine von uns!«

Das Lachen der Meereskönigin gluckert wie Wasser. »Du wirst bald erfahren, dass meine Tochter keine Treue kennt.« Sie richtet ihren Blick auf Lira. »Sie ist eine Verräterin.«

»Ich wusste es«, stößt Kye hervor, aber in seiner Stimme liegt keine Genugtuung. »Ich wusste, dass man dir nicht trauen kann, und trotzdem habe ich dir vertraut. Hast du uns die ganze Zeit getäuscht?«

Es ist eine echte Frage. Obwohl er Lira gegenüber immer misstrauisch war, scheint er es nicht glauben zu wollen, bevor er es aus ihrem eigenen Mund hört. Aber sie verweigert ihm eine Antwort. Ich bin nicht sicher, ob sie sich einfach nicht die Mühe machen will oder ob es so viel zu sagen gäbe, dass sie gar nicht weiß, wo sie anfangen soll. Sie blickt weder ihn noch die anderen noch mich an. Ihre Aufmerksamkeit gilt allein ihrer Mutter. Keine Sekunde lang nimmt sie den Blick von ihr. Sobald die Meereskönigin sich auch nur bewegt, spannt Lira ihre Schultern an.

»Du hast etwas, das mir gehört«, sagt die Meereskönigin.

Der Kristall in meiner Tasche pulsiert. »Keine Sorge, ich werde ihn zurückgeben.«

Die Meereskönigin neigt den Kopf und breitet ihre Arme aus. »Dann lasst uns beginnen«, sagt sie.

Ich stürme los.

Mit einer eleganten Bewegung gleitet die Meereskönigin zur Seite und gibt den Blick auf ihre Armee frei. Überall tauchen Sirenen auf. Sie quellen aus dem Wasser hervor und stürzen sich auf meine Männer, graben kreischend ihre Klauen und Zähne in jeden, den sie zu fassen kriegen.

Lira scheint sich davonstehlen zu wollen, doch einige meiner Leute verfolgen sie. Ich versuche, sie im Blick zu behalten, aber im Getümmel von Schwertern und Leibern verliere ich sie rasch aus den Augen.

Die Königin hingegen ist nicht zu übersehen. Sie verharrt in der Mitte des Grabens auf einer dünnen Eisscholle, die wie eine kleine Insel auf dem Wasser treibt. Solange ich den Kristall von Keto habe, überlässt sie das schmutzige Handwerk lieber ihren Sirenen und sieht aus sicherer Entfernung zu, wie ihre Untertanen sich für sie opfern.

Wenn ich nahe genug an sie herankäme, könnte ich sie mithilfe des Kristalls in die Hölle zurückschicken, aus der sie emporgestiegen ist.

Ich kämpfe mich durch die angreifenden Sirenen. Meine Mannschaft ist mir dicht auf den Fersen. Wir hauen mit unseren Schwertern drauflos und versuchen, nicht mit der schäumenden Säure ihres Bluts in Berührung zu kommen. Plötzlich schreit Kye auf. Als ich mich umdrehe, sehe ich, wie er zu Boden stürzt und eine Sirene über ihm zusammenbricht. Madrid stößt sie mit dem Fuß weg, bevor ihr Blut Schaden anrichten kann, und zerrt Kye wieder auf die Beine.

»Du musst zu ihr«, ruft Yukiko. Sie deutet mit ihrem Schwert auf die Königin. »Wir halten die anderen in Schach.«

In diesem Augenblick ist sie die vollkommene Verkörperung einer pägesischen Prinzessin, jenseits aller Eifersucht und Machtgier. Sie ist eine Kriegerin durch und durch, wie ihre Brüder und auch schon ihre Vorfahren. Sie schwingt ihr Schwert und wirbelt es so kraftvoll durch die Luft, als wollte sie einen Sturm heraufbeschwören. Sie ist entschlossen zu töten.

»Geh schon!«, brüllt Kye.

Er drängt mich weiter und Madrid gibt uns Deckung. Scharfe Pistolenschüsse und laute Schreie lassen den Berg erbeben. Mit jedem Schritt, den wir vorankommen, wird wieder einer meiner Männer in einen Kampf verwickelt. Die Sirenen sind überall. Sie schnellen aus dem Wasser und gleiten wie Schlangen über den Boden. Ich springe über so viele Leiber hinweg, dass meine Stiefel von Eis und Tod durchweicht sind. Doch dann setzt ein dämonischer Chor ein, der mich erstarren lässt.

Eine Gruppe von sechs Sirenen schießt aus dem Wasser hervor. Ihre Klauen glänzen wie Dolche. Sie biegen ihre Flossenschwänze, krümmen ihre Krallen und springen katzengleich ans Ufer.

»Pass auf!«, ruft Kye Madrid zu.

»Ich weiß«, knurrt sie und lässt einen Pfeilhagel auf die Sirenen niederprasseln. »Ich bin ja nicht blind.«

Die Sirenen, die auch an Land unerwartet wendig sind, weichen den Geschossen aus. Als sich die Kiemen zwischen ihren Rippen öffnen, sieht man das rohe Fleisch.

»Ach ja?«, fragt Kye spöttisch. Madrid versetzt ihm einen Stoß mit dem Ellenbogen, bevor sie die Armbrust fallen lässt und zum Schwert greift.

Wir kämpfen so unerbittlich wie nie zuvor.

Sobald sich mir eine Sirene in den Weg stellt, ziele ich immer sofort auf die Kehle, damit sie gar nicht erst den Mund aufmachen kann, um zu singen. Die Fetzen verführerischer Lieder vermischen sich mit Schreien um Gnade. Aber es herrscht so viel Lärm, dass ihr Gesang nur eine leichte Benommenheit hervorruft. Inmitten all des Tosens und Sterbens können die Lieder nicht ihre volle Wirkung entfalten. Trotzdem will ich kein Risiko eingehen.

Ich stoße mit dem Schwert zu und durchtrenne eine Halsader. Und dann noch eine. Wie Häupter der Hydra tauchen immer wieder neue

Sirenen auf. Jedes Mal, wenn eine zu Boden sinkt, erscheint an ihrer Stelle eine neue.

Eine von ihnen geht auf Kye los und gräbt ihre Klauen in sein Bein. Ihre Finger bohren sich so tief in seine Haut, dass ich schon meine, ihre Hand in seinem Fleisch verschwinden zu sehen. Aber dann hält er ihr seine Pistole an die Schläfe und drückt ab. Als sie leblos zusammensinkt, reißt Kye sein Bein aus ihrem Krallengriff.

»Lauf weiter!«, ruft Madrid mir zu. Sie legt Kyes Arm um ihre Schulter und stößt mit der anderen Hand ihr Schwert in den Rachen einer Sirene. »Kümmere du dich um die Königin!«

Ich will losspurten, aber schon nach wenigen Schritten stürzt sich eine Sirene auf mich. Mit einem Hechtsprung setze ich über sie hinweg und rolle mich ab. Ich springe auf und ersteche sie. Sirenenblut spritzt auf meinen Ärmel und frisst sich zischend in meine Haut. Ich reiße den Stoff auf und drücke eine Handvoll Schnee auf die Stelle, bevor ich weiterrenne.

Von allen Seiten sind Pistolenschüsse zu hören, es knallt wie bei einem Feuerwerk. Tote Sirenen treiben im Wasser. Ich höre Kampfesrufe und Todesschreie. Meine Leute sterben, Sirenen sterben, und ich könnte nicht einmal sagen, wer welche Schreie ausstößt.

Außer Atem erreiche ich schließlich die Uferstelle, an der ich auf gleicher Höhe mit der Meereskönigin bin. Allerdings komme ich erst gar nicht in ihre Nähe, denn sofort fällt mich etwas Wildes an und reißt mich von den Beinen. Meine Wange schrammt über den Boden.

Diesmal habe ich keine Sirene vor mir, sondern eine ganz andere Kreatur.

Sie gleitet ins Wasser zurück und entblößt dabei die spitzen Zähne eines Hais. Bei dem Anblick dreht sich mir fast der Magen um. Aber als sie wieder zum Angriff ansetzt, bin ich bereit. Ich werde zu einem Wirbelsturm aus Stahl und Zorn und stoße mein Schwert immer wieder in das feste Fleisch, die vernarbte Brust, den von Furchen durchzogenen Bauch. Aber das Monster lässt nicht von mir ab, egal wie sehr es auch blutet.

Es stößt ein ohrenbetäubendes Brüllen aus. Seine mit Schwimmhäuten verwebten Finger schließen sich um meine Kehle. Ich lasse mein Schwert sinken. Spitze Krallen bohren sich in meinen Hals und ich werde von einem muskulösen Arm in die Höhe gerissen. Nach Luft schnappend trete ich um mich und taste wie blind nach meinem Dolch. Als ich ihn schließlich zu fassen bekomme, verliere ich keine Zeit.

Ich ramme den Dolch von unten durch das Kinn des Monsters, bis er auf Knochen trifft. Eine ungeheure Kraft fließt in den Stahl. Mein nach Blut dürstender Dolch nimmt animalische Stärke und reinen Instinkt in sich auf – und ich mit ihm. Das Monster sackt zu meinen Füßen zusammen.

Die Meereskönigin bläht die Nasenflügel und faucht: »Tha pethánete.«

»Tut mir leid«, sage ich krächzend und reibe meine schmerzende Kehle. »Die Sprache von Meereshuren spreche ich nicht.«

Um sie herum brodelt das Wasser vor Zorn. »Glaubst du, meine Tochter wird um dich weinen, wenn du stirbst?«, fragt sie mich.

Ich packe meinen Dolch fester. »Töte mich, dann findest du es heraus.«

NEUNUNDDREISSIG

Ich kicke mein Schwert mit der Fußspitze hoch und fange es auf. Mit einer Klinge in jeder Hand trete ich der Meereskönigin entgegen.

»Typisch Mensch«, zischt sie. »Ihr vertraut ganz auf eure Waffen, um zu töten.«

Mit einer lässigen Handbewegung schleudert sie mir eine Welle entgegen. Ich versuche auszuweichen, aber die Ausläufer erfassen meinen Knöchel und wirbeln mich hoch. Ich lande schlitternd wieder auf dem Boden. Die beißende Kälte des Eises brennt sich durch den Stoff in mein Bein.

Die Meereskönigin betrachtet mich mit boshafter Genugtuung. Dann hebt sie erneut die Hand. Ich wappne mich für die nächste Welle, doch sie bleibt aus. Stattdessen rollt eine Wasserwand auf ein halbes Dutzend meiner Männer zu und spült sie in die Fänge der lauernden Sirenen.

Wutentbrannt stoße ich mit dem Schwert zu, aber es prallt an der glasharten Haut der Meereskönigin ab.

»Du Narr«, zischt sie. »Ilthía anóitos.«

»Du hast schon längst verloren«, sage ich und stehe wieder auf. »Ich habe den Kristall von Keto. Lira konnte ihn mir nicht wegnehmen.«

Aber noch während ich die Worte ausspreche, beschleichen mich Zweifel. Denn der Kristall, der zuvor noch pulsierte, liegt jetzt wie ein toter Stein in meiner Tasche.

Als ich das Auge von Keto hervorziehe und es hochhalte, erschrickt die Meereskönigin.

»Wenn das hier vorbei ist, werde ich Lira bestrafen«, sagt sie und gleitet ein Stück zurück. »Aber vielleicht muss ich das gar nicht mehr.«

Ich folge ihrem Blick und erstarre.

Etwas weiter weg ist Lira in einen Kampf mit Yukiko verwickelt. Die Prinzessin stößt sie gegen einen Eispfeiler. Lira stürzt sich sofort wieder auf sie und zielt mit dem Schwert auf ihre Brust. Ich brauche es nicht zu hören, um zu wissen, dass Yukiko laut auflacht. Lira mag im Ozean mörderisch sein, aber Yukiko ist eine pägesische Kriegerin, und an Land, im Schnee und ganz besonders auf diesem Berg ist sie Lira weit überlegen. Pägesi werden von klein auf zu erbarmungslosen Kämpfern herangezogen. Für Yukiko ist Lira nur eine von vielen Sirenen und als solche ist sie leichte Beute.

Einige meiner Männer haben sich bereits um die beiden geschart und richten ihre Waffen auf die Verräterin. Kye und Madrid kann ich nirgendwo entdecken, aber ich wüsste ohnehin nicht, auf welcher Seite sie stünden – ob sie Lira oder Yukiko zu Hilfe eilen würden.

Yukiko hebt die Hand, um meine Mannschaft zurückzuhalten. Sie will Lira ganz für sich allein.

Lira holt mit der Faust aus, aber Yukiko duckt sich und schlägt ihr mit dem Handrücken ins Gesicht. Ich kann die Wucht des Schlags beinahe spüren. Lira spuckt, kommt aber nicht zu Atem, denn schon im nächsten Moment packt Yukiko sie so grob an der Schulter, dass ihr Ärmel reißt. Lira versetzt ihr wieder einen Tritt, doch Yukikos nächster Hieb streckt sie zu Boden.

Die pägesische Prinzessin zieht eine Pistole aus ihrem Gürtel. Die Meereskönigin schnaubt verächtlich. »Siehst du«, gurrt sie. »Typisch Mensch.«

Die mitleidlose Kälte in ihrer Stimme erschüttert mich mehr, als ich es zugeben will. Für sie ist alles nur ein Spiel: dieser Krieg und auch der Tod ihrer Tochter. Sie lässt zu, dass Lira getötet wird, damit ich mich schuldig fühle. Sie weigert sich, sie zu retten, damit ich es an ihrer Stelle tun muss und Schande über mich bringe.

Ohne auch nur einen klaren Gedanken zu fassen, laufe ich los. Die Meereskönigin hält mich nicht auf. Ich muss mich nicht umdrehen, um zu wissen, dass sie mich aus dem Wasser heraus mit einem zufriedenen Lächeln beobachtet, während ich wie einer ihrer Untertanen die Arbeit für sie erledige.

Ich komme zu spät.

Aus dem Nichts hat sich eine Gestalt auf Yukiko gestürzt und sie in den Schnee geschleudert. Es ist eine Sirene. Ihre gelben Haare fallen ihr über die Augen. Sie krümmt die Schultern und fährt sich kurz über die Lippen, bevor sie erneut zum Sprung ansetzt. Jemand feuert Schüsse auf sie ab, doch sie ist zu schnell für Pistolenkugeln.

Ich muss fast würgen, als ich sehe, wie sie ihre Krallen in Yukikos Körper versenkt und ihre Hand gegen die Brust der Prinzessin drückt, um ihr das Herz herauszureißen. Ich hole tief Luft, packe den Griff meines Schwerts fester, um der Sirene einen tödlichen Stoß zu versetzen.

»Kahlia!«, ruft Lira.

Die Sirene wirbelt herum. Rote Tropfen sprenkeln ihr Gesicht und ihre Haare.

Wie ein Blitz wirft Lira sich zwischen uns. Meine Klinge saust bereits durch die Luft und ich kann gerade noch verhindern, dass sie Liras Hals aufschlitzt. Mein Arm zittert, als ich mit dem Schwert an ihrer Kehle verharre und vor mir selbst zu rechtfertigen versuche, dass ich sie erneut am Leben lasse.

Lira schluckt, weicht aber nicht vor der Klinge zurück. Auf ihrer Wange sind hellrote Flecken. Es fällt mir schwer, den Blick von ihrem Gesicht abzuwenden.

»Alle, nur sie nicht«, sagt sie und schirmt die Sirene vor mir ab.

Wütend lehne ich mich vor, bis unsere Gesichter sich fast berühren.

»Glaubst du wirklich, du kannst mir befehlen, wen ich töten soll und wen nicht? Dieses Biest wollte die Prinzessin von Págos ermorden.«

Lira blickt über die Schulter zu Yukiko. »Die sieht aber noch ziemlich lebendig aus.« Sie breitet schützend die Arme aus. »Außerdem war sie es, die mir eine Pistole an den Kopf gehalten hat.«

»Das ist mir egal.«

Ich will an ihr vorbei, aber Lira stemmt ihre Hände gegen meine Brust, um mir einen Stoß zu versetzen. Als ich zurückweiche, folgt sie mir, ohne die Hände wegzunehmen. Die Berührung ruft einen Sturm in mir hervor.

Es ist nicht Haut auf Haut, aber es fühlt sich fast so an. Ich spüre die Kälte, die von ihr ausgeht, und auch die unerklärliche Wärme, die sie in mir hervorruft. Ich möchte Lira an mich ziehen, möchte sie retten, so wie wir uns gegenseitig auf Rycrofts Schiff gerettet haben. Aber dieses Gefühl darf ich nicht zulassen. Sie würde nur versuchen, diese Schwäche – die ich ganz allein ihr zu verdanken habe – für sich zu nutzen. Der Gedanke versetzt mich in Rage.

Ich blicke auf Liras Hand, die flach über meinem Herzen liegt.

»Hast du den Verstand verloren?«, sage ich, und es ist keine Frage.

»Elian«, flüstert sie. »Das kannst du nicht tun.«

»Da irrst du dich«, sage ich und stoße ihre Hände weg.

Ich will mich an ihr vorbeidrängen, doch sie greift verzweifelt nach meiner Hand und verschränkt ihre Finger mit meinen, als wäre es das Natürlichste der Welt. Ich lasse es zu.

»Elian«, sagt sie noch einmal. Ich spüre ihren Puls an meinem Handgelenk. Er verschmilzt mit meinem eigenen. »Sie ist meine Cousine.«

Ich zucke zusammen.

Erst jetzt sehe ich, dass die Sirene nicht viel älter als fünfzehn sein kann. Eines ihrer Augen ist milchig gelb wie ihr Haar, das andere hat die Farbe von Liras Augen. *Cousinen.* Die junge Sirene sieht fragend zu uns hoch. Ihr Blick ist nicht auf mein Schwert oder den Stein in meiner Faust gerichtet, sondern auf unsere ineinander verschränkten Finger. Ihr Gesichtsausdruck ist nicht abschätzig oder verständnislos, sondern viel unschuldiger – es ist die Neugier der Jugend. Wenn ich ihre schmalen Brauen sehe, die sich über ihren großen Augen wölben, erkenne ich das junge Mädchen und nicht das Monster in ihr.

Ich lasse Lira los und trete einen Schritt zurück.

Lira streckt die Hand aus. Wortlos öffne ich die Faust, um ihr den Kristall zu zeigen. Es ist eine Warnung, ich weiß nur nicht, für wen – für sie oder für mich selbst.

Aber Lira lässt sich nicht abschrecken. Sie schüttelt den Kopf und kommt dann auf mich zu.

Der Kristall auf meiner Handfläche beginnt zu glühen. Er pulsiert so wild wie mein Herz.

»Halt«, sage ich mit brüchiger Stimme.

Diesen Krieg nicht zu Ende zu führen, würde die ganze Menschheit in Gefahr bringen. Die Sirenen haben unter Beweis gestellt, dass man ihnen weder trauen noch mit ihnen verhandeln kann. Diesem mörderischen Volk nicht Einhalt zu gebieten, widerspräche allem, woran ich glaube. Und den Fluch der Prinzen zu verschonen … Unter all meinen Torheiten wäre das die schlimmste. Das Leben so vieler Menschen steht auf dem Spiel. Aber ich muss nur in Liras flehende Augen blicken, um zu wissen, dass ich nicht anders kann.

Langsam lasse ich die Hand sinken und blicke beschämt zu Boden.

Ich bin einem Monster verfallen und dadurch selbst zu einem geworden.

»Anóitos.«

Die gefühllose Stimme reißt mich aus meinen Gedanken. Die Meereskönigin drängt sich in mein Blickfeld. Sie ist auf groteske Weise wunderschön. Erneut packt mich der Zorn und ich würde am liebsten meinen Dolch in ihr kaltes schwarzes Herz stoßen.

»Lira.« Die Meereskönigin nickt ihrer Tochter zu. »Párte to apó ton.«

Lira lässt mich nicht aus den Augen. Unsere Blicke verschränken sich. Sie schüttelt kaum merklich den Kopf.

»Das werde ich nicht«, sagt sie in steifem Midasan und zeigt mir damit, dass sie nicht nur mit ihrer Mutter spricht. Ihre Worte sind auch an mich gerichtet. An die Mannschaft, zu der sie inzwischen gehört. An die Armee der Sirenen, die aus dem Wasser heraus alles verfolgen. Laut und deutlich verweigert sie sich dem Befehl ihrer Mutter.

Die Meereskönigin zieht eine Augenbraue hoch. »Du liebst diese Sprache mehr als deine eigene?«, fragt sie. »Vielleicht sollte ich dir deine Zunge herausschneiden.«

Ein Tentakel peitscht durch die Luft und trifft Lira mit einer solchen Wucht im Rücken, dass sie nach vorne taumelt. Ich schaffe es gerade noch, sie aufzufangen, stürze dabei aber selbst zu Boden. Mein Knie schrammt über den Schnee und auch mein Fuß knickt weg, aber ich schlinge meinen Arm um Liras Taille.

Sie hat sich im Fallen an meinen Hals geklammert und landet auf meinen Beinen. »Du hast gute Reflexe«, sagt sie. Ihr Lächeln geht mir durch und durch.

Ich packe sie fester. »Du nicht.«

Mit einem wütenden Zischen lässt die Meereskönigin ihre Tentakel wirbeln und dreht sich zu ihren Untertanen um. Alles, was sie tut, ist ein großes Spektakel, sogar Drohungen setzt sie wirkungsvoll in Szene. Um uns herum kommen alle Kämpfe zum Erliegen.

»Seht ihr, wie die Menschen mein eigen Fleisch und Blut gegen mich aufstacheln?«, fragt sie in Midasan, sodass selbst meine Mannschaft sie verstehen kann. »Meine Tochter ist ihren Lügen und Schmeicheleien zum Opfer gefallen. Ich muss mich sogar dazu herablassen, ihre Sprache zu sprechen, damit ich bei ihr Gehör finde. Seht ihr jetzt, dass die Menschen uns nicht nur mit ihren Speeren und Messern gefährlich werden können? Dieser Prinz« – sie zeigt mit dem Finger, als würde sie eine Pistole auf mich richten – »muss von der Hand der Sirene sterben, die er betört hat. Daher werde ich sie jetzt verwandeln, damit sie ihre einstige Pracht wiedererlangt.« Sie dreht sich mit einem schlangengleichen Lächeln zu Lira um und hebt ihren Dreizack. »Lang lebe der Fluch der Prinzen.«

Alles geht ganz schnell.

Die Meereskönigin stößt ihren Dreizack in den Himmel. Er steigt über ihrem Kopf in die Höhe und beginnt sich zu drehen. Immer schneller wirbelt er, bis der Glanz des Kristalls zu einem gleißend hellen Licht wird, das alle blendet. Genauso plötzlich, wie es angefangen hat, hört es auch wieder auf.

Lira befreit sich aus meinen Armen und stößt mich von sich. Ich rolle zur Seite und sehe nur noch, wie das Licht des Dreizacks in ihre Brust fährt und explodiert.

Lira ist auf ihren Knien, sie hat die Arme wie Flügel ausgebreitet.

Ein unmenschlicher Schrei entringt sich ihrer Kehle. Plötzlich ist Kye neben mir. Er zerrt mit aller Kraft an meiner Hand und erst da merke ich, dass ich im Begriff war, loszulaufen. Dass ich wieder einmal zu ihr rennen wollte. Selbst jetzt, wo seine Hand beinahe meine Finger zerquetscht, kann ich den Blick nicht von ihr wenden.

Ein letztes Mal blitzt das Licht auf, und während Liras Schrei verklingt, kriecht es langsam ihren Körper hinab. Lira bäumt sich auf. Sie wird starr, obwohl sie am ganzen Körper bebt. Ihre Augen verdrehen sich und fallen zu. Ich höre, wie sie mit den Zähnen knirscht.

Alle halten den Atem an – meine Mannschaft, die sich vor Entsetzen nicht rührt, und die Sirenen, die mit fieberhafter Erwartung zusehen.

Manche von ihnen stoßen melodische Seufzer aus und schauen mit offenem Mund zu. Andere sind misstrauisch, sie haben die Augen zu Schlitzen verengt und kauen auf ihren Lippen. Die Sirene, die Yukiko angegriffen hat – Kahlia –, lässt Lira keine Sekunde aus den Augen. Als Liras Hals wie von unsichtbarer Hand zurückgerissen wird, erblasst sie.

Nur die Meereskönigin betrachtet geifernd vor Freude das Schauspiel.

Liras Beine verschmelzen miteinander. Die Haut wirft Blasen und löst sich auf. Von ihren Füßen bis zu ihrer Hüfte brechen Schuppen hervor. Sie schimmern in einer Farbe, die ich noch nie gesehen habe – ein Feuerwerk aus Orange, funkelnd wie eingefangenes Sonnenlicht. An der Hüfte, direkt unter Liras Bauchnabel, gehen die Schuppen nahtlos in Haut über.

Ihr Oberkörper nimmt einen helleren Ton an.

Von ihren Rippen breitet er sich wie eine Welle aus. Sie wird nicht blasser – das wäre ohnehin kaum möglich –, vielmehr beginnt ihre Haut zu schimmern. Flüssiges Licht tanzt über ihre Arme und ihre Brust. Es umspielt ihr Schlüsselbein, das jetzt von einer viel zarteren Schönheit ist. Ihre Haare ergießen sich über die Schultern und nehmen die Farbe von Granatapfelkernen an. Als sie mit ausgebreiteten Armen zurücksinkt, wirbelt der Schnee auf und sie hinterlässt den Abdruck von Engelsflügeln.

Lira streckt sich und kostet die Kälte aus. Die Kiemen an ihren Rippen öffnen und schließen sich mit jeder Bewegung. Sie rollt auf die Seite, dreht sich halb zum Wasser und halb zu mir. Einige Sekunden lang liegt sie still da – mit geschlossenen Augen schmiegt sie sich in den Schnee, der nicht heller leuchtet als ihre Haut –, und auch wenn sie nie weniger Mensch war als in diesem Moment, erfüllt ihr Anblick mich mit einem Gefühl von Frieden.

Dann schlägt Lira die Augen auf. Nur eines hat die blaue Farbe, die ich kenne. Das andere glüht rot wie Höllenfeuer.

VIERZIG

Ich hatte fast vergessen, wie stark, wie schnell ich eigentlich bin, aber als ich ins Wasser eintauche, ist alles wieder da. Ich stoße den Jagdruf einer Kriegerin aus und lasse das kalte Wasser durch meine Kehle und meine Kiemen strömen. Es ist zwar nicht der Ozean, aber es genügt mir. Wasser, das so wild ist wie ich.

Elian beobachtet mich, als ich wieder auftauche. Sein Gesicht spiegelt so vieles wider, und in mir wallt so vieles hoch, dass ich nicht auseinanderhalten kann, welche Gefühle ihm und welche mir gehören. Ich sehe ihn mit ganz neuen Augen.

Er ist leuchtender, lebendiger. Seine Augen reflektieren jeden Sonnenstrahl und seine Haut schimmert wie das polierte Gold seines Landes. Er besteht aus lauter Gegensätzen, hell und dunkel vermischen sich. Ich kann kaum den Blick von ihm losreißen.

Die Arme in den Schnee gestützt, betrachte ich ihn wie eine Jägerin.

»Bring mir sein Herz!«, ruft die Meereskönigin.

Ihr Befehl zischt durch den Wind zu mir und ich drehe den Kopf und sehe, wie sie die Finger fester um den Dreizack schließt, darin ihr eigenes Auge von Keto, das darauf wartet, mit seiner

Schwester vereint zu werden. Ich kann es hören. Das Rufen der beiden Hälften, die einander jetzt so nahe sind: zu gleichmäßig für ein Lied und zu wild für einen Trommelrhythmus. Es ist ein Herzschlag. Unerbittlich pocht er in meinen Ohren, denn der eine Stein ist von meinem Blut benetzt und der andere ist von der Magie meiner Mutter durchdrungen.

»Hol dir den Kristall!«, faucht meine Mutter in unserer erbarmungslosen Sprache.

In ihrer Stimme liegt ein Anflug von Verzweiflung. Sie denkt, Elian hätte das Auge befreit. Sie fürchtet, er könnte es gegen sie einsetzen, und mehr noch fürchtet sie, die Magie dieses Kristalls könnte mächtiger sein als ihr Dreizack, mit dem sie unser Volk zu Gräueltaten zwingt.

Elian ist sich dessen vielleicht nicht bewusst, aber die Meereskönigin sieht ihn als ebenbürtigen Gegner an.

Ich neige den Kopf zur Seite und winke Elian herbei. Er blinzelt, rührt sich aber nicht vom Fleck. Ich würde lächeln, wenn ich nicht befürchten müsste, dass mein neues, wie aus Stein gemeißeltes Gesicht dabei zerspringt. Stattdessen lege ich den Kopf in den Nacken, lasse mein Haar im Wasser treiben und atme den Wind ein.

Hinter mir hebt der Chor der Sirenen an.

Ihre Melodien breiten sich wie Wellen aus und nehmen die Menschen gefangen, die sich zu den zarten Gesängen hin und her wiegen und dabei jeden Sinn für die Gefahr verlieren. Aus Drohungen werden Träume, und Ängste verblassen zu Erinnerungen, bis alle Herzen im Takt der Todesarie schlagen.

»Es ist wunderschön«, seufzt Madrid, dann werden ihre Glieder schlaff.

Verblüfft sieht Elian zu, wie seine Mannschaft sich von der Melodie der Sirenen-Armee einlullen lässt. Als er sich wieder zu mir dreht, mahlen seine Kiefer. Sein Blick ist eiskalt.

Lächelnd öffne ich meine Lippen und stimme die ersten Töne an.

Beim Klang meiner Stimme kommt er auf mich zu, und als ich mein Summen zu Gesang anschwellen lasse, sinkt er vor mir auf die Knie. Selbst jetzt noch hat er so viele Pläne, wie das Alphabet Buchstaben hat. Er spielt seine Rolle gut, aber ich spüre, wie sein Herz rast. Seine Bewegungen sind etwas zu steif, zu absichtsvoll, und in seinen Augen brennt ein wildes Feuer.

Mein Gesang hat keine Wirkung auf ihn.

Elian umklammert den Kristall von Keto wie eine Rettungsleine. Er ist überzeugt, dass der kleine rote Stein meiner Göttin der Grund ist, weshalb ihm mein Lied nichts anhaben kann. Ich lächle, denn gerade Elian müsste es eigentlich besser wissen. Er müsste wissen, dass man den Mythen und Märchen Glauben schenken kann.

Als Maeve auf dem Deck der Saad zu Meeresgischt wurde, war ich froh darüber, dass der Prinz ihr nicht das Herz nehmen und sich auf diese Weise für immer vor dem Gesang der Sirenen schützen könnte. Damals wusste ich selbst nicht so genau, was ich von diesen Geschichten halten sollte. Erst als ich Elian später von ihnen erzählte, begriff ich, dass es viel mehr als nur Legenden waren. Sie erzählten die Wahrheit. Und jetzt kniet diese Wahrheit vor mir und sieht mich mit wilden Augen an, in denen sich Land und Ozean vereinigen. In denen Blätter und Seetang ineinander übergehen.

Wenn ein Mensch das Herz einer Sirene besitzt, kann ihm der Gesang nichts mehr anhaben.

Elian besitzt mein Herz. Er hat es sich nicht genommen, ich habe es ihm gegeben.

Ich berühre sein Gesicht. Seine Lider flattern. Er holt tief Luft. Meine Finger streichen über seine geschwungenen Wangenknochen. Er fühlt sich warm an. Im Gegensatz zu früher, als die Sonne meine Sirenenhaut reißen und aufspringen ließ, ruft seine Wärme nun einen viel süßeren Schmerz in mir hervor.

Ich lege meine Hand um seinen Hals und drücke seinen Kopf

an mich. Dann ziehe ich mich bis zur Hüfte aus dem Wasser. Die Sehnsucht ist mehr, als ich aushalten kann.

»Weißt du, was ich von dir will?«, raune ich in sein Ohr.

Elian schluckt. »Ich werde dir den Kristall nicht geben.«

Als ich antworte, ist meine Stimme rau. »Das meine ich nicht.«

»Was dann?«

Ich lächle und fühle mich so listig wie lange nicht mehr. »Dein Herz«, sage ich und küsse ihn.

Dieser Kuss ist ganz anders als der zarte, zerbrechliche Moment, den wir unter dem Sternenhimmel teilten. Er ist ungestüm und feurig und auf ganz neue Weise besitzergreifend. Elians weiche, heiße Lippen pressen sich auf meine, und als seine Zunge meine berührt, erwachen meine tierischen Instinkte. Auch er hat es, das wilde Verlangen eines Raubtiers. Wir machen unseren Anspruch aufeinander geltend, hier und jetzt am Rande des Kriegs.

Elian fährt durch meine Haare. Ich schlinge meine Arme fester um ihn, ich kann ihm gar nicht nahe genug sein. Er nimmt mein Kinn in seine Hand. Unsere Finger, unsere Zungen werden zu einer Einheit, während die Welt um uns herum versinkt. Alles löst sich in Sternenstaub auf.

Ich beiße in seine Lippe und er stöhnt auf. Ineinander verschlungen ringen wir nach Atem, bis keine Luft mehr übrig ist.

Elian löst sich mit der gleichen Wildheit, mit der wir uns geküsst haben. Reißt seine Lippen von meinen. Er sieht mich an und ich erkenne in seinen Augen meine eigene ungezähmte Begierde. Sein Blick ist verschleiert und leidenschaftlich und so, so hungrig.

Ich fahre mit der Zunge über meine Unterlippe. Sie schmeckt nach Elian – nach Salz und Meer.

Meine Mutter beobachtet uns triumphierend. Sie hat nicht begriffen, dass Elian nicht unter meinem Bann steht, und sie ahnt nicht, dass seine Armee soeben eine neue Kriegerin gewonnen hat.

»Elian«, flüstere ich leise, damit die Meereskönigin es nicht hören kann. Ich drücke meine Hand zwischen seine Schultern und ziehe ihn wieder heran. »Du musst vertrauen.«

»Wem?«, fragt er heiser. »Dir?«

»Deinem Traum«, antworte ich. »Deiner Hoffnung, dass Mörder sich ändern können.«

Elian sieht mich forschend an. »Warum sollte ich dir auch nur ein Wort glauben?«

»Weil unser Gesang dich nicht betört.«

Er runzelt die Stirn und seine Augen werden schmal. Es dauert einen Moment, bis er die Bedeutung meiner Worte begreift. Ich sehe ihm an, dass die erwachende Erinnerung ihn in neue Zweifel stürzt. Es bringt mich fast um, aber ich kann nur darauf hoffen, dass er sich an mehr als nur die Geschichte erinnert und nicht allein an meinen Verrat. Er soll sich an den Geschmack meiner Lippen erinnern. Daran denken, wie wir uns gegenseitig gerettet haben. Dass wir uns hier und jetzt wieder retten könnten – und die Welt mit uns.

»Elian«, sage ich.

Sein Mund öffnet sich leicht, aber sein Gesichtsausdruck verrät nichts. »Ich habe gehört, was du gesagt hast.«

»Und?«

»Und nichts.« Langsam zieht er meine Hand weg, hält aber meinen Blick fest. Dann schüttelt er den Kopf, als könnte er selbst nicht glauben, was er gleich tun wird.

»Ich vertraue dir«, sagt er und lässt das Auge von Keto in meine Hand gleiten.

Als der Kristall meine Haut berührt, werde ich Teil der Unendlichkeit.

Was ich im Eispalast gespürt habe, war nur eine Vorahnung dessen, was ich jetzt empfinde. Ich bin ein Feuer, das sich durch Wälder brennt. Eine Flutwelle, die über die Welt hinwegspült und alles mit sich reißt. Ich habe nicht nur Macht, ich *bin* die

Macht. Sie durchströmt mich und ersetzt die Säure in meinen Adern durch zähflüssige dunkle Magie.

Das zweite Auge von Keto spricht in hundert verschiedenen Sprachen zu mir. Es raunt mir zu, wie ich seine Kraft dazu nutzen kann, die Menschen zu töten. Vor meinem inneren Auge entsteht ein lebendiges Bild davon, wie der Kristall mit seinem Zwilling im Dreizack meiner Mutter vereint wird und eine Meereskönigin hervorbringt, deren Macht der von Keto in nichts nachsteht. Eine wahre Göttin, die eine Welt erschaffen kann, in der Sirenen Gras und Steine unter ihren Füßen spüren, wenn sie auf die Jagd gehen. Ich sehe sie vor mir: mit undurchdringlicher Haut und unwiderstehlichen Stimmen und todbringend wie nie.

Aber zugleich entfaltet sich auch ein Traum.

Der Ozean glitzert, als bestünde er aus Kristall. Ein Schiff liegt ruhig auf dem Meer, weit und breit ist kein Land in Sicht. Die müden, schmutzigen Matrosen springen ins Wasser und spüren den Wind zart wie die Flügelschläge eines Schmetterlings auf ihrer Haut, bevor sie eintauchen. Nicht weit entfernt lassen sich einige Sirenen im Wasser treiben. Sie greifen nicht an, denn sie sind nicht auf der Jagd oder auf der Suche nach Beute. Stattdessen schauen sie den Menschen zu. Es ist ein harmonisches Zusammentreffen.

Friede.

»Gib mir das Auge!«, fordert die Meereskönigin und reißt mich gewaltsam aus meiner Trance.

Ich schließe den Finger fester um den Stein. »Eher bringe ich dich um.« Ich bin selbst überrascht, wie furchtlos meine Worte klingen.

Elian atmet tief aus. In seinem Seufzer schwingt Belustigung, Überraschung und fast so etwas wie Stolz mit. Ich werfe ihm einen Blick zu, bevor ich mich mit der ganzen Entschlossenheit, die meine neue Kraft mir verleiht, der Meereskönigin zuwende.

»Dazu hast du nicht die Macht«, sagt sie.

»Da täuschst du dich, Mutter«, erwidere ich lächelnd. Es ist ein Lächeln, das Kriege entfachen kann. Oder auch beenden. »Nicht der Prinz hat das Auge befreit, sondern ich.«

Ihr Schrei lässt den Berg erbeben.

Ihr schlimmster Albtraum ist wahr geworden. Die Tochter, der sie ihre Krone vorenthalten wollte, droht sie vom Thron zu stoßen. In diesem Moment wird mir klar, dass sie keine Macht mehr über mich hat. Zum ersten Mal sind wir uns ebenbürtig. Wir beide besitzen das Auge einer Göttin und wir beide haben die Macht, unser Volk an uns zu binden. In diesem Wasser wartet eine ganze Armee, die sich nun entscheiden muss, wem von uns beiden sie dienen will. Sie kann sich ebenso gut auf meine wie auf ihre Seite schlagen.

Zornentbrannt richtet die Meereskönigin ihren Blick nach links. Ihr Hals pulsiert und schwillt an, als sie einen grässlichen Schrei in Psáriin ausstößt. Plötzlich sehe ich einen grauen Blitz an mir vorbeischießen.

Es dauert einen Moment, bis ich begreife, dass Elian nicht mehr neben mir ist.

Ich wirble herum und suche mit den Augen einer Jägerin das Wasser ab. Aber ich sehe nur Bewegungen, so mörderisch schnell, dass selbst ich die Augen zusammenkneifen muss, um etwas zu erkennen.

In der Mitte des Wassergrabens wird Elian von Sirenen umkreist, die sich geifernd auf ihn stürzen, als sein salziger Geruch sich im Wasser ausbreitet. Bevor sie ihn packen können, wird er mit einem Ruck am Ärmel hochgerissen und weggezerrt.

Mir stockt der Atem, als ich den Angreifer erblicke.

Es ist der Aasfresser.

Seine graue Schwanzflosse ist dick und zerfurcht. Dunkle Flecken überziehen seinen Körper wie eine Krankheit, die sich durch die Haut frisst. Er ist genauso dämonisch, wie ich ihn in Erinnerung habe. Sein Gesicht ist das eines Geschöpfs, das zum

Töten geboren ist. Seine Züge sind flach, die Augen klaffen wie Löcher in seinem Schädel und sein Mund ist kaum mehr als ein Schlitz. An seinen Lippen klebt eine orange Kruste, Reste seines letzten Opfers.

Als er die Haifischzähne bleckt, tropft Speichel aus seinem Mund. Er schlägt mit seiner messerscharfen Schwanzflosse und legt sie dann über das Herz meines Prinzen.

EINUNDVIERZIG

Ich werde von einem halben Dutzend Armen festgehalten. Die Sirenen haben mich in ihre Mitte genommen und graben ihre Nägel in meine Haut. In der Wildnis des Ozeans, wo die Nixenmänner in grausiger Einsamkeit hausen, ist der Aasfresser schon furchterregend genug, aber noch gefährlicher ist er, wenn er wie jetzt die Befehle der Meereskönigin ausführt.

Keuchend kämpfe ich gegen die Sirenen an, aber es sind zu viele. Elians Männer wandern immer noch benommen am Ufer entlang. Sie können ihm nicht zu Hilfe kommen und verhindern, dass der Aasfresser ihn in Stücke reißt.

Das Auge von Keto leuchtet in meiner Hand auf. Die dunkle Magie lockt mich und lädt mich ein, sich ihr hinzugeben. Sie will, dass ich jeden auslösche, der sich mir in den Weg stellt. Sie singt vom unbändigen Rachedurst, wie ihn auch meine Mutter hat. Aber diesem Ruf zu folgen würde bedeuten, dass ich den Pfad meiner Mutter beschreite, und das darf ich nicht. Es würde den Sirenen nur beweisen, dass ich so bin wie meine Mutter und alle anderen Königinnen vor ihr. Wenn sie mir Treue schwören, dann soll es aus freien Stücken sein und nicht aus Furcht.

»Ich muss ihn retten«, stoße ich hervor.

Aus dem Augenwinkel sehe ich, wie die Meereskönigin sich mit ihren Tentakeln einen Weg durch die Sirenen bahnt und auf mich zugleitet. »Glaubst du wirklich, das würde ich zulassen?«

»Ich rede nicht mit dir«, zische ich.

Ihre grausamen Züge verhärten sich. »Die Sirenen gehorchen dir nicht«, sagt sie. »*Ich* bin ihre Königin.«

»Sie gehorchen dir nur, weil du sie zwingst.« Ich blicke die Sirenen an, die mich festhalten. »Wollt ihr wirklich so weitermachen? Kämpfen und sterben, nur weil sie es euch befiehlt? Obwohl ihr genau wisst, dass euer Leben nur so lange einen Wert hat, wie sie euch braucht?«

»Halt den Mund!«

Die Meereskönigin schlägt mit ihrem Tentakel nach mir. Mein Kopf fliegt zur Seite und ich spüre, wie Blut über meine Wange rinnt. Entsetzt über den Wutausbruch, lockern die Sirenen ihren Griff.

»Das ist eure Chance«, fahre ich mutiger fort, als ich mich fühle. »Wenn ihr euch mir anschließt, werde ich alldem ein Ende setzen. Ihr könntet frei sein.«

Die Meereskönigin hebt drohend einen weiteren Tentakel. »Du undankbares Stück«, zischt sie.

Und dann –

»Frei?«

Eine der Sirenen lässt meine Hand los und streicht sich das tiefblaue Haar aus dem Gesicht. »Wie meinst du das?«

»Sei still!«, blafft die Meereskönigin sie an.

»Was würde sich ändern?«, fragt eine andere und auch sie hält mich nun nicht mehr ganz so fest.

»Die Welt«, antworte ich aufrichtig. »Wir könnten Frieden haben.«

»Frieden?« Die Meereskönigin zieht eine Augenbraue hoch. »Mit diesem menschlichen Abschaum?«

Bei jedem ihrer Worte glüht das Auge von Keto etwas heißer. Mit einer einzigen Bewegung könnte ich eine Welle auf sie loslassen und sie eine halbe Meile weit wegschleudern. Ich könnte sie hier vor ihren Untertanen bluten lassen.

»Seit wann setzt sich der Fluch der Prinzen für Frieden ein?«, fragt eine Sirene.

»Seit ich die Wahrheit hinter den Lügen der Königin erkannt habe.« Ich blicke meiner Mutter fest in die Augen. »Ich habe genug Zeit unter den Menschen verbracht, um zu wissen, dass sie keinen Krieg wollen. Sie wollen einfach nur leben. Wenn wir die Feindschaft endlich beenden, muss niemand mehr für eine Fehde sterben, deren Ursprung keiner von uns miterlebt hat.«

Plötzlich entsteht ein Aufruhr. Erst ist nur ein Raunen zu hören, dann werden Rufe laut. Die Sirenen bekunden zischend ihre Missbilligung oder Zustimmung. Ich blinzle ein paarmal und überlege, in welche Richtung das Pendel ausschlagen wird und wie ich Elian in jedem Fall retten kann.

Die Zeit verstreicht und ich werde immer ungeduldiger. Je länger die Sirenen brauchen, um sich zu entscheiden, desto länger ist Elian in den Fängen des Aasfressers – und der wartet nur darauf, die Zähne in Elians Hals zu schlagen.

»Ich bin auf deiner Seite.«

Eine Stimme übertönt das Chaos. Es ist meine Cousine Kahlia. Sie hat Sirenen um sich geschart, die mit ihrem Salzwasserlächeln die unschuldige Frische der Jugend ausstrahlen. Kinder, die zur Rebellion bereit sind.

»Lira war schon immer die Stärkste von uns«, sagt Kahlia. »Und jetzt hat sie auch noch das zweite Auge von Keto. Wer von euch könnte ernsthaft daran zweifeln, dass sie eine würdige Herrscherin sein wird?« Die Autorität in ihrer Stimme verblüfft mich. Kahlia spricht klar und bestimmt, als wäre allein die Vorstellung, sich nicht auf meine Seite zu schlagen, völlig undenkbar.

»Du verräterischer Aal!«, schäumt die Königin.

»Es ist kein Verrat, sondern Treue meiner Herrscherin und meiner Familie gegenüber«, widerspricht Kahlia.

Ich weiß, sie denkt in diesem Moment an Crestell, denn ich tue es auch.

»Nicht mehr lange – nur noch wenige Herzen –, und Lira hätte ohnehin deinen Platz eingenommen«, fährt Kahlia fort. Ihre Stimme ist mit jedem Wort lauter und kühner. »Nun wird es ihre erste Tat als Königin sein, den Krieg zu beenden, der so vielen von uns das Leben gekostet hat. Wenn sie den Dreizack übernimmt« – Kahlias gelbes Auge zuckt, so aufgeregt ist sie –, »wird sie doppelt so viel Macht haben wie du.«

»Mit der Kraft des Auges könnte ich euch hier und jetzt zwingen, euch vor mir zu verbeugen«, rufe ich. Und zu denen, die mich festhalten, sage ich: »Ich könnte jede von euch mit der Macht der Göttin niederstrecken.« Die Sirenen rücken ein Stück von mir ab. »Aber ich möchte euch überzeugen. Ich bitte euch darum, mir zu folgen, obwohl ich es einfach befehlen könnte.«

Ich hebe den Kopf und blicke sie der Reihe nach an. In meinem rechten Auge lodert Feuer. Zuerst schweigen sie und ich frage mich schon, ob meine Mutter sie zu fest im Griff hat. Doch dann verwandeln sich ihre Mienen, und da weiß ich, dass die Erkenntnis zu ihnen durchgedrungen ist.

Eine nach der anderen neigen sie den Kopf. Die Sirenen, die mich bewacht haben, lassen mich los und legen als Zeichen ihrer Gefolgschaft die Hände auf die Brust. Die Reihen teilen sich. Die Sirenen machen mir Platz und geben den Weg durch den Wassergraben zum Aasfresser frei.

Der furchterregende Gefolgsmann meiner Mutter wirft den abtrünnigen Sirenen noch einen hasserfüllten Blick zu, dann zieht er Elian unter Wasser.

Pfeilschnell folge ich ihm in die Tiefe. Mein Zorn hüllt mich ein wie das Wasser. Ich brauche nur Sekunden, bis ich bei ihnen bin, und doch dauert es viel zu lange. Der Aasfresser hat Elian in den Grund des Wassergrabens gedrückt. Schon legt er die Hand an die Kehle des Prinzen, um ihm den Hals zu brechen.

Er entdeckt mich erst, als ich nur noch eine Handbreit von ihnen entfernt bin. Schnell reißt er Elian nach oben und hält ihn mit seinen ölglatten Klauen hoch wie eine Trophäe. Ich beiße die Zähne zusammen, ein wütendes Gurgeln steigt in mir auf. Der Aasfresser ist ein Monster, ein Krieger, ein blutdürstiger Mörder. Und er hat keine Chance gegen mich.

Ich werde ihn in Stücke reißen und dafür brauche ich nicht einmal den Kristall.

Als ich mich auf ihn stürze, schleudert er Elian weg wie Abfall. Ich sehe noch, wie der Prinz zurück an die Oberfläche schwimmt, um gierig nach Luft zu schnappen, als plötzlich die Faust des Aasfressers mein Gesicht trifft. Ich höre ein Knacken und spüre ein Splittern, dann setzt der Schmerz ein. Blanke Wut und nackte Gewalt gehen von dem Aasfresser aus. Als er erneut zuschlägt, wird die Welt um mich herum für einen Moment dunkel.

Ich fange seine Faust ab und kämpfe gegen die Benommenheit an. Er ist stark, aber es ist eine seelenlose Stärke, die nur Gehorsam und Gewalt um der Gewalt willen kennt. Ich dagegen weiß zum ersten Mal, wofür ich kämpfe. Ich habe Elians Gesicht vor Augen, und als ich daran denke, dass es um sein Leben und auch um mein Königreich geht, verschwindet der Schmerz.

Ein Knirschen geht durchs Wasser, als ich den Arm des Aasfressers verdrehe. Er reißt mit einem dumpfen Brüllen das Maul auf und entblößt seine Raubtierzähne. Dann vollführt er eine Rolle und holt aus, um mir seinen Ellbogen in die Brust zu rammen. Aber ich bin zu wendig und flink. Er knurrt wütend, als sein Stoß ins Leere geht.

Ich werfe mich von hinten auf ihn. Er stürzt und schlägt mit dem Gesicht voraus auf dem Sandboden auf. Da ist Blut. So viel Blut, dass ich es schmecken kann.

Der Aasfresser richtet sich wieder auf und greift nach mir. Ich bin überrascht, dass er mich packt, denn ich habe mit einem Schlag gerechnet. Er nutzt mein kurzes Zögern aus und zieht mich zu sich. Als ich begreife, was er vorhat, ist es schon zu spät. Er gräbt seine Haifischzähne in meine Schulter und ich spüre, wie er das Fleisch von meinen Knochen reißt.

Mit einem Schrei ramme ich meinen Kopf gegen seinen, nicht nur einmal, sondern immer wieder, bis mein Schmerz sich mit seinem vermischt. Aber er lässt nicht ab, sondern nagt und zerrt und kaut an mir. Schmeckt mich auf eine Art, wie er es bisher nie tun durfte. Erst als ein heißer Stich meine Hand durchfährt wie ein glühender Spieß, fällt mir der Kristall in meiner Faust wieder ein.

Die Macht von Keto wartet darauf, zum Einsatz zu kommen.

In einer einzigen, schnellen Bewegung schlage ich meine Faust in den Bauch des Aasfressers. Als mein Arm ihn glatt durchstößt, erstarrt er. Ich schiebe ihn von mir weg. Die Wunde an meiner Schulter will ich lieber nicht anschauen. Der Aasfresser blinzelt benommen, er kann es nicht fassen, dass plötzlich ein Loch in seinem Bauch klafft. Dass sein steinharter Körper so einfach durchbohrt werden konnte.

Hinter ihm sehe ich Elian durchs Wasser herabtauchen. Er starrt am Aasfresser vorbei auf meine Schulter, die zweifellos so schlimm aussieht, wie sie sich anfühlt. Mein Blick huscht über seine aufgeschürfte Wange, seine aufgeplatzten Lippen und seinen linken Arm, den er seltsam steif im Wasser bewegt.

Ich will auf ihn zuschwimmen, als der Aasfresser plötzlich seine schwielige Klaue um meinen Hals legt. Es ist ein letztes Aufbäumen, während seine Kräfte bereits schwinden. Mit jeder Sekunde wird sein unerträglicher Griff schwächer, bis er kaum noch spürbar ist.

Langsam lege ich die Finger um sein kräftiges Handgelenk und drücke zu.

Die Sirenen versammeln sich um uns. Sie sehen, wie der barbarische Krieger sich verzweifelt an ihre Prinzessin klammert.

Wie ich furchtlos darauf warte, dass er stirbt. Als Elian seinen Dolch von hinten in den Schädel des Aasfressers stößt, schauen sie nur lächelnd zu.

Gemeinsam schwimmen wir an die Wasseroberfläche zurück. Wir haben den Aasfresser noch nicht ganz hinter uns gelassen, denn an Elians Dolch hängt ein Fetzen seines Fleischs. Elian schüttelt es ab und presst die Lippen zusammen. Es bringt mich fast zum Lachen, dass der treu ergebene und unbesiegbare Krieger der Meereskönigin ausgerechnet von der Hand eines Menschenprinzen gestorben ist, dem beim Anblick von totem Fleisch übel wird. Als Elian mein belustigtes Schnauben hört, dreht er sich um und blickt mich fassungslos an.

»Was ist so lustig?«

»Dein Gesicht«, antworte ich.

Er kneift die Augen zusammen, aber unter Wasser verschränken sich seine Finger mit meinen.

Ich drücke seine Hand und begegne dem Blick der Meereskönigin, die uns mit unverhohlenem Hass anstarrt. Ihre in alle Richtungen ausgestreckten Tentakel bilden eine Art Schirm, auf dem sie über der Wasseroberfläche schwebt.

»Ihr beide werdet heute sterben«, sagt sie drohend.

Das Wasser um uns herum beginnt zu brodeln und formt sich zu einem Strudel, der heiße schwarze Blasen ausspuckt. Elian zuckt zusammen, als Spritzer seine Haut versengen. Ich ziehe ihn an mich und umklammere das Auge von Keto, damit es uns beschützt. Beschwörend rufe ich jetzt die Magie, die zuvor mich gerufen hat. Meine Haut fängt an zu leuchten und meine Glieder erschlaffen, als die Kraft aus mir herausströmt und das brodelnde Wasser zurückdrängt wie die Ebbe die Flut.

Die Schwärze weicht von uns und lässt einen Ring klaren, kalten Wassers zurück, in dem Elian und ich sicher sind.

Zischend springen die Sirenen aus dem heißen See und werfen sich in den Schnee. Ihre Haut wirft Blasen und löst sich auf. Elians Männer, die nicht mehr unter dem Bann des Gesangs stehen, taumeln zurück.

Nicht alle Sirenen schaffen es.

Diejenigen, die sich nicht schnell genug zum Ufer retten konnten, brennen schon wie Fackeln, ehe ich ihnen zu Hilfe kommen kann. Ihre Schreie verklingen im Wind und ihre Körper werden zu Gischt. Das siedende Wasser verschlingt sie, als hätte es sie nie gegeben.

Die Sirenen, die am Ufer im Schnee kauern, brechen in lautes Wehklagen aus.

»Mal sehen, ob deine Armee von Verrätern dir jetzt helfen kann«, sagt die Meereskönigin.

»Elian, duck dich!« Kyes lauter Ruf schallt übers Wasser.

Wir drehen uns gleichzeitig um und sehen, wie Madrid auf die Meereskönigin zielt. Sie drückt ab, und weil Madrid eine ausgezeichnete Schützin ist, trifft sie die Meereskönigin mitten in den Rücken. Bei jedem anderen Lebewesen hätte die Kugel das Herz glatt durchschlagen, aber meine Mutter ist aus etwas geschmiedet, das direkt aus der Hölle kommt. Als das Geschoss an ihr abprallt, lacht sie laut auf.

Sie wirbelt herum und richtet ihren Dreizack auf Elians Mannschaft. Aus allen drei Zacken schießen Feuerstrahlen hervor. Sie versengen die Luft und fressen sich durch den Schnee, um uns von unseren Streitkräften abzuschneiden. Die Flammen schlagen so hoch, dass ich die Sirenen und Elians Leute kaum noch sehen kann.

»Jetzt kann euch niemand retten«, kreischt die Meereskönigin.

Ich drücke Elians Hand noch ein wenig fester. »Ich kann dich auch ganz alleine töten«, fauche ich sie an.

»Aber du bist nicht alleine«, sagt sie. »Noch nicht.«

Entsetzt reiße ich die Augen auf, als ich sehe, dass sie sich zu

Elian dreht. Ich versetze ihm einen kräftigen Stoß, der ihn weit durch die Luft schleudert. Die Magie des Steins umgibt ihn immer noch wie eine schützende Oase. Ich höre, wie er in sicherer Entfernung auf dem Wasser aufschlägt, als im selben Moment ein Tentakel gegen meine Brust peitscht. Meine Rippen knacken.

Die Meereskönigin verliert keine Zeit. Um sie herum ballt die Luft sich zu kleinen Wirbelwinden. Wie gehorsame Untertanen umkreisen sie meine Mutter. Sie bewegen sich zielbewusst, als könnten sie denken. Als meine Mutter mit dem Finger auf mich zeigt, rasen sie sofort auf mich zu. Ohne lange nachzudenken, hebe ich die Arme und ziehe das Wasser hoch wie einen Schutzschild. Es türmt sich zu einer Welle auf und schwappt über die wirbelnden Windstrudel hinweg.

Meine Mutter hat vielleicht einige Tricks auf Lager, aber ich beherrsche jetzt mindestens ebenso viele. Meine Welle hat ihre Magie abgeschmettert. Ich fühle mich, als hätte ich meinen Durst gestillt. Als würde mein Hunger jedes Mal, wenn ich das Auge von Keto benutze, etwas kleiner werden und die Macht des Steins größer.

Die Meereskönigin stößt einen spitzen Schrei aus, dem ein lautes Donnern folgt. Die Wolken grollen und der Himmel verfinstert sich. Ein Sturm zieht auf. Ich rieche, wie sich die Luft auflädt.

»Du musst noch viel lernen«, sagt meine Mutter.

Sie hebt ihren Dreizack und schwingt ihn über dem Kopf. Mit jedem neuen Kreis wühlt sie den Himmel etwas mehr auf. Die Wolken bauschen sich und strömen ineinander, bis der ganze Himmel grau ist.

Dann regnen Blitze auf mich herab.

ZWEIUNDVIERZIG

Nur eine Handbreit von meiner Hüfte entfernt schlägt ein Blitz ins Wasser. Mein ganzer Körper kribbelt wie von tausend heißen Nadeln. Immer mehr Blitze schließen sich knisternd zusammen und umgeben mich wie ein Käfig aus Licht und Feuer.

Ich beiße die Zähne zusammen, als ich Elian meinen Namen rufen höre. Auch die Meereskönigin hat ihn gehört. Sie dreht sich um und sieht Elian träge an, als sei er nicht mehr als eine lästige Fliege. Ich weiß nicht, wie lange das Auge ihn noch beschützen kann, während es gleichzeitig mich am Leben erhält. In meinem Kopf ist nur Platz für einen Gedanken: Ich darf nicht zulassen, dass sie ihm etwas antut. Ich darf nicht zulassen, dass sie ihn in den schwarzen Tiefen dieses Gewässers tötet.

Als der nächste Blitz vom Himmel zuckt, springe ich aus dem Wasser, um ihn zu fangen. Meine Haut scheint zu zerfließen und ich weiß, ich kann den Funken sprühenden Strahl nicht viel länger festhalten. Aber das muss ich auch gar nicht. Nur noch ein paar Sekunden – lange genug, um treffsicher wie Madrid zu zielen und dann zu werfen.

Der Blitz schlägt in die Flanke der Meereskönigin ein.

Sie stößt einen markerschütternden Schrei aus. Haut und Knochen und Blut und Magie bersten aus ihr hervor und zerstreuen sich wie Sternenstaub. Trotz der klaffenden Wunde und obwohl die Meereskönigin fast nichts außer Schmerz fühlen kann, hält sie keinen Augenblick inne, sondern schmettert mir eine Welle entgegen, die mich in hohem Bogen durch die Luft schleudert.

Die Wucht des Aufpralls ist so groß, dass ich weit nach unten sinke. Da spüre ich Elians Hand, die nach meiner greift und mich an die Oberfläche zieht.

»Du musst hier weg«, sage ich zu ihm und lasse eine Windböe auf meine Mutter los.

Die Meereskönigin kommt mit rasender Geschwindigkeit auf uns zu. Ich suche verzweifelt nach etwas – irgendetwas –, womit ich sie aufhalten könnte. Mein Blick fällt auf den Eispalast. Ohne lange nachzudenken, lasse ich Fontänen aus dem Wasser schießen. Sie türmen sich wie Säulen und erstarren zu Eis. Es ist eine Palisade aus gefrorenem Wasser, die uns vor der Meereskönigin schützen soll.

»Ich muss dich in Sicherheit bringen«, sage ich zu Elian. »Wir tauchen darunter hindurch. Wenn es mir gelingt, das Feuer zu löschen, kannst du bei deiner Mannschaft in Deckung gehen.«

Elian funkelt mich empört an. »Ich verstecke mich nicht.«

Ein Beben geht durch die Barriere aus Eis, als meine Mutter mit einem ohrenbetäubenden Krachen hineinrauscht. Ich weiß nicht, ob es ihr Faustschlag oder ihre Magie ist, aber die Wucht lässt sogar das Wasser schaudern. Der Schutzwall wird nicht lange halten.

»Also gut«, sage ich ungeduldig. »Dann versteck dich nicht, sondern lauf. Das ist mir völlig egal. Hauptsache, du verschwindest von hier.«

Elian hat nur ein merkwürdiges, müdes Lachen für meinen Vorschlag übrig. »Du verstehst nicht«, sagt er und greift nach meiner Hand. »Ich lasse dich nicht allein.«

»Elian, ich –«

»Sag jetzt bloß nichts Heldenhaftes oder Aufopferungsvolles«, unterbricht er mich. »Sonst könnte ich noch auf die Idee kommen, dass du eine Spur von Menschlichkeit in dir hast.«

»Das wäre viel zu langweilig«, entgegne ich.

Er nickt und drückt sich an mich. Die von mir heraufbeschworene Palisade erzittert. Große Eisbrocken prasseln auf uns herab wie gigantische Hagelkörner. Die Welt scheint entzweizubrechen.

»Ich mag dich nicht deshalb, weil du *nett* bist«, sagt Elian. Seine Stirn berührt meine, und seine Lippen sind nur einen Atemhauch von meinen entfernt.

»Das sagt sehr viel über dich.«

Er küsst mich. Nur einmal. So zart, wie nur er es kann.

Da stürzt die Palisade ein. Sie löst eine Flutwelle aus, die groß genug ist, um uns beide zu verschlingen. Ich lege meine Arme um Elian, damit meine Magie uns beide einhüllt und uns vor dem Schneegeröll schützt, das uns mit sich reißen und auf dem Grund zermalmen könnte.

Als es vorbei ist, hebe ich den Kopf von Elians tröstlicher Schulter und atme tief durch.

Hinter dem bröckelnden Wall wartet meine Mutter.

»Es wäre eine Schande, wenn deine Legende in einer solchen Umarmung ihr Ende finden würde«, sagt sie. »Ich könnte dafür sorgen, dass die Sirenen dennoch Lieder vom mächtigen Fluch der Prinzen singen. Dass sie deine schmachvolle Verstrickung mit den Menschen vergessen und sich nur an deine ruhmreiche Vergangenheit erinnern.«

Ich schiebe Elian hinter mich, ohne seine Hand loszulassen.

»Wie amüsant«, sage ich. »Denn ich für meinen Teil will dafür sorgen, dass sie alles von dir vergessen. Nur deinen Tod nicht. An ihn wird man sich für alle Zeiten erinnern.«

Der Zorn meiner Mutter bringt die Luft in Wallung. Der auffrischende Wind stachelt das Feuer am Ufer an, wo meine Streitkräfte und Elians Mannschaft eingeschlossen sind. Jeder von ihnen würde für uns sein Leben geben. Aber damit muss Schluss sein. Niemand soll sich in Zukunft für mich opfern müssen und keiner soll mir mehr zum Opfer fallen. Das Töten und Sterben darf nicht weitergehen. Ich will ein Zeichen setzen, damit alle sehen, dass der Wandel, den ich versprochen habe, möglich ist. Dass es eine neue Welt geben kann mit einer neuen Königin an ihrer Spitze.

Rauch erfüllt die Luft, nur dass es diesmal meine Magie ist, die ihn aufsteigen lässt. Ich zwirble ihn, bis er zu einem Zyklon anwächst, der sich immer weiter der Sonne entgegenstreckt. Dann zwirble ich noch einen. Und einen dritten und einen vierten. Sie steigen immer weiter auf, während unten im schäumenden Wasser meine Mutter mit kalten, leeren Augen zusieht.

Das Feuer am Ufer erlischt und der Rauch verzieht sich. Aus einem Krater von geschmolzenem Schnee und verkohltem Kies blicken uns zwei Armeen entgegen. Menschen und Sirenen, Seite an Seite. Sie warten darauf, dass ihr Prinz und ihre Prinzessin das versprochene Ende bringen.

»Es tut mir leid, dass es so weit gekommen ist«, sage ich zu meiner Mutter.

Ich empfinde Hass für sie, doch zugleich schnürt auch Traurigkeit meine Brust zu. Das beklemmende Gefühl wird nur durch den sanften Druck von Elians Hand gemildert, die mich an die kostbare Menschlichkeit erinnert, die ich in mir trage.

Die Meereskönigin verzieht keine Miene. »Dann bist du schwach«, sagt sie ohne jedes Bedauern. »Es darf nur eine von uns geben, alles andere wäre töricht.« Ihre Augen sind hart und dunkel. »Ich kann dich nicht mit dem Leben davonkommen lassen.«

»Ich weiß«, sage ich. Der Wind dreht sich immer schneller. »Ich dich auch nicht.«

Ich strecke die Arme aus und lasse die Zyklone auf sie los. Sie schlägt wild mit ihren Tentakeln und stemmt sich gegen die unaufhaltsamen Windböen. Ihr Dreizack glüht, aber sie setzt ihn nicht ein – selbst dann nicht, als der Sturm sie aus dem Wasser reißt und durch die Luft fegt wie ein Lumpenstück.

Da wird mir klar, dass sie dazu nicht mehr in der Lage ist. In meinem Körper pulsiert die Kraft, aber um die Zyklone in der Luft zu halten, darf ich keine Sekunde in meiner Aufmerksamkeit nachlassen. Die Macht des Steins zu beherrschen erfordert beides, Konzentration und wilde Entschlossenheit. Ein kurzer Aussetzer, und meine Mutter könnte ins Wasser zurückfallen und blitzschnell zum Gegenschlag ausholen.

Ich lasse die Magie aus meinen Fingerspitzen fließen, ohne auf das grässliche Geheul der Meereskönigin zu achten. Die Zyklone werden immer größer, sie bauschen sich auf wie gesponnene Watte und verschlingen meine Mutter.

Etwas Gewaltiges zersplittert und ein dumpfes Poltern erschüttert den Berg. Die Welt scheint aus den Angeln gehoben zu werden.

Elian ruft meinen Namen. Ich lasse die Hände sinken und sofort fallen die Zyklone in sich zusammen. Meine Mutter kann ich nirgendwo sehen, aber ihr Dreizack segelt durch die Luft und landet neben Kahlias Schwanzflosse auf dem Eis. Über uns ist ein Krachen zu hören.

»Lira!«, schreit Kahlia.

Ein Schatten senkt sich auf uns herab.

Ich blicke auf und sehe, wie der Berggipfel bröckelt.

Felsbrocken lösen sich und werden von den Wasserfällen in die Tiefe gerissen. In einer Kaskade aus Schnee und Eis stürzen sie auf uns zu. Ich umschlinge Elians Hüfte und bündle meine Kräfte, damit ich eine schützende Decke über uns breiten kann.

Das Gletschergeröll trommelt auf unseren magischen Schild. Ich blicke nicht hoch, sondern klammere mich mit geschlossenen Augen verzweifelt an Elian und hoffe inständig, dass der Schild standhält. Zum Glück sind die anderen am fernen Ufer in Sicherheit.

Der Schnee zerstäubt zu Nebel und ich drücke mich hustend an Elians Brust, weil die Eiskristalle in meine Kiemen dringen. Er zieht mich so fest an sich, dass es eigentlich wehtun müsste. Meine Knochen fühlen sich ohnehin schon wie zerpulvert an und jeder Felsbrocken, der auf unseren Schutzschild kracht, lässt meinen Schädel fast zerspringen.

Es scheint eine Ewigkeit zu vergehen, bis die Lawine zum Stillstand kommt und eine schwere Last von meinem zerschlagenen Körper abfällt. Ich will nach den anderen Ausschau halten, aber die Luft ist ein undurchdringlicher weißer Schleier. Elian streicht über meine Schultern und Arme. Zuerst bin ich mir nicht ganz sicher, warum, doch dann wird mir klar, dass er mich nach Verletzungen abtastet.

Seine Hand vergräbt sich in meinem Haar und ich wünsche mir, dass dieses Glücksgefühl für alle Zeiten mein Herz umhüllt. Aber wie so oft ist das Glück nicht von Dauer, sondern verflüchtigt sich, sobald die Welt wieder in unseren Blick gerät.

Als der Nebel sich hebt, sehe ich den zerschmetterten Leichnam meiner Mutter im Schnee.

Ich schwimme zu ihr und Elian begleitet mich. Seine Mannschaft hilft uns aus dem Wasser. Madrid starrt meine Schwanzflosse an, doch dann reicht sie mir die Hand und zieht mich hoch.

Ich möchte ihr – und auch den anderen – alles erklären, aber mir fallen die richtigen Worte nicht ein.

Elian geht neben mir in die Hocke und nimmt mich in seine Arme. Als er mich hochhebt, verschränke ich die Finger in seinem Nacken, als wäre es das Natürlichste der Welt. Ich denke nicht über das Gefühl nach, von ihm gehalten zu werden. Zu wissen, dass er mich ganz nah und unverstellt sehen kann.

Ich kann nicht dem Trommelwirbel meines Herzens lauschen,

denn sobald mein Blick auf den zertrümmerten Tentakel vor uns fällt, setzt es einen Schlag aus.

Die Sirenen haben sich um meine Mutter geschart. Als Elian mit mir in seinen Armen auf sie zukommt, gleiten sie zur Seite und machen uns Platz. Er setzt mich neben meiner Mutter ab und tritt einen Schritt zurück, um mir den Raum zu geben, den ich brauche, aber gar nicht will.

Die Meereskönigin hat einen Krater in den Schnee geschlagen. Ihre dicken, tintenschwarzen Tentakel sind verschlungen wie seidene Spinnweben und bilden ein Geflecht aus gebrochenen Gliedmaßen. Es ist kein Blut zu sehen und für einen Augenblick denke ich, dass sie unmöglich tot sein kann. Es kommt mir irgendwie falsch vor, dass sie so makellos aussieht. Wie die gemeißelte Skulptur einer erlegten Bestie.

Meine Schwanzflosse glänzt im weichen Schnee, während ich dasitze und meine Mutter stumm und voller Staunen betrachte. Hinter mir haben sich meine Getreuen versammelt. Ich warte wie die gehorsame Tochter darauf, dass ihre Knochen sich in Gischt verwandeln und zerschmelzen wie das Eis, auf dem sie liegt. Die Sekunden verstreichen, ohne dass etwas geschieht. Ihr seltsam verrenkter Körper liegt still da und ihre schimmernden roten Augen blicken ins Leere.

Niemand sagt ein Wort. Die Zeit existiert nur jenseits dieses Berges, in der Welt unter uns. Hier gibt es nur Stille und die Unendlichkeit des Wartens. Nach einer Ewigkeit nehme ich hinter mir eine Bewegung wahr und der frische Duft schwarzen Kautabaks steigt mir in die Nase.

Elian kauert sich neben mich, legt seinen Arm um meine Schultern und hüllt mich mit seiner Wärme ein. So sitzen wir da und die Zeit dehnt sich aus, bis die Meereskönigin irgendwann dahinschwindet.

DREIUNDVIERZIG

Es regnet in Strömen. Mein tropfnasses Haar klebt in meinem Nacken. Die Sonne steht noch hoch am Himmel. Wie eine Sichel halb hinter den Wolken verborgen, zeichnet sie einen bunt schillernden Bogen in die Luft. Das Königreich meiner Schwester schimmert irgendwo hinter mir, aber jetzt, wo wir unserem Ziel so nahe sind, könnte es fast eine andere Welt sein.

Genau genommen ist es das auch.

»Wir sind bald da«, sagt Kye und versetzt Madrid spielerisch einen Schlag auf den Rücken. »Bald kannst du mich in meiner ganzen Pracht bewundern.«

Sie sieht ihn mit hochgezogener Augenbraue an und lächelt aufreizend frech. »Du meinst, wenn du ertrinkst?«

»Nein«, antwortet er mit gespielter Beleidigung. »Nass von oben bis unten.«

Madrid streift seine Hand von ihrer Schulter. »Da ist mir das Ertrinken doch lieber.«

Mit einem Lachen ziehe ich den Kompass aus der Tasche. Der Zeiger kann sich für keine Richtung entscheiden, was mir verrät, dass Kye recht hat. Wir sind bald da. An dem Ort, an dem Wahrheit und Täuschung zusammenkommen wie zwei alte Freunde. Wo jedes Wort das eine wie das andere und zugleich keines von beidem enthält.

Die Saad gleitet durchs Wasser. Ich trete an die Reling, während Torik nach Backbord steuert. Unter uns im Wasser halten unsere Lotsen mühelos das Tempo, als würden wir in einem Ruderboot entlangschippern. Ihre Flossen schimmern im aufgewühlten Wasser wie regenbogenfarbene Pfeile. Ein Schwirren und Schimmern und Schillern umgibt mein Schiff wie ein farbenprächtiger Schutzschild.

Sie schwimmen mit einer solchen Leichtigkeit, dass ich fast beleidigt sein könnte, weil sie sich nicht einmal ins Zeug legen müssen, um mit der Saad mitzuhalten. Tatsächlich aber nehme ich es als Kompliment. Dass die Saad ihnen überhaupt folgen kann, zeigt schon, was für ein grandioses Schiff sie ist. Einige Sirenen lösen sich aus der Formation und schwimmen zum Bug, um uns den Weg zu weisen. Als hätte ich ihn mir nicht längst eingeprägt. Es ist fast ein wenig sonderbar, wie selbstverständlich sie ihre neuen Rollen angenommen haben. Nun leiten sie die Seeleute, statt ihre Schiffe nach Schwachstellen auszuspionieren. Helfen ihnen, statt Jagd auf sie zu machen.

Die Meereskönigin hat die Welt neu gestaltet, unter Wasser genauso wie an Land.

Nachdem die Augen von Keto miteinander vereint waren und dem Dreizack grenzenlose Macht verliehen hatten, waren Entscheidungen zu treffen und Versprechen zu brechen. Nur eines stand von Anfang an fest: Der Ozean brauchte eine Königin. Ich hatte mein ganzes Leben damit verbracht, mich vor der Krone zu drücken, denn ich wusste, dass Amara – deren Herz in der Heimat verwurzelt war, während meines mit jedem Schlag in die Ferne drängte – das Land besser regieren würde als ich. Aber selbst mir war klar, dass es Dinge gibt, die wichtiger sind als die eigene Lust und Laune. Träume konnten nicht immer über die Pflicht triumphieren und Kompromisse waren die Grundlage für jeden guten Friedensvertrag.

Auch Lira wusste das. Statt die Welt zu erkunden, erschuf sie eine neue.

Diávolos öffnete die Grenzen seiner Gewässer und das Königreich von Keto stieß die Tore weit auf. Die Menschen erwiderten diese Geste – zumindest die meisten. Frieden braucht seine Zeit, aber inzwischen hat mehr als die Hälfte der Welt die neue Ordnung akzeptiert. Mit der Rückendeckung der neuen midasanischen Königin und ihres rastlosen Bruders gehört das Misstrauen immer mehr der Vergangenheit an. Neue Verträge wurden geschlossen, und nachdem die ersten zwölf Menschen lebendig aus dem Königreich Keto zurückgekehrt waren, ersuchten auch andere um eine Audienz bei der Meereskönigin. Sie trieben Handel, schlossen Vereinbarungen und bestaunten die Wunder dieser neu zugänglich gewordenen Welt.

Königreich einhunderteins.

»Captain!«, ruft Torik von oben. Er gibt mir ein Zeichen, dass wir unser Ziel erreicht haben.

Sein Hinweis ist unnötig – ich spüre sofort, wenn wir von den Gewässern der Menschen in die See von Diávolos hinüberwechseln. Das Wasser funkelt wie ein endloser Strom von Saphiren. Es verschmilzt mit dem Himmel und fängt jeden Sonnenstrahl ein. Hier gibt es weder Regen noch Dunkelheit. Das Meer strahlt geradezu unverschämt hell, aber es ist niemals warm. Wenn man die Fingerspitzen hineintaucht, sind die Saphire klar und kalt. Über allem liegt ein eisblauer Schimmer.

Unter uns beginnen die Sirenen zu singen.

Wir segeln weiter, bis wir den Bogen erreicht haben. Aus dem Blau erhebt sich das matte Orange eines Felsengebildes, das höher aufragt als hundert Schiffe. Ein Zeichen für die Welt, dass hier der Eingang in das Königreich von Keto ist.

Der Bogen erstreckt sich über eine Meile und dient allen Ankommenden als Tor. Schiffe legen bei den Zacken an, die aus dem geschwungenen Felsen hervortreten. Bis auf ein paar Wächter, die an Deck nach Piraten Ausschau halten, sind die Schiffe verlassen. Dabei gehören Piraten zu den regelmäßigsten Besuchern, die hier in die Tiefe tauchen. Die Sirenen schätzen ihre Gesellschaft ebenso wie ihre Herrscherin.

Fünf Schiffe liegen vor Anker und zumindest eines davon gehört einem Königshaus. Die Flagge von Eidýllio flattert grüßend im Wind. Yukiko hat gar nichts davon gesagt, dass sie hierherkommen wollte, aber das überrascht mich nicht, denn sie verrät mir nicht gerne mehr als unbedingt nötig. Wenn sie nicht schon immer eine Meisterin in der Kunst der Geheimhaltung gewesen wäre, würde ich denken, dass Galina ihr eine gute Lehrerin gewesen ist. Ihre Ehe lebt von Zusammenarbeit und Austausch. Die beiden weihen sich gegenseitig in ihre gut gehüteten Tricks ein. Sie sind ein beeindruckendes Gespann, das langsam, aber sicher das Haus von Kardiá, das Galina so lange Kopfzerbrechen bereitet hat, in den Schatten stellt.

Ich erwarte keinen Dank, aber da mein Vater Eidýllio mit Gold überhäuft hat – als Wiedergutmachung dafür, dass ich mich aus dem Eheversprechen gestohlen habe und dass Yukiko am Wolkenberg einige neue Narben davongetragen hat –, könnte man annehmen, dass wir quitt sind. Zumindest dürfte es nicht zu viel verlangt sein, dass wir uns gegenseitig mitteilen, wann wir die Meereskönigin besuchen – damit der jeweils andere einen großen Bogen um das Gebiet machen kann.

Wie es aussieht, liebt Yukiko noch immer die Überraschung.

Wir vertäuen das Schiff an der Anlegestelle, die am weitesten entfernt von ihrer ist. Meine Mannschaft richtet die Ausrüstung her. Alle schlüpfen in ihre Tauchanzüge wie in eine zweite Haut, was sie gewissermaßen auch sind. Ich sehe zu, wie sie ihre schweren efévresischen Apparate vorbereiten. Anders als sie muss ich mich nicht auf solche Hilfsmittel verlassen, denn ich habe die Magie auf meiner Seite.

Als die Sirenen ihren Gesang anstimmen, breitet sich ein Lächeln auf meinem Gesicht aus, denn ich weiß besser als jeder andere, was das bedeutet. Sprudelnd teilt sich das Wasser. Dort, wo sich ein kleiner Strudel bildet, färbt es sich silbern. Als das Lied der Sirenen den Höhepunkt erreicht, erscheint die Meereskönigin.

Sie steigt aus dem Ozean hervor wie eine überirdische Erscheinung. Das Wasser fließt zu einem Thron zusammen, der sie aus den Fluten auf die Höhe meines Schiffs hebt. Ihr salznasses Haar ergießt sich über ihren Körper, dem ihre mondhelle Haut überirdischen Glanz verleiht.

Sie ist jetzt mehr als nur eine Sirene oder ein Mädchen, das sich als Piratin ausgibt. Sie ist eine Göttin.

Acht mächtige onyxfarbene Tentakel – eher Flügel als Fangarme – entfalten sich aus Liras geschwungenem Körper. Kreise aus violettem Licht tauchen sie in einen prachtvollen Schein. Als sie so weit emporgestiegen ist, dass sie mich Auge in Auge anblicken kann, lächle ich.

Sie kann nicht mit mir die Welt bereisen, daher bringe ich die Welt zu ihr. Ich bin nicht mehr auf der Jagd, aber immer auf der Suche. Nach Erfahrungen, Abenteuern und Geschichten, die ich ihr schenke. An Tagen wie diesen, die gar nicht oft genug kommen können.

»Eure Majestät«, sage ich.

»Du bist schon hier.«

Ihre Stimme ist wie Musik und sie versetzt mich selbst jetzt noch in Staunen. Jedes Wort ist eine wiederkehrende Melodie, gesprochen mit königlicher Würde.

»Wenn du willst, kann ich ja wieder gehen und noch einmal kommen.«

Ein Lächeln huscht über Liras Lippen und setzt die Zeit außer Kraft. »Würdest du das für mich tun?«, neckt sie mich zurück. »Dann hätte ich mehr Zeit, um mich für deine Ankunft vorzubereiten. Ich wollte eigentlich noch eine Statue errichten lassen.«

Ich strecke meine Hand nach ihr aus. »Wie liebenswürdig von dir.«

Ihre Verwandlung ist so atemberaubend wie immer.

In einem Moment ist sie eine Meereskönigin wie aus dem Märchenbuch, im nächsten etwas noch viel Wundervolleres. Ihre Tentakel fließen zusammen und nehmen die Gestalt von Beinen an. Der pflaumenfarbene Ton verblasst und wird zu leuchtend heller Hautfarbe. Ihre Taille zieht sich zusammen und bekommt neue Kurven, während die polierten kleeblattförmigen Brustbedeckungen zu einem Hemd mit üppigen Rüschen an Kragen und Ärmeln werden. Ihr Haar ist nicht rötlich braun, wie ich es kannte, sondern behält die Farbe dunklen Weins. Auch ihre Augen blitzen mich in zwei Farben an. Eine Mischung aus Meereskönigin und Piratin, aus der Vergangenheit und einer Zukunft, deren Geschichte noch geschrieben werden muss.

Lira steigt anmutig auf die Saad und ergreift meine Hand. Mit einem herausfordernden Lächeln führe ich ihre Finger an meine Lippen und lege meine andere Hand an ihre Wange. Sie fühlt sich weich und kantig an, widersprüchlich wie Lira selbst.

»Bist du bereit?«, fragt sie.

Statt einer Antwort küsse ich sie. Ich bin selbst überrascht, dass ich überhaupt so lange gewartet habe. Normalerweise gehört Geduld nicht zu meinen Stärken.

Sie lächelt. Ich beiße sanft auf ihre Lippe und Lira umschmeichelt meine Zunge. Als sie ihre Finger in meinem Hemdkragen vergräbt, umschlinge ich ihre Taille. Es ist, als würde ich keine Person, sondern eine Geschichte im Arm halten. Eine Geschichte, die wild und grenzenlos ist.

Sie umfasst meine Hand und zieht mich mit sich auf die andere Seite des Decks. Über ihrem Schlüsselbein ruht ein kostbares Amulett, in dem die Augen von Keto zusammen eingefasst sind. Die Meereskönigin, die mich gerade in Empfang genommen hat, trug es als prachtvollen Halsschmuck, der einer Herrscherin würdig ist. An Lira in ihrer trügerisch zarten Menschengestalt wirkt es so schwer, als könnte es sie auf den Grund des Ozeans hinabziehen.

Lira fängt meinen Blick auf und zieht eine Augenbraue hoch. »Starrst du auf meine Brust oder auf meine Halskette?«

Ich lächle sie schamlos an. »Kommt darauf an, mit welcher Antwort ich mir eine Ohrfeige einhandle.«

»Ich versuche nur herauszufinden, ob du sie stehlen willst.« Sie fährt mit ihrem schlanken Finger über den Stein. »Immerhin bist du ein Pirat.«

»Stimmt«, sage ich. »Du aber auch.«

Lira blickt an sich herab: von der dunkelblauen, an den Oberschenkeln aufgebauschten Hose bis zu den kniehohen braunen Stiefeln mit Goldschnallen, die so prächtig sind, dass man dafür ein ganzes Königreich kaufen könnte. Sie lacht. Der rubinrote Stein schimmert auf ihrer Brust. Salz und Magie.

Dann zieht sie mich näher heran. Ihre Finger umschließen meine und gemeinsam springen wir ins Wasser.

Danksagung

Du hast es bis zum Ende geschafft! Danke, dass du Liras und Elians Geschichte gelesen hast und nun auch noch weiterblätterst, um etwas über mich zu erfahren (falls du alles andere übersprungen und sofort diese Seite aufgeschlagen hast – Vorsicht, Spoiler: Alle sterben).

Dass aus dem, was in meiner Fantasie entstanden ist, tatsächlich ein Buch wurde, habe ich einigen wundervollen Menschen zu verdanken, denen ich auf diesem Weg sagen möchte, wie toll sie sind:

Meinen Eltern, die mir nie nahelegten, mit dem Träumen aufzuhören. Ihr seid lustig und durchgeknallt und nicht nur großartige Menschen, sondern auch großartige Freunde. Mum, danke, dass du mich jeden Tag anrufst, um zu hören, ob ich noch am Leben bin. Es gibt nichts, worüber ich nicht mit dir reden kann. Danke für alles (außer für deine Vorliebe, wirklich IMMER die falsche Farbe auszusuchen). Danke, Dad, dass du mit deinem Lächeln jeden Raum erhellst und immer zur Stelle bist, wenn ich ein Problem habe (nur über dein Talent im Wandverputzen lässt sich streiten).

Danke an den Rest der Familie (und davon gibt es jede Menge). Ihr seid eine unerschöpfliche Quelle der Ermutigung und der Verrücktheit. Und an Nick, dem ich versprochen hatte, eine Figur nach ihm zu benennen, und es dann doch nicht getan habe.

Danke an meine weltbesten Freunde, die mich immer wieder aufbauen. Jasprit und Rashika, ihr seid die wunderbarsten Menschen, die es gibt. Ich kann mir nicht vorstellen, wie mein Leben ohne euch wäre, denn ihr habt mich schon immer begleitet. Danke, dass ihr mich in allem unterstützt und immer auf gleicher Wellenlänge mit mir seid. Ihr bringt mich mehr zum Lachen, als ich es je für möglich gehalten hätte. Danke an Siiri, die voller positiver Energie steckt und eine der ersten wahren Freundinnen ist, die ich in der Bloggerwelt gefunden habe (ich liebe es, mit dir über K-Dramas zu schwärmen, wenn ich gerade prokrastiniere – also praktisch immer).

Ich danke Charles und Alan, zwei der exzentrischsten und genialsten Lehrer für Kreatives Schreiben. Bei euch habe ich alles vergessen, was ich über das Schreiben zu wissen glaubte, und stattdessen das gelernt, was wirklich Spaß macht.

Danke an die Leute von Feiwel & Friends – dem Dream-Team, das mir das schönste Cover geschenkt hat, das ich mir hätte wünschen können. An Anna, die mir geholfen hat, die Knitterfalten der Erzählung auszubügeln, damit daraus die Geschichte werden konnte, die ich von Anfang an schreiben wollte. Sie hat es geschafft, dass ich mich bei allen Schritten bestens aufgehoben fühlte.

An meine Agentin Emmanuelle, deren Liebe und Begeisterung für dieses Buch mir stets neuen Auftrieb gab. Danke, dass du Lira und Elian unter deine Fittiche genommen und unerschütterlich an ihre Geschichte – und an mich – geglaubt hast. Danke an Whitney, die dafür gesorgt hat, dass Lira und Elian in die weite Welt hinausziehen konnten!

Und nicht zuletzt danke, liebe Leserinnen und Leser, dass ihr mich immer wieder aufs Neue inspiriert und euch jeden Tag in Geschichten stürzt. Danke, dass ihr an Magie und Wunder glaubt – in der echten Welt und auch in den nicht ganz so echten Welten.